Danielle Steel

El legado

Danielle Steel es sin duda una de las novelistas más populares en todo el mundo. Sus libros se han publicado en cuarenta y siete países, con ventas que superan los quinientos ochenta millones de ejemplares. Cada uno de sus lanzamientos ha encabezado las listas de bestsellers de *The New York Times*, y muchos de ellos se han mantenido en esta posición durante meses. Es madre de nueve hijos y vive entre París y San Francisco con sus dos perros Chihuahua, Minnie y Blue.

El legado

DANIELLE STEEL

El legado

Traducción de Laura Rins Calahorra

VINTAGE ESPAÑOL
Una división de Penguin Random House LLC
Nueva York

PRIMERA EDICION VINTAGE ESPAÑOL, JUNIO 2015

Copyright de la traducción © 2014 por Laura Rins Calahorra

Vintage Español ISBN en tapa blanda: 978-0-8041-7308-7
Vintage Español eBook ISBN: 978-0-8041-7309-4

Para venta exclusiva en EE.UU., Canadá, Puerto Rico y Filipinas.

www.vintageespanol.com

Impreso en los Estados Unidos de América
10 9 8 7 6 5 4 3 2 1

A mis hijos queridos,
Beatrix, Trevor, Todd, Nick,
Sam, Victoria, Vanessa,
Maxx y Zara.
Que los caminos que recorráis os lleven
siempre hacia vuestros sueños,
hacia la valentía, la libertad y la paz.
Y que encontréis un alma gemela,
como Wachiwi, fuente de inspiración.

Con todo mi corazón y mi amor,

MAMÁ/D. S.

1

Brigitte

Nevaba mucho desde la noche anterior, en que Brigitte Nicholson, sentada ante su escritorio en la oficina de admisiones de la Universidad de Boston, revisaba las solicitudes de preinscripción minuciosamente. Otros empleados las habían comprobado antes que ella, pero siempre le gustaba encargarse personalmente de dar un último vistazo para asegurarse de que todos y cada uno de los historiales estaban completos. Era el momento de tomar decisiones, y en seis semanas se enviaría a los candidatos la respuesta de aceptación o rechazo. Como era de esperarse, los futuros alumnos darían saltos de alegría, mientras que al resto, la mayoría, se les partiría el corazón. Costaba hacerse a la idea de que tenían en sus manos la vida y el futuro de los jóvenes más aplicados. La época del año en que se revisaban las solicitudes de preinscripción era la de mayor volumen de trabajo para Brigitte y, aunque la última palabra la tenía un comité, su trabajo consistía en examinar la documentación y llevar a cabo entrevistas individuales: los estudiantes lo pedían. En esos casos, adjuntaba sus anotaciones y comentarios a la solicitud. Aun así, lo que influía muchísimo en el resultado final eran sobre todo el expediente académico, las notas obtenidas en las pruebas de ingreso, las cartas de recomendación de los profesores, la formación extracurricular y la participación en actividades deportivas. Se tenía en cuenta si el candidato aportaba valor a la institución o no. A Brigitte siempre la abrumaba el peso de semejante responsabilidad. Era meticulosa en la revisión de todo el material que los candidatos aportaban, aunque en última instancia debía pensar en lo que más convenía a la institución, no al alumno. Estaba acostumbrada a recibir decenas de llamadas y correos electrónicos de psicopedagogos de centros de secundaria, hechos un manojo de nervios, que hacían todo cuanto podían por ayudar a sus alumnos. Brigitte se sentía orgullosa de formar parte de la plantilla de la Universidad de Boston, y ella misma se admiraba de llevar diez años trabajando en la oficina de admisiones. El tiempo había pasado volando, parecía que todo había sucedido en un abrir y cerrar de ojos. Era la número tres del departamento y, en muchas ocasiones, había desestimado oportunidades de promoción. Estaba contenta con el puesto que ocupaba; nunca había sido excesivamente ambiciosa.

Brigitte había ingresado en la Universidad de Boston a los veintiocho años, una vez terminada la carrera, para cursar un máster de antropología tras haber realizado trabajillos varios, haber colaborado dos años en un centro de acogida para mujeres en Perú y uno en Guatemala, y haber dedicado otro año a viajar por la India y Europa. Era licenciada en antropología y se había especializado en estudios de la mujer y de género en Columbia. Siempre le había preocupado mucho la precaria situación de la mujer en los países subdesarrollados. Inicialmente, Brigitte había planeado mantener el empleo en la oficina de admisiones hasta terminar el máster y después marcharse un año a Afganistán, pero tal como les sucedía a muchos otros alumnos que compaginaban los estudios con un empleo en la universidad, al final se quedó allí. Era un trabajo cómodo y seguro, y le proporcionaba una sensación de protección que le reconfortaba muchísimo. En cuanto terminó el máster, empezó el doctorado. El mundo académico resultaba adictivo y tan acogedor como el útero materno, aparte de ofrecer retos intelectuales y la posibilidad de acumular conocimiento y títulos. Además, permitía zafarse del mundo real y de sus exigencias. Era un remanso de erudición y juventud. El trabajo en la oficina de admisiones no la hacía vibrar, pero le gustaba; le gustaba mucho. Se sentía útil y productiva, y ayudaba a que los mejores estudiantes obtuvieran una plaza en el centro.

Tenían más de dieciséis mil alumnos de licenciatura, y todos los años recibían más de treinta mil solicitudes. Algunas las rechazaban de plano, porque las notas o los resultados de las pruebas de preingreso no eran buenos; sin embargo, a medida que la cantidad de posibles aceptados iba reduciéndose, Brigitte se enfrascaba más y más en el proceso. Cuidaba mucho los detalles de todo lo que hacía. Aún no había acabado el doctorado, pero seguía cursándolo, y todos los semestres se matriculaba de una asignatura o dos. A sus treinta y ocho años se sentía satisfecha con la vida que llevaba, y en los últimos siete había empezado a escribir un libro que quería que se convirtiera en la obra definitiva sobre el sufragio y los derechos de la mujer en las distintas partes del mundo. Mientras cursaba el máster, Brigitte había redactado innumerables trabajos sobre ese tema.

En su tesis defendía que la forma en que cada país abordaba el derecho al voto de la mujer lo definía como nación. Brigitte tenía la sensación de que tener la opción de votar era esencial para los derechos de las mujeres. Los colegas que habían leído sus escritos hasta el momento estaban impresionados por su elocuencia, pero no les sorprendía su meticulosidad y esmero. Una de las críticas que recibía por su trabajo era que a veces se interesaba tanto por los pormenores de lo que estudiaba que perdía de vista una perspectiva más general. Tendía a quedar atrapada en los detalles.

Brigitte era cordial y amable, digna de confianza y responsable. Era una persona que se preocupaba por los demás y trabajaba muchísimo, y lo hacía todo a conciencia. Lo único de lo que se quejaba su mejor amiga, Amy Lewis, y que siempre le decía a la cara, era que le faltaba pasión. Lo racionalizaba todo y se guiaba más por el cerebro que por el corazón. Ella opinaba que la pasión a la que se refería Amy resultaba más un defecto que una virtud, algo peligroso. Nublaba la perspectiva y hacía perder el norte. Brigitte prefería avanzar según lo planeado y tener bien claros sus objetivos.

No le gustaban los cambios ni el riesgo, en ningún aspecto. Exponerse no era su estilo. Era alguien con quien se podía contar, no alguien que actuaba por impulso o sin pensarlo muy bien antes. Ella misma reconocía que tardaba en tomar decisiones, porque sopesaba todos los pros y los contras.

Brigitte calculaba que llevaba escrito medio libro. Tenía pensado acelerar el proceso y concluirlo en cinco años, más o menos para cuando acabara el doctorado. Le parecía muy razonable dedicar doce años a un libro que trataba un tema tan importante, ya que además trabajaba a jornada completa y acudía también a las clases de doctorado. No tenía ninguna prisa. Había decidido que se sentiría satisfecha si terminaba la tesis y el libro a los cuarenta y tres años. Su forma de afrontar las cosas, con constancia, tesón y serenidad, a veces desesperaba a su amiga Amy. Brigitte no era una persona rápida y detestaba los cambios. Amy creía que Brigitte debía vivir la vida al máximo, ser más espontánea y dejarse llevar. Ella se había formado en derecho matrimonial y de familia, y también en trabajo social. Dirigía la oficina de orientación psicopedagógica de la universidad, y ofrecía sus consejos y opiniones a Brigitte con total libertad. Eran radicalmente distintas y, sin embargo, amigas íntimas. Amy lo vivía todo a gran velocidad, tanto en el terreno sentimental como en el intelectual y en el profesional.

Brigitte era alta y delgada, casi angulosa, y tenía el pelo negro azabache, los ojos oscuros, los pómulos prominentes y la piel aceitunada. Por su aspecto parecía proceder de un país mediterráneo, aunque su ascendencia era irlandesa y francesa. De su padre, irlandés, había heredado el pelo negro azabache. Amy era bajita y rubia, con tendencia a aumentar de peso si no practicaba ejercicio, y vivía la vida con toda la pasión cuya carencia reprochaba a Brigitte. Esta, por su parte, solía echar en cara a su amiga que era excesivamente intensa y que tenía menos capacidad de atención que un mosquito, aunque ambas sabían que no era cierto. Pero Amy no paraba de embarcarse en proyectos nuevos y se desenvolvía bien haciendo varias cosas a la vez. Mientras Brigitte avanzaba a paso de tortuga con su mamotreto, Amy había publicado tres ensayos sobre la relación entre padres e hijos. Era madre de dos niños, aunque no estaba casada. Al cumplir los cuarenta, tras varios años de relaciones sin éxito con alumnos más jóvenes que ella y profesores casados, había acudido a un banco de esperma. Ahora tenía cuarenta y cuatro, y dos niños de uno y tres años respectivamente que la sacaban de quicio en el buen sentido. Con frecuencia pinchaba a Brigitte para que se decidiera a tener hijos en solitario. Le decía que ya tenía treinta y ocho años y que no podía perder el tiempo, que sus óvulos envejecían por minutos. Brigitte se lo tomaba con mucha más calma y no le preocupaba el tema. Los avances científicos posibilitaban la concepción a edades mucho más avanzadas que en la época de su madre, y en ese sentido estaba tranquila, a pesar de que Amy no perdía la ocasión de advertirle de que estaba demorando demasiado la maternidad.

Brigitte estaba segura de que algún día tendría hijos, y de que era más que probable que acabara casándose con Ted, aunque nunca hablaran del tema. En cierto modo, el ambiente protector de la esfera académica favorecía que uno se sintiera eternamente joven; por lo menos eso era lo que le sucedía a Brigitte. Amy la devolvía a la realidad de golpe recordándole que estaban en plena madurez. Por su aspecto nadie lo diría. Ninguna de las dos aparentaba la edad que tenía, ni esta se correspondía con su mentalidad; y Ted Weiss, el novio de Brigitte desde hacía seis años, era tres años más joven que ella. Tenía treinta y cinco, pero parecía un chaval por su aspecto, su actitud y su comportamiento. Había estudiado arqueología en Harvard, se había doctorado en Boston y llevaba seis años trabajando en el departamento de arqueología de aquella universidad. Su sueño era dirigir su propia excavación. La Universidad de Boston tenía muchas repartidas por todo el mundo: Egipto, Turquía, Pakistán, China, Grecia, España y Guatemala. Ted las había visitado todas por lo menos una vez durante el tiempo que llevaba en Boston, pero Brigitte no lo había acompañado en ninguna ocasión. Aprovechaba los momentos que él estaba de viaje para proseguir con la investigación sobre su libro. Ahora estaba mucho menos interesada en viajar que justo después de acabar la carrera. Se sentía a gusto en casa.

Brigitte era feliz en su relación con Ted. Vivían cada cual en su piso, muy cerca el uno del otro, y pasaban los fines de semana juntos, normalmente en casa de él porque era más grande. Él cocinaba; ella no. Solían relacionarse con los alumnos de Ted, sobre todo con los que estaban cursando el doctorado, igual que Brigitte. También quedaban a menudo con los otros profesores de sus respectivos departamentos. A ambos les entusiasmaba el mundo académico, aunque el trabajo de Brigitte en la oficina de admisiones no era estrictamente intelectual. Pero estaban muy a gusto con la vida que llevaban y que compartían. Era un ambiente de intensa dedicación al aprendizaje de más alto nivel, y ambos admitían que en muy pocos momentos se sentían distintos de los estudiantes con quienes se relacionaban. Ansiaban aprender todo cuanto podían, y les encantaba el mundillo de la erudición. Como en todas las universidades, también allí había sus pequeños escándalos, líos amorosos y ataques de celos, pero en conjunto los dos disfrutaban con la vida que llevaban y tenían muchas cosas en común.

Brigitte se imaginaba casada con Ted, aunque no se había planteado cuándo se celebraría el enlace. Suponía que Ted acabaría proponiéndole matrimonio algún día. De momento, no tenían motivos para casarse, ya que ninguno de los dos se desvivía por tener hijos. Algún día lo harían, pero aún no. Se sentían demasiado jóvenes para llevar otro tipo de vida distinto del actual. La madre de Brigitte solía expresar las mismas inquietudes que Amy y le recordaba que la edad no perdona. Brigitte se tomaba a risa sus advertencias y decía que no necesitaba atar corto a Ted, que no iba a dejarla por otra, ante lo cual Amy siempre empleaba la ironía: «Nunca se sabe». Sin embargo, su punto de vista estaba condicionado por las malas experiencias que había tenido con los hombres. Por algún motivo estaba convencida de que, llegado el caso, la mayoría acaba engañando a su pareja, aunque debía admitir que Ted era realmente un buen chico; no tenía una pizca de maldad.

Brigitte le expresaba su amor abiertamente, pero no hablaban de ello a menudo, ni tampoco del futuro. Disfrutaban del presente. Los dos se mostraban satisfechos de vivir en su propia casa entre semana; y los fines de semana, cuando estaban juntos, todo era relax y diversión. Nunca discutían, y había pocas cosas en las que no estuvieran de acuerdo. Era una situación de lo más cómoda. Brigitte gozaba de estabilidad en todos los aspectos: el trabajo, la relación con Ted y el libro, que avanzaba poco a poco pero de forma regular y que algún día sería publicado bajo el sello académico.

Según Amy, en la vida de Brigitte no había grandes emociones, pero a ella le gustaba que fuera así, y además le sentaba bien. No necesitaba ni deseaba experimentar grandes aventuras y, cuando pensaba en el futuro lejano, veía con claridad cuál sería su trayectoria. Su vida estaba bien encauzada y avanzaba con constancia aunque no lo hiciera a pasos agigantados. Igual que los estudios de doctorado y el libro. A Brigitte le bastaba con eso. Tenía un objetivo. No tenía prisa por alcanzarlo y no quería tomar decisiones precipitadas. A Brigitte no le inquietaban en absoluto los comentarios irónicos, las dudas y los malos pronósticos de Amy ni de su madre.

—Bueno, ¿a cuántos vas a hundir en la miseria hoy? —preguntó Amy con una sonrisa pícara cuando se asomó por la puerta del despacho de Brigitte.

—¡Qué comentario tan desagradable! —repuso ella haciéndose la ofendida—. Al contrario, estoy revisando las preinscripciones para asegurarme de que los aspirantes cumplen con todos los requisitos.

—Claro, y si no, los eliminas. Pobrecitos. Aún me acuerdo del momento en que recibí esas cartas tan horribles: «La admiramos mucho por los buenos resultados del último curso, pero no comprendemos qué narices hizo en tercero. ¿Se emborrachaba, se drogaba o era usted por entonces una gandula sin precedentes? Le deseamos lo mejor en la vida, haga lo que haga, pero ya puede olvidarse de estudiar aquí». Mierda. Cada vez que recibía una me echaba a llorar, y mi madre también. Ella me veía trabajando en un McDonald's, cosa que no tiene nada de vergonzoso, pero quería que fuera médico. Tardó años en perdonarme que acabara siendo una simple asistente social.

Brigitte estaba segura de que Amy no había sacado tan malas notas en tercero, puesto que estudió en Brown, y al final cursó la especialidad de ciencias en Stanford antes de obtener el título de asistente social en la Escuela Universitaria de Trabajo Social de Columbia, en Nueva York.

En la Universidad de Boston eran unos elitistas. El mundo académico tenía muy en cuenta qué centro había expedido un título, igual que luego tenía en cuenta la frecuencia con la que se publicaban artículos. Si el trabajo de Brigitte consistiera en dar clases, no se habría permitido dejar pasar siete años sin que su libro se publicara. Habría recibido mucha más presión, y por eso estaba contenta de trabajar en la oficina de admisiones. No tenía el espíritu competitivo necesario para sobrevivir como docente. Amy impartía una asignatura de psicología y dirigía la oficina de orientación psicopedagógica, y desempeñaba bien ambos cometidos. Durante la jornada, dejaba a sus hijos en la guardería del campus. Sentía un profundo cariño por los jóvenes en general, y por sus alumnos en particular. Se había encargado de poner en marcha la primera línea telefónica de prevención del suicidio de la Universidad de Boston tras perder a demasiados alumnos durante su primera etapa allí como asesora. Todas las universidades sufrían una elevada tasa de suicidios, y el hecho era motivo de preocupación general. A Brigitte no le hacía ninguna gracia la insinuación de que rechazar a un aspirante implicara hundirlo en la miseria. Detestaba planteárselo de ese modo. Como de costumbre, la afirmación de Amy había dado justo en el clavo, y su amiga se expresaba sin tapujos. No se andaba con rodeos, mientras que Brigitte utilizaba siempre más tacto y más diplomacia en lo que decía y en cómo lo decía. Amy era más directa y más dada a discutir, tanto con los compañeros de profesión como con los amigos.

—Bueno, ¿y qué planes tienes para esta noche? —preguntó con toda la intención, repantigándose en la silla situada frente al escritorio de Brigitte.

—¿Esta noche? ¿Por qué? ¿Se celebra algo especial?

Brigitte estaba en la higuera, y Amy alzó la mirada en señal de exasperación.

—Sería lo lógico, ya que tienes novio desde hace seis años. Eres un caso perdido. Por el amor de Dios, ¡estamos en San Valentín! Ya sabes, corazones, flores, bombones, anillos de compromiso, peticiones de mano, sexo del bueno, música lenta y velas. ¿No has quedado con Ted?

Lo sentía mucho por Brigitte. A pesar de sus fracasos amorosos, a Amy le encantaba el romanticismo y, aunque Brigitte y Ted hacían muy buena pareja, siempre había tenido la sensación de que ese noviazgo no tenía nada de romántico. Parecían dos adolescentes en su primera cita, no dos adultos en la treintena que planeaban un futuro juntos. Amy estaba preocupada por su amiga; no quería que renunciase a las cosas más importantes de la vida, como estar prometida, casarse y tener hijos.

—Creo que ninguno de los dos se ha acordado —reconoció Brigitte, un poco avergonzada—. Ted está escribiendo un artículo y yo estoy agobiada con las solicitudes de preinscripción. Solo disponemos de seis semanas para tramitarlas. Y tengo que entregar dos trabajos en clase. Además, no para de nevar, o sea, que es una noche horrible para salir.

—Pues quedaos en casa y celebradlo en la cama. Igual esta noche te pide que te cases con él —dijo Amy esperanzada, y Brigitte soltó una carcajada.

—Sí, claro, con un artículo que entregar el viernes. Seguramente me llamará a última hora e improvisaremos algo.

Iremos a comprar comida china o sushi. Tampoco es un día tan importante.

—Pues debería serlo —la regañó Amy—. No quiero que te conviertas en una solterona como yo.

—No soy ninguna solterona, y tú tampoco. Somos mujeres solteras, y eso está muy valorado hoy en día. Se considera una opción voluntaria, no una desgracia. Además, hay mujeres más mayores que nosotras que se casan y tienen hijos.

—Sí. Sara en la Biblia, tal vez. ¿Cuántos años tenía cuando dio a luz? Noventa y siete, creo. Hoy en día la gente suele tener a los hijos más joven, y me parece que entonces también. Además, estaba casada.

Amy miró a su amiga de forma exagerada, y esta se echó a reír.

—Estás obsesionada, al menos conmigo. Tú no andas buscando marido como una loca. ¿Por qué debería hacerlo yo? Ted y yo estamos muy bien así. Nadie tiene ya prisa por casarse. ¿Por qué te preocupa tanto?

A Brigitte parecía traerle sin cuidado.

—Lleváis seis años juntos; no creo que a eso pueda llamársele tener prisa por casarse. Más bien sería lo normal. Y cuando te des cuenta habrás cumplido los cuarenta y cinco, y luego los cincuenta, y se te habrá pasado el arroz. Tus óvulos serán prehistóricos y Ted podrá utilizarlos para redactar un trabajo de arqueología. —Lo decía en tono irónico, pero hablaba en serio—. A lo mejor deberías pedírselo tú.

—No seas tonta. Tenemos mucho tiempo para planteárnoslo. Antes quiero terminar el libro y el doctorado. Quiero ser doctora cuando me case.

—Pues date prisa. Sois la pareja más lenta del planeta. Creéis que vais a ser eternamente jóvenes. Pues bien, tengo malas noticias: tu cuerpo dice otra cosa. Al menos deberías empezar a pensar en lo de casarte y tener hijos.

—Lo haré, dentro de unos años. Por cierto, ¿qué planes tienes tú para esta noche?

Brigitte sabía que Amy no había salido con ningún hombre desde que se había quedado embarazada de su primer hijo cuatro años antes. Los niños la absorbían, apenas tenía vida social desde entonces. Andaba demasiado ocupada trabajando y planeando actividades con ellos. Amy deseaba que Brigitte también experimentara esa clase de plenitud y felicidad. Y Ted sería un padre magnífico; en ese aspecto estaban las dos de acuerdo. Los alumnos lo adoraban. Era cariñoso, amable e inteligente; tenía todas las cualidades que una mujer desea en un hombre, y por eso Brigitte lo quería, y los demás también. Era lo que se dice un tío genial.

—Me espera una velada de lo más emocionante con mis hijos —confesó Amy—. Iremos a una pizzería, y sobre las siete estarán durmiendo como troncos, o sea, que tendré tiempo de ver la tele antes de quedarme frita a las diez. No es la forma más habitual de celebrar San Valentín, pero a mí no me molesta.

Amy esbozó una sonrisa de felicidad a la vez que se ponía en pie. Había quedado en su despacho con un alumno. Lo enviaba el psicopedagogo de primer curso. Era extranjero, nunca había vivido fuera de casa hasta entonces y estaba muy deprimido. Por lo que le había contado el psicopedagogo, Amy pensaba derivarlo al servicio sanitario del centro para que lo viera un médico. Pero antes quería hablar personalmente con el chico. Estaba acostumbrada a tratar con alumnos así y hacía muy bien su trabajo, igual que Brigitte.

—Me parece un buen plan —comentó Brigitte—. Más tarde pensaré en algo que podamos hacer Ted y yo esta noche; si se le ha olvidado la fecha, se la recordaré. A lo mejor da por sentado que saldremos a cenar.

A veces lo hacía, los dos lo hacían. Tenían una relación que funcionaba sin ninguna necesidad de planear las cosas. Tras seis años juntos, Brigitte tenía asumido que serían pareja toda la vida. No había ninguna razón para dudarlo. No necesitaban pregonarlo ni inmortalizarlo en una inscripción. Los dos estaban satisfechos con cómo iban las cosas, daba igual lo que dijeran Amy o la madre de Brigitte. Les iba bien. Comodidad era el término que mejor definía lo que compartían, aunque Amy pensara que necesitaban más romanticismo o pasión. Brigitte no lo creía, y Ted tampoco. Los dos eran personas de carácter relajado que no precisaban grabar a fuego sus planes de futuro ni expresarlo todo en voz alta.

Por pura coincidencia, Ted la llamó diez minutos después de que Amy saliera de su despacho. Parecía agobiado y con prisa, y tenía la respiración algo agitada, cosa poco habitual en él. Era un chico sin complicaciones que no solía perder la calma.

—¿Estás bien? —preguntó Brigitte, preocupada—. ¿Ha ocurrido algo malo?

—No, es que voy fatal. Hoy hay mucho movimiento por aquí. ¿Podemos cenar juntos?

Cuando lo decía así, solía referirse a cenar juntos en casa. Pensaba ir a casa de Brigitte después del trabajo. Ella conocía bien los significados implícitos de sus conversaciones.

—Claro. —Sonrió ante su propuesta. Ted sí que tenía presente la fecha—. Amy acaba de recordarme que es San Valentín, se me había olvidado por completo.

—Mierda, y a mí. Lo siento, Brig. ¿Te apetece que cenemos fuera?

—Como quieras. A mí me va bien quedarme en casa, sobre todo con este tiempo.

La nevada se había intensificado, y ahora había más de un palmo de nieve en el suelo. No era fácil circular.

—Quiero que esta noche celebremos juntos una cosa.

¿Qué te parece si nos vemos temprano en Luigi's? Si quieres, luego puedes quedarte a dormir en mi casa.

No solía ofrecérselo los días de diario, ni ella a él tampoco. A los dos les gustaba empezar el día temprano en el entorno que les resultaba más familiar. Solo convivían los fines de semana.

—¿Qué hay que celebrar? —preguntó Brigitte, un poco desconcertada. Percibía el entusiasmo en la voz de Ted, aunque trataba de aparentar más serenidad de la que sentía eso también lo notaba.

—No voy a estropear la sorpresa. Quiero decírtelo en persona. Hablaremos de ello durante la cena.

—¿Te han ascendido en el departamento?

Brigitte no soportaba la intriga, y Ted rió a modo de respuesta, dando la impresión de que tenía un secreto o un plan. Era algo impropio de él, y Brigitte se puso algo nerviosa. ¿Y si Amy tenía razón y pensaba aprovechar San Valentín para pedirle que se casaran? De repente, se le aceleraron la mente y el corazón. Estaba asustada.

—Es mucho más importante que eso. ¿Te importa coger un taxi? Nos encontraremos en Luigi's. Ya sé que no es una forma muy romántica de empezar San Valentín, pero estaré enclaustrado en el despacho hasta la hora de la cena.

Su tono era de disculpa.

—No te preocupes, nos vemos allí —respondió Brigitte con voz temblorosa.

—Te quiero, Brig —susurró Ted antes de colgar.

Ella se quedó de piedra. Se lo decía muy pocas veces, excepto cuando hacían el amor, y de repente se preguntó si los deseos de Amy se estarían haciendo realidad. Al pensarlo, le entró pánico. No estaba nada segura de estar preparada para recibir una proposición. De hecho, más bien estaba segura de lo contrario. Sin embargo, las probabilidades eran claras, y media hora más tarde se presentó en el despacho de Amy con aire preocupado. Se plantó en la puerta y miró de frente a su amiga. Ella acababa de entrevistar al alumno de primer curso que echaba de menos su hogar, y lo había derivado a un psiquiatra para que le recetara medicación.

—Creo que me has lanzado un conjuro —soltó Brigitte con aspecto angustiado a la vez que entraba en el despacho de Amy y tomaba asiento.

—¿Por qué lo dices? —preguntó su amiga con desconcierto.

—Ted acaba de llamarme para invitarme a cenar. Dice que tiene una sorpresa, algo que es más importante que un ascenso, y parecía tan nervioso como lo estoy yo ahora. Madre mía, creo que piensa pedirme que me case con él. Y a mí va a darme un ataque.

—¡Aleluya! Ya era hora, ¿no? Por lo menos uno de los dos es sensato. Escucha, seis años viviendo juntos son más que suficientes, y os lleváis mejor que ninguna de las parejas casadas que conozco. ¡Será fantástico!

—No vivimos juntos —la corrigió Brigitte—. Solo pasamos juntos los fines de semana.

—¿Y cuánto tiempo quieres seguir así? ¿Seis años más, tal vez? ¿Diez? Si Ted tiene previsto pedirte que te cases con él, hace bien. La vida es muy corta. No puedes eternizarte en todo.

—¿Por qué no? A nosotros nos va bien así.

—O no. Parece que él quiere algo más, y hace bien. Tú también deberías quererlo.

—Y lo quiero, solo que no sé si ahora mismo. ¿Por qué tenemos que precipitarnos? Como suele decirse, si una cosa funciona, no la toques. Nuestra relación es perfecta.

—Más perfecta será cuando os comprometáis de verdad. Estaría bien que formarais algo: un hogar, una familia. No podéis vivir como estudiantes de por vida. Hay demasiada gente así en el mundo académico. Nos engañamos pensando que seguimos siendo unos críos, y ya no lo somos. Un día te levantarás y te darás cuenta de que te has hecho mayor, y que la vida te ha pasado de largo. No lo permitas. Los dos os merecéis algo mejor. Tal vez ahora te asuste la perspectiva, pero será maravilloso. Confía en mí. Tenéis que dar el paso.

Amy siempre había creído que Brigitte tenía que espabilarse también en el terreno laboral. Debería ser la directora de la oficina de admisiones, y estaba capacitada para ello, pero no quería. No la incomodaba ocupar una posición inferior a la que le correspondería por sus méritos; consideraba que así disponía de más horas para adelantar el libro y la tesis, y para investigar.

Brigitte nunca había sentido la necesidad de situarse en cabeza. Prefería lo sencillo a sufrir el estrés de llevar la voz cantante. No le gustaba correr riesgos. Amy estaba segura de que esa conducta tenía una relación directa con su infancia. Una vez Brigitte le había explicado que su padre era muy lanzado. Se había jugado todo el dinero en el mercado de valores, había perdido cuanto tenía y acabó por suicidarse. Después de eso su madre lo pasó muy mal; trabajó mucho para sacarlos adelante. Lo que más detestaba Brigitte era el riesgo, en todos los aspectos. Cuando se sentía cómoda en una situación, no se movía. Y daba la impresión de que Ted también estaba a gusto así. Pero en algún momento, por mucho que la asustara, Brigitte tenía que atreverse a tomar decisiones. No podía pasarse la vida anclada en el mismo sitio, ya que no había progreso sin riesgos. Amy deseaba fervientemente que esa noche Ted pidiera a su amiga en matrimonio, aunque ella estuviera muerta de miedo.

—Intenta no preocuparte —la tranquilizó Amy—. Os queréis. Todo irá bien.

—¿Y si nos casamos y se muere? —Estaba pensando en su padre, y miró a su amiga con los ojos llenos de lágrimas.

Amy le habló con delicadeza; veía lo asustada que estaba.

—Tarde o temprano, si seguís juntos hasta la vejez, uno de los dos morirá. Pero no creo que tengas que preocuparte por eso de momento —dijo para intentar serenarla; sin embargo, los miedos de Brigitte estaban demasiado arraigados.

—Solo pienso en eso a veces. Sé por lo que pasó mi madre cuando mi padre murió.

Por entonces Brigitte tenía once años, y recordaba a su madre todo el día llorando y saliendo a la calle en busca de un empleo para poder mantenerla. Había trabajado muchos años de redactora en una editorial, y tan solo hacía uno que se había jubilado. Ahora tenía tiempo para todo aquello que siempre había deseado y nunca había podido hacer: ver a sus amigos, organizar partidas de bridge, practicar ejercicio, ir a clases de cocina y jugar al golf. Llevaba varios años investigando la genealogía familiar. El tema la fascinaba, al contrario que a Brigitte, quien de ningún modo quería acabar igual que su madre, viuda y con hijos pequeños. Prefería seguir soltera, tal como estaba, toda la vida.

De joven, Brigitte había asistido a terapia por el suicidio de su padre. Había llegado a perdonarlo, pero nunca había superado del todo el miedo al cambio y a asumir riesgos. Y le afectaba mucho la posibilidad de que aquella noche Ted le propusiera matrimonio. Tanto que llamó a su madre al salir del trabajo, antes de acudir al restaurante, y esta notó la preocupación en su voz. Sin más preámbulos, Brigitte empezó a hablar de su padre. Hacía muchísimo tiempo que no abordaba el tema, y su madre la escuchó perpleja. Brigitte no dijo nada sobre el motivo que la había impulsado a actuar así.

—¿Te arrepientes de haberte casado con él, mamá?

Nunca le había preguntado sobre ese asunto, aunque era

algo que siempre había deseado saber, y su madre pareció sobresaltarse.

—Claro que no. Te tengo a ti.

—Aparte de eso. ¿Valió la pena por todo lo que tuviste que pasar?

Su madre guardó silencio un buen rato antes de responder. Siempre había sido sincera con su hija, y ese era uno de los motivos del fuerte vínculo entre ellas. Además, habían sobrevivido a una tragedia juntas, y eso las mantenía aún más unidas. Tenían una relación muy especial.

—Sí, valió la pena. Nunca he lamentado haberme casado con él, a pesar de todo lo que ocurrió. Le quería muchísimo. Uno debe apostar fuerte en la vida, lo que pase después es cuestión de suerte. Siempre esperas que las cosas salgan bien, pero tienes que arriesgarte. Y lo que te he dicho es cierto; en los malos momentos te miraba y me sentía recompensada. No habría podido vivir sin ti.

—Gracias, mamá —respondió Brigitte con lágrimas en los ojos.

Colgaron al cabo de unos minutos. Sin saberlo, la madre de Brigitte le había dado la respuesta que necesitaba. A pesar del desastre en que los había sumido su padre y de su suicidio, no se arrepentía de nada. Era lo que Brigitte esperaba oír. No sabía si estaba preparada para casarse en ese momento de su vida; tal vez no lo estuviera jamás. Pero si Ted se lo pedía aquella noche, asumiría el riesgo y le diría que sí. Y quizá algún día sentiría la misma seguridad que su madre. A lo mejor algún día ella también tendría una hija. Estaba dispuesta a reconocer que tanto Amy como su madre llevaban razón. Aunque la idea la inquietaba, estaba decidida a aceptar la propuesta de Ted si eso era lo que tenía en mente. Se sentía muy valiente cuando tomó un taxi en dirección a Luigi's para encontrarse con él.

Mientras pensaba en Ted durante el trayecto en taxi, el terror que sentía se fue tiñendo poco a poco de entusiasmo. Lo amaba, y tal vez le sentara bien la vida de casada. A lo mejor incluso le parecía una maravilla, se dijo. Ted no se parecía en nada a su padre, era un hombre responsable. Brigitte sonreía cuando se dispuso a sentarse a la mesa frente a su novio, pero, antes, él se levantó para besarla. Se le veía feliz y más ilusionado que nunca. Su estado de ánimo se contagiaba; hacía años que Brigitte no se sentía tan enamorada. Estaba preparada. Era un momento importante. Ted pidió una copa de champán para ella y la miró a los ojos con expresión sonriente. Luego brindaron y dieron sendos sorbos de la bebida espumosa. A pesar del clima invernal, en la mesa sin duda reinaba un ambiente festivo.

Durante la cena Ted no le dijo nada fuera de lo habitual, y Brigitte aguardó con corrección sin hacer preguntas mientras trataba de acallar sus pensamientos. Imaginaba que él le plantearía la cuestión cuando estuviera preparado. Ya no le cabía duda de que iba a hacerlo, teniendo en cuenta lo animado que se había mostrado durante toda la velada. Amy tenía razón. Todo apuntaba a que aquella noche iba a suceder algo importante. Cuando por fin les sirvieron el postre, un pastel de chocolate en forma de corazón, obsequio de la casa, él la miró con una sonrisa de oreja a oreja. Apenas podía contenerse, y ella sintió que todos sus miedos desaparecían. Se le antojaba la situación perfecta. Recordó las palabras de Amy al decirle que Ted y ella necesitaban más pasión en sus vidas. Ahora se daba cuenta de que tenía razón, aunque ninguno de los dos fuera especialmente vehemente ni efusivo. Hacía seis años que estaban juntos. Se llevaban muy bien y su relación era excelente. Compartían los mismos intereses. Los dos adoraban la vida académica. Él había cursado antropología como segunda especialidad, y apoyaba a Brigitte en su carrera y en su trabajo. Ella sabía que podía contar con él. Ted Weiss era una buena persona. Cuando por fin se planteó pasar la vida entera a su lado, le pareció de lo más lógico. Esa noche se sentía muy segura. Aguardó pacientemente mientras él divagaba diciéndole que era maravillosa, que la respetaba y la admiraba muchísimo, y que lo que estaba a punto de plantearle era su propio sueño hecho realidad. El sueño de su vida. Era lo más romántico que le había dicho jamás, y Brigitte estaba segura de que siempre recordaría aquel momento.

Se sentía un poco mareada por culpa del champán, pero llegado ese punto sabía perfectamente lo que vendría a continuación. Resultaba muy fácil imaginarlo. Siempre había sabido que en algún momento sucedería, en un futuro lejano. Y, de repente, el futuro había llegado antes de lo que esperaba. Solo faltaba que él formulara la pregunta, y su respuesta sería un sí. Suponía que Ted lo tenía claro, igual que ella estaba segura de que esa noche iba a proponerle matrimonio. La previsibilidad de su relación le aportaba seguridad.

—Es lo más emocionante que me ha ocurrido en la vida, Brig —dijo, y parecía muy conmovido—. Sé que no será fácil, pero espero que estés de acuerdo.

Al decir eso parecía un poco más nervioso, y Brigitte se enterneció.

—Claro que sí —lo tranquilizó, y esperó a que le hiciera la pregunta.

—Sabía que te parecería bien, porque eres muy amable y generosa, y siempre me has apoyado en mi trabajo.

—Igual que tú me apoyas en el mío —le alabó ella—. Forma parte del trato.

—Creo que por eso esta relación nos llena tanto a los dos. Sé que a ti también te importa mucho tu trabajo, y el libro.

Brigitte no consideraba tan importante su carrera como Ted la arqueología, pero le agradecía la deferencia. Él siempre veía con buenos ojos lo que Brigitte escribía, y le gustaba la parte del libro que tenía redactada hasta el momento. Compartía su misma opinión sobre los derechos de la mujer, y sentía un profundo respeto por la figura femenina.

—Te estaré eternamente agradecido —dijo Ted en voz baja, mirándola a los ojos con nostalgia repentina. Era un momento importante para ambos—. No puedo creer que nos esté pasando esto —comentó con voz temblorosa—. Llevo toda la noche esperando para decírtelo.

Brigitte oyó un redoble de tambores en su interior mientras él proseguía.

—Hoy me han concedido una excavación. Mi propia excavación. La dirigiré yo. Está en Egipto. Sé que para ti es un poco injusto, pero me marcho dentro de tres semanas.

Lo escupió todo de una vez y se recostó en el asiento con expresión sonriente. Brigitte se sintió como si acabaran de asestarle un golpe en el estómago con un palo de golf. Le llevó un minuto entero recobrar el habla y poder responder. No era eso lo que esperaba que Ted le dijera esa noche.

—¿Que te han dado una excavación en Egipto? ¿Que te marchas dentro de tres semanas? ¿Cómo narices te las has apañado para que todo vaya tan rápido?

Brigitte estaba anonadada.

—Ya sabes que todos los años hago la solicitud. La verdad es que después de tanto tiempo casi había perdido la esperanza, pero siempre me decían que tarde o temprano lo conseguiría. Y así ha sido. Quieren que inicie la excavación de unas cuevas recién descubiertas. Es increíble. Mi sueño se ha hecho realidad.

Y pensar que por un minuto Brigitte había creído que su sueño era ella. Bueno, en realidad había estado engañándose bastante más tiempo.

Aguardó unos instantes más sin apartar la vista del pastel

de chocolate intacto, luego levantó la cabeza y miró a Ted. Se estaba esforzando por conservar la calma, pero, de repente, la acometió un impulso irreprimible de soltar un alarido de frustración. Lo cierto era que, después de tanto tiempo, sí que estaba preparada para casarse con él. Pero no era eso lo que él le estaba pidiendo.

—¿Y qué pasa con lo nuestro?

Las opciones resultaban evidentes. Sin embargo, Brigitte necesitaba que Ted las expresara en voz alta. No quería volver a sacar sus propias conclusiones sobre algo tan importante, ni dar nada por sentado. Esa vez quería oír de su boca qué pensaba hacer al respecto, si es que había pensado hacer algo, y cuáles eran sus planes para los dos.

—Imagino que ambos teníamos claro que acabaría pasando esto —respondió Ted muy serio—. No puedes venir conmigo. En la excavación no hay trabajo para ti, y no sé si es posible conseguir un visado como mero acompañante. Además, ¿qué harías allí, Brig? Sé lo mucho que te importa tu empleo. Me parece que lo que ha sucedido era inevitable. Han sido seis años estupendos, Brig. Te quiero. Juntos hemos vivido cosas muy bonitas, pero estaré cuatro o cinco años en Egipto, tal vez más si la excavación progresa o si después me conceden otra. Pasará mucho tiempo antes de que regrese y no pienso pedirte que me esperes. Tenemos que seguir adelante con nuestras vidas. La mía estará allí, y la tuya está aquí. Ambos somos sensatos y sabíamos que algún día acabaría ocurriendo esto.

Se le veía tan campante. Iba a marcharse en tres semanas y no tenía nada más que decir que un adiós y gracias por los seis años de diversión; ya nos veremos.

—Yo no sabía que acabaría ocurriendo esto —protestó ella aún indignada—. Pensaba que pasaríamos la vida juntos —objetó con lágrimas en los ojos.

Era incapaz de contenerse. Ted le había soltado tal andanada que apenas podía pensar con claridad.

—Nunca nos lo habíamos planteado en serio —le recordó Ted—. Lo hemos comentado a veces de forma hipotética, pero nunca hemos llegado a hacer planes y lo sabes. Es posible que con el tiempo, si hubiera seguido sin conseguir mi excavación, hubiésemos acabado juntos. Aunque, para serte sincero, hace un par de años que cada vez que lo pienso me doy más cuenta de que el compromiso no va conmigo. Al menos en el sentido clásico del término. Me gusta la relación que hemos tenido, pero no necesito nada más; no quiero nada más. Creía que tú eras igual que yo. No andas desesperada por casarte y tener hijos, y precisamente por eso nos iba tan bien.

—Yo creía que nos iba bien porque nos queríamos —repuso Brigitte con aire sombrío—. Y tienes razón, no estoy desesperada por casarme y tener hijos, pero me habría gustado hacerlo algún día.

Daba por sentado que sería así, y ahora se sentía muy tonta. Qué situación tan exasperante: saltaba a la vista que Ted estaba impaciente por marcharse a Egipto y empezar a excavar. Y ella no entraba en sus planes. Era obvio que no quería que lo acompañara; su mirada lo decía todo.

—Aún puedes casarte y tener hijos —la tranquilizó él en voz baja. Ahora era una mujer libre—. Pero no conmigo. Tardaremos mucho en volver a vernos. Quién sabe; si en la excavación aparecen restos valiosos, a lo mejor me quedo allí diez años, o más. Llevo toda la vida esperando este momento. No tengo prisa por volver, y no quiero ataduras que compliquen las cosas.

Ahora resultaba que era una atadura. Al oír eso, a Brigitte se le partió su ya maltrecho corazón.

—Creía que teníamos un acuerdo tácito, Brig, que nos iba de maravilla en una relación informal, sin planes de futuro.

—Ese es el problema de los acuerdos tácitos, que cada cual los interpreta a su manera. Yo creía que teníamos algo serio, y al parecer tú no —dijo enfadada y triste a la vez.

—Para mí lo más serio siempre ha sido mi trabajo, y tú lo sabías —le reprochó él sin alterarse.

Ted no quería que las palabras de Brigitte le provocaran sentimientos de culpa. Su madre siempre hacía que se sintiera culpable, y era algo que detestaba. Quería brindar por su excavación y por el viaje, lo último que deseaba era sentir que hacía algo malo. Claro que eso era una actitud muy simplista, ya que estaba poniendo fin a la relación. Sin embargo, estaba dispuesto a pagar ese precio; lo duro era que Brigitte jamás lo había sospechado. Ahora se daba cuenta de que había estado ciega. Y Ted no veía nada más que su excavación.

—Lo siento, Brig. Sé que es todo muy precipitado. A mí también me cuesta hacerme a la idea, pero en realidad no es tan difícil. Ni siquiera vivimos juntos. De hecho, pensaba preguntarte si quieres quedarte con algunas de mis cosas. El resto lo regalaré. Los muebles no valen mucho la pena, a excepción del sofá.

Lo habían comprado juntos el año anterior, e iba a deshacerse de él con la misma facilidad con que se deshacía de la relación. Brigitte no se había sentido tan indignada ni abandonada desde la muerte de su padre. Fue lo que le vino a la cabeza mientras permanecía sentada a la mesa, observando a Ted.

—¿Y mis óvulos qué? —espetó mientras las lágrimas le resbalaban por las mejillas.

Poco a poco estaba perdiendo el control de sus emociones y empezó a entrarle pánico. Ese no era el San Valentín que había previsto, ni el que Amy deseaba para ella.

—¿Qué les pasa a tus óvulos? —preguntó Ted perplejo.

—Nunca tendremos un bebé juntos; tal vez ni siquiera lo

tenga sin ti. Llevamos seis años de relación y yo tengo treinta y ocho cumplidos. ¿Qué se supone que puedo hacer? ¿Pongo una nota en el tablón de anuncios a ver si encuentro a un hombre que quiera casarse y tener hijos conmigo?

—¿O sea, que solo me querías para eso?

Ted se sentía insultado.

—No. Te quería de verdad; aún te quiero. Lo que pasa es que todo era tan fácil que no te hice las preguntas pertinentes. No lo creía necesario. ¿Por qué no puedo irme a Egipto contigo?

Miró fijamente a Ted y este se sintió incómodo al instante.

—No puedo pensar en casarme y tener hijos con un trabajo tan importante aguardándome. No quiero responsabilidades ni distracciones. Además, no me apetece un compromiso de esa clase. Ha llegado el momento de que cada uno siga su camino, y ya veremos lo que nos depara la vida.

Brigitte notó una punzada en el corazón al escucharlo decir eso.

—Ni siquiera estoy seguro de que me case algún día. En cualquier caso, no lo haré hasta dentro de mucho tiempo.

Y para entonces a ella se le habría pasado el arroz, tal como decía Amy. A Ted no le interesaba su reloj biológico; al parecer no le había interesado nunca. Brigitte se sentía muy tonta por haber dado por sentadas tantas cosas y haber comprendido tan pocas. Nunca pensó en preguntarle al respecto. Durante mucho tiempo se había sentido tan a gusto que se había dejado llevar por la corriente; y ahora él la estaba echando de su barco a patadas porque había decidido continuar la travesía en solitario. Le había dejado muy claro que no había sitio para ella en Egipto; no lo habría nunca. Y encima no podía echarle las culpas, ya que era igual de responsable que él de los malentendidos. Era consciente de ello. Ted no la había engañado. Simplemente habían vivido al día, de fin de semana en fin de semana, durante seis años. Ahora Brigitte tenía treinta y ocho, y él se marchaba lejos para disfrutar de su sueño sin ella. Al oírselo decir se sintió más sola de lo que se había sentido en la vida.

—¿Qué quieres que hagamos antes de que me marche? —preguntó él con delicadeza.

Lo sentía mucho por Brigitte, sus palabras la habían dejado deshecha. No compartía su alegría, tal como esperaba, y Ted se dio cuenta de lo poco realista que había sido. Nunca llegó a comprender el alcance de sus esperanzas. Claro que ella tampoco las había expuesto con claridad. Y ahora todos los sueños y las esperanzas infundadas se estaban desvaneciendo. Brigitte tenía peor aspecto que si acabara de atropellarla un camión. Y por dentro estaba aún peor que por fuera.

—¿A qué te refieres?

Se sonó con un pañuelo de papel, incapaz de dejar de llorar.

—No quiero ponértelo más difícil de lo necesario. Me marcho dentro de tres semanas. ¿Quieres que mientras tanto sigamos juntos, o prefieres que dejemos de vernos?

—Si te he entendido bien, cuando te vayas darás por zanjada nuestra relación. Quieres pasar página, ¿no?

Él asintió, y ella volvió a sonarse y lo miró con abatimiento.

—No podemos mantener la relación si yo vivo en Egipto y tú te quedas aquí. Y no tiene sentido que vengas conmigo. Creo que tarde o temprano lo habríamos dejado correr de todos modos.

Para Brigitte eso era toda una novedad, pero no estaba en condiciones de discutir. Acababa de recibir un golpe muy fuerte.

—Entonces será mejor que lo dejemos ahora mismo —dijo

con mucha dignidad—. Prefiero que no nos veamos más, Ted. Solo serviría para empeorar las cosas. Nuestra relación terminó en el momento en que te ofrecieron la excavación.

O tal vez incluso antes, ya que él no deseaba comprometerse.

—No es por ti, Brig. La vida es así, a veces ocurren estas cosas.

Hablaba por él, claro. A Ted solo le preocupaba su propia vida, no la de Brigitte. Hasta ese momento no se había dado cuenta de lo egoísta que era su novio. Solo pensaba en sí mismo y en su excavación.

—Lo comprendo —dijo mientras se cubría con el abrigo y se ponía en pie. Lo miró a los ojos—. Felicidades, Ted, me alegro por ti. Estoy triste por lo nuestro, y por mí; pero por ti, me alegro.

Le echaba agallas e intentaba ser amable, lo cual lo conmovió aunque seguía pareciéndole una pena que no le mostrara más entusiasmo y apoyo. Sin embargo, también comprendía que para Brigitte era un jarro de agua fría que él quisiera pasar página. Hacía tiempo que deseaba decírselo, pero no se atrevía. Con lo del viaje a Egipto le pareció que era el momento ideal. Sobre todo para él.

—Gracias, Brig. Te acompañaré a casa —se ofreció.

Ella se echó a llorar a lágrima viva y negó con la cabeza.

—No... Cogeré un taxi. Gracias por la cena. Buenas noches.

Y salió corriendo del restaurante con la esperanza de que nadie la viera en ese estado. «Gracias por la cena y por estos seis años. Que te vaya muy bien la vida.» Salió del local tambaleándose en plena nevada y cogió un taxi. Durante el trayecto no pudo más que pensar en todo lo que había hecho mal durante los últimos seis años. Se preguntó cómo podía haber sido tan tonta. Ted no era un hombre dado a los compromisos; no sabía si quería tener hijos, nunca lo había sabido. Ambos habían mantenido una relación que les resultaba muy fácil. Muy cómoda. Esa era la palabra clave, lo único que Brigitte deseaba en la vida: comodidad. Y así le había ido. Había estado seis años saliendo con un hombre porque la relación era muy cómoda, pero a la primera de cambio él la había dejado tirada para marcharse a Egipto a dirigir la excavación con la que siempre había soñado. Se alejaba de ella con la facilidad con que uno se aleja de un alumno o de un colaborador, no de la persona de quien está enamorado. Ahora se daba cuenta de que Ted no estaba enamorado de ella. Y tal vez ella tampoco lo estuviera de él. Había apostado por la facilidad y la comodidad en lugar de luchar por el compromiso y la pasión. Durante seis años le había parecido lo mejor, y ahora recogía lo que había sembrado. Brigitte lloró durante todo el trayecto hasta su casa. Era horrible saber que nunca volvería a ver a Ted y que todo había terminado. Aún peor, puesto que creía que esa noche iba a pedirle que se casara con él. Qué tonta había sido; no paraba de repetírselo a sí misma.

En el momento en que entraba en la casa, empezó a sonarle el móvil. Miró la pantalla y vio que era Ted, pero no respondió. ¿Para qué? No iba a conseguir que él cambiara de opinión. Su historia había terminado, y el amor solo había dejado una estela de lástima y arrepentimiento.

2

Nevó durante toda la noche y por la mañana había treinta centímetros más de grueso en el suelo. Se había declarado oficialmente una ventisca, lo cual brindó a Brigitte la excusa perfecta para no ir a trabajar. Tras despertarse, permaneció en la cama llorando; levantarse y vestirse se le hacía una verdadera montaña. Tenía la sensación de que la vida había terminado para ella, la tristeza y la frustración la abrumaban. Y encima había quedado como una imbécil. Sabía desde siempre que Ted quería una excavación propia, solo que nunca había comprendido hasta qué punto lo deseaba, ni que estaba dispuesto a dejarla tirada y salir corriendo en el momento en que se la concedieran. Creía que para él la relación significaba algo más, pero parecía que no era así. La había tratado como un pasatiempo, una mera distracción, hasta que su carrera tomó el rumbo que anhelaba.

Mientras tanto, ella no había hecho nada con su vida profesional y llevaba siete años anquilosada con el libro. Sintió el colmo del fracaso al leer un mensaje de texto de Ted. Solo decía «Lo siento». Probablemente hablaba con sinceridad. Ted no era mala persona, aunque tenía sus propios objetivos y ella no formaba parte del plan general, motivo por el cual le resultaba muy fácil dejarla. Ella jamás le habría hecho eso; pero también se daba cuenta de que era más ambicioso de lo que creía. Aquella excavación lo era todo para él, mientras que ella no significaba nada. Pensarlo le producía una sensación horrible.

Recibió otro mensaje de texto alrededor de las diez de la mañana. Seguía en la cama, y al leerlo se echó a llorar. Era de Amy. «¿Dónde estás? ¿En la cama, celebrándolo? ¿Os habéis prometido? ¡Cuenta, cuenta!» Por unos instantes, Brigitte no supo qué contestarle, y entonces se dio cuenta de que no le quedaba más remedio que explicárselo. Tarde o temprano tendría que hacerlo. Le respondió con otro mensaje: «No estamos prometidos. Me ha plantado. Se acabó. Le han ofrecido dirigir una excavación en Egipto y se marcha dentro de tres semanas. Anoche rompimos. Hoy no he ido a trabajar». Resultaba increíble cómo las experiencias vitales decisivas e incluso las tragedias podían reducirse a mensajes de texto. Lo había aprendido de sus alumnos, que a través de ellos mantenían amistad y comentaban todas las cuestiones más importantes.

Amy, que al leerlo estaba en su despacho, soltó un pequeño silbido. No era para nada lo que se esperaba, y sabía que Brigitte tampoco. Lo sentía muchísimo por ella. No es que Ted fuera mala persona, simplemente tenía sus prioridades, y al parecer Brigitte no contaba entre ellas a largo plazo. Él podía permitirse malgastar seis años de su vida puesto que solo tenía treinta y cinco. Sin embargo, Brigitte no. En ese momento Amy decidió llamarla, pero ella no contestó, así que le escribió otro mensaje.

«¿Puedo pasar a verte?»

La respuesta no se hizo esperar.

«No. Estoy hecha una mierda.»

«Lo siento.»

La dejó tranquila unas cuantas horas, y por la tarde estuvo llamándola con insistencia, hasta que por fin contestó. Se la oía fatal.

—Él no tiene la culpa. —Brigitte se apresuró a defenderlo—. La tonta he sido yo por no preguntarle cómo se planteaba lo nuestro. Me dijo que el compromiso no iba con él. ¿Cómo he podido pasar por alto una cosa así?

—No se lo habías preguntado —respondió Amy con sinceridad—, y los dos estabais satisfechos con cómo os iba. A lo mejor es que os daba demasiado miedo haceros la pregunta.

Sabía que los padres de Ted habían pasado por un divorcio muy amargo que había acabado por hacer polvo a la familia entera; por eso temía el matrimonio. Amy creía que acabaría venciendo su miedo, y Brigitte también. Pero ya no era necesario. El destino había intervenido ofreciéndole dirigir una excavación en Egipto.

—¿Qué piensas hacer ahora?

—No lo sé. Dedicarme a llorar un par de años. Lo echaré mucho de menos.

No obstante, incluso en su penoso estado de ánimo se había percatado de que, aunque se sentía muy triste, no había quedado tan desolada como creía. Pero ¿qué había hecho? ¿Perder seis años de su vida porque tenía miedo de asumir riesgos y contraer un compromiso? ¿Y ahora qué? ¿Y si nunca tenía hijos por culpa del tiempo que había perdido? Al pensarlo se deprimía. No quería acabar como Amy, teniendo que acudir a un banco de esperma; no lo haría. Brigitte sabía que nunca asumiría un riesgo como ese. Si tenía hijos, quería que fuera a la manera tradicional, con un marido y una familia. Si no, no los tendría. No deseaba criar niños en solitario. Había visto a su propia madre, siempre esforzándose, siempre cargando sola con todo, con las responsabilidades y los problemas, las alegrías y los disgustos, sin nadie con quien compartirlos. Ella no se sentía tan valiente como Amy o su madre, y no estaba dispuesta a afrontar sola una responsabilidad semejante. Prefería no tener hijos, y empezaba a darle la impresión de que así sería. Todo apuntaba a que esto acabaría ocurriendo. En cuestión de veinticuatro horas habían cambiado radicalmente sus perspectivas y su futuro, y no para bien. Sin embargo, a pesar de todo lo que le había tocado vivir, su madre nunca había sido una persona resentida, y Brigitte tampoco deseaba serlo. Solo le serviría para amargarse la vida.

—¿Paso a buscarte después de salir del trabajo? —se ofreció Amy—. Puedo dejar a los niños con la canguro hasta las siete, y acabaré a las cinco.

—Estoy bien. Mañana volveré al trabajo —respondió Brigitte con tristeza—. No puedo pasarme la vida llorando en la cama.

Había estado pensando si deseaba ver a Ted antes de que se marchara y resolvió que no. Solo serviría para empeorar las cosas al saber que todo había terminado y que no volvería a verlo jamás. Se sentía preparada para pasar página. Esa noche le escribió un mensaje de texto en que le decía que estaba bien, que le deseaba lo mejor y le agradecía los seis maravillosos años que habían pasado juntos. Tras enviarlo, se sintió extraña; perturbada, incluso. Seis años resumidos en un breve mensaje de texto. Se le antojaba demasiado simplista. Además, con qué rapidez habían puesto fin a esos seis años, en una sola velada. Un golpe del destino, y todo al garete.

A la mañana siguiente, cuando se dirigió al trabajo, había dejado de nevar. Las máquinas quitanieves habían despejado las calles. Hacía un frío glacial, así que se ajustó bien el cuello del abrigo. Cuando llegó a la oficina, tenía las manos heladas. Se había olvidado los guantes en casa. Tenía la sensación de haber estado ausente no un día, sino siglos enteros para llorar la pérdida de su relación con Ted. Se había puesto un viejo jersey de color gris, el que llevaba siempre que se sentía triste o disgustada. Eran momentos de consolarse con comidas agradables, prendas cómodas y todo lo que lograra aliviar el dolor que sentía. Eran momentos de tristeza y de duelo.

Llevaba media hora en el trabajo, ocupándose de las solicitudes de ingreso, cuando el director de la oficina, Greg Matson, le pidió que se reuniera con él en su despacho. Hacía tan solo un año que ocupaba ese puesto, pero hasta ahora había resultado muy agradable trabajar con él. Había llegado a la Universidad de Boston procedente del Boston College, y solía confiar en los consejos de Brigitte y en su experiencia en la política del centro. Cuando llegó, a Brigitte le había sorprendido comprobar que era más joven que ella, igual que la siguiente candidata a directora. Ninguno de los dos había servido en el departamento tanto tiempo como Brigitte, pero ella nunca había querido cargar con la responsabilidad que implicaba el puesto. Siempre se decía que le resultaría más fácil proseguir con el libro si tenía un trabajo menos exigente, y no sentía el deseo ni la necesidad de ser jefa.

Greg la invitó a tomar asiento con su habitual sonrisa campechana. Le dijo que parecía cansada y le preguntó si había estado enferma. Ella respondió que el día anterior se había resfriado. Charlaron durante un rato de la situación de las solicitudes de ingreso, y él alabó su diligencia y su excepcional desempeño. Entonces le habló del nuevo sistema informático que quedaría implantado en pocas semanas. Explicó que facilitaría la labor de todos, y que aumentaría la productividad del departamento, cosa que en la actualidad constituía una de las mayores preocupaciones, ya que el presupuesto de que disponían era más ajustado. Comentó que los principales objetivos eran ser eficientes y situarse por delante de los posibles recortes presupuestarios, y que el nuevo sistema informático constituía una gran inversión. De repente, con una sonrisa de disculpa, explicó que la implantación del nuevo sistema implicaba la reducción del personal de la oficina de admisiones. Detestaban tener que hacerle eso, sobre todo porque llevaba allí diez años. No era nada personal, insistió, pero tendrían que prescindir de ella y de seis compañeros más. Con gran generosidad, la tranquilizó diciéndole que recibiría una indemnización de seis meses de salario por todos los años de servicio prestados en la Universidad de Boston. Confiaba que eso le proporcionara el tiempo y el dinero necesarios para terminar su libro y dijo que sentía muchísimo que tuviera que marcharse. Luego se puso en pie, le estrechó la mano, la abrazó y, discretamente, la instó a abandonar el despacho y volver a su sitio. Añadió que ya se las arreglarían para terminar el proceso de admisiones sin ella y que, si lo deseaba, podía marcharse ese mismo día para empezar su nueva vida.

Al llegar a su despacho Brigitte permaneció de pie con aire pasmado. ¿Su nueva vida? ¿Qué nueva vida? ¿Qué había sucedido con la anterior? En cuestión de dos días, su novio la había plantado por una excavación en Egipto y en el trabajo que había desempeñado durante diez años la habían sustituido por un ordenador. Prescindían de ella, la eliminaban, pasaba a la historia. No había hecho nada malo, decían todos; pero tampoco había hecho nada bueno. No deseaba ser directora de la oficina de admisiones, así que se había conformado con ocupar un puesto mediocre durante diez años. Había empleado siete en escribir un libro que aún no estaba terminado. Y durante seis había salido con un hombre al que creía amar, pero que no se sentía comprometido con ella; y a ella le había parecido la mar de bien. En su afán por no complicarse la vida y no estresarse, había terminado por no ser importante para nadie, no acabar nada, no casarse y no ser madre. Había cumplido los treinta y ocho años y no tenía ni hijos, ni marido, ni fruto alguno de la última década de su vida. Resultaba un golpe tremendo para su ego, para su corazón, para su autoestima, para su confianza y para su fe en el futuro.

Fue a buscar una caja al cuarto de suministro, introdujo en ella sus cuatro pertenencias y al mediodía, tras despedirse de sus compañeros y todavía en estado de shock, se alejó por el pasillo sintiéndose mareada, incapaz de asimilar lo ocurrido. Era la sensación más rara que había tenido en la vida. Como la de una mujer sin patria, sin amor, sin ocupación. En cuestión de dos días su vida se había puesto patas arriba. La Universidad de Boston iba a compensarla con seis meses de salario. ¿Y luego qué? ¿Qué iba a hacer ahora? ¿Adónde iría? No tenía ni la más remota idea.

En Boston y alrededores había más de un centenar de universidades, más que en cualquier otra ciudad de Estados Unidos, y Brigitte contaba con diez años de experiencia en admisiones. Sin embargo, ni siquiera estaba segura de querer seguir desempeñando ese trabajo. Lo había hecho porque resultaba fácil y no exigía mucha responsabilidad. Pero ¿era eso todo cuanto deseaba en la vida? ¿No afrontar responsabilidades? Se plantó en la puerta del despacho de Amy, con la caja que contenía sus pertenencias en las manos y la mirada vacía.

—¿Qué ocurre? —le preguntó Amy.

No le gustaba la cara de Brigitte. Estaba tan pálida que su piel aceitunada había adoptado un tono cetrino casi fluorescente, y se preguntó qué contendría aquella caja.

—Me acaban de dar la patada. Van a implantar un nuevo sistema informático. Yo ya lo sabía. Lo que no sabía era que iba a servir para sustituirme. Seis compañeros y yo nos vamos a la calle. Perdón, creo que la forma correcta de decirlo es que han prescindido de nuestros servicios. Vaya, que nos echan, nos dan la patada. Llámalo como quieras. Menuda semana llevo.

Hablaba con serenidad, pero estaba apagadísima.

—Madre mía. —Amy abandonó de inmediato su escritorio y cogió la caja que sostenía Brigitte—. Te acompaño a casa en coche. No tengo ningún compromiso hasta dentro de dos horas.

Brigitte asintió sin protestar mientras Amy se ponía el abrigo y salía con ella del edificio cargando con la caja. Se encontraba en estado de shock y no pronunció palabra hasta que estuvieron a medio camino de su casa.

—Me siento mareada —fue todo cuanto dijo, y verdaderamente se la veía mal.

—Lo siento mucho —respondió Amy a media voz mientras aguardaban a que cambiara un semáforo.

Por la mañana Amy había recibido una llamada de Ted, que quería saber cómo iban los ánimos de Brigitte. Estaba preocupado por ella, aunque ilusionadísimo con su nuevo trabajo. Costaba no sentir pena al oírlo, y Amy aún lo lamentó más por su amiga y decidió no mencionarle la llamada de Ted. ¿De qué serviría? Total, se había quedado sin él. Y sin su trabajo. Era mucho para asimilarlo de una vez.

—A veces las cosas suceden así, Brig. Todo se va al garete al mismo tiempo. Has tenido muy mala suerte, la verdad, y el momento es de lo más inoportuno.

—Sí, ya lo sé —dijo Brigitte con un hilo de voz, suspirando—. Es culpa mía. Siempre escojo el camino fácil. Estoy tan preocupada por capear el temporal sin arriesgarme que termino hundiéndome con el barco. Nunca he tenido agallas para hacer lo que está haciendo Ted. Nunca he optado a ser directora de la oficina de admisiones. Nunca me he esforzado por acabar el libro cuanto antes. Quiero pasar desapercibida. Y mírame ahora. No tengo trabajo, ni pareja, ni hijos; tal vez no los tenga nunca. Eso sí, habré escrito un libro que con suerte llegará a manos de una decena de eruditos, bien sea para leerlo o para utilizarlo de tope de puerta, si es que algún día consigo acabarlo.

Se volvió hacia Amy con un brillo de lágrimas en los ojos.

—¿Qué narices voy a hacer con mi vida?

Eran momentos duros para Brigitte; momentos de hacer balance y asumir los errores cometidos. Había pagado un alto precio por ellos en los últimos dos días.

—Ni siquiera le pregunté a Ted si querría casarse conmigo algún día. Daba por sentado que lo haría. Resultaba más fácil así. Y la respuesta habría sido que no. Habría sido mejor oírla entonces que descubrirlo ahora. Tengo la sensación de que la vida me ha pasado de largo, y el daño me lo he hecho yo a mí misma.

Era cierto, pero Amy no quería hurgar más en la herida, que ya era bastante profunda. Había perdido la pareja y el trabajo. En tan solo dos días. Menudo golpe.

—No te fustigues. El pasado es imposible de cambiar. Hay tropecientas universidades cerca de aquí, puedes conseguir otro empleo en una oficina de admisiones si quieres. También podrías dar clases, tienes la titulación necesaria. —Sin embargo, sabía que Brigitte nunca había querido dar clases. No quería asumir el compromiso—. Tienes una excelente trayectoria. Si te dedicas a enviar el currículum, seguro que te sale algún trabajo.

—Todo el mundo anda con recortes. No sé qué hacer. A lo mejor debería intentar acabar el libro.

Amy asintió. Por lo menos eso la mantendría ocupada y evitaría que se desanimara en exceso hasta que empezaran a curar las heridas. Algo tenía que hacer para superar ese momento. En vez de culpar a Ted, Brigitte se culpaba más bien a sí misma. Amy creía que era culpa de los dos; de Ted por lo que había hecho, y de Brigitte por lo que había dejado de hacer.

—Igual podrías marcharte del país un tiempo, cambiar de aires —propuso Amy en un tono amable, con la intención de subirle la moral.

—¿Y adónde voy a ir yo sola? —Brigitte lloraba al preguntarlo. Viajar sin compañía se le antojaba de lo más horrible.

—Podrías ir a muchos sitios. A Hawái, al Caribe, a Florida. A tumbarte en alguna playa.

—Sola no tiene gracia. A lo mejor debería ir a Nueva York, a visitar a mi madre. No nos hemos visto desde Navidad. Ya verás cuando le diga que Ted me ha dejado y que me he quedado sin trabajo.

Su madre tenía una gran confianza en ella, y en esos momentos se sentía una auténtica fracasada.

—No sé si es muy buena idea ahora mismo. Creo que te sentaría mejor la playa.

—Sí, puede ser —respondió Brigitte con poco convencimiento.

Entraron en el piso de Brigitte con sus pertenencias, y entonces esta se volvió hacia su amiga con expresión preocupada.

—Si te llama Ted, no le cuentes que me han despedido. No quiero que me compadezca. Es tan patético... Me siento una fracasada total.

A él lo habían ascendido, y en cambio a ella la habían echado. Brigitte se sentiría humillada si él llegaba a enterarse.

—No eres ninguna fracasada. Además, ya me ha llamado esta mañana. Quería saber cómo estás. Creo que está preocupado por ti.

—Pues dile que estoy bien. No habrá cambiado de idea sobre la excavación, ¿verdad? —preguntó con aire esperanzado, y Amy negó con la cabeza.

Iba a marcharse, tal como tenía planeado, solo que estaba preocupado por ella aunque no lo suficiente para invitarla a que lo acompañara o renunciar al viaje. La relación había tocado a su fin. Amy estaba convencida, y Brigitte también.

Permanecieron un rato en la sala de estar de Brigitte, y luego Amy tuvo que volver al trabajo. Propuso a su amiga que fuera a pasar el fin de semana a su casa, pero Brigitte respondió que intentaría adelantar el libro. El resto de la tarde se limitó a quedarse sentada, con la mirada perdida, tratando de asimilar todo lo que le había ocurrido. Estaba sin novio y sin trabajo. Eran demasiadas cosas que aceptar de golpe.

El sábado la llamó su madre y, tras pensárselo un minuto entero, descolgó el teléfono. Ted no le había telefoneado ni le había enviado ningún mensaje desde el día siguiente a la cena de San Valentín. Estaba más que preparado para dejar correr la relación con ella y cortar la comunicación. Era más fácil eso que enfrentarse a su pésimo estado de ánimo. Ted detestaba a las lloricas. Siempre decía que le recordaban a su madre. Era alérgico a todo sentimiento de culpa y cargo de conciencia, y a la sensación de ser el malo de la película. Por eso se quitaba de en medio y punto. Brigitte lo consideraba una actitud cobarde.

Su madre se quedó de piedra al oír la voz de su hija.

—Se te oye fatal. ¿Estás enferma? —Se preocupó al instante. Brigitte era su única hija.

—No... Sí... Bueno, más o menos. No me encuentro muy bien.

—¿Qué tienes, cariño? ¿Es la gripe o solo un resfriado?

De hecho, no era ninguna de las dos cosas. Le dolía el corazón.

—Un poco de todo —respondió Brigitte con vaguedad, preguntándose cómo explicarle a su madre lo sucedido durante la semana. No era capaz de expresarlo con palabras.

—¿Cómo está Ted? ¿Alguna novedad?

La madre de Brigitte siempre parecía esperar que en cualquier momento él fuera a proponerle matrimonio; no comprendía por qué no lo había hecho ya. Brigitte detestaba tener que admitir ante ella el caos al que se había reducido su vida en esos momentos y llorarle al respecto. Su madre siempre se mostraba muy fuerte, positiva y cargada de energía. La admiraba muchísimo; siempre lo había hecho, desde niña.

Brigitte decidió hacer de tripas corazón y empezar por explicarle lo de Ted.

—Mira, justo esta semana le han dado una gran noticia. Sobre todo para él. Le han propuesto dirigir una excavación en Egipto y se marcha dentro de tres semanas.

Al otro lado del hilo telefónico se hizo el silencio.

—¿Y eso a ti en qué lugar te deja? ¿Te vas a Egipto con él? —Su madre formuló la pregunta con voz preocupada. Ya le resultaba bastante difícil que su única hija viviera en Boston. Egipto, directamente, quedaba fuera de su mapa.

—No, no me voy. Es la oportunidad que Ted siempre ha estado esperando y pasará mucho tiempo allí; por lo menos tres años, puede que incluso cinco. O, quién sabe, si hace un buen trabajo, igual tarda diez años en volver. Es decir que, básicamente, sus planes no me incluyen a mí.

Trataba de aparentar una serenidad y una actitud filosófica que no se correspondían del todo con la realidad.

—¿Tú lo sabías? —La mujer parecía descontenta e impactada.

—Más o menos. Sabía que eso era lo que él deseaba, aunque supongo que no creía que acabara sucediendo de verdad. Pero sí. Y las cosas están yendo muy deprisa, así que hemos decidido dejar la relación esta misma semana y pasar página. Necesita estar libre para lanzarse a por su sueño.

Brigitte intentaba parecer positiva, aunque en realidad veía las cosas muy negras; estaba sumida en un pozo de dolor y autocompasión.

—¿Y qué pasa con tus sueños? Llevas seis años saliendo con Ted.

La madre de Brigitte hablaba con severidad. No estaba enfadada con su hija, sino con Ted. El problema era que Brigitte nunca había prestado atención a sus sueños; no los había expresado ante Ted ni tampoco ante sí misma. De modo que ahora él veía cumplidos sus deseos mientras que ella no tenía ninguno.

—Es bastante egoísta por su parte irse y centrarse solo en lo suyo —le espetó su madre. Se la oía contrariada; defendía a su hija.

—Es lo que ha querido desde que entró a trabajar en la Universidad de Boston, mamá. No puedo echarle la culpa. Lo que pasa es que, no sé cómo, a mí se me había olvidado. Además, las cosas son como son y punto.

Entonces tragó saliva y decidió explicarle el resto.

—De hecho, está siendo una semana de locos. Ayer me despidieron del trabajo; van a sustituirme por un ordenador.

—¿Que te han echado? —Su madre no dada crédito.

—Sí, eso es; con una indemnización de seis meses, o sea, que económicamente no supone un problema. Más bien ha sido el impacto de la noticia. Sabía que iban a implantar un nuevo sistema informático, lo que no sabía era que por eso prescindirían de mí. Ya ves, todo el mundo se me quita de encima, tanto Ted como la universidad. A lo mejor así resulta más fácil.

—¿A quién le resulta más fácil? —Su madre estaba furiosa por ella—. A ti seguro que no. Después de estar seis años con Ted, él te deja tirada y se marcha a Egipto tan contento, y después de trabajar diez en la Universidad de Boston, cogen y te dan la patada. Me parece de lo más desconsiderado por ambas partes. ¿Quieres que vaya a hacerte compañía?

Brigitte sonrió ante la pregunta. Se sentía fracasada, pero era gratificante contar con el apoyo de su madre. Aunque la mujer no se mordía la lengua ni se apeaba del burro, le tenía devoción, era buena y amable y se ponía de parte de su hija en todo momento.

—Estoy bien, mamá. Me centraré en el libro, a ver qué tal me va. Puede que sea la gran oportunidad para terminarlo sin más dilación. Ahora mismo, no hay ninguna otra cosa que me apetezca hacer.

Además estaba matriculada de una asignatura del doctorado ese semestre, pero después de todo lo ocurrido se estaba planteando dejarla y tomarse ese tiempo libre. No se encontraba de humor para estudiar ni presentar trabajos. Bastante tendría con el libro, dado su poco ánimo.

—¿Por qué no vienes a verme a Nueva York? —Su madre estaba muy preocupada por ella.

—No pinto nada ahí, mamá.

Brigitte se había marchado de Nueva York al terminar el instituto, y muchos de sus amigos vivían fuera.

—Quiero enviar el currículum a unas cuantas universidades de por aquí, a ver qué clase de trabajo me ofrecen. Seis meses pasan bastante deprisa. En otoño podría empezar a trabajar en otro sitio. De momento, me dedicaré al libro.

Su madre no parecía convencida y le preocupaba Brigitte.

—Siento mucho que te haya pasado todo eso, Brigitte; sobre todo lo de Ted. Siempre encontrarás otro trabajo, pero habías apostado mucho por esa relación. A tu edad no es fácil encontrar pareja y, si quieres tener hijos, no puedes perder tiempo.

—¿Y qué me sugieres? ¿Me dedico a repartir panfletos o a colgar carteles? ¿O es mejor un anuncio de página entera en el periódico? La culpa también es mía, mamá. Nunca le había planteado a Ted lo de casarnos o tener hijos. No quería hacerlo. Yo tampoco estaba preparada; pensaba que tenía mucho tiempo por delante. Y di por sentado que lo nuestro iba en serio. Pues bien, no iba tan en serio como creía. De hecho, no iba nada en serio. Él ni siquiera tiene claro que algún día quiera casarse y tener hijos. Supongo que pasé por alto las señales y nunca se lo pregunté directamente; no tan en serio como tendría que haberlo hecho. Y esto es lo que he recibido a cambio. Puede que nunca consiga tener hijos.

Sintió una gran tristeza al expresarlo en voz alta, y su madre estaba muy apenada por ella.

—Él tendría que haber sido más directo y decirte cuáles eran sus planes en vez de hacerte perder el tiempo.

—Puede ser. Yo creía que no había prisa. Tampoco estaba preparada para adquirir compromisos.

Ninguna de las dos lo dijo, pero ambas sabían que tal vez ya fuera demasiado tarde. A sus treinta y ocho años, Brigitte se había aferrado a la falsa ilusión de ser todavía joven. Hasta ese momento. De repente, todo su mundo se había venido abajo, tanto en el terreno profesional como en el personal.

—Las chicas modernas pensáis que tenéis toda la vida para casaros y quedaros embarazadas. Hoy día se es madre primeriza a los cuarenta y cinco o los cincuenta años, gracias a un montón de ayuda médica de lo más peligrosa. La gente ya no se casa. Las mujeres tienen hijos a los sesenta años, con todo tipo de intervención clínica. Las cosas no son tan fáciles como creéis, y a veces toda esa propaganda tecnológica causa un efecto bumerán y hace que a las mujeres les parezca que disponen de un margen falso. El reloj biológico avanza al mismo ritmo de siempre, da igual lo que el hombre haya inventado para intentar engañarlo. Espero que la siguiente relación te la tomes más en serio, ya no puedes permitirte perder tiempo.

Eran palabras muy severas y resultaba duro oírlas, pero Brigitte sabía que su madre llevaba razón.

—Con Ted iba en serio —dijo con un hilo de voz.

—No ibas todo lo en serio que hacía falta, ni él tampoco. Los dos creíais que seguíais siendo unos niños.

Brigitte sabía que su madre también tenía razón en eso. Solía tenerla. Vivir tal como lo había hecho le había resultado muy fácil, pero ahora todo le explotaba en la cara a la vez.

—Él se va a Egipto y tú te quedas sola. Es muy triste. —La compadecía; tenía que resultarle espantoso.

—Sí, es muy triste. Pero a lo mejor es mi destino. A lo mejor, por lo que sea, no teníamos que acabar juntos.

Brigitte trataba de tomárselo con filosofía.

—Ojalá te hubiera dejado las cosas claras de antemano.

—Sí, ojalá.

Sin embargo, Brigitte reconocía que a los dos les había dado pereza implicarse sentimentalmente, se habían comportado con displicencia e inmadurez. Eran adultos, no niños.

—Avísame si te apetece venir unos días. Siempre tienes tu dormitorio disponible, y me encanta que estemos juntas. Por cierto, he hecho muchos progresos con el árbol genealógico. Me gustaría enseñarte mis últimos descubrimientos. Si te cansas de trabajar en el libro, podrías echarme una mano con esto.

A Brigitte no se le ocurría nada que le apeteciera menos en esos momentos. La historia de la familia materna, desde la Francia de la Edad Oscura, siempre le había resultado más interesante a su madre que a Brigitte, aunque esta admiraba el trabajo tan minucioso que la mujer estaba llevando a cabo. Había constituido su hobby y su pasión durante años. Siempre había querido dejarle a su hija el legado de la genealogía familiar. Brigitte, en cambio, prefería las historias que encerraban misterio, y sus antepasados se le antojaban demasiado corrientes y anodinos.

A última hora de esa misma tarde, Brigitte fue a ver a Amy y a sus hijos, y el domingo retomó el trabajo del libro. Y por primera vez todo el material compilado y la cuestión del sufragio femenino se le antojó yerma y tediosa. Ya no le parecía tan importante como lo había sido hasta entonces. Todo lo relativo a su vida se le antojaba gris y mediocre, sin sentido. Al no contar con Ted ni con el empleo, incluso detestaba el libro. Le daba la sensación de haber llegado a un callejón sin salida en todos los aspectos de su vida. ¿Qué sentido tenía?

El martes, lo que redactó la tenía sumida en el más puro aburrimiento. Y no había recibido noticias de Ted desde la semana anterior. Siguió esforzándose con el libro, pero el fin de semana siguiente le entraron muchas ganas de ponerse a gritar de desesperación y se planteó arrojarlo todo a la basura. Así no iba a llegar a ninguna parte. Estaba demasiado triste por haber cortado la relación con Ted y haber perdido el trabajo. Había enviado el currículum a otras universidades, pero era demasiado pronto para obtener respuesta. Se dio cuenta de que esa vez, si le ofrecían otro trabajo, tendría que ser capaz de asumir más responsabilidades que antes.

Su poca predisposición para afrontar retos mayores la había convertido en alguien sustituible por un ordenador y ya la había dejado sin empleo en una ocasión. De todos modos, no esperaba recibir noticias de ninguna universidad hasta pasado un tiempo.

Tras dedicarse una semana más a batallar con el libro, la cosa se atascó del todo. No tenía nada más que decir ni fuerzas para decirlo, y el tema le merecía poquísimo interés. Estaba bloqueada. Empezaba a pensar en la propuesta que le había hecho Amy de marcharse a la playa, solo para alejarse un tiempo. Volvía a nevar y en Boston todo la deprimía. Detestaba saber que Ted estaba dispuesto a marcharse; y, de pronto, en cuestión de diez días, la había invadido la sensación de que ya no tenía vida. Sin trabajo y sin pareja, le parecía que no había gran cosa que la retuviera en Boston actualmente, y de improviso decidió viajar a Nueva York. Necesitaba descansar de todo aquello. Su madre se mostró encantada cuando le telefoneó desde el aeropuerto de Boston.

Brigitte miró por la ventanilla durante el breve vuelo interno. Se sentía un poco infantil por lo que estaba haciendo, pero, tal como tenía la vida, patas arriba, sentaba bien regresar a casa. Sabía que debería empezar de cero, pero de momento no tenía ni idea de por dónde hacerlo, y pasar unos días en Nueva York le haría bien. Su madre le sugirió que enviara el currículum a la Universidad de Nueva York y también a la de Columbia. Sin embargo, Brigitte no deseaba afincarse otra vez en Nueva York. Llovía y, cuando el avión tomó tierra, no tenía ni idea de qué rumbo tomaría su vida. Quería pasar unos días con su madre en el piso cómodo y acogedor en que se había criado. Después pensaba volver a Boston, aunque no tenía ni idea de qué acabaría haciendo. Todo cuanto sabía, tras los últimos cambios en su vida, era que deseaba que las cosas fueran distintas. Aferrarse a la ley del mínimo esfuerzo ya no la satisfacía.

3

Marguerite Nicholson le abrió la puerta a su hija con alivio y llena de alegría. En Nueva York estaba lloviendo a cántaros y Brigitte quedó empapada tan solo con salir del taxi y entrar en el edificio. Su madre se apresuró a colgar la gabardina mojada, la invitó a quitarse los zapatos y, al cabo de pocos minutos, le ofreció una taza de té y se sentaron frente a la chimenea. A Brigitte, el hecho de encontrarse allí le resultó inmensamente tranquilizador; era como dejarse caer sobre un edredón de plumas o un colchón mullido con un suspiro de alivio. Su madre era una mujer capaz e inteligente con quien siempre podía contar. Marguerite las había salvado del desastre y consiguió convertir la tragedia en una vida confortable para ambas. Se había forjado una respetable carrera en el mundo editorial. Cuando el año anterior se retiró, lo hizo como jefa de redacción, acreditada con muchas obras famosas y muy admirada en su campo. Le había costeado las dos titulaciones universitarias a su hija, le inculcó la importancia de tener estudios y se mostraba muy orgullosa de sus logros y sus planes de obtener el doctorado. Solo se disgustó cuando Brigitte se ancló a un puesto tan poco atractivo como el que ocupaba en la oficina de admisiones de la Universidad de Boston, y más aún cuando lo que se le antojaban interminables años de investigación no acababan de dar fruto y concluir con el libro que llevaba tanto tiempo escribiendo. Se sentía tan decepcionada por eso como por el fracaso de Brigitte a la hora de casarse y tener hijos. Quería que se cuestionara a sí misma y se decidiera a tomar las riendas de su vida; sin embargo, Brigitte jamás había hecho eso hasta el momento.

Marguerite sabía que era concienzuda y trabajaba duro, pero deseaba mucho más para ella. Era muy consciente de la aversión que Brigitte sentía por el riesgo y sabía a qué se debía. Todo cuanto deseaba desde siempre era sentirse segura. Su madre habría querido que la vida de su hija estuviese más llena de aventura y de estímulos. Marguerite sabía que era capaz de vivir de otra forma, pero por algún motivo siempre se retenía. Seguían persiguiéndola los traumas de su infancia y la muerte de su padre.

Se acomodaron en la alegre sala de estar del piso. Madre e hija no podían tener apariencias más distintas. Marguerite era muy rubia, mientras que su hija era muy morena, y, aunque ambas eran altas y tenían buen tipo, los ojos de Brigitte alcanzaban un tono prácticamente tan oscuro como su cabello, mientras que los de su madre se asemejaban al azul del cielo. Sus sonrisas se parecían, pero su aspecto general era distinto. Brigitte tenía unos rasgos y un aire mucho más exóticos.

La sala era cálida y estaba decorada con gusto; había algunos muebles antiguos bien conservados, y la madre de Brigitte había encendido la chimenea antes de que esta llegara. Se sentaron frente al fuego, en unos sillones de terciopelo, desgastados pero elegantes, y tomaron té en las tazas de porcelana de Limoges que habían pertenecido a la abuela de Marguerite y que ella guardaba con mucho orgullo. Marguerite tenía un aire aristocrático y refinado. Aunque en el piso no había ningún objeto de gran valor, mostraba buen gusto; además, llevaba muchos años viviendo allí. Su hogar denotaba la pátina del tiempo. En todas las paredes había estanterías llenas de libros. Era un hogar donde se rendía culto a la cultura, la literatura y la educación. A Marguerite, desde siempre, la fascinaba todo lo referente a su familia.

—Bueno, cuéntame, ¿qué pasa con tu libro? —preguntó la madre de Brigitte con interés, para evitar temas más dolorosos como Ted y el despido.

—No lo sé. Creo que estoy demasiado dispersa. Me he estancado, estoy bloqueada por completo. La investigación es buena, pero tengo la impresión de que no consigo despegar. Supongo que me pesa lo que ha pasado con Ted. Tal vez la cosa vaya mejor si me tomo un respiro; por eso he venido a verte.

—Pues me alegro de que lo hayas hecho. ¿Quieres que le eche un vistazo a lo que has escrito? Reconozco que no sé gran cosa de antropología, y tu trabajo es de mucho nivel, pero a lo mejor puedo ayudarte a imprimirle un poco de ritmo.

Brigitte sonrió ante la típica predisposición a ayudar de Marguerite. Le agradecía que no hubiera hecho ningún comentario desagradable sobre Ted; tan solo estaba apenada por su hija.

—Me parece que ese trabajo necesita algo más que un poco de ritmo, mamá. Ya llevo seiscientas cincuenta páginas y, si sigo el esquema del recorrido histórico y la cantidad de países que me había propuesto incluir, superaré las mil. Quería que fuera la mejor obra de todos los tiempos sobre el derecho al voto de la mujer, pero ahora, de repente, empiezo a dudar que le interese a alguien. Seguramente la libertad de la mujer depende de muchas más cosas que de su derecho a participar del proceso democrático —comentó Brigitte con tristeza.

—A mí me parece un libro apasionante —le dijo su madre para animarla.

Sin embargo, estaba segura de que la obra sería meticulosa, exhaustiva y de una calidad impecable. Conocía la habilidad para escribir de Brigitte, aunque a ella le diera la impresión de que el tema ya no la inspiraba.

Esta sonrió ante el comentario. Después de todo, se trataba de una obra académica, no de un libro comercial.

—Yo también he estado ocupada —prosiguió Marguerite—. He vuelto a retomar mi investigación, me he pasado las tres últimas semanas en la Biblioteca Mormona de Historia Familiar. Han recopilado una cantidad de documentación increíble. ¿Te das cuenta? Tienen a más de doscientos cámaras repartidos en cuarenta y cinco países del mundo que se encargan de tomar fotografías de archivos locales para que la gente pueda usarlos en sus investigaciones genealógicas. Su objetivo real es ayudar a que pueda bautizarse a los familiares en la iglesia mormona, aunque sea de forma póstuma. Sin embargo, cada cual es libre de utilizar la información con el fin de identificar a sus ancestros. Son muy generosos con respecto a los datos que recopilan, y resultan de gran ayuda. Gracias a ellos, he conseguido retroceder hasta los De Margerac que vivieron en Nueva Orleans en 1850, y sé que llegaron a Estados Unidos por esa época, procedentes de Bretaña. Hay otra rama de la familia con el mismo nombre que llevaba mucho más tiempo allí, pero nuestros ascendientes directos llegaron de Bretaña a finales de la década de 1840.

Hablaba como si fuera una presentadora de telediario, y Brigitte sonrió. A su madre le apasionaba lo que estaba haciendo.

—O sea, que el que llegó a este país en esa época tuvo que ser mi bisabuelo y tu tatarabuelo respectivamente —prosiguió la mujer—. Lo que ahora me gustaría investigar es la historia de la familia antes de que llegara a América. Sé que existieron un Philippe y un Tristan de Margerac que emigraron, y en la familia hay varios condes y un marqués, pero no conozco gran cosa de ellos antes de que abandonaran Francia; más bien no sé nada.

—¿No tendrías que ir allí para seguir haciendo indagaciones, mamá? —preguntó Brigitte haciendo un esfuerzo por interesarse en el tema. Así como la antropología la fascinaba, por algún motivo la incansable exploración de la historia familiar por parte de su madre siempre la había aburrido en grado extremo. Nunca había conseguido sentir la misma curiosidad que ella por saber de sus antepasados. Le parecía todo muy remoto, muy poco relevante para su vida actual. Además, sus antepasados eran gente muy anodina; ninguno le parecía excepcional.

—Seguro que en la Biblioteca Mormona de Historia Familiar disponen de más información sobre el tema que en toda Francia. Tienen fotografías tomadas de los archivos locales. Los países europeos son los más fáciles de investigar. Un día de estos iré a Salt Lake City y buscaré más material, pero de momento aquí me han dado mucho, y muy bueno.

Brigitte asintió por educación, como siempre, aunque su madre sabía lo poco que le interesaba el asunto, así que cambiaron de tema y hablaron de teatro, de ópera, de ballet, actividades por las que Marguerite también sentía pasión, y de la última novela que estaba leyendo. Al fin, de forma inevitable, acabaron hablando de Ted y de la excavación en Egipto. No era posible demorar más la conversación. Marguerite seguía sintiendo mucho lo ocurrido y estaba triste por su hija. Sabía que para ella suponía una tremenda decepción. De hecho, le sorprendió que se lo tomara con tanta filosofía. Ella, en su lugar, no se habría tomado tan bien que la abandonaran tras seis años de relación. Brigitte asumía gran parte de la responsabilidad de lo ocurrido, y Marguerite no acababa de estar de acuerdo con ella. Creía que Ted debería haberle propuesto que lo acompañara a Egipto en lugar de aprovechar la oportunidad para romper la relación y pasar página.

Hablaron de los centros a los que Brigitte había enviado el currículum. Seguía con el convencimiento de permanecer afincada en Boston o alrededores. Con todo, era demasiado pronto para obtener respuesta a su petición de empleo. Brigitte era consciente de que sus homólogos estaban muy atareados tramitando las solicitudes de ingreso, y después tendrían que ocuparse de la asignación de plazas y la lista de espera. Suponía que no recibiría contestación a sus cartas hasta mayo o junio. No tenía ningún miedo, y estaba dispuesta a esperar hasta entonces. Solo necesitaba dar con algo que la mantuviera entretenida mientras tanto, pero tenía claro que no iba a ser el interminable proyecto de investigación genealógica de su madre. Le gustaría resultarle de ayuda, pero dedicarse a clasificar generación tras generación de personas igual de respetables las unas que las otras se le antojaba tan poco atractivo como el libro que estaba escribiendo. A veces deseaba que en la familia hubiera habido un criminal o un sinvergüenza con imaginación, alguien que animara un poco el árbol genealógico.

A medianoche, Brigitte y su madre apagaron la luz y se fueron a dormir. El fuego de la chimenea ya se había extinguido. Brigitte ocupó el antiguo dormitorio de su infancia, como siempre que se alojaba en casa de su madre. Seguía estando decorado con la tapicería de chintz rosa en distintos estampados florales que ella misma había elegido de jovencita. Le gustaba reencontrarse con el ambiente y la decoración de aquel espacio familiar y retomar las largas y estimulantes conversaciones con su madre. Se llevaban muy bien.

A la mañana siguiente, tomaron juntas el desayuno en la cocina y luego Marguerite se dirigió a hacer unos cuantos recados, a comprar comida y a jugar al bridge con unas amigas.

Llevaba una vida plácida, y había salido durante bastante tiempo con un hombre que había muerto unos años atrás, justo antes de que ella se jubilara. Desde entonces no había tenido ninguna otra relación sentimental. Contaba con un amplio círculo de amistades y asistía a comidas, cenas, visitas a museos y actividades culturales, sobre todo con otras mujeres, pero también con algunas parejas. Aunque vivía sola, no se aburría nunca. Su proyecto sobre la genealogía familiar la mantenía ocupada los fines de semana y las noches en que no salía. Había aprendido a solicitar información por internet, pero la mayoría de la que había obtenido era gracias a los mormones. Soñaba con el día en que lo recopilara todo en un libro dedicado a Brigitte, y mientras tanto gozaba con la investigación, explorando la historia y la vida de familiares que vivieron siglos atrás, por mucho que Brigitte lo encontrara tedioso y poco estimulante.

Esa tarde, cuando regresó a casa, le mostró a Brigitte sus últimos apuntes. Su hija había salido de compras y luego había ido a Columbia a visitar a un amigo que ejercía de profesor allí y que había prometido estar pendiente de cualquier vacante en la oficina de admisiones. Él le sugirió que se planteara la opción de la enseñanza en lugar de las tareas administrativas, pero Brigitte no se veía dando clases y prefería el trabajo en la oficina, que, por otra parte, le ofrecía más tiempo para escribir y asistir a las clases de doctorado. Parecía de mejor humor que el día de su llegada. Su madre tenía razón, le sentaba bien la visita a Nueva York. Todo resultaba vigorizante y muy vivo, aunque ella se sentía a gusto en el mundo académico de los alrededores de Boston. Allí el ambiente era más desenfadado y juvenil. Con todo, el viaje a Nueva York le proporcionaba un agradable cambio de aires. Había muchas más cosas que hacer; precisamente por eso a Marguerite le encantaba.

Cuando Brigitte prestó atención a los últimos descubrimientos de su madre, la información que había reunido la impresionó. Al parecer, conocía las fechas de nacimiento y defunción de todos sus ascendentes directos, y de muchos primos. Sabía en qué condados y parroquias de Nueva Orleans habían vivido y habían muerto, cuáles eran los nombres de sus casas y sus plantaciones, a qué poblaciones de Nueva York y Connecticut habían emigrado tras la guerra de Secesión. Y conocía el nombre del barco en que algunos miembros de la familia habían llegado procedentes de Bretaña en 1846. Al parecer, se habían instalado en el sur hasta pasada la guerra y luego, en las décadas de 1860 y 1870, habían emigrado al norte, donde se habían establecido de forma permanente. Sin embargo, lo ocurrido en Francia antes de esa época seguía siendo un misterio. Al menos eso a Brigitte se le antojaba más interesante que lo que su madre había dilucidado hasta el momento.

—No hace tanto tiempo, mamá. Seguro que en la Biblioteca Mormona de Historia Familiar también te proporcionarán información sobre eso. Y, si no, siempre puedes viajar a Francia.

—Qué va, tendría que ir a Salt Lake. Allí disponen de más información de archivos europeos, y las instalaciones son mucho más amplias. Lo que pasa es que no he tenido tiempo. Además, las bibliotecas tan grandes me ponen los pelos de punta. A ti esas cosas se te dan mucho mejor que a mí.

Suplicó a Brigitte con la mirada que la ayudara con el proyecto, y su hija sonrió. El entusiasmo de la mujer la conmovía.

—Con todo lo que tienes aquí podrías escribir un libro si algún día te animaras —comentó Brigitte con aire alentador. La diligencia y la perseverancia de su madre no dejaban de impresionarla.

—No creo que a nadie le interese, excepto a la familia, claro, y me temo que eso se reduce a nosotras, aparte de algún primo suelto por aquí y por allá. A no ser que en Francia haya parientes que no conozco, cosa que dudo. No he encontrado a ningún De Margerac que haya vivido allí recientemente. Y los de por aquí se han extinguido. En el sur no queda nadie desde hace por lo menos cien años. Tu abuelo nació en Nueva York a principios de siglo. Solo estamos tú y yo.

Era toda una labor que realizaba con entrega y que la tenía fascinada desde hacía años.

—Te esfuerzas mucho, mamá —la alabó Brigitte con admiración.

—Me gusta saber con quiénes estamos emparentadas, dónde vivían y a qué se dedicaban. También es tu herencia, y tal vez algún día le darás más importancia que ahora. En nuestro árbol genealógico aparecen algunos personajes muy interesantes —reveló Marguerite con una sonrisa, aunque, por el momento, a Brigitte no se lo parecía en absoluto. Eran aristócratas, pero no tenían nada de particular.

Brigitte acabó quedándose en Nueva York el resto de la semana. No tenía motivos de urgencia que la obligaran a regresar a Boston. Su madre y ella aprovecharon para ir juntas al teatro y al cine, para cenar en algunos restaurantes informales y dar largos paseos por Central Park. Disfrutaban de la compañía mutua, y su madre trató de evitar los temas comprometidos. No quedaba nada más que decir sobre Ted, excepto que, en opinión de Marguerite, Brigitte había malgastado seis años de su vida, y sospechaba que ella misma empezaba a pensar lo mismo. Ted demostraba ser un egoísta absoluto. Las últimas noticias que Brigitte había tenido de él fueron el mensaje que le dejó la mañana posterior a su ruptura.

El sábado pasaron una tranquila tarde de descanso casero, leyendo la edición adelantada de *The Sunday Times*. Marguerite soltó una carcajada al leer en el suplemento un artículo que hablaba de genealogía. Como era de esperar, ensalzaba la buena labor de los mormones y sus bibliotecas, y la madre de Brigitte volvió a mirar a su hija con tristeza.

—Me gustaría que fueras a Salt Lake City en mi lugar, Brigitte —le suplicó—. Investigar se te da mucho mejor que a mí; estás acostumbrada a hacerlo, pero en cambio sabes que no es mi fuerte, y no obtendré más información hasta que consiga retroceder al momento en que la familia vivía en Francia. Me he quedado encallada alrededor de 1850. ¿Hay alguna posibilidad de que hagas el viaje por mí?

Marguerite no quiso añadir «puesto que no tienes trabajo ni estás saliendo con nadie», pero era lo cierto. Brigitte tenía todo el tiempo del mundo y se sentía inquieta mientras esperaba recibir noticias de alguna vacante.

Estaba a punto de responder que no cuando lo pensó mejor. No había razón para no hacerlo; y, por lo que había leído en *The Sunday Times* sobre la Biblioteca Mormona de Historia Familiar, tenía que reconocer que parecía interesante. Además, así ayudaría a su madre, ya que ella se pasaba la vida haciéndole favores de buen grado y le prestaba desde siempre tantísimo apoyo. Suponía un detalle con ella, dejando aparte que no tenía otra cosa que hacer.

—A lo mejor sí, ya veremos —dijo en un tono vago, ya que por una parte no quería comprometerse a hacerlo, pero por otra se daba cuenta de que era la manera perfecta de eludir el libro que, de repente, le provocaba mucho desencanto.

Volvió a planteárselo el domingo, mientras tomaban el desayuno en la cocina y leían juntas el resto del periódico. Brigitte tenía previsto regresar a su ciudad por la tarde, pero en el espacio meteorológico anunciaron un temporal de nieve en la zona sin previsión de que amainara, y dos horas más tarde cerraron el aeropuerto de Boston. En Nueva York, en cambio, hacía buen tiempo. La tormenta de Boston no afectaría a Nueva York hasta el día siguiente.

—Quizá vaya un par de días a Salt Lake —anunció Brigitte, pensativa—. Una ex compañera de estudios vive allí, a no ser que haya cambiado de residencia. Está casada con un mormón y tiene por lo menos diez hijos. Podría ir a visitarlos y de paso buscar información para ti. Sería una forma de entretenerme.

—Me encantaría. Soy incapaz de continuar mientras no siga el rastro de la familia hasta Bretaña. Los mormones tienen una cantidad de información increíble en microfichas y microfilmes, y disponen de personal voluntario que te ayuda a localizar lo que buscas.

Su madre insistía mucho, y Brigitte se echó a reír.

—Vale, vale, mamá —respondió.

Al cabo de unos minutos había telefoneado a la compañía aérea y había reservado un billete a Salt Lake para última hora de esa misma tarde. Le sentaba bien ayudar a su madre, y el proyecto empezaba a despertarle cierto interés. De pronto, le entraron muchas ganas de conocer la Biblioteca Mormona de Historia Familiar y se preguntó si encontraría algo que pudiera utilizar para su libro, aunque le parecía poco probable.

Su madre le dio las gracias con efusión cuando se marchó, y Brigitte le prometió llamarla para comunicarle sus descubrimientos. Había efectuado una reserva en el Carlton Hotel and Suites, puesto que, según vio en internet, desde allí podía llegar a pie hasta Temple Square, la plaza donde estaba situada la biblioteca. Al parecer contaban con cientos de voluntarios dispuestos a ayudar a los clientes, y podía accederse a los registros y utilizar los recursos de forma gratuita siempre que no se fotocopiara ni se fotografiara los documentos. Llevaban décadas enteras resultando de gran ayuda a la población. Los mormones disponían de una organización colosal y del servicio de investigación más minucioso del mundo entero.

Brigitte estaba pensando en ello cuando el avión tomó tierra en Salt Lake, y se dijo que le encantaría encontrar algo de interés para su madre aunque en realidad no esperaba descubrir ningún dato excepcional relativo a su historia familiar. De momento, lo que su madre había encontrado era anodino e inofensivo. Todos sus antepasados eran aristócratas respetables que, por algún motivo, habían emigrado a Estados Unidos a mediados del siglo XIX, mucho después del reinado de Napoleón. Tal vez habían ido para comprar tierras o explorar nuevos territorios y terminaron quedándose allí. Con todo, Brigitte se preguntaba qué hacían anteriormente en Francia, qué les había sucedido durante el Imperio napoleónico y quince años antes, durante la Revolución francesa. Se había embarcado en una investigación que, de repente, se le antojaba mucho más interesante que una crónica sobre el derecho al voto de las mujeres en el mundo. A lo mejor al final resultaba que su madre tenía razón y valía mucho más dedicarse a ese tema que lo que había estado haciendo durante los últimos siete años. Pronto lo descubriría, en cuanto llegara a Salt Lake.

El vuelo hasta la ciudad duró cinco horas y media, y desde el aeropuerto fue directa al hotel. Era una construcción de estilo europeo de la década de 1920 y estaba situada a poca distancia de Temple Square, el lugar al que tenía previsto dirigirse al día siguiente. Para orientarse y tomar un poco el aire, antes de cenar salió a dar un paseo. No le costó llegar a la plaza, que se encontraba a un par de esquinas, y enseguida divisó la enorme Biblioteca Mormona de Historia Familiar, ubicada en la parte occidental, al lado del Museo de Arte e Historia de la Iglesia y de la casa de Osmyn Deuel, que databa de 1847 y era la más antigua de la ciudad. Pasó frente a la iglesia mormona, con sus seis impresionantes chapiteles, y el contiguo tabernáculo rematado por la cúpula, que estaba abierto al público durante los ensayos y los conciertos del célebre Coro

Mormón del Tabernáculo. Ambos monumentos resultaban impactantes incluso desde el exterior. Vio el Capitolio, y pasó por delante de Beehive House y de la Casa del León. Las dos casas habían sido construidas a mediados de la década de 1850 como residencias oficiales de Brigham Young, antiguo presidente de la iglesia mormona y primer gobernador de Utah.

Brigitte se quedó impresionada al observar la cantidad de gente que paseaba por la plaza a pesar de las frías temperaturas, y todos contemplaban los edificios con admiración e interés, por lo que se deducía que no eran ciudadanos de Salt Lake, sino turistas. Daba la impresión de que el centro estaba atestado, y la mayoría de los transeúntes se concentraban en la plaza y sus alrededores. Todos parecían satisfechos y felices, obviamente emocionados de encontrarse allí. El estado de ánimo se contagiaba, y Brigitte se sentía de un humor excelente cuando regresó al hotel. Empezaba a disfrutar con el proyecto de su madre, cosa que no le había sucedido jamás. El tiempo que le estaba dedicando reportaba una nueva dimensión a su vida.

Después de encargar la cena, telefoneó a su madre desde la habitación y le explicó todo lo que había visto hasta el momento. Sentía que no estuviera con ella, aunque Marguerite estaba encantada de que Brigitte hubiera aceptado hacer el viaje en su lugar.

—Yo no podía ir de todos modos —comentó la mujer en un tono práctico—. Mañana tengo un torneo de bridge.

Marguerite disfrutaba de su tiempo libre, ya que durante veinticinco años había trabajado muchísimo y antes jamás se había planteado que tuviera que hacerlo. Brigitte estaba encantada de que su madre lo pasara tan bien; se lo tenía merecido. Y, puesto que el tema genealógico le importaba tanto, estaba contenta de utilizar su experiencia investigadora para ayudarla con el proyecto. Tenía la impresión de que los mormones harían una aportación considerable. Con dos mil millones de nombres en sus bases de datos, medio millón de microfilmes y trescientos mil libros que reunían información de todo el mundo, Brigitte estaba segura de que encontrarían datos sobre algunos de sus antepasados franceses. Su madre quería retroceder todo lo posible en la genealogía familiar. Y a ella le resultaría muy emocionante que los De Margerac hubieran sido personajes importantes en la historia de Francia, ya que tenía afición por la materia desde que cursó la carrera. No había nada de malo en que se interesara por el tema, y empezaba a parecerle más importante que el sufragio femenino, que hasta ese momento se le había antojado vital. La historia familiar, sin embargo, era algo mucho más cercano, y en esos momentos tenía la impresión de que se encontraba a tan solo unas manzanas del lugar en que esta residía.

Cenó en su habitación y pensó que ojalá pudiera compartir con Ted lo que tenía entre manos. Sabía que su ex novio aún estaba en Boston y se le ocurrió llamarlo, pero luego se dio cuenta de que oírle la voz cuando ya lo había perdido para siempre le afectaría demasiado. Pronto partiría hacia Egipto, rumbo a la excavación que había ocupado el lugar que antes le correspondía a ella.

Trató de ponerse en contacto con su antigua amiga, pero descubrió que le resultaba imposible. Según le había dicho, su marido era descendiente directo de Brigham Young, y en la guía telefónica encontró páginas y páginas de personas con el apellido Young. Sabía que el nombre de pila del esposo era John, pero aun así había cientos. Sentía no poder verla, y en ese momento lamentó no haber mantenido el contacto a lo largo de los años. Todo cuanto sabía de ella antes de perderla de vista era que tenía diez hijos. A Brigitte le costaba imaginarlo, pero en una ciudad donde todas las familias eran muy numerosas parecía de lo más normal.

Esa noche descansó muy a gusto en la cama grande y confortable. Había pedido que la despertaran a las ocho en punto y, cuando sonó el teléfono, estaba soñando con Ted. Seguía pensando mucho en él, y le costaba creer que había desaparecido de su vida para siempre, pero era obvio que así era. Seis años de su vida se habían desvanecido como por arte de magia y, en cambio, tenía ante sí siglos de genealogía que investigar para su madre. De pronto, agradeció el entretenimiento. Sentía la emoción de ir en busca de lo desconocido cuando se levantó de la cama, se dio una ducha, se vistió y tomó un rápido desayuno a base de copos de avena, té y una tostada. Luego salió a la calle.

Tras la misión de reconocimiento de la tarde anterior, sabía bien el camino hasta Temple Square. Vio los conocidos edificios y entró en la Biblioteca Mormona de Historia Familiar, donde siguió las señales hasta el directorio que la guiaría a donde debía ir. Había cientos de auxiliares repartidos por todo el edificio de la biblioteca, dispuestos a ofrecer su ayuda y su experiencia. Tras visionar una breve presentación, Brigitte sabía exactamente adónde debía dirigirse. Subió a la planta que correspondía a los archivos de Europa y se encaminó hacia el mostrador, donde explicó a la joven que estaba buscando datos sobre su familia francesa.

—¿Vivían en París? —preguntó la joven a la vez que cogía un cuaderno de notas.

—No, en Bretaña, creo.

Brigitte anotó el apellido de soltera de su madre, De Margerac, que ella misma llevaba como apellido.

—Llegaron a Nueva Orleans sobre 1850.

Para entonces este territorio ya era norteamericano, puesto que Napoleón lo había vendido a los estadounidenses durante su mandato a cambio de quince millones de dólares.

—De antes, no sé nada. Para eso estoy aquí.

Sonrió a la bibliotecaria, que era solícita y amable. Llevaba una placa que revelaba su nombre: MARGARET SMITH, pero se presentó como Meg.

—Yo también estoy para eso, para ayudarla —respondió la mujer en un tono cordial—. Deme unos minutos, a ver qué tenemos en los archivos.

Señaló una zona donde Brigitte podía sentarse y esperar, situada frente a uno de los terminales para la lectura de los microfilmes, en el que luego consultarían la información y escrutarían listas e imágenes con los certificados de nacimiento y defunción de la región, fotografiados por los investigadores que recorrían el mundo con ese fin.

Tardó unos veinte minutos en regresar con el microfilme, y Brigitte y ella se sentaron juntas. La bibliotecaria encendió el terminal y empezaron a consultar lo que había encontrado. Pasaron diez minutos enteros antes de que Brigitte viera algo que reconocía como familiar. Allí estaba Louise de Margerac, nacida en 1819, seguida de Philippe, Edmond y Tristan, todos nacidos con pocos años de diferencia; y en 1825 Christian, que murió de niño, al cabo de unos meses. Los datos correspondían a una región de Bretaña. De allí el registro enviaba a consultar la generación anterior. Tardaron media hora más, y encontraron a otros tres antepasados, todos hombres, nacidos entre 1786 y 1789, justo antes de la Revolución francesa: Jean, Gabriel y Paul, hermanos de padre y madre. Esa vez, cuando siguieron avanzando en el registro, hallaron los datos correspondientes a su muerte en Quimper y Carnac, en Bretaña. Los tres habían muerto entre 1837 y 1845. Brigitte anotó con detalle sus nombres en un cuaderno que había llevado con ese propósito, y también los años de su nacimiento y su muerte. Cuando siguieron consultando los datos registrados en el microfilme, hallaron las fechas de la defunción de Louise y Edmond de Margerac, hermanos, en la década de

1860. Sin embargo, no encontraron por ninguna parte información de la muerte de Philippe y Tristan. La joven bibliotecaria sugirió que podrían haberse trasladado a otro lugar, y a Brigitte no le cupo duda de que eran los De Margerac que habían emigrado a Nueva Orleans alrededor de 1850 y que habían muerto allí. Sabía que eso conectaba con la información que su madre ya había recogido. Anotó todo lo averiguado hasta ese momento para poder enseñárselo, aunque también pensaba comprar las copias de los documentos contenidos en los microfilmes.

Retrocedieron a la generación anterior y encontraron las fechas de nacimiento de Tristan y Jean de Margerac, unos nombres que se repetían en las generaciones posteriores. Jean había nacido en 1760 y Tristan, una década antes. No aparecía ningún registro de la defunción de Jean. Sin embargo, Tristan, marqués De Margerac, había muerto en 1817, tras la abdicación de Napoleón; y la marquesa De Margerac había muerto unos meses más tarde, aunque no había ningún registro de su nacimiento en la zona. Brigitte se preguntó si tal vez procedía de otra parte de Francia y, cuando volvieron a comprobar la fecha de su muerte, tan sólo dos meses después de la de su marido, se quedó de piedra al tratar de anotar el nombre de la maqueta. No le parecía francés.

—¿Qué clase de nombre es ese? —preguntó a la bibliotecaria—. ¿Es francés?

—No lo creo.

La joven sonrió a Brigitte. Como en todas las familias, o al menos en la mayoría de aquellas a las que ayudaba a recopilar información, en la de Brigitte se había revelado un dato misterioso. La marquesa De Margerac aparecía con el nombre de Wachiwi, anotado con la pulcra caligrafía del empleado que lo registró en los archivos de la región el año de su muerte, en 1817.

—De hecho, es un nombre indio. Lo he visto otras veces. Puedo consultarlo, pero diría que es sioux.

—Qué extraño ponerle a una niña francesa un nombre sioux.

Brigitte estaba intrigada.

La bibliotecaria se alejó del terminal y fue a buscar información mientras Brigitte comprobaba con detenimiento sus anotaciones. Más tarde, la joven regresó y le confirmó lo que ya le había dicho.

—Es sioux, significa «bailarina». Es un nombre precioso.

—Me parece rarísimo que a una niña francesa de procedencia noble la llamasen así.

A Brigitte se le antojaba algo excéntrico, aunque quién sabía cuáles eran las costumbres de la época o de dónde había sacado el nombre la madre de la marquesa.

—A mí no me extraña —explicó la bibliotecaria—. Sé que a Luis XVI le fascinaban los indios. Eso fue antes de la Revolución. Me han contado que a veces invitaba a los jefes de las tribus a viajar a Francia y los presentaba en la corte como invitados de honor. Probablemente algunos de ellos se quedaron en el país, y el puerto de llegada más común en la época era Bretaña. Así que es posible que el jefe sioux y su hija se quedaran en Francia y que la chica acabara casándose con el marqués. No pudo llegar sola, y lo más probable es que uno de los jefes indios que visitó la corte viajara acompañado de su hija. La edad cuadra si fue a Francia en la década de 1780, antes de la Revolución. Suponiendo que tuviera alrededor de veinte años, en 1817, el año de su muerte, tendría entre cincuenta y sesenta, lo cual entonces era una edad bastante avanzada para una mujer. Los tres varones nacidos entre 1786 y 1789 son sin duda hijos suyos. Es más que probable que fuera una sioux que llegó a Francia procedente de Estados Unidos y que enamoró al marqués. Nunca he sabido de ninguna niña nacida en Francia a la que hayan puesto el nombre de Wachiwi; todas las que conozco son sioux dakota.

»No cabe duda de que en esa época en Francia había sioux, y algunos no llegaron a marcharse. Es una parte muy poco conocida de la historia, pero a mí siempre me ha fascinado. No entraron en el país como esclavos o prisioneros, sino como invitados, y algunos fueron presentados en la corte.

Brigitte estaba entusiasmada por lo que la joven acababa de explicar. Había descubierto un detalle de su historia familiar que le despertaba interés. De algún modo, en algún lugar y por algún motivo, el marqués De Margerac, que debió de ser el abuelo del bisabuelo de la madre de Brigitte, se casó con una joven sioux y la convirtió en marquesa, y ella le dio tres hijos. Al primogénito le pusieron el nombre del hermano menor del marqués, cuya muerte no aparecía en el registro. Poco después encontraron una entrada correspondiente a otros dos hijos del marqués, nacidos antes que los tres varones de Wachiwi. Sus nombres eran Matthieu y Agathe. La marquesa que aparecía como su madre no era Wachiwi, y había muerto en 1780, la misma fecha en que nació su hija Agathe. Resultaba obvio que había muerto en el parto, y el marqués se casó con Wachiwi en segundas nupcias. Resultaba fascinante encajar todas las piezas a partir de los libros registrales que los mormones habían fotografiado en Bretaña.

—¿Cómo puedo encontrar más información sobre Wachiwi? —preguntó Brigitte a Meg con una expresión de gran alegría ante la información que la joven había obtenido y la que a partir de ahí habían averiguado juntas.

Era mucho más de lo que esperaba, y seguro que incluso más de lo que su madre imaginaba. Había conseguido retroceder cien años más a partir del punto al que había llegado su madre, y ahora disponían de datos muy interesantes que les permitirían seguir investigando, como el de la sioux que había contraído matrimonio con el marqués en Bretaña.

—Para eso tendrá que ir al archivo sioux, ellos también guardan registros. Aunque no son tan detallados como los nuestros y proceden de una zona geográfica más limitada, claro. Aun así, han transcrito mucha información que antes era de transmisión oral. No es tan fácil encontrar a las personas, pero a veces se consigue. Vale la pena echar un vistazo.

—¿Adónde puedo dirigirme? ¿A la oficina de asuntos indígenas?

—No, creo que al Instituto de Estudios Indoamericanos en Dakota del Sur. La mayor parte del material está allí, pero puede que le cueste seguir la pista de una joven en concreto, a menos que fuera hija de un gran jefe o destacara por méritos propios, como Sacajawea; pero la expedición de Lewis y Clark ocurrió veinte años más tarde que las fechas que tenemos de Wachiwi —comentó Meg, pensativa.

Las dos mujeres tenían la impresión de haber hecho una nueva amiga, y Brigitte se sintió repentinamente unida a la antepasada que había contraído matrimonio con el marqués.

—Usted también tiene rasgos un poco indios —aventuró la bibliotecaria con cautela, puesto que no tenía muy claro cómo reaccionaría su clienta ante el comentario.

Sin embargo, Brigitte adoptó un aire nostálgico.

—Mi padre era irlandés. Siempre he pensado que mi color de pelo se debía a eso, pero tal vez no tenga nada que ver con él y sea una especie de semejanza con Wachiwi.

De repente, la idea la atraía, y le entraron ganas de descubrir cuanto pudiera de su antepasada. La bibliotecaria y ella estuvieron otra hora enfrascadas en los archivos genealógicos, pero no encontraron ningún dato más. Brigitte había dado con tres generaciones de antepasados, todos descendientes de Tristan y Wachiwi de Margerac, y había descubierto un misterio del que jamás había oído hablar y que le parecía un regalo del cielo. Quedó muy agradecida a Meg por su ayuda, y ya era media tarde cuando regresó al hotel y llamó a su madre desde la habitación. Marguerite parecía de buen humor, y le explicó que su compañera y ella habían ganado el torneo de bridge.

—¡Tengo un dato de nuestros antepasados que te encantará! —exclamó Brigitte con aire victorioso y una voz rebosante de entusiasmo que hizo las delicias de su madre.

—¿Has encontrado algo?

Marguerite parecía animadísima ante la noticia.

—Muchas cosas. Hay tres generaciones de De Margerac que vivieron en Bretaña, y en la última hay dos antepasados de quienes no consta la fecha de defunción, Philippe y Tristan. Philippe era el mayor, así que debía de ser él el que heredó el título de marqués. He podido retroceder tres generaciones.

—¡Y son los que emigraron a Nueva Orleans en 1849 y 1850! —exclamó Marguerite emocionada—. ¡Dios mío, Brigitte! ¡Los has encontrado! ¿Quién más hay? De esos dos, lo sé todo. Philippe era mi bisabuelo, el abuelo de mi padre. Su hermano Tristan se trasladó a Nueva York después de la guerra de Secesión, pero Philippe murió antes en Nueva Orleans. Estoy emocionadísima de que hayas dado con el registro de su nacimiento. ¿Qué más has averiguado? ¿A que los mormones son impresionantes?

—Sí, son increíbles. He encontrado a otros parientes de Philippe y Tristan; a su hermana o prima Louise y a su hermano Edmond, que murieron en Francia, y a un hermanito, Christian, que murió de niño. Y en la generación anterior, Jean, Gabriel y Paul de Margerac, hijos del marqués Tristan de Margerac. Además, he hallado a los dos hijos anteriores del marqués y a sus dos esposas; la primera murió al dar a luz y la segunda, casi al mismo tiempo que él. Lo mejor que podemos hacer es ir a Francia y buscar en los archivos de allí para descubrir exactamente quién estuvo casado con quién. A veces cuesta saber quiénes fueron hermanos y quiénes fueron primos, a menos que te lo expongan de forma muy clara. No siempre es así, pero la parte realmente emocionante es la de la segunda esposa del marqués, que vivió en la época de Luis XVI.

—¡Es impresionante todo lo que has descubierto en solo un día!

Madre e hija estaban eufóricas; sobre todo la madre, que ese día había conseguido retroceder otros cien años en la historia familiar que llevaba varios años investigando. Lo que estaba a su alcance en la Biblioteca Mormona de Historia Familiar no tenía punto de comparación con todo aquello a lo que Brigitte había podido acceder en Salt Lake.

—La bibliotecaria ha sido de gran ayuda; todos los datos están allí y además he tenido suerte. A lo mejor estaba predestinada a encontrar la información.

Empezaba a tener esa sensación. Había algo de místico en toda aquella historia. Había acumulado más datos antropológicos en las últimas tres horas que en los últimos diez años.

—El nombre de la segunda esposa del marqués era Wachiwi —dijo Brigitte como si le estuviera haciendo un regalo a su madre.

—¿Wachiwi? ¿Eso es francés? —Marguerite parecía desconcertada—. No lo creo. ¿De dónde era?

—Era sioux. ¿Te imaginas? Una sioux en Bretaña. Parece que Luis XVI recibió a varios jefes sioux en la corte como invitados de honor, y algunos se quedaron en el país. Seguramente Wachiwi era hija de alguno de ellos, o llegó a Francia por algún otro motivo, pero la empleada de la biblioteca no cree que fuera posible. Lo seguro es que era sioux. Wachiwi significa «bailarina». Así que entre nuestros antepasados hubo una india, mamá; muchas, muchas generaciones atrás. Se casó con el marqués y tuvieron tres hijos, y uno de ellos debió de ser el padre de Philippe y Tristan, los que emigraron a Nueva Orleans y que eran nietos del otro Tristan y de Wachiwi. O sea, que ella era la abuela de tu bisabuelo, mamá. Me gustaría averiguar más cosas de ella, pero parece que para eso tendré que investigar la historia sioux. A lo mejor desde aquí voy a Dakota del Sur, me gustaría ver qué encuentro.

Brigitte no había hecho ningún trabajo de ese tipo desde su época de estudiante, pero era lo que más le gustaba de la antropología. Por fin había dado con una antepasada que sí que le despertaba curiosidad. De repente, su interés y el de su madre coincidían, avivados por la joven sioux que formaba parte de la genealogía familiar. Brigitte no lo había pasado tan bien en años enteros. Incluso el nombre era romántico. Wachiwi. La bailarina. Solo eso ya la impulsaba a soñar despierta.

—Cuesta creer que una joven sioux consiguiera llegar hasta Bretaña y casarse con un marqués. En esa época la travesía era impresionante, debió de tardar meses en llegar, y seguro que tuvo que viajar en alguna embarcación diminuta.

»Imagínate lo que debía de suponer para una sioux presentarse en la corte de Luis XVI. Eso sí que es impresionante —siguió diciendo Brigitte—. Espero que pueda encontrar algo más de ella en la transcripción de las historias de transmisión oral, aunque la bibliotecaria dice que es poco probable a menos que fuera la hija de un gran jefe. Bueno, quién sabe, puede que sí que lo fuera. Debía de ser alguien importante para conseguir llegar hasta Francia y que la recibieran en la corte real; si es que así fue como conoció al marqués.

—Puede que no lo sepamos nunca, cariño —opinó su madre con lógica.

No obstante, Brigitte se había impuesto una misión. Quería averiguar qué podía descubrir de la joven sioux llamada

Wachiwi, alguien que formaba parte de su historia. De repente, Brigitte se sentía más unida a ella que a nadie, y pensaba hacer todo lo que pudiera para descubrir cosas de su vida. Wachiwi, la marquesa De Margerac, esposa del marqués Tristan de Margerac. Sentía un impulso irrefrenable de averiguar quién era, como si la propia Wachiwi la llamara y la tentara con su misterio. Era un reto al que Brigitte consideraba imposible resistirse.

4

Había un largo trayecto desde Salt Lake hasta Sioux Falls, en Dakota del Sur. Brigitte tuvo que viajar primero a Minneapolis, hacer tiempo en el aeropuerto y luego coger otro vuelo hasta Sioux Falls. Llegó allí seis horas después de salir de Salt Lake. Apenas podía esperar a la mañana siguiente para dirigirse a la universidad e iniciar su investigación. La universidad se encontraba en Vermillion, una ciudad también perteneciente a Dakota del Sur, pero situada a cien kilómetros de Sioux Falls, donde decidió pasar la noche, pues proseguiría el viaje al día siguiente. El único lugar donde halló alojamiento era una especie de motel pulcro y bien iluminado frente a un parque. La ciudad estaba situada sobre un acantilado que daba al río Big Sioux. Tras instalarse en la habitación del motel, Brigitte salió a dar un paseo. Por el camino, encontró una cafetería que le pareció acogedora y se detuvo para cenar. Le encantaba observar a la gente que entraba y salía del local mientras ella comía.

Al irse, reparó en que había una capa de nieve en el suelo. La temperatura estaba bajando y le entró prisa por regresar al motel. Quería levantarse temprano para viajar hasta Vermillion a la mañana siguiente. Pensaba dirigirse a la Universidad de Dakota del Sur, donde se encontraba el Instituto de Estudios Indoamericanos, que a su vez alojaba la Doctor Joseph Harper Cash Memorial Library. Allí encontraría libros, fotografías, películas y vídeos relativos a la tradición oral que Brigitte deseaba investigar. Los sioux se referían a sus mitos y leyendas como «lecciones». Esperaba poder resolver el misterio de Wachiwi de ese modo.

Si no, no tenía ni idea de adónde dirigirse. El Instituto de Estudios Indoamericanos era el centro de mayor prestigio en cuanto al registro de las tradiciones orales de los sioux y disponía de unas seis mil entrevistas grabadas. Con todo, la mujer de quien buscaba información había vivido más de doscientos años antes, casi doscientos treinta, y no le resultaría fácil localizarla. Como bien dice el refrán, era buscar una aguja en un pajar; tendría muchísima suerte si resultaba que su historia había pasado de generación en generación y se conservaba. Tal vez el hecho de que Wachiwi o su padre hubieran viajado a Francia los convertía en personas de particular interés; algo debía de tener de especial la joven para haber logrado alejarse tanto de su lugar de origen.

Los aparatos del Instituto eran antiguos y delicados, y los guardaban con sumo cuidado. De nuevo Brigitte dio con una bibliotecaria que no solo la ayudó, sino que quedó cautivada por la historia que Brigitte le contó. Al igual que a ella, la fascinaba el hecho de que Wachiwi hubiera estado presente en la corte del rey de Francia o, como mínimo, bastante cerca si vivió en Bretaña y se casó con un marqués. A las dos les parecía más que probable que se tratara de uno de esos extraños casos de norteamericanos que habían sido invitados a la corte francesa, como Benjamin Franklin y Thomas Jefferson. Tal vez a Wachiwi de Margerac le hubiera sucedido lo mismo. ¿Por qué otro motivo habría viajado a Francia si no? ¿Cómo había llegado hasta allí? ¿Quién la había invitado? ¿Quién la había acompañado? ¿Y cómo se las había arreglado para establecerse en un continente tan alejado de su lugar de origen? Brigitte se preguntaba si la habría acompañado algún familiar; sus padres, o tal vez sus hermanos. Era inconcebible que hubiera viajado a Francia sola, sobre todo teniendo en cuenta que era muy joven, mujer y sioux.

La bibliotecaria dijo que su nombre era Jan, y explicó a Brigitte que las jóvenes sioux habían estado muchos años sometidas a unas normas morales muy estrictas. Vivían enclaustradas, por fuerza tenían que casarse vírgenes y no podían mirar a los ojos a los hombres de su tribu. No cabía otra opción que pensar que Wachiwi había viajado muy bien acompañada y protegida hasta Francia. Costaba imaginar la reacción de su familia ante su matrimonio con un noble francés; y la de la familia del marqués ante su matrimonio con una india. Constituían una pareja excepcional. Por fin Brigitte había dado con una antepasada que no solo estimulaba su imaginación, sino que le tenía el corazón robado. Eso hacía que por fin todo el proyecto genealógico cobrara importancia.

La bibliotecaria entregó a Brigitte infinitas fotografías de jóvenes sioux, y esa vez no les cupo duda de que Brigitte guardaba cierto parecido con algunas de ellas, aunque era de mayor edad y tenía una forma de vestir más moderna y unos rasgos menos pronunciados. Con todo, más de una de las fotografías evidenciaba su parecido con el de alguna de aquellas jóvenes. Además, el hecho de que tuviera el pelo largo y oscuro hacía más obvia la similitud. Si se trataba de eso, la carga genética de Brigitte era muy potente; o tal vez fuera una simple coincidencia. Sin embargo, a ella le encantaba pensar que era cierto. No veía el momento de regresar a su ciudad y contárselo todo a Amy. De repente, se sentía más exótica, y eso aún estrechó más el lazo con la joven antepasada que se había aventurado a trasladarse a un mundo por completo distinto del suyo.

Jan mostró a Brigitte los archivos con el material oral y ella no supo por dónde empezar de tantos que había. Por suerte, la bibliotecaria conocía muy bien el fondo. Pasaron toda la tarde revisando el material, hasta la hora de cerrar. Sin embargo, no encontraron dato alguno sobre Wachiwi, ni siquiera de algún jefe indio que hubiera sido recibido en la corte francesa, a pesar de que ahora Brigitte tenía la certeza de que ese había sido el caso de muchos y la bibliotecaria le confirmó que ella también lo había leído, sobre todo en los libros sobre la historia de Francia relativa al siglo XVIII. Incluso dijo haber visto imágenes de jefes sioux vestidos con una mezcla de prendas indígenas y francesas.

Brigitte estaba muy desanimada mientras conducía de regreso al motel de Sioux Falls. Había acudido al Instituto con la esperanza de descubrir algo que arrojara luz sobre el distante pasado de Wachiwi. Telefoneó a su madre y le explicó que, de momento, no había hallado nada más. Sin embargo, esa noche soñó con Wachiwi. Era una bella joven.

El segundo día tampoco encontró nada, y el tercero estaba a punto de dejarlo correr cuando la bibliotecaria y ella dieron con una serie de historias relatadas por ancianos de la tribu sioux dakota. Su origen se remontaba a 1812, y uno de los documentos eran las memorias en que un viejo jefe indio explicaba vivencias de su juventud. Hablaba de un jefe dakota llamado Matoskah, Oso Blanco, a quien su difunta esposa había dado cinco valientes varones. Su segunda esposa era una bella joven que también murió al dar a luz a una niña, y esta se convirtió en la preferida de su padre. Creció bajo la protección de sus hermanos y su padre, y se negó a casarse a pesar de que era mayor que las otras muchachas del poblado. El jefe Matoskah creía que no había guerrero que la mereciera, y tanto él como su hija rechazaron a todos los pretendientes que acudían a pedir su mano. El hombre de quien procedía el relato oral la consideraba una chica guapa y sobresaliente. Más adelante hablaba de las guerras con los crow, de la gran cantidad de hombres que habían muerto luchando para proteger su poblado, de los grupos de guerreros, de los asaltos; y luego volvía a nombrar a la chica. Decía que en uno de los asaltos los crow habían matado a dos de sus hermanos cuando intentaban defenderla y a otro joven, y que se la habían llevado para ofrecérsela al jefe de su tribu como esclava. Los guerreros sioux trataron de salvarla, pero no lo consiguieron, y su padre, el gran jefe Matoskah, había muerto de pena a finales de ese mismo año. El hombre que relataba la historia creía que la partida de la chica había arrastrado consigo el espíritu de su padre. En esa época él también era joven, pero lo recordaba bien. Más adelante se enteró de que habían entregado a la chica al jefe crow, y ella le había dado muerte y se había escapado. No llegaron a encontrarla, y jamás volvieron a verla. No regresó al poblado de su padre. Un cazador francés dijo haberla visto una vez; acompañaba a un hombre blanco en un viaje. Sin embargo, los cazadores tenían fama de mentir a los indios, así que nadie lo creyó. La chica había desaparecido. El hombre que relataba la historia no sabía lo que le había ocurrido. Era posible que se la hubiera llevado un Gran Espíritu por haber asesinado al jefe de los crow. Dijo que se llamaba Wachiwi, y que era la muchacha más bella que jamás había visto; y que su padre, el jefe Matoskah, era el hombre más sabio que jamás había conocido.

Ahí tenía a su antepasada, pensó Brigitte mientras proseguía con otra historia relativa a la juventud del hombre y las cacerías de búfalos en las Grandes Llanuras. Wachiwi. La habían raptado y la habían ofrecido a un jefe crow. Al parecer, ella lo había matado y se había escapado. Pero ¿quién era el joven blanco a quien el cazador decía haber visto con la chica? Brigitte tuvo la sensación de estar persiguiendo un fantasma. Escurridizo, bello, misterioso, valiente. Se preguntó si esa tal Wachiwi sería la misma que había encontrado en los registros de Francia. Era difícil saberlo. Habían pasado más de doscientos años y costaba seguirle la pista. Además, tal vez la cosa no tuviera mayor importancia; ya sabían bastante. Sin embargo, a Brigitte el tema la atraía como a un perro un hueso; era incapaz de dejarlo.

Durante la semana siguiente, Jan, la bibliotecaria, y ella revisaron todos los relatos de transmisión oral de los crow, que también formaban parte de la gran familia sioux, pero solían estar en guerra con los sioux dakota. A la hora de comer, Brigitte y Jan acudieron a un restaurante cercano y estuvieron largo rato hablando de los descubrimientos que Brigitte hacía día tras día. Todas las historias resultaban de lo más cautivadoras, y Brigitte se estaba quedando prendada de los personajes a quienes iba conociendo. Al hablar de ello con Jan, tuvo la sensación de que cada vez cobraban más vida. Era como retroceder en el tiempo.

Pasaron varios días en que no descubrieron nada nuevo, pero por fin volvieron a dar con la figura de Wachiwi y el primer relato se confirmó.

El autor de la presente historia se deshacía en elogios del jefe crow, llamado Napayshni, a quien había conocido de joven. Decía que tenía dos esposas y que había recibido como esclava a una bella joven raptada en el poblado de los sioux. Según él, la chica era un espíritu malvado que había embrujado a su jefe, lo había atraído al interior de los bosques y lo había matado. Nunca habían vuelto a verla. El narrador creía que era posible que la hubiera raptado otra tribu, y un cazador decía haberla visto con un francés; la cuestión era que hacía tiempo que había desaparecido. El hombre estaba convencido de que se trataba de un espíritu y no de una muchacha de carne y hueso, y que simplemente se había desvanecido después de matar a su jefe. Al leer eso, Brigitte supo que se trataba de Wachiwi, y se quedó boquiabierta al ver que en el relato aparecía el joven francés. Tenía la certeza de que alguien había salvado a la joven. Y estaba claro que, por mal que hubiera acabado la historia, era muy valiente, ya que había matado a su raptor y se había escapado. Algo en su interior le decía que se trataba de la misma Wachiwi que se había trasladado a Francia. Y fuera quien fuese el francés que aparecía en el segundo relato, la había llevado consigo a su país. Era posible que jamás se supiera el resto de la historia, pero con eso bastaba. Brigitte había averiguado lo que necesitaba conocer de Wachiwi, la joven india adorada por su padre y sus hermanos, a quien los crow habían raptado durante un asalto a su poblado para luego ofrecerla a su jefe. Y luego ella lo había matado para escapar, y un desconocido de origen francés la había encontrado y la había llevado hasta Francia. Debía de ser una joven cautivadora. El segundo narrador la consideraba una bruja, pero no lo era. Parecía una muchacha bella y valiente que había acabado viajando a Bretaña y convirtiéndose en marquesa. La historia resultaba extraordinaria y Brigitte tenía muchas ganas de contarla.

Detestaba tener que marcharse, pero había cumplido con el trabajo que tenía previsto hacer en Dakota del Sur. Había dado con la pista que necesitaba de Wachiwi para confirmar sus sospechas. Dio las gracias de corazón a Jan antes de partir, y tuvo la sensación de que habían trabado amistad. Tras despedirse, regresó en coche a Sioux Falls y cogió el vuelo que la llevaría a Boston. Se sentía en paz, como si acabara de encajar en sí misma una pieza que antes le faltaba. Wachiwi. La bailarina. Brigitte se preguntó qué más descubriría de ella si se trasladase a Francia para seguir escarbando en la historia familiar. Una muchacha tan especial debía de haber dejado también su huella allí. Una joven india de la tribu sioux dakota había robado el corazón del marqués y había pasado el resto de su vida en Francia. Seguro que alguien había tomado notas de ella en su diario, y Brigitte sentía que su misión consistía en seguirle el rastro.

5

Brigitte tenía mucho en que pensar durante los vuelos que la trasladarían de Dakota del Sur a Boston. Solo había estado fuera de casa diez días, pero sentía que su vida había cambiado para siempre gracias a una india de la tribu sioux dakota. Pasó días enteros solo pensando en ella mientras trataba de localizarla en los relatos de transmisión oral. Aún quedaban muchos misterios por resolver sobre su historia. ¿Cómo había conseguido escapar de los crow que la habían raptado? ¿Era la misma Wachiwi que había acabado casándose con el marqués en Bretaña? ¿Era cierto que había matado al jefe de la tribu y había desaparecido? ¿La habría rescatado alguien? ¿Quién era el hombre blanco al que acompañaba, según había leído en uno de los relatos? ¿Y el francés que aparecía en la otra versión? ¿Y cómo se había trasladado de Dakota del Sur a Francia? Brigitte estaba convencida de que la chica era la misma y le resultaba de lo más frustrante no contar con todas las piezas de la historia y los hilos que conectaban unas partes con otras. Tenía la sensación de ser una arqueóloga como Ted y estar buscando fragmentos de huesos para tratar de reconstruir con ellos un dinosaurio entero con el fin de averiguarlo todo sobre él, incluso dónde vivía, cómo murió, quiénes fueron sus enemigos y qué comía. Con todo, tarde o temprano, las piezas casi siempre acababan encajando. Esperaba que con la historia de Wachiwi ocurriera lo mismo. Había pasado unos días muy emocionantes, y se alegró de que su madre la hubiera convencido para que fuera a Salt Lake. Había retrocedido en la historia a partir del punto en que su madre la había dejado y había descubierto una parte completamente nueva: Wachiwi. Brigitte pensaba que ella sola resultaba más interesante que todos los otros antepasados juntos, exceptuando tal vez al marqués.

Del mismo modo que el viaje le había resultado estimulante porque le había quitado de la cabeza todos los problemas y los fracasos, el regreso a Boston la sumió en tal desánimo que la desalentó por completo. El piso se veía lúgubre y cubierto de polvo. Llevaba dos semanas enteras sin limpiarlo, o más, puesto que cuando se marchó ya no se encontraba con muchas energías. Lo primero que vio al mirar la librería fue un estante lleno de libros que Ted había dejado olvidados. Eso le recordó que lo había perdido para siempre, y que no tenía pareja; ni trabajo. Tampoco había recibido una sola respuesta a todos los currículums que había enviado, ni por correo ordinario ni por e-mail. Nadie le había ofrecido trabajo, ni siquiera le proponían una entrevista. Y no había ningún hombre en su vida. Si en el futuro quería tener pareja, le tocaba empezar desde el principio. ¿Y cómo lo haría? ¿Mediante páginas de contactos en internet? ¿Concertando citas a ciegas a través de amigos? ¿Saliendo de copas? Ninguna de las soluciones le atraía, y la perspectiva de empezar a conocer a hombres después de seis años le dejó la moral por los suelos.

Cuando revisó los mensajes, descubrió que Ted la había llamado para despedirse. No la había llamado al móvil, donde era muy probable que la localizara, sino al teléfono fijo y a una hora en la que casi tenía la certeza de que no la encontraría, de modo que se ahorraba las explicaciones. Era una actitud muy cobarde. No quería hablar con ella, y en el mensaje de voz decía que partía hacia Egipto al día siguiente. Mientras ella regresaba a Boston desde Dakota del Sur, él se había marchado. Había desaparecido de su vida. Para siempre. La había dejado para ir en pos de su sueño. ¿Y ella? ¿Qué sueños abrigaba? ¿Conseguir otro trabajo en la oficina de admisiones de una universidad para seguir cribando solicitudes? ¿Terminar un libro aburridísimo sobre el sufragio femenino que nadie leería jamás? Durante diez días la actividad que había emprendido la había tenido enfrascada por completo. En cambio, en cuestión de horas, volvía a sentirse desolada. Tanto como lo estaba su vida. Claro que tampoco podía pasarse el resto de sus días investigando sobre Wachiwi. Su antepasada había vivido hacía más de dos siglos y muchos de los misterios de su existencia jamás se desvelarían, las preguntas quedarían sin respuesta. Brigitte tenía que proseguir con un libro que ya no le interesaba, encontrar un trabajo que no le apetecía hacer y buscar a alguien que sustituyera al hombre a quien en realidad ya no creía amar y que tampoco la amaba a ella. ¿Qué estaba haciendo con su vida? ¿Qué había estado haciendo en los últimos diez años? Ojalá lo supiera. Sin embargo, tampoco sabía lo que deseaba hacer en el futuro. Era una situación muy frustrante. Al final, a falta de algo que la mantuviera ocupada, se fue a la cama.

Por la mañana se levantó temprano y organizó las anotaciones que había tomado en Dakota del Sur y Salt Lake. Quería ponerlas en orden cronológico antes de entregárselas a su madre. A mediodía, había conseguido hacer una relación perfecta y se la envió por fax. Marguerite la llamó a última hora de la tarde, tras haberlo leído y asimilado todo.

—Es fantástico, Brig. Estoy segura de que es la misma joven que se casó con el marqués.

—No puedo demostrarlo, pero yo también lo creo. Debió de ser una mujer excepcional, es bueno saber que estamos emparentadas con ella. Tuvo que ser un pedazo de niña.

Su madre sonrió ante el comentario. De nuevo Brigitte parecía más alegre, pero a Marguerite le preocupaba el rumbo que pudiera tomar su vida.

—¿Y qué hará mi pedazo de niña? —preguntó su madre—. ¿Piensas quedarte en Boston o te vienes otra vez a Nueva York? Sería buen momento para hacerlo, seguramente aquí ganarías más dinero.

—En Boston hay más universidades —respondió Brigitte con lógica—. De momento esperaré a ver quién me responde, y trataré de acabar con el libro.

Claro que resultaba más fácil decirlo que hacerlo. Cuando al día siguiente retomó el libro sobre el voto femenino sintió que le pesaba más que si le hubieran colocado un bloque de hormigón en la cabeza. En comparación con el interés que le suscitaba la investigación sobre Wachiwi, con el libro del sufragio avanzaba menos que si tratara de nadar en pegamento. Simplemente no podía proseguir, y ya no recordaba por qué antes le parecía tan buena idea escribir la obra más importante de todos los tiempos sobre el derecho al voto de la mujer. Esa tarde llamó a Amy al despacho.

—Creo que me he vuelto esquizofrénica —anunció cuando su amiga cogió el teléfono.

—¿Por qué? ¿Oyes voces?

—Todavía no, pero puede que no tarde. De momento, la única voz que oigo es la mía, y me aburre profundamente. Creo que estoy bloqueada con el libro. A lo mejor es porque estoy traumatizada por lo de Ted, pero el tema me asquea.

—Estás pasando por un bache, eso es todo. A mí a veces también me pasa. Sal a pasear, o a nadar, o a jugar al tenis. Haz un poco de ejercicio. Cuando lo retomes, te sentirás mejor.

—Lo he pasado mejor estos últimos diez días que en años enteros.

La voz de Brigitte transmitía entusiasmo al decirlo, y a Amy le encantó oírla así.

—¿Qué me dices? ¿Has conocido a alguien?

—No, es que en Salt Lake he descubierto que entre mis antepasados hubo una sioux. Si es quien yo creo, los crow la raptaron en su poblado, pero se escapó y es posible que en la huida matara al jefe de la tribu enemiga. Y luego tal vez huyó con un francés, o como mínimo un hombre blanco, y de alguna forma consiguió viajar de Dakota del Sur a Francia, donde se casó con un marqués y quizá estuvo en la corte de Luis XVI. ¿No te parece emocionante?

—Mucho. Pero veo que todo empieza por «tal vez» y por «quizá». ¿Qué es lo que sabes seguro, y qué es lo que te gustaría que fuera cierto?

—Espero que todo sea cierto. Algunas de las historias de transmisión oral son un poco vagas, pero su nombre aparece en varias. Y no cabe duda de que se casó con el marqués y mi madre desciende de ella, igual que yo. Por algún motivo llegó hasta Bretaña y se casó con un marqués; y es sioux, eso lo sé seguro. Al averiguar cosas de su vida, me he quedado prendada de ella. Es el tema más interesante sobre el que he leído e investigado en años. Y ahora llego y me encuentro con que tengo el piso sucio y mi novio ha volado y me ha dejado un mensaje de lo más tonto antes de marcharse a Egipto para siempre. De momento nadie me ha ofrecido trabajo, y puede que no me lo ofrezcan; y, además, aunque lo encuentre dudo que me interese. Por otra parte, estoy intentando acabar el libro más aburrido de la historia, cosa que odio. ¿Qué te parece? ¿Qué puedo hacer?

—Me parece que necesitas empezar de cero. ¿Por qué no dejas el libro de momento y te dedicas a escribir sobre otra cosa? ¿Por qué no escribes sobre esa antepasada que parece tan fascinante? Puede que sea mucho más interesante eso que el sufragio femenino.

—Es probable, pero eso significa echar siete años por la borda, y con Ted ya he perdido seis, sin contar los diez que me he dejado en la Universidad de Boston y a los que me han correspondido avisándome de que me echaban con dos horas de margen. Son muchos años empleados para acabar sin nada de nada.

—A veces tienes que soltar amarras. Es como cuando haces una mala inversión; en algún momento tienes que dejar de lado las pérdidas y empezar de cero.

Era un buen consejo, y Brigitte sabía que su amiga tenía razón.

—Sí, pero ¿por dónde?

—Ya lo descubrirás. Creo que necesitas unas vacaciones. ¿Por qué no haces un viaje? Un viaje de verdad, quiero decir, no como el de Dakota del Sur y Salt Lake. ¿Por qué no te vas a Europa o algo así? En internet hay billetes muy baratos.

—Sí, puede ser. —Brigitte no parecía muy convencida—. ¿Te apetece salir a cenar fuera esta noche?

—No puedo —respondió Amy en un tono de disculpa—. Estoy escribiendo otro artículo y tengo que acabarlo para la semana que viene. He tenido a los dos niños enfermos y no he podido hacer nada, así que si no me encierro en casa a trabajar, lo tengo fatal.

Cuando Brigitte colgó el teléfono se sentía mejor, pero no lo suficiente, ya que el desasosiego y el aburrimiento persistían y tenía la impresión de que andaba por la vida sin rumbo, así que pensó en el consejo de su amiga. Tal vez tenía razón. Tal vez debería hacer alguna especie de locura, como marcharse a Europa a pesar de no tener trabajo. De hecho, seguramente era el mejor momento para hacer una cosa así. Quizá podría visitar Bretaña y París y seguir buscando datos sobre Wachiwi. A medianoche estaba decidida a hacerlo, aunque se sentía un poco nerviosa. Y a la mañana siguiente empezó a buscar billetes por internet, tal como le había sugerido Amy.

Encontró un vuelo para el fin de semana siguiente. El mes de marzo no era el más agradable para viajar a Europa en cuanto al clima, pero Brigitte se dijo que no había mejor momento que el presente, ya que no tenía ninguna otra cosa planeada y eso le ofrecería un poco de diversión. Por la tarde llamó a su madre, quien se mostró asombradísima. Wachiwi había devuelto la chispa a la vida de Brigitte. Estaba decidida a explorar su pasado. A su madre le pareció que el viaje a Bretaña y a París era una gran idea. De repente, le había entrado el gusanillo de la investigación genealógica, igual que le había ocurrido a su madre. Sin embargo, lo que fascinaba a Brigitte era Wachiwi, no su largo pasado aristocrático; eso para ella no significaba nada. Wachiwi. La joven sioux que se había enfrentado a las peores circunstancias, había sobrevivido a lo impensable, había conseguido lo imposible y había acabado viviendo en Francia y casándose con un marqués. No cabía encontrar una historia más interesante, ni desde el punto de vista antropológico ni desde el de los estudios de género. Lo que tenía entre manos suponía una ilusión en su vida mayor que para Ted la tan esperada excavación en Egipto. Wachiwi había existido en un tiempo más reciente, y era tan real y parecía tan viva en todos los aspectos que Brigitte había descubierto de ella que no veía el momento de llegar a Francia y proseguir con la búsqueda.

Exhaló un suspiro y guardó todo el material sobre el libro del sufragio en dos cajas de cartón que escondió bajo el escritorio. Tal como decía Escarlata O'Hara, mañana sería otro día. De momento, todo cuanto le importaba era Wachiwi. Lo demás podía esperar.

6

Wachiwi
Primavera de 1784

Era primavera, y el jefe Matoskah había elegido un buen campamento para instalar a su tribu. Cerca había un río, y las mujeres ya estaban reparando los tipis que habían sufrido los rigores del invierno; habían lavado la tela y la habían expuesto al sol para que se secara. Pequeños grupos confeccionaban las prendas para los meses de verano y el invierno siguiente, y los niños corrían, reían y jugaban alrededor. La tribu del jefe Matoskah era una de las más numerosas de los sioux dakota, y a él se le consideraba el hombre más sabio entre su gente. Corrían innumerables historias acerca de su juventud, de su valor en la guerra, de sus victorias frente al enemigo y de su destreza para montar a caballo y cazar búfalos. Sus cinco hijos despertaban tanta admiración como él, y todos eran hombres sobresalientes, casados y con hijos. Dos de ellos dirigirían la primera partida de caza de búfalos de la temporada, prevista para la mañana siguiente. El jefe Matoskah, Oso Blanco, ya era anciano, pero seguía gobernando a su tribu con sabiduría, entereza y mano de hierro si era necesario. Su única debilidad, que también constituía la alegría y la luz de su vida, era Wachiwi, la hija que le había dado su segunda esposa. La primera había muerto a causa de una enfermedad en el campamento de invierno durante una guerra contra los pawnee. Matoskah había regresado tras una batalla y la había encontrado tapada con una piel de búfalo, depositada sobre un armazón funerario con la nieve cubriendo su rígida figura. Había llorado su muerte durante mucho tiempo. Era una buena mujer, y le había dado cinco valerosos hijos.

Pasaron muchos inviernos antes de que Oso Blanco volviera a casarse, y la muchacha elegida era la más bella del poblado y más joven que sus hijos. Habría podido elegir a muchas esposas, incluso tener varias a la vez como hacían la mayoría de sus hombres, pero siempre prefería convivir solo con una. Aquella a la que por fin desposó tras entregar a su padre veinte de sus mejores caballos como muestra de respeto por su familia era casi una niña, pero también era sabia y fuerte, y tan bella que le elevaba el espíritu con solo mirarla. Se llamaba Hotah Takwachee, Cierva Blanca, y eso era a lo que le recordaba.

Llevaban tan solo tres temporadas juntos cuando dio a luz a su primer bebé, la única hembra entre los hijos de Matoskah. La madre de Hotah Takwachee acudió para ayudarla cuando llegó el momento del parto, a principios de otoño. Un amanecer nació la niña, sana, guapa y perfecta. Su madre, en cambio, murió al caer la tarde. Oso Blanco volvió a quedarse solo, con la pequeña que Cierva Blanca le había dado. Otras mujeres del poblado se encargaron de criarla y protegerla, y la niña vivía en el tipi de su padre. Oso Blanco jamás volvió a casarse. Salía a cazar con sus hijos y les hacía compañía en el pabellón hasta altas horas de la noche, fumando la pipa y planeando las siguientes partidas de caza y los asaltos al enemigo. Y disfrutaba lo indecible con la niña, que le daba constantes alegrías, a pesar de que no podía manifestarlo abiertamente porque era una hembra. A veces salía con ella a dar paseos por el bosque y le enseñaba a montar a caballo. Era la amazona más valiente de todo el poblado, y más diestra que la mayoría de los hombres. Su habilidad para cabalgar era bien conocida entre las tribus vecinas. Incluso los enemigos habían oído hablar de la alegre hija del jefe, que tenía poderes con los caballos. Oso Blanco estaba orgulloso de ella; y ella creció a su lado.

El jefe de la tribu recibió la primera oferta para desposar a su hija poco después de que esta superara el rito iniciático para convertirse en mujer. La proposición llegó por parte de uno de los hombres más valientes del poblado, mayor que sus hermanos. Era un feroz guerrero y un cazador excelente que ya tenía dos esposas y varios hijos, pero que se había fijado en Wachiwi. A menudo se ponía a tocar la flauta frente a su tipi, pero ella jamás salía a recibirlo, lo que le daba a entender que no sentía interés por él. Y cuando empezó a dejar mantas, comida y, por último, ya desesperado, cien caballos frente a la tienda, la propuesta de matrimonio se hizo oficial y la futura esposa tuvo que rechazarlo abiertamente. Wachiwi insistía en que no quería dejar a su padre, y Oso Blanco, que recordaba a la perfección lo que le había ocurrido a su madre cuando ella nació, tampoco se sentía capaz de separarse de ella; por lo menos, todavía. Sabía que un día u otro tendría que casarse; era demasiado guapa y estaba demasiado llena de vida para no hacerlo. Sin embargo, deseaba tenerla a su lado unos cuantos años más antes de que asumiera las responsabilidades propias de una esposa y todo lo que ello comportaba. No estaba preparado para desprenderse de ella. Al cumplirse los diecisiete veranos de su nacimiento, se había convertido en la muchacha soltera más mayor de todo el poblado, pero era la hija del jefe. Y por fin, en esa época, un joven guerrero de la misma edad que ella captó su atención. Aún no contaba con grandes asaltos ni partidas de caza que lo hicieran excepcional, y tanto Wachiwi como su padre sabían que debería esforzarse para demostrar su valor en las batallas y las cacerías de búfalos, pero al cabo de un par de años lo habría conseguido. Wachiwi estaba dispuesta a esperarlo hasta entonces, y su padre se mostró complacido. Un día el joven sería un buen marido para ella, y mientras tanto Wachiwi podía permanecer al lado de su padre. Oso Blanco no tenía prisa por que el joven Ohitekah se ganara la mano de su hija. Aunque sabía que ese día tenía que llegar, esperaba que fuera más bien tarde que pronto, y mientras Wachiwi era muy feliz viviendo bajo la tutela de su padre. Era la niña de sus ojos, mimada y protegida no solo por él, sino también por sus hermanos.

A medida que avanzaba la primavera tuvieron lugar carreras de caballos y exhibiciones. A Wachiwi se le permitió tomar parte en ellas porque su padre era el jefe de la tribu y ella cabalgaba mejor, con más valentía, rapidez y temeridad que la mayoría de los jóvenes del poblado. A sus hermanos les encantaba hacer apuestas por ella y se ponían eufóricos cuando ganaba. Su padre la había instruido bien, y sus hermanos contribuyeron a enseñarle trucos, de modo que pudieran ganar las apuestas. Era una amazona sin miedo y cabalgaba como el viento. Y siempre que terminaba una carrera o salía a cabalgar con sus hermanos notaba cerca la presencia de Ohitekah, pero, tal como exigía el decoro, nunca lo miraba directamente a los ojos, ni a él ni a ningún hombre. Siempre se mostraba circunspecta y bien educada, aunque tenía mucho valor y mucha entereza. Su padre siempre decía que si hubiera nacido varón, sería un valiente guerrero, pero estaba muy feliz de que fuera una chica y de hecho lo prefería. Ella lo trataba con cariño, lo cuidaba y lo quería mucho como hija.

A Wachiwi le encantaba reírse con sus hermanos, y ellos le gastaban bromas constantemente. Ohitekah también participaba en ello a veces, y resultaba obvio que la admiraba; e incluso en los momentos de juego y pullas junto a sus hermanos la trataba con gran respeto.

La primavera dio paso al verano y se formaron los grupos de caza. Las cacerías de búfalos y wapitis les servían para tener bien llenas las reservas de cara al invierno, y Wachiwi ayudaba a las otras mujeres a confeccionar las prendas necesarias. Las embellecía con cuentas, tal como algunas ancianas le habían enseñado, y añadía con cuidado púas de puercoespín para formar intrincados motivos. Gracias a su estatus, podía llevar las prendas tan adornadas como gustara, e incluso podía bordarse los mocasines. Muchas veces teñía las púas de puercoespín de vivos colores antes de coserlas a sus vestidos de piel de wapiti.

Cuando las temperaturas empezaron a ser más cálidas y los días más largos, se iniciaron las danzas tribales durante los placenteros atardeceres en que los hombres se sentaban alrededor de la hoguera y fumaban la pipa. Siempre había vigilantes que protegían el campamento, ya que durante el verano eran frecuentes los asaltos de grupos de guerreros para robar caballos y pieles, e incluso raptar a mujeres. De vez en cuando también se encontraban con otras tribus para comerciar. En una de esas visitas, Wachiwi compró una bonita manta y un nuevo vestido de piel de wapiti que uno de sus hermanos intercambió por una piel de búfalo, y al trato añadió otro vestido de piel de wapiti forrado de pelo para el siguiente invierno. Todo el mundo convenía en que Wachiwi era la muchacha más afortunada de la tribu, con cinco hermanos que la adoraban y un padre que se desvivía por ella. No era de extrañar que no quisiera casarse. Sin embargo, su inclinación por Ohitekah parecía cada vez mayor. Una calurosa noche, él acudió a tocar la flauta frente a su tienda, y esa vez Wachiwi sí que salió. Estaba claro que celebraba su cortejo a pesar de mantener los ojos clavados en el suelo y la mirada bien apartada de la suya.

Los padres de Ohitekah habían reconstruido su tienda hacía poco, lo que también indicaba que pronto tendría lugar una propuesta matrimonial y empezarían a dejar regalos para la novia frente al tipi de su padre, tal vez durante el cambio de estación o ya en el campamento de invierno. También sabían que antes su hijo tendría que demostrar sus habilidades en las cacerías y en el campo de batalla, aunque ese momento estaba cada vez más cerca. Las grandes cacerías de búfalos habían empezado.

Una tarde de verano Oso Blanco y sus hijos regresaban al campamento tras una de esas importantes cacerías. Ohitekah había salido con ellos y se había portado muy bien. Los búfalos abundaban, y habían cazado muchos. Esa noche tendría lugar una gran celebración en el campamento. Se encontraban de regreso, charlando y riendo entre ellos, cuando uno de los jóvenes del poblado acudió a su encuentro montado a caballo. Les explicó que un grupo de guerreros crow habían asaltado el campamento y que ya se habían dado a la fuga. Se habían llevado caballos y habían raptado a varias de las mujeres, sobre todo a las más jóvenes, para entregarlas a su jefe. Sin pedir más detalles, Oso Blanco y sus hijos cabalgaron a galope tendido junto con los demás hombres en dirección al campamento. Cuando llegaron, la mayoría de los crow habían huido, a excepción de tres rezagados que dieron media vuelta para disparar a Oso Blanco y a sus hombres. El jefe de la tribu no resultó herido, pero dos de sus hijos cayeron muertos al instante, y junto a ellos yacía Ohitekah, hermanado con ellos en la muerte y no en el matrimonio que Wachiwi y el joven tenían previsto. Los sioux entraron en el campamento en el preciso momento en que los crow desaparecían, y vieron que uno de ellos llevaba a Wachiwi bien atada y que ella llamaba a su padre a voz en cuello con los ojos desorbitados. Los crow se alejaron a la velocidad del rayo; sin embargo, Wachiwi tuvo tiempo de ver morir a sus hermanos y a Ohitekah. Gritaba y forcejeaba para enfrentarse a sus captores, pero ni siquiera con los caballos más rápidos los hombres de su tribu lograron darles alcance. Cabalgaron tan deprisa como pudieron durante horas para salvarla y devolvérsela a su padre, pero bien entrada la noche regresaron al campamento agotados y muy disgustados. No habían sido capaces de salvarla. Los crow que la habían raptado cabalgaban como el viento. Oso Blanco los estaba esperando y al ver que volvían sin ella se echó a llorar como un niño. Y, como si alguien lo hubiera hechizado, a fuerza de lamentar la pérdida de su hija fue encogiéndose de modo visible y se convirtió en un anciano. Se le rompió el corazón. Había perdido a dos de sus hijos frente a los crow y también a la niña de sus ojos. Nada podía consolarlo.

Al día siguiente algunos cazadores salieron en busca del campamento crow, pero los guerreros habían acudido de muy lejos. También formaban parte de la familia dakota, pero los sioux y ellos arrastraban una larga historia de enfrentamientos y asaltos. El hecho de haber raptado a la hija del jefe significaba una importante victoria. Oso Blanco sabía perfectamente que, aunque los encontraran, jamás les devolverían a la chica. Wachiwi había desaparecido para siempre. Y lo más probable era que la ofrecieran al jefe de la tribu como esclava o como esposa. Lejos quedaban los días en que era una mujer libre y disfrutaba del cariño y la protección de su padre y sus hermanos. Ahora pertenecía a los crow, y nadie sabía mejor que su padre lo que eso significaba, aunque no conseguía hacerse a la idea. Caminaba despacio en solitario de un lado a otro del tipi; observaba el lugar en que ella había dormido toda la vida, situado frente al de él; contemplaba sus vestidos de piel doblados con esmero, incluso el nuevo forrado de pelo. Oso Blanco se tumbó en el lugar en que ella había dormido, cerró los ojos y la evocó con el pensamiento mientras adquiría conciencia de que se había marchado para siempre y que solo le quedaba esperar la muerte. Deseaba que los Grandes Espíritus no tardaran en acudir a por él. Sin Wachiwi a su lado no le quedaba nada por lo que seguir viviendo. El alma lo había abandonado el día en que ella desapareció.

7

El grupo de guerreros crow que había arrancado a Wachiwi de su tribu cabalgó a galope tendido durante dos días. Wachiwi se resistió todo lo que pudo, aunque tenía las manos y los pies atados. Hizo cuanto pudo por liberarse, incluso se arrojó del caballo a unos arbustos. Después de eso le ataron también las piernas, y el guerrero que la llevaba sobre su caballo la colocó al través frente a sí, como si fuera un trofeo de caza. Wachiwi lo habría matado si hubiera podido. Otras mujeres les tenían miedo, pero ella no. Le daba igual morir en sus manos, los había visto acabar con el hombre a quien amaba y con dos de sus propios hermanos. Lo que le hicieran ya no le importaba si no conseguía regresar junto a su padre. De todos modos, intentaría escapar. Eso pensaba, tumbada sobre el caballo mientras los guerreros crow galopaban durante días rumbo a su campamento. Se detuvieron a medio camino para matar dos búfalos, cosa que consideraban un buen augurio.

De vez en cuando la desataban, aunque solo el tiempo imprescindible para permitirle cubrir sus necesidades básicas. Ella siempre trataba de escaparse, y cada vez la capturaban y volvían a atarla. Se reían del ímpetu con que forcejeaba. Una vez le dio un mordisco a uno de los guerreros, y este le asestó una bofetada y la tiró al suelo. Era una verdadera fierecilla, y en su dialecto comentaban el gran trofeo que supondría para el jefe de su tribu. Por cómo iba vestida, tenían muy claro que era la hija del jefe sioux. Llevaba un vestido de piel de wapiti con un delicado bordado de cuentas cubierto de las púas de puercoespín que había teñido. Incluso los mocasines eran de selecta confección. Aunque en el campamento había muchachas más jóvenes, ella era muy guapa, sin duda muy valerosa, y muy fuerte. Se enfrentó a ellos casi como lo habría hecho un hombre; sin embargo, la vencieron. El grupo estaba formado por los guerreros del campamento. A unos cuantos les habría gustado quedarse con ella, pero la reservaban para el jefe, que ya tenía dos mujeres, la propia y la viuda de su hermano, con quien se había casado después de que a este lo asesinaran durante una cacería. Era su deber casarse con ella, y ya estaba embarazada. Wachiwi era mucho más joven que sus otras dos esposas, y mucho más guapa, así que estaría encantado. Tenía una bonita figura, e incluso ahora que no los miraba se veía que tenía unos ojos enormes. Además, todos habían reparado en el coraje que mostraba, a pesar de haber sido raptada por un grupo de guerreros y por mucho que trataban de amedrentarla. Cualquier otra muchacha de su edad o incluso mayor se habría puesto a chillar de miedo. Wachiwi trataba de escaparse a la mínima oportunidad, y era evidente que le daba igual si la mataban. No obstante, era un trofeo demasiado goloso para el jefe y no deseaban perderla. Así, la mantuvieron atada el mayor tiempo posible, y cabalgaron a galope tendido hacia el campamento. Uno de los hombres quiso darle de comer, dispuesto a hacerlo con sus propias manos, pero ella, invariablemente, volvía la cabeza y se negaba. No miraba a ninguno de los hombres a los ojos, pero su expresión rebosaba odio y su corazón albergaba un gran desespero por su padre, quien, sin ella, a buen seguro moriría de pena.

Al final del tercer día llegaron por fin al campamento crow. Wachiwi observó que era más pequeño que el suyo, y vio escenas conocidas de niños que corrían, mujeres sentadas en grupo que charlaban a la vez que cosían, hombres que regresaban al campamento después de la caza. Incluso la disposición de las tiendas era parecida a la que solía adoptar su gente, y los guerreros que la habían apresado se dirigieron al tipi del jefe de la tribu, seguidos del resto de los hombres que formaban el grupo. Las mujeres y los niños miraban con interés cómo el guerrero que llevaba a Wachiwi en su caballo desmontaba de un salto, la bajaba del lomo sin miramientos y la arrojaba al suelo.

Allí quedó, cubierta con su vestido de wapiti, atada como si fuera un animal al que hubieran dado caza, incapaz de moverse, mientras uno de los hombres iba en busca del jefe indio. Las dos esposas de este cosían cerca del tipi; mientras él y sus hombres examinaban a Wachiwi, ella levantó la cabeza y lo vio. Era mucho más joven que su padre y parecía fuerte y orgulloso. Tenía más o menos la edad de sus hermanos. Oyó a uno de los guerreros llamarlo Napayshni, que también en su propio dialecto significaba «valeroso». Hablaban una lengua tan parecida a la suya que no le costaba comprender lo que decían.

Le explicaron que Wachiwi era la hija del jefe de la tribu, y que la habían llevado hasta allí para entregársela como trofeo de guerra. Dijeron que también habían robado unos cuantos caballos de buena raza y habían raptado a otras tres mujeres, pero los hombres que las llevaban se habían adelantado, así que Wachiwi no las había visto durante el camino de vuelta. Oyó a los hombres explicar que el grupo de guerreros se había dividido tras abandonar el campamento de su padre, y que el resto había regresado por otro camino. Ellos habían optado por dar un rodeo, no fuera a ser que los hombres de la tribu de Wachiwi salieran a defenderla. Sin embargo, no los había seguido nadie. Los crow que huían con ella la tenían bien escondida y emprendieron un camino más retirado. Su gente no había podido encontrarla, y sus captores se sentían orgullosos de haber sido más listos y más veloces que ellos para poder huir con su presa. Era una belleza.

El jefe Napayshni se la quedó mirando, circunspecto.

—Desatadla —fue todo cuanto dijo, y el hombre que la había llevado en su caballo no tardó en protestar.

—Se escapará. Todas las veces que la he desatado lo ha intentado. Es veloz como el viento, y muy lista.

—Yo soy más veloz que ella —objetó el jefe indio, nada preocupado.

Wachiwi no pronunció palabra, aunque sintió las manos y las piernas entumecidas cuando la desataron. Tenía el pelo enmarañado a causa del viaje a caballo, y la cara sucia del polvo del camino. Su vestido de piel de wapiti se había rasgado por varios sitios por culpa de las cuerdas de tendón de búfalo con que la habían atado. Tardó unos minutos en poder ponerse en pie. Se sacudió el polvo, tratando de tener un aire digno, aunque se tambaleó un poco. Dio media vuelta para que los captores no repararan en las lágrimas de sus ojos. La vida tal como la conocía hasta entonces, rodeada de las personas que la amaban y a quienes amaba, había terminado para siempre. Ahora era una esclava. Estaba segura de que conseguiría escapar, pero primero tenía que aprender cómo estaba organizado el campamento y debía robar un caballo. Luego regresaría a casa. Nada la retendría entre los crow.

El jefe Napayshni siguió escrutándola. Observó el vestido rasgado. No cabía duda de que era la indumentaria de la esposa o la hija del jefe de la tribu. Llevaba los mocasines adornados con cuentas y toda la parte superior del vestido, cubierta por las púas de puercoespín de las que estaba tan orgullosa.

Estaban teñidas de un azul intenso, gracias a una pasta que había aprendido a elaborar con bayas. Era una técnica que pocas mujeres de su campamento dominaban. A pesar de que tenía el pelo enmarañado y los brazos y la cara sucios, resultaba fácil adivinar lo guapa que era.

—¿Cómo te llamas? —preguntó el jefe de la tribu sin rodeos.

Ella lo ignoró, pero esa vez, en lugar de actuar tal como la tradición de todas las tribus indias mandaba que lo hicieran las mujeres solteras, lo miró a los ojos con una expresión de puro odio.

—¿No tienes nombre? —insistió él, que no parecía nada impresionado.

Era como una niña con una rabieta, aunque sabía que otras chicas en sus circunstancias estarían aterradas y ella no lo estaba. La admiraba por ello. Tal vez su valentía fuera mera fachada, la cuestión es que no parecía tenerles ningún miedo, y eso le gustaba. Mostraba mucha energía y mucho coraje.

—Eres la hija de un gran jefe —afirmó con la seguridad de saber quién era su padre.

El asalto a su campamento no había tenido lugar por accidente, tan solo su secuestro había sido un acto aleatorio de los guerreros, que, al verla, le habían dado caza cual trofeo que entregar al jefe. Aunque nunca lo habría reconocido ante ellos, Napayshni se compadecía del padre de la chica. Seguro que representaba una pérdida tremenda renunciar a una hija como ella, y en ese sentido daba igual qué hombre se la llevara. Sus guerreros también lo habían informado del asesinato de dos de los hijos del jefe indio, entre otros miembros de la tribu. El asalto había sido todo un éxito para ellos y en cambio había supuesto un duro golpe para el clan de Wachiwi.

—Si tan buen jefe es mi padre, ¿por qué me habéis raptado? —preguntó ella.

Siguió mirándolo directamente a los ojos, fingiendo que no le tenía miedo a él ni a lo que pudiera hacerle en esa situación. Había oído relatos de mujeres secuestradas que se convertían en esclavas de otras tribus. Nunca tenían un final feliz, y ahora ella era la protagonista de uno de esos relatos.

—No lo teníamos previsto. Te han traído para entregarte a mí como trofeo —respondió con dulzura. Por su aspecto, apenas era más que un chiquillo.

—Entonces devolvedme junto a mi padre. No quiero ser tu trofeo.

Levantó la barbilla, y la mirada le ardía de indignación. Nunca había mirado a un hombre a los ojos, a excepción de su padre y sus hermanos.

—Ahora eres mía, chica sin nombre. ¿Cómo te llamaré? Estaba bromeando un poco para que ella dejara de tenerle miedo. A pesar de su fama de guerrero y jefe temible, era amable, y la situación de Wachiwi le partía el alma. Él también tenía hijos y no le gustaría que miembros de otra tribu se llevaran a su hija y la entregaran al jefe. La simple idea lo hizo estremecerse.

—Soy Wachiwi —dijo ella airada—. No quiero ninguno de vuestros nombres crow.

—Entonces usaré el que ya tienes —respondió él señalando a las dos mujeres que estaban sentadas cerca.

Su primera esposa era más joven y más guapa que la que había heredado de su hermano el año anterior. Wachiwi observó que la mayor de ambas estaba en una fase avanzada del embarazo, y fue la que se acercó cuando su marido la llamó.

—Llévala al río para que se lave —le ordenó—. Necesitará ropa, hasta que le remienden la que lleva puesta.

—¿Ahora es nuestra esclava? —preguntó la mujer con interés, pero Napayshni no respondió.

No le debía ninguna explicación sobre sus planes. Se había casado con ella porque era su deber de hermano, y ella ya le había dado un hijo; con eso bastaba. No quería a Wachiwi como esclava, lo que quería era que se acostumbrara a estar allí y no se mostrara tan hostil con él. Con el tiempo, cuando estuviera bien instalada, la convertiría en su esposa. Era mucho más bella y mucho más garbosa que las otras dos, y le gustaba el aire explosivo de su mirada. Era como un caballo salvaje al que deseaba domar, y estaba seguro de poder lograrlo. Él, igual que ella, era un jinete extraordinario.

Wachiwi siguió a la mujer embarazada sin decirle nada. Ella se dirigió a la otra esposa de Napayshni en el dialecto crow, y Wachiwi comprendió todo lo que decían, aunque fingió que no era así. El jefe crow le había hablado en su propia lengua. Las mujeres cotilleaban sobre las púas de su vestido y se preguntaban cómo había conseguido darles ese color. Esperaban que con el tiempo les enseñara a hacerlo. Mientras las escuchaba, Wachiwi se prometió a sí misma que no haría nada por ellas. Jamás.

Se lavó en el río, y le dieron un vestido sin adornos que le sentaba fatal. Luego una de las mujeres le tendió una manta con la que se cubrió. Esa noche Wachiwi se esmeró en remendar el vestido de wapiti adornado de púas de puercoespín. Algunas se habían partido cuando la tumbaron sobre el caballo de su captor. En cuanto terminó de coserlo, volvió a ataviarse con él. Era lo único que le quedaba de su antigua vida.

Esa noche, cuando Napayshni entró en el tipi, no le dijo nada. Él dormía en el extremo norte, igual que su padre, y ella y las otras dos mujeres en el extremo sur, con los niños, que eran siete en total. En el tipi no se respiraba tanta pulcritud como en el de su padre, que ella misma mantenía limpio. Dos de los niños se despertaron varias veces durante la noche, y Wachiwi permaneció casi todo el tiempo tumbada sin conciliar el sueño, contemplando el cielo a través del agujero superior y preguntándose cuánto tardaría en escapar. No podía pensar en otra cosa. Se había negado a comer con los miembros de la tribu, y estaba decidida a ayunar hasta que no pudiera soportarlo más. Al final, cuando ya creía que iba a desmayarse del hambre, aceptó unos pastelitos de maíz. Eso fue todo cuanto comió.

Napayshni se levantó de madrugada para supervisar el traslado del campamento. Al ser un poblado más pequeño que el de Wachiwi, cada pocos días se trasladaban para seguir a los búfalos y disponer de nuevas tierras donde los caballos pudieran pacer. Había llegado a sus oídos que los hombres volverían a salir de caza al día siguiente de haberse asentado. Wachiwi esperaba ese momento para poder huir, ya que las mujeres estarían ocupadas y casi todos los hombres se habrían marchado. Quería ver a las otras tres mujeres de la tribu, pero no tuvo oportunidad de hacerlo antes de que levantaran el campamento.

No necesitaron desplazarse mucho para encontrar más búfalos ese día. Los hombres partieron a primera hora de la tarde, charlando, riendo y de buen humor. Wachiwi se preguntó a qué distancia estaría el campamento de su padre. Sabía que habían tardado tres días en llegar hasta su destino, pero yendo sola podría desplazarse en línea recta y a toda velocidad. Todo cuanto necesitaba era un buen caballo y la oportunidad de abandonar el poblado crow.

Anduvo dando vueltas sin rumbo, y nadie le prestó atención. Divisó a una de las mujeres de su misma tribu, pero no logró hablar con ella. El resto habían sido entregadas a distintos hombres del campamento y no podían hacer nada al respecto. Wachiwi solo deseaba huir de allí.

Cuando todos los hombres se marcharon, vio que aún quedaban unos cuantos caballos, aunque no eran los mejores. Se fijó en uno que parecía lo bastante vigoroso y resistente para soportar el viaje, aunque tal vez no fuera tan veloz como le habría gustado. Se acercó y le dio unos golpecitos en el cuello, observó sus patas y, sin hacer el menor ruido, lo desató, montó en él, se deslizó sobre un lateral del lomo y se dispuso a permanecer en esa posición mientras lo instaba a abandonar el campamento sin que nadie reparara en ello. Prácticamente no se la veía; se había escondido a un lado de el lomo del caballo, un truco que sus hermanos le habían enseñado cuando era niña y que muchas veces había utilizado con ellos y con su padre en los últimos años. Su padre se había mostrado encantado con esa habilidad que le había servido para hacer ganar muchas apuestas a sus hermanos.

Hizo que el caballo atravesara muy rápido la llanura en dirección a la arboleda antes de incorporarse, y entonces lo estimuló para que corriera más. Avanzaba a gran velocidad, aunque el animal no era tan veloz como los caballos a los que estaba acostumbrada; y en ese momento oyó un ruido de cascos a sus espaldas, más rápido que el suyo. No se atrevió a mirar atrás, se limitó a estimular más al caballo. Casi había llegado a la arboleda, cabalgando lo más rápido posible, cuando el otro jinete la alcanzó y la aferró con su fuerte brazo. Era Napayshni, e iba solo. No le dijo nada, pero la atrajo hacia sí y él la colocó frente a sí sobre su caballo, mientras aquel en que cabalgaba Wachiwi aminoraba el paso, agradecido de poder poner fin al ritmo asesino a que ella lo había sometido, y empezaba a pacer. Napayshni frenó su propio caballo hasta que se detuvo. Era mucho más brioso que el otro, y Wachiwi pensó que con ese sí que habría conseguido escapar.

—Montas bien —comentó él sin alterarse. Le gustaba lo atrevida que era, y nunca había visto a una mujer cabalgar así. Su padre y sus hermanos la tenían bien instruida.

—Creía que habías salido de caza —repuso ella con voz temblorosa, mientras se preguntaba si Napayshni iba a impo-

nerle un castigo o a darle una paliza. Puede que incluso decidiera matarla. No le había importado arriesgarse, y volvería a
hacerlo.

—Tengo trabajo en el campamento, los hombres se han
marchado sin mí. —Quería hacer creer a Wachiwi que había
ido con ellos, para ver qué ocurría si la dejaba sola. Ahora ya
lo sabía—. ¿Volverás a escaparte si te dejo sola? —preguntó
clavando la mirada en ella.

Le pareció más adorable que nunca, con las mejillas encendidas a causa del calor y de la acelerada carrera. Wachiwi
no respondió a su pregunta, pero él conocía la respuesta de
todos modos. Seguiría intentando escapar hasta que se sintiera en cierto modo unida a él, pero eso aún tardaría en suceder.
Tal vez hasta que llevara en el vientre a un hijo suyo. No obstante, tampoco para eso quería presionarla. Sus hombres le
habían hecho entrega de la chica como símbolo de su victoria, y quería que esa victoria fuera completa. No deseaba que-
brantar su espíritu, solo domarla, como se doma a un caballo
salvaje en la pradera. Creía que podía hacerlo. Había domado
otros caballos salvajes, pero ninguno lo era tanto como ella,
ni tan bello. Era un trofeo muy valioso.

Regresaron al campamento cabalgando en silencio. Napayshni llevaba el caballo con el que Wachiwi había huido atado con una cuerda, y el animal parecía agradecido por haberse
librado de tan exigente amazona. Colocó a Wachiwi delante de
él en su caballo y, al llegar al campamento, la dejó en el tipi,
donde se encontraban sus esposas. Luego se dispuso a ama-
rrar los caballos junto al resto. Él había pasado una tarde entretenida; para Wachiwi había sido una experiencia frustrante.

Esa noche Napayshni no le quitó ojo de encima, pero no
explicó nada a los otros hombres. La estuvo vigilando mucho
rato mientras dormía, preguntándose cuánto tiempo tardaría
en domarla. Esperaba conseguirlo pronto; sentía cómo aumen-

taba el fuerte deseo que despertaba en él, pero no quería precipitarse. Por lo que había visto, si lo hacía, tal vez ella intentara matarlo. Ninguna chica se había atrevido a hacer lo que ella había intentado esa tarde, y ninguna se habría atrevido a cabalgar así. La había observado esconderse detrás del lomo del caballo. Solo sus mejores jinetes eran capaces de semejante cosa, y no ascendían a muchos. Además, ninguno lo hacía con la misma facilidad que había observado en ella. ¡Menuda amazona!

Tres días más tarde, volvieron a trasladar el campamento para seguir a los búfalos. Los hombres habían cazado un wapiti y un ciervo mulo. Junto a las hogueras abundaba la comida; ya estaban tostando el búfalo y cortándolo en pedazos para servirse de él.

Esa noche bailaron la danza del Sol alrededor de la hoguera para celebrar la llegada del verano y dar gracias por la abundante cacería y el gran búfalo. Wachiwi permaneció apartada, observando bailar a los hombres. En su tribu también representaban una danza similar; empezaba a descubrir que la diferencia entre sus costumbres no era muy acusada. Sin embargo, lo único que podía pensar mientras los miraba era cuánto deseaba regresar a casa. Se preguntaba qué estaría haciendo su familia; esperaba que su padre se encontrara bien. Se le arrasaron los ojos en lágrimas al recordar a sus hermanos muertos y a Ohitekah, y al pensar que tal vez jamás volvería a ver a su padre, aunque no había perdido la esperanza de escapar con éxito. Se le había pasado por la cabeza salir corriendo esa misma noche, mientras los hombres bailaban; sin embargo, podía resultar peligroso avanzar a oscuras por un terreno tan abrupto, así que decidió aguardar. Cuando volviera a intentarlo, tenía que asegurarse de que Napayshni no estuviera en el campamento; tal vez cuando organizaran una partida de caza que durase varios días.

Se retiró temprano de la celebración sin apenas haber probado la carne; no tenía hambre. Cuando entró en el tipi, se sorprendió al encontrar a una de las esposas del jefe indio retorciéndose de dolor. La otra le explicó que el bebé estaba a punto de nacer; señaló a Wachiwi y le pidió que la ayudara. Wachiwi jamás había asistido un parto en su campamento, y no tenía ni idea de lo que debía hacer.

Se sentó junto a las otras dos mujeres y esperó. La que estaba a punto de dar a luz chillaba, y una anciana entró para ayudarlas. Lo que Wachiwi vio la llenó de horror, hasta que, al cabo de poco rato, observó con la mayor sorpresa cómo la anciana ayudaba al bebé a venir al mundo. Lo arropó bien con una manta, lo colocó sobre el pecho de su madre, retiró los restos de la placenta y se dirigió fuera para enterrarla, mientras Wachiwi ayudaba a lavar a la joven madre.

Cuando Napayshni regresó tras la celebración, tenía un nuevo hijo. Lo contempló con cautela e interés, asintió y se fue a la cama. Esa noche Wachiwi permaneció tumbada en su camastro, pensando que ojalá ella no tuviera que pasar por eso jamás. Ella amaba a Ohitekah, y los crow lo habían matado, igual que a sus hermanos. Ahora no había ningún hombre del que estuviera enamorada; desde luego, no lo estaba de Napayshni, ni deseaba tener un hijo suyo. Sabía que tenía los días contados antes de que la convirtiera en su esposa, y por eso deseaba con más ansia que nunca escapar de allí.

Napayshini siguió observándola cada vez que dormía y a medida que volvían a trasladar el campamento al cabo de unas cuantas jornadas hasta que el transcurso de los días hizo que se sucedieran las semanas. Una mañana, tras ver que el jefe indio abandonaba el tipi junto con los otros hombres para cazar un búfalo, Wachiwi intentó escapar de nuevo. Esa vez se procuró un caballo más veloz, y cabalgó con mayor ímpetu que en la anterior ocasión. Fue uno de los jóvenes del campamento quien la siguió, montando un caballo más rápido que el de ella. Era el encargado de vigilar los caballos, y Napayshni le había advertido que posiblemente Wachiwi intentaría escapar. En su desesperación por capturarla, le disparó una flecha que la alcanzó en el hombro y le rasgó el vestido. Sin embargo, nada la detuvo, ni siquiera el dolor. El joven era tan bueno montando a caballo como ella, y casi igual de atrevido; además, lo movía el deseo de complacer al jefe.

—¡No me detendrás! —le gritó Wachiwi cuando lo tuvo cerca. Tenía el vestido ensangrentado a causa de la herida.

—¡Te mataré si es necesario! —respondió—. Napayshni quiere que vuelvas.

—Antes tendrá que matarme. O tendrás que hacerlo tú —repuso ella a voz en cuello, y siguió adelante.

Era una carrera a muerte. El joven la siguió durante kilómetros, pisándole los talones, y el destino traicionó a Wachiwi; su caballo tropezó y tuvo que frenarlo para que no se rompiera una pata. Cuando se detuvieron, los dos caballos estaban empapados de sudor, y el chico le lanzó una mirada hostil.

—¡Estás loca! —gritó.

Wachiwi parecía descorazonada, con la sangre resbalándole por el brazo. La flecha no se le había clavado, pero le había hecho un corte profundo.

—¿Por qué quieres escaparte?

—Quiero volver con mi padre —respondió ella tragándose las lágrimas—. Es anciano y está delicado.

El chico era mucho más joven que ella y estaba perplejo ante su actitud.

—Napayshni se portará bien contigo. De todas formas, a tu edad deberías casarte, ¿no?

Wachiwi se planteó si tendría que intentar huir de nuevo, pero sabía que el caballo se quedaría cojo antes de alcanzar la arboleda. Había vuelto a fallar.

—No quiero casarme —dijo Wachiwi con aire resentido—. Solo quiero irme a casa.

—Pues no puedes —objetó el joven—. Siento haberte disparado. Napayshni me pidió que te hiciera volver fuera como fuese. ¿Te duele?

—Ni pizca —respondió ella tan pancha, ya que no estaba dispuesta a reconocer que sí que le dolía. De hecho, le dolía mucho.

Volvió con él al campamento sin pronunciar palabra. Luego, dejó que se llevara al caballo y se dirigió sola al río para lavarse la herida mientras se preguntaba si algún día conseguiría regresar a casa. Empezaba a perder las esperanzas. Y prefería estar muerta a tener que permanecer allí. Por un momento, lamentó que el joven no la hubiera matado con la flecha en lugar de herirla. El hombro había dejado de sangrarle, pero tenía un buen corte y aún le dolía. Se lavó con el agua fresca del río y volvió a cubrirse con el vestido. Cuando iba camino del tipi, Napayshni regresó al campamento. Ese día habían cazado más búfalos que nunca y se le veía muy contento. Aún iba montado en el caballo cuando la vio, y al principio no se percató de la mancha de sangre del vestido. Estaba a punto de decirle algo cuando ella levantó la cabeza con expresión vacía y, de repente, se desmayó a los pies del caballo.

Napayshni desmontó al instante y la levantó. No tenía ni idea de lo que le había ocurrido, y entonces reparó en la sangre que empapaba su vestido de piel de wapiti. Avisó a las mujeres y envió a una a buscar al médico de la tribu. Tumbó a Wachiwi sobre su camastro y ella recobró un momento la conciencia antes de volver a desmayarse.

Estaba despierta cuando el hechicero entró en el tipi acompañado de una anciana. Las mujeres habían despojado a Wachiwi del vestido y Napayshni estaba inspeccionando la herida. Sus esposas dijeron que no tenían ni idea de lo que había ocurrido, pero Napayshni sospechaba que la chica había intentado escaparse de nuevo y algo había salido mal. Mientras el hechicero le aplicaba unos polvos en la herida y una especie de pomada que hizo que Wachiwi estuviera a punto de chillar de dolor, Napayshni salió en busca del muchacho encargado de cuidar de los caballos esa tarde.

—¿Ha intentado escaparse otra vez? —preguntó en un tono brusco y cara de pocos amigos, y el muchacho se echó a temblar ante su mirada feroz.

—Sí; lo ha intentado. Me pediste que la detuviera fuera como fuese, así que eso hice.

—No te dije que la mataras, y esa herida en el hombro podría haber acabado con su vida. Tendrías que haberle disparado a la pierna.

—No tuve tiempo. Iba demasiado rápido. Mi caballo no era capaz de seguirla.

—Ya lo sé —respondió Napayshni—. Cabalga a la velocidad del viento. La próxima vez ten más cuidado. ¿Qué te ha dicho cuando la has traído de vuelta al campamento?

—Que echa de menos a su padre, que es anciano y está enfermo. Yo le he dicho que para ella era mejor estar aquí, contigo. —Sonrió al jefe con timidez.

—Gracias. Yo no le contaré esto a nadie, y tú tampoco debes hacerlo.

Si alguien supiera que se preocupaba tanto por la prisionera, lo habrían considerado un mamarracho no apto para ser jefe de la tribu. No pensaba consentir que Wachiwi lo convirtiera en el hazmerreír del poblado, por muy guapa que fuera.

—Le has disparado a un pájaro y has fallado. Tienes muy mala puntería, Chapa, ¿a que sí? —Le estaba inculcando lo que tenía que decir.

—Sí, sí. —Ni se le ocurriría llevarle la contraria a su jefe.

Le había disparado a un pájaro. Y había fallado. Eso era lo ocurrido, daba igual lo humillante que resultara para él.

Napayshni regresó al tipi; Wachiwi estaba durmiendo gracias a una poción que le habían administrado. El médico y la anciana se habían marchado, y Wachiwi había perdido el mundo de vista. Se removió y luego volvió a caer en un sueño profundo a la vez que Napayshni abandonaba la tienda.

Wachiwi durmió hasta la mañana siguiente. Se despertó aturdida, y se sorprendió al ver que estaba cubierta solo con una sábana y no llevaba puesto el vestido; en vez de eso, lo tenía bien doblado junto a ella. Vio la mancha de sangre y recordó lo ocurrido el día anterior. Su intento de escapar había resultado fallido otra vez. La invadió una gran tristeza mientras se ponía en pie y se vestía. Entonces vio que también los mocasines estaban manchados de sangre.

Napayshni la vio cuando salía de la tienda. No daba la impresión de estar en condiciones de intentar escapar de nuevo ese día. Se la veía cansada y en baja forma, y también desorientada a causa de la fuerte poción que le habían obligado a tomarse.

—¿Cómo tienes el hombro? —preguntó él cuando la chica pasó tambaleándose por su lado, con los ojos entornados ante la molestia que le producía la potente luz del sol.

Ese día estaban todos los hombres en el campamento, y las mujeres teñían pieles y salaban carne. Las despensas para el invierno estaban prácticamente llenas.

—Bien —respondió ella con poco convencimiento. Aún le dolía, pero era demasiado orgullosa para reconocerlo ante él.

—Chapa tiene muy mala puntería. Intentaba cazar un pájaro y te dio a ti.

—No, no fue así. Tú le pediste que me detuviera fuera como fuese, y eso hizo.

—¿Cuántas veces piensas intentarlo, Wachiwi? Esta vez te

han herido. Mientras huyes, podrías caerte del caballo y matarte.

—O podría matarme uno de tus hombres —soltó ella sin rodeos—. No importa, prefiero morir a estar aquí. —Era cierto. No cesaría de intentar volver a casa mientras siguiera con vida.

—¿Eres infeliz aquí?

Napayshni lamentaba oír eso, y la verdad era que siempre se había mostrado amable con ella. Podría haberla hecho suya la primera noche, y Wachiwi llevaba allí varias semanas. Sin embargo, Napayshni quería que se habituara a él antes de convertirla en su esposa. La chica seguía sin tratarlo mejor que al principio. Él no quería mostrarse brusco, pero no podía permitir que continuara escapándose. Y tarde o temprano, alguien acabaría matándola de un disparo, o hiriéndola de gravedad. Él quería protegerla. Lo que había ocurrido el día anterior era más que suficiente.

—Matasteis a mis hermanos —repuso ella con rabia. También habían matado a Ohitekah, pero no pronunció su nombre.

—Suele ocurrir en los asaltos y las guerras.

Él no podía hacer nada al respecto, y deseaba que Wachiwi fuera suya. Lo deseaba muchísimo.

—¿No podemos intentar llevarnos bien?

Creía que si conseguía que Wachiwi lo viera como un amigo, el resto sería más fácil, y acabaría por aceptarlo como esposo. No era la primera mujer a quien raptaban en un asalto y entregaban a un jefe. La mayoría se convertían en esclavas. Las otras tres mujeres del poblado de Wachiwi habían aceptado su suerte. Wachiwi las había visto con los guerreros que las habían raptado y sus nuevas familias. Parecían infelices, pero sabían que no tenían elección, y eran más jóvenes y más tranquilas que Wachiwi. Se había encontrado con ellas varias veces en el río, pero las mujeres más mayores, que las trataban como esclavas, no permitían que hablaran con Wachiwi.

Napayshni quería darle algo más que una vida de esclava o de cautiva; quería tratarla como a una esposa. Sin embargo, Wachiwi no estaba dispuesta a aceptar ni una cosa ni la otra.

—Tú no eres mi amigo, eres mi enemigo.

—Quiero hacerte mi esposa —respondió él con dulzura.

Era un gran jefe, y se estaba rebajando ante una joven, lo cual era muy raro. En otras tribus y en otras circunstancias, eso supondría un honor. No obstante, igual que en el caso del hombre que había ofrecido a su padre cien caballos a cambio de ella, y a quien ella había rechazado, no quería convertirse en la esposa de Napayshni. Él era quien había matado a sus hermanos y al hombre al que amaba; él o sus hombres, daba igual. Además, la habían arrancado del entorno paterno. Nunca le perdonaría una cosa así.

—Jamás seré tu esposa —respondió Wachiwi con furia—. Tendrás que ponerme un cuchillo en el cuello para que sea tuya.

No pienso hacer eso. Quiero que te entregues a mí por voluntad propia.

Ella lo atravesó con la mirada al oírle decir eso. Sin embargo, sus ojos se enternecieron a pesar suyo. Le estaba pidiendo algo en lugar de ordenárselo o de forzarla. No le pasó por alto. Las cosas podrían haber ido mucho peor. Era un hombre honesto y la trataba con respeto, aunque ella no le pagara con la misma moneda. Se había mostrado brusca con él desde el momento en que se conocieron. No quería convertirse en su esposa o su esclava, ni en su trofeo de guerra.

—No te obligaré a ser mía, Wachiwi. No quiero hacerte mi esposa de esa forma. Ve a donde quieras, haz lo que quieras, siempre que te quedes en el campamento. Serás mi esposa cuando estés preparada, no antes. No obstante, si vuelves a intentar escapar, tendré que atarte. Eres una mujer libre si no sales de aquí. Y cuando tú lo desees serás mi esposa; mi esclava, jamás.

No pensaba convertir a la hija de otro jefe indio en su esclava, y Oso Blanco era un gran jefe. Su hija merecía todo el respeto.

—Mantente alejada de los caballos —le advirtió—. Aparte de eso, puedes ir a donde gustes. Pero a pie.

Wachiwi no le respondió, y Napayshni se marchó. Le estaba ofreciendo un trato más que justo, pero no estaba preparada para hacer las paces con él, y se prometió a sí misma que no las haría jamás. Seguiría intentando escapar a la mínima oportunidad.

A esas alturas se encontraban en el campamento de verano. Hacía mucho calor. No pensaban trasladarse en bastantes semanas. Tenían mucho trabajo con las reses que habían cazado. Las mujeres cosían, los hombres teñían y curtían; estaban preparando las pieles para venderlas. Escogían muy bien las tierras en las que los caballos podrían pacer; además, era una zona donde abundaban los búfalos si necesitaban cazar más. Representaba un alivio no tener que trasladar el campamento cada pocos días, sobre todo con aquel calor. A Wachiwi se le había curado la herida del hombro, ya no le dolía. Seguía esperando el momento oportuno para escapar, pero no lo encontraba. El campamento estaba siempre lleno. No había posibilidades de hacerse con un caballo y largarse. Su única opción era hacer lo que le había indicado Napayshni; ir de un lado a otro del campamento, a pie.

Un día oyó a unos hombres comentar que allí cerca había un lago. Estaba un poco lejos para ir andando, pero tampoco tenía otra cosa que hacer. No tenía hijos, ni marido, y no debía atender ninguna tarea en el poblado. Recibía trato de huésped, mientras las dos esposas de Napayshni se encargaban de todo el trabajo, incluso de lavar su ropa, ya que habían recibido órdenes de él. Aunque al principio protestaron, acabaron haciendo lo que les decía y la trataban como a una hija. Llevaba una vida muy cómoda; el único problema es que no quería estar allí.

Napayshni estaba poniendo a prueba otra táctica para domarla como a un caballo, pero de forma que actuara por propio convencimiento. La ignoraba por completo, y tenía la esperanza de que acabaría acercándose a él. De momento, la cosa no surtía efecto, pero su actitud era menos beligerante. A medida que pasaban los días en el campamento de verano, Wachiwi parecía más y más cómoda. Jugaba con los niños y a ratitos hacía compañía a las mujeres. Se encargaba de adornar prendas con cuentas y ella misma remendó su vestido cuando volvió a rasgarse. Incluso enseñó a dos jovencitas a teñir las púas de puercoespín de la forma en que ella lo había hecho con las de su vestido. Encontraron las bayas apropiadas y consiguieron teñir las púas del mismo azul intenso, con lo que quedaron entusiasmadas. Napayshni se alegraba de verla más tranquila, aunque no le hizo ningún comentario.

Durante la segunda semana en la ubicación veraniega del campamento, Wachiwi decidió dar un largo paseo y descubrió el lago del que había oído a hablar a aquellos hombres. No había un alma. Estaba sola en el lugar más bello que había visto jamás. En lo alto de una colina había una cascada, y abajo, a sus pies, el lago en calma. Vio unos peces nadando y una pequeña playa de arena. Miró alrededor, no vio a nadie, se quitó los mocasines y el vestido y se bañó desnuda. Sus hermanos le habían enseñado a nadar como un pez.

Era la tarde más plácida que recordaba haber disfrutado en años enteros; desde luego, la más plácida desde que llegara al campamento de los crow. Había ocultado la ropa para que, si alguien se acercaba al lago, no la viera. Sin embargo, nadie lo hizo. Todos los hombres estaban muy ocupados cumpliendo sus tareas en el campamento, y el lago estaba demasiado lejos para las mujeres y los niños. Se sintió como en un lugar sagrado. En su rostro se dibujó una amplia sonrisa por primera vez desde que la hicieran prisionera. Permaneció allí toda la tarde, se tumbó a tomar el sol y se bañó varias veces más. Cuando regresó al poblado, canturreaba para sus adentros. Era libre, porque Napayshni sabía que a pie no podía llegar muy lejos, y su tribu se encontraba demasiado apartada.

Se la veía feliz, despreocupada, rejuvenecida, con el largo pelo negro cubriéndole la espalda. Napayshni la vio regresar al campamento, pero no dijo nada, aunque el corazón se le hinchió al ver la expresión de su rostro. Parecía tranquila, feliz y a gusto.

Durante la cena, junto a la hoguera, le preguntó qué había hecho ese día. El bebé se había convertido en un niño fuerte y sano, y su madre tenía buen aspecto. Las dos mujeres volvían a estar embarazadas, sus hijos nacerían en primavera. En realidad, con quien Napayshni deseaba tener un hijo era con Wachiwi, pero no dijo nada al respecto. No quería asustarla, sobre todo porque por fin parecía estar encontrando su lugar allí.

—He ido al lago —respondió Wachiwi en voz baja. Se mostraba menos hostil desde que él apenas le dirigía la palabra, pero aún no deseaba convertirse en su esposa, ni siquiera ser amiga suya.

—¿Andando? Está muy lejos. —Napayshni estaba impresionado. Sabía que algunos hombres se habían acercado hasta el lago a caballo al principio de estar allí, pero ahora no tenían tiempo.

—Es un sitio muy bonito —contestó ella con aire sereno.

Él asintió y volvió a darle la espalda, fingiendo que la ignoraba. Era su precioso caballo salvaje. Aún no había conseguido domarlo, pero ahora estaba seguro de que algún día lo conseguiría. Lo veía en sus ojos. Se estaba acercando el momento, y lo único que deseaba era que llegara pronto.

8

Wachiwi iba al lago todos los días. Suponía una caminata con ese calor, pero valía la pena; los ratos que pasaba allí eran idílicos y reinaba una tranquilidad absoluta. Le recordaba a un lago al que había ido con sus hermanos. Un día, solo por probar si todavía era capaz, se sumergió y capturó un pez con las manos; luego, con una carcajada, lo devolvió al agua. Disfrutaba mucho del tiempo que pasaba allí sola. Estaba tan convencida de que nadie más andaba cerca que pasaba horas y horas tomando el sol desnuda; también nadaba desnuda, e incluso así se paseaba y buscaba frutas del bosque bajo el cielo abrasador. Se sentía como una niña, absolutamente a salvo y en solitario. Deseaba que ese placer se prolongara por siempre, pero sabía que al cabo de pocas semanas desmantelarían el poblado y empezarían a desplazarse hacia el territorio de invierno. Pensaba aprovechar esa oportunidad para poner en práctica otro intento de fuga, o sea, que de momento no tenía nada en que pensar, de que preocuparse ni sobre lo que hacer planes. Se la veía feliz y relajada cuando, al anochecer, regresaba al campamento.

Estaba muy, muy morena. Tenía un agujero en los mocasines a causa del largo paseo hasta el lago de buena mañana y de regreso al poblado cuando oscurecía. Siempre llegaba justo a punto para cenar, y a Napayshni le encantaba la expresión de sus ojos. Se mostraba comunicativa, cordial y cariñosa, a veces incluso con él, cuando se olvidaba de hacerle patentes su indiferencia y hostilidad. Cuando era franca, y Napayshni lo intuía, hacía que a él le brincara el corazón, y daba la impresión de que ella le estaba abriendo el suyo. La mayor esperanza del jefe indio era que tal vez, cuando llegara el momento de levantar el campamento y trasladarse, por fin la chica se habría entregado a él. Había tenido paciencia con ella, y empezaba a dar fruto. Lo notaba incluso en su forma de hablarle cuando le contaba que nadaba en el lago. Pensó en ofrecerle uno de los caballos para que pudiera llegar con más facilidad, pero no quería que cayera en la tentación de volver a escapar. Aún cabía la posibilidad de que lo hiciera, ya que todavía no era suya. Cuando lo fuera y llevara dentro a su bebé sabía que no volvería a intentarlo. Sin embargo, de momento aún podía hacerlo. Primero tendría que conseguir que se entregara a él para luego poder sentirse a salvo sabiendo que Wachiwi sería suya el resto de sus días. Era todo cuanto anhelaba; todos los días pensaba en ello durante la jornada.

Wachiwi vivía ajena a su pasión y los fuertes sentimientos que le profesaba mientras, día tras día, caminaba hasta el lago a paso ligero, impaciente por llegar a su rincón particular para pasar allí el día. Tenía suerte, no le habían asignado ninguna de las tareas del campamento; ese era el regalo que le había hecho Napayshni. En vez de eso, podía dedicarse todo el día a jugar, nadar en el lago, tumbarse en la playa y soñar. Seguía soñando con su familia, su poblado y su padre, pero ahora también tenía otras cosas en mente relativas a las dos mujeres con las que convivía, sus hijos y, a veces, Napayshni. No quería creerlo, pero veía que era un hombre honesto. Se portaba bien con los miembros del poblado y sus esposas, era cariñoso con sus hijos y se mostraba amable con ella. De no ser porque era un sioux y había matado a sus hermanos y a Ohitekah, le caería bien e incluso tal vez habría accedido a casarse con él. Sin embargo, en esas circunstancias jamás lo haría. Y pronto estaría lejos de allí. Daba igual cuánta amabilidad le demostrara; estaba más decidida que nunca a escapar. Mientras tanto, aguardaba a hallar un momento oportuno cuando levantaran el campamento y disfrutaba los días en el lago.

Una tarde especialmente calurosa, se tumbó en la playa y se durmió. Había escondido el vestido y los mocasines bajo un arbusto y, tras haber nadado un buen rato, cayó en un profundo sueño. Los niños, molestos por el calor, los habían despertado en plena noche y estaba cansada. Estaba soñando con su padre cuando oyó un ruido. Creyó que sería un pájaro revoloteando entre la maleza cercana. Abrió un poco los ojos y miró alrededor, pero no vio nada, así que se incorporó y permaneció sentada en la cálida arena. Fue entonces cuando reparó en algo que jamás había visto. Era un hombre vestido con unos pantalones de montar de gamuza y una camisa blanca desabrochada. Tenía la piel blanca y el pelo oscuro, y se quedó mirándola entre incrédulo y aterrado. El estupor le impedía moverse, igual que a Wachiwi, quien entonces oyó a su caballo; el hombre lo había atado cerca. No sabía quién ni qué era, ya que nunca había visto a un hombre blanco. Sin embargo, mientras lo observaba, recordó al instante que su padre le había hablado de unos espíritus blancos que procedían de muy lejos. A Wachiwi siempre se le habían antojado unos seres misteriosos, pero, como no llegó a ver a ninguno, los había olvidado. Al ver a ese hombre, enseguida reparó en que era uno de ellos. No sabía si se trataba de un espíritu benigno o maligno, y permaneció desnuda frente a él, temiendo moverse y sin saber qué hacer. Él parecía tan asustado como ella. No sabía si allí cerca andaba un grupo de guerreros que iría a buscar a la chica y daría con él. Mientras contemplaba a aquella preciosa muchacha, su desnudez le evocó algo místico. Era absolutamente perfecta.

Para tranquilizarla, levantó las dos manos e hizo una señal de paz en un lenguaje que ella identificó como iroqués o hurón; en algún momento había visto esa señal. No era sioux ni crow, pero la comprendía.

En realidad era hurón; el hombre lo había aprendido gracias a una convivencia de años con la tribu. Había viajado solo hacia el oeste para explorar y cartografiar la zona, y algo captó su atención. Había trazado algunos mapas que creyó que podrían resultar útiles para quienes siguieran sus pasos, pero sobre todo tenía interés en explorar el Nuevo Mundo. Era el segundo hijo de una familia francesa y su hermano mayor, el encargado de todo; sin obligaciones en el hogar, su sueño lo había guiado hasta el Nuevo Mundo. Al inicio de su viaje, cinco años atrás, había permanecido algún tiempo en Nueva Orleans; desde entonces los territorios vírgenes, las tribus indias y la imponente belleza de todo junto le habían proporcionado un placer sin límites. Por el momento, no había tenido ninguna mala experiencia, aunque en alguna ocasión se había librado por los pelos. Una vez fue cuestión de horas que no se topara con un grupo de guerreros pawnee que mató a la comunidad que le había dado cobijo pocos días atrás; habían incendiado el fuerte y masacrado a sus ocupantes. Aparte de eso, el tiempo dedicado a descubrir los bosques, las Grandes Llanuras y los ríos le había reportado mucha alegría. Creía que la zona estaba completamente despoblada, y ahora se topaba con esa chica desnuda, paralizada ante él, mirándolo. Sabía que era una india, pero como no llevaba ropa no sabía a qué tribu pertenecía, si era pacífica o belicosa. Fuera quien fuese, los hombres de la tribu no debían de andar lejos y no les parecería nada bien que se hubiera topado con la hija o la esposa de uno de ellos mientras se bañaba desnuda en el lago. Lo matarían en el acto. Sabía que la situación entrañaba un grave peligro para ambos. Él señaló su ropa; luego a ella. Wachiwi asintió y se escondió entre los arbustos, y, al cabo de unos instantes, reapareció cual cervatilla, ataviada con el vestido de piel de wapiti y los mocasines. Lo más raro de todo es que no parecía asustarle su presencia, más bien daba la impresión de estar intrigada y perpleja en cierto modo, ya que jamás hasta ese momento había visto a un hombre blanco. Con la ropa puesta, él la identificó como perteneciente a alguna tribu sioux, y sin duda de alto rango, ya que llevaba el vestido bordado y adornado con cuentas. Imaginaba que debía de ser la hija o la esposa del jefe.

Volvió a mostrar la señal de la paz y no hizo ningún intento de acercarse a ella. Deseaba preguntarle si estaba sola, pero no sabía cómo. Miró alrededor, como si buscara a alguien, y luego se volvió de nuevo hacia ella con aire perplejo. Wachiwi lo comprendió y negó con la cabeza mientras se preguntaba si debía confesarle que estaba sola. Llevaba un pequeño machete en la cintura, pero estaba destinado a recoger bayas y cortar enredaderas, nunca lo había utilizado contra un hombre. Seguía sin tener ni idea de si era un espíritu bueno o malo, aunque no le parecía amenazador. De hecho, se le veía asustado y sorprendido, hasta tal punto que decidió sonreírle. Le dirigió unas palabras en sioux que él no comprendió. Wachiwi señaló hacia el campamento e hizo con las manos un gesto en forma de tipi. El hombre asintió; le agradecía la información, ya que eso le permitía mantenerse alejado. Entonces, mientras se preguntaba si intentaría detenerla, Wachiwi empezó a alejarse. Él no se movió; se limitó a observar cómo se marchaba.

Wachiwi llegó al camino que recorría a diario. Varias veces se volvió a mirar atrás, y vio que el hombre seguía en el mismo sitio. No se había movido y tenía los ojos clavados en ella. Era la muchacha más bella que había visto en toda su vida.

Entonces, poco a poco, se ocultó entre la arboleda, desató al caballo, montó en él y se alejó. Wachiwi volvió la cabeza por última vez para comprobar si seguía allí, pero ya no estaba. El primer espíritu blanco que había visto se había evaporado. Ojalá tuviera a alguien a quien preguntarle sobre ello, o a quien contarle lo que había visto; sin embargo, no se atrevía. Algo le decía que no debía hacerlo.

Esa vez, cuando una hora más tarde regresó al poblado, estaba seria. Todo el mundo andaba muy ocupado, así que se unió a las mujeres reunidas en torno a su tipi y se dispuso a jugar con los niños. Sostuvo un rato al bebé en brazos, tal como hacía de vez en cuando, y le arrancó unos gorjeos. Ella también se estaba riendo cuando Napayshni regresó a casa tras haber estado tiñendo pieles de búfalo, y pensó que jamás había contemplado nada más bello que la imagen de Wachiwi jugando con su bebé. Albergaba la esperanza de que el siguiente niño que la chica tuviera en brazos fuera el hijo de ambos.

Wachiwi no habló con nadie del campamento sobre el hombre al que había encontrado en el lago. Su instinto le decía que eso lo habría puesto en peligro, y a ella también. Tal vez alguien la culpara de su presencia allí. Al día siguiente lo buscó con la mirada, pero él no apareció. Sin embargo, al segundo día sí que regresó al lago. Wachiwi estaba nadando cuando él llegó; acababa de sacar la cabeza del agua cuando lo vio emerger de entre los árboles y acercarse a ella. Llevaba los mismos pantalones de gamuza y unas botas negras de caña alta. Tenía el pelo largo, tan oscuro como el de ella, recogido en una coleta. El hombre volvió a hacer aquel extraño gesto de paz y se acercó prácticamente hasta el borde del lago. Le sonrió, y al hacerlo su rostro se iluminó por completo. Llevaba un rato observándola y vio que estaba sola. Su belleza lo dejaba sin respiración. Sabía que era muy estúpido, a la vez que valiente, por haber regresado a ese lugar, pero algo en su interior lo había arrastrado hasta allí. Quería volver a verla y averiguar más cosas de ella si podía. Era la única muchacha india con quien había estado a solas. Llevaba cinco años en Norteamérica explorando la naturaleza, tratando de encontrarse a sí mismo, haciéndose un hombre en la tierra que amaba y que era tan distinta de la suya. Y, de repente, se sentía fascinado por aquella mujer que lo observaba cual diosa india. Se dio cuenta de que el hecho de haberla encontrado sola en el lago no era una casualidad; tenía la sensación de que la chica acudía allí a menudo, tal vez todos los días. Y todo cuanto sabía tras haberla encontrado era que necesitaba volver a verla. Le habría gustado pintar su retrato y captar la libertad de espíritu y la armonía que había observado en ella mientras jugaba en el agua. Wachiwi, por su parte, deseaba saber cómo había hecho él para aprender el lenguaje hurón, aunque no podía preguntárselo.

El hombre blanco ya había visto el poblado crow desde la distancia, y se alejó un buen trecho antes de acampar dentro de una cueva, en medio del bosque. Conocía bien los caminos y se orientaba con gran facilidad. Vivía pendiente de encontrarse a algún grupo de guerreros, pero no había visto ninguno. Gracias a su catalejo había visto que en el campamento todo el mundo parecía muy ocupado. Se acercaba el final del verano, e imaginaba que se estaban preparando para recibir el invierno. Se preguntó si la chica del lago se habría evadido del trabajo para pasar un buen rato. Por lo joven que parecía, cabía esa posibilidad, y si era la hija del jefe, tal vez se lo permitieran como una especie de privilegio. Había muchas cosas que deseaba preguntarle, muchas cosas que quería saber de ella.

Vio que otra vez estaba nadando desnuda, y no parecía importarle. Se concentró en su cara en lugar de fijarse en las zonas de su piel que iban emergiendo mientras se desplazaba bajo el lago. De pronto Wachiwi se puso en pie; el agua solo la cubría hasta la cintura. Sus miradas se cruzaron y los dos permanecieron inmóviles, y entonces ella sonrió y volvió a zambullirse bajo el agua. Lo estaba provocando, cual ninfa de los bosques. Lo asaltó la impresión de que todo era producto de su fantasía, pero resultaba demasiado real, y la joven era preciosa. No era capaz de imaginar a una ninfa de los bosques más guapa que ella. Y la mirada inocente de sus ojos lo abrumaba. Decidió presentarse, aunque en esas circunstancias se le antojaba más bien una locura.

—Jean de Margerac —dijo señalándose a sí mismo mientras hacía una gran reverencia. Ella lo miró un instante, perpleja, como si no supiera lo que le había dicho. Él repitió las palabras y se señaló el pecho sin moverse del sitio, y entonces Wachiwi lo comprendió.

—Wachiwi —dijo ella en voz baja, y se señaló a sí misma.

El joven no conocía lo suficiente a las tribus locales para adivinar a cuál pertenecía la chica y, cuando probó a dirigirle cuatro palabras le quedó claro que no comprendía el inglés ni el francés. Él hablaba los dos idiomas; el inglés lo había aprendido cuando se trasladó al Nuevo Mundo. También había aprendido el iroqués y el hurón, pero daba la impresión de que la chica tampoco entendía esas lenguas; las dos tribus vivían mucho más hacia el este. Solo les quedaba la opción de hacer señales y comunicarse con mímica, y al parecer les bastaba.

Sabían cuáles eran sus nombres, aunque no conocían nada más de sus vidas respectivas. Ella tenía un porte noble que revelaba una procedencia privilegiada en su comunidad, pero era un espíritu libre, igual que él. En cierta forma, sus historias no eran tan distintas. Él, en su mundo francés, se sentía enclaustrado. Y porque le tenía un gran cariño, Tristan, el marqués, le había permitido abandonar el país con su consentimiento. Ella le estaba haciendo señales, y él tardó un rato en comprender que le estaba preguntando de dónde venía mientras, con mirada interrogativa, señalaba al cielo y luego al bosque. Él, a modo de respuesta, señaló al bosque, le indicó que iba a caballo y trató de hacerle entender que llevaba así muchísimos días. Intentar explicarle que a lo lejos se extendía un océano y que su viaje había empezado incluso más allá era demasiado complejo para transmitírselo mediante gestos. Procedía de Francia, de Bretaña, y era el conde De Margerac. A Wachiwi no le habría dicho nada el hecho de saber que su hermano mayor era marqués y señor de un vasto territorio. Lo único que podían compartir era lo que cada cual representaba en ese momento, sin pasado y sin futuro. Solo tenían presente, y esa era una sensación embriagadora para ambos.

Él se quitó las botas y se adentró en las aguas para acercarse a ella, con la impresión de estar un poco loco. Si algún guerrero andaba cerca, sin botas ni armas era hombre muerto. Igual que Wachiwi, llevaba un machete en la cintura para abrirse paso a través de los bosques, pero no tenía ningunas ganas de utilizarlo en un combate cuerpo a cuerpo contra algún guerrero del poblado de Wachiwi, y había dejado la pistola en el caballo para no asustarla. Eran como dos niños que se hubieran encontrado en un lugar prohibido y corrieran un grave riesgo; y ella lo sabía, se le notaba en los ojos. Parecía tener un gran espíritu. Muchas mujeres en su situación habrían salido huyendo despavoridas. Ella, en cambio, seguía nadando desnuda en el lago a muy corta distancia de aquel hombre. O bien desafiaba a la suerte, o él le merecía confianza; Jean no tenía muy claro cuál de los dos era el motivo. Tampoco daba la impresión de ser una perdida. Su mirada no denotaba el más mínimo coqueteo; solo inocencia, curiosidad y afabilidad. Era una muchacha muy poco común. Y, por suerte, con él estaba a salvo. Algo hacía pensar a Jean que ella lo sabía. La cuestión es que, o bien era muy valiente, o no tenía la cabeza en su sitio.

Wachiwi se vistió mientras él se apartaba un poco y le daba la espalda, y luego se sentaron sobre un tronco y trataron de intercambiar algunos datos. Él le preguntó si tenía hijos, ante lo que ella negó con la cabeza. Por eso imaginó que no estaba casada, aunque daba la impresión de tener edad suficiente. A lo mejor era la hija preferida de un jefe que no quería desprenderse de ella. Entonces Wachiwi le indicó mediante gestos que la habían secuestrado en su campamento y luego habían viajado durante varios días. Le mostró las marcas de las ataduras, ya que aún se le notaban, y luego señaló hacia el poblado de donde procedía. Parecía que trataba de decirle que era una prisionera, pero Jean no le encontraba el sentido, puesto que estaba sola en el lago. Entonces él regresó junto a su caballo y le enseñó dibujos y bocetos de lagos, bosques y algunas gentes, y ella asintió. Estaban muy bien hechos. Le mostró uno de los mapas que había trazado, pero al parecer ella no sabía qué era, ya que nunca había visto ninguno. Le hizo comprender que prefería los dibujos. Y así llegó la hora de marcharse.

Habían conseguido trabar una extraña amistad, gracias a la curiosidad que sentían el uno por el otro al proceder de dos mundos distintos por completo. Una muchacha india, seguramente de rango, y un noble francés, ambos lejos de su hogar, habían coincidido en ese reducto de paz. Él permaneció allí después de que ella se marchara e hizo un dibujo de la cascada; deseaba regalárselo al día siguiente.

Jean regresó, pero ella no. Las dos esposas de Napayshni se habían empachado con bayas, y Wachiwi se quedó en el poblado para cuidar de los niños.

Pasaron dos días antes de que Wachiwi pudiera volver al

lago, y le decepcionó comprobar que Jean no estaba. Se preguntó si volvería a verlo o si había regresado a su lugar de procedencia. Sabía que no se había topado con ningún guerrero crow porque nadie lo había mencionado en el poblado; seguro que ella se habría enterado si hubieran descubierto a un hombre blanco y lo hubiera matado. Habrían llevado su cabellera al poblado y se la habrían entregado al jefe. No, Jean se había esfumado con la misma facilidad con que llegó. A Wachiwi le parecía un espíritu bueno; no le había causado ningún daño y se había mostrado pacífico y amigable en todo momento.

Esa noche la chica se mostró muy callada cuando regresó al campamento. Los hombres tenían montada una ceremonia para celebrar otra cacería y algunos estaban fuera de sí. Napayshni había bebido mucho, cosa poco habitual en él; estaba de buen humor e intentó arrimarse a Wachiwi cuando estaba acostada en su camastro. Ella notó su cercanía cuando entró en el tipi, pero optó por ignorarlo y fingir que dormía, así que él se retiró a su propia cama. Antes de hacerlo, le había acariciado la cara y el cuello suavemente con la esperanza de que ella se despertara. No estaba preparada para entregarse a él, y dudaba que lo estuviera algún día. Últimamente había notado la pasión creciente que sentía por ella, y eso le recordó que debía huir. Le preocupaba que no tardara en obligarla a ceder, frustrado por la larga espera. Hasta el momento había tenido mucha paciencia, pero Wachiwi sabía que eso no duraría siempre. Sabía del comportamiento de los hombres por otras mujeres; y, de hecho, le gustara o no, ella pertenecía a Napayshni. Podía hacer lo que quisiera con ella. Era un milagro que no la hubiera presionado.

El invierno se le haría muy largo al tener que dormir ambos en la misma tienda, y en mitad de la estación los embarazos de las dos esposas de Napayshni estarían muy avanzados.

No costaba mucho adivinar que cuando sintiera necesidad de contacto buscaría a Wachiwi, y además querría dejarla embarazada. Para un jefe indio tener muchos hijos era un signo de virilidad, y Napayshni deseaba a Wachiwi desde que llegó al campamento. Había mantenido las distancias, pero ella lo había notado de todos modos. Pronto la convertiría en su esposa, y Wachiwi quería alejarse de allí antes de que eso ocurriera. Se había prometido a sí misma que jamás permitiría que él se le acercara. La muerte de sus hermanos y de Ohitekah era algo demasiado grave para perdonárselo.

Se comentaba que pronto levantarían el campamento, hacia el final del verano. Los búfalos empezaban a emigrar, y los crow querían cazar un poco más antes de que llegara el invierno. Habían pasado mucho tiempo en el campamento de verano, y Wachiwi había disfrutado de las visitas al lago, sobre todo desde su encuentro con Jean, pero también de los momentos que antes había pasado a solas. El día antes de que cambiaran de emplazamiento, se dirigió al lago por última vez. Creía que para entonces Jean ya estaría lejos, puesto que no lo había visto en bastantes días y no esperaba volver a encontrárselo.

Se dirigió allí a buen paso, como siempre, de modo que pudiera pasar suficiente tiempo en el lago antes de tener que regresar. Había refrescado un poco y notaba que se estaba acercando el otoño. Empezaban a caer algunas hojas de los árboles, pero aún hacía bastante calor para nadar. Se quitó la ropa, como siempre; también el agua estaba más fresca. Después volvió a ponerse el vestido y los mocasines, y mientras regresaba al campamento iba pensando en Jean, por lo que se sorprendió mucho al verlo aparecer. Se preguntó si, después de todo, sería ciertamente un espíritu. Llevaba por lo menos una semana sin encontrárselo. Él le indicó mediante señas que se había alejado unos días, pero que había vuelto. No sabía cómo hacérselo entender, pero esperaba volver a verla aunque fuera solamente una vez. Tenía la sensación de que debía verla antes de marcharse. Le entregó su dibujo de la cascada y ella lo miró encantada. Se dispuso a devolvérselo, puesto que no podía presentarse en el campamento con él. Y entonces Jean le mostró el retrato que había hecho de ella, lo cual aún la conmovió más. Wachiwi le sonrió en cuanto posó los ojos en él.

Luego fueron a sentarse a su tronco favorito, tal como habían hecho la otra vez. Wachiwi recogió unas bayas y se las ofreció a Jean. Estaban sentados tan tranquilos, como dos chiquillos, cuando ambos oyeron un ruido al mismo tiempo, como un crujido de hojas. Wachiwi se sobresaltó, y Jean también; y antes de que ninguno de los dos supiera qué estaba ocurriendo, Napayshni se plantó en medio del claro, al parecer tan asombrado como ellos. Por un instante ninguno de los tres reaccionó. Y, de pronto, sin pronunciar palabra, Napayshni arremetió contra Jean. Wachiwi no sabía qué hacer. No tenía ni idea de que el jefe la había seguido hasta allí, nunca antes lo había hecho, y tampoco sabía si había acudido solo. Lo que para nada imaginaba es que él, cansado de esperar, había decidido consumar su matrimonio en el lugar que ella tanto adoraba antes de levantar el campamento. Creía que era lo que debía hacer. En ese momento, Wachiwi observaba, aterrada, a los dos hombres en su abrazo mortal, con la cara enrojecida, resoplando y agarrándose el uno al otro de la garganta. Permaneció allí plantada, impotente, con miedo de intervenir; y justo cuando Napayshni estaba a punto de derrotar a Jean, Wachiwi vio cómo este soltaba al indio y, con gran rapidez, sacaba el machete del cinturón y lo atravesaba de lado a lado. El hombre al que Wachiwi pertenecía se quedó mirándola con estupefacción y emitió un gorgoteo a la vez que un chorro de sangre le brotaba de la garganta. Poco a poco, se derrumbaba de espaldas en el suelo. Jean se estaba asfixiando y luchaba por recobrar el aliento mientras ambos miraban a Napayshni. Tenía los ojos abiertos y yacía quieto, con la sangre manándole del pecho. Estaba muerto.

—Dios mío —exclamó Jean con expresión de terror y sin saber qué hacer a continuación.

Wachiwi actuó con mayor rapidez. Cogió a Napayshni por una pierna, le indicó a Jean que hiciera lo propio con la otra y lo arrastró hasta un matorral. No era la forma en que un jefe indio merecía ser enterrado, pero no podían hacer otra cosa. Los dos sabían que tenían que actuar rápido. Si alguien sabía que el jefe había acudido allí o lo había seguido desde el campamento, tanto Jean como Wachiwi morirían. Jean no tenía la más mínima intención de herir a Napayshni, pero no le había quedado otra opción. Wachiwi y él habían estado jugando con fuego desde el momento en que se hicieron amigos.

La chica demostró ser fuerte y rápida por la forma en que arrastró a Napayshni por entre los arbustos. Había tal espesura que era imposible que lo vieran o lo encontraran hasta pasado mucho tiempo. Señaló a Jean, se señaló a sí misma y apuntó en dirección al caballo. Estaba indicándole claramente que tenía que marcharse con él, cosa que Jean ya había deducido de antemano. El joven limpió el machete en el agua lo más rápido que pudo, volvió a guardárselo en el cinturón y corrieron hasta el caballo sin hacer ruido ni pronunciar palabra. Wachiwi subió al caballo y se sentó delante de la silla, como si fuera lo normal viajar así, y Jean montó, la rodeó con un brazo, tomó las riendas y al cabo de un instante se alejaron de allí a galope tendido.

Wachiwi le indicó rutas y claros del bosque en los que él no se había fijado jamás. Se le hizo evidente que la chica llevaba toda la vida montando a caballo. No paraba de estimularlo para que fuera más rápido; ambos sabían que tenían que alejarse todo lo posible y lo antes que pudieran. En cuanto se percataran de la ausencia de Napayshni en el poblado, si no lo habían notado ya, saldrían a buscarlo. Nada más verlo, Jean había adivinado que era el jefe. Lo que no comprendía era la frialdad por parte de Wachiwi al verlo muerto. En todo caso, parecía aliviada. No conseguía deducir si era su marido o qué otro tipo de relación tenían, pero durante la carrera a galope no había tiempo para preguntas. Wachiwi estaba concentrada en hallar la ruta para salir del bosque. Cabalgaron a toda velocidad durante horas enteras, hasta que se hizo de noche. Para entonces, el caballo estaba agotado y Jean solo podía rezar para que no se quedara cojo. Aún les quedaba un buen trecho por recorrer. Se dirigían hacia el nordeste. Al final ella le permitió detenerse al descubrir una cueva. Ataron el caballo a un árbol y Jean siguió a Wachiwi al interior de la cueva. Esa vez sí que se llevó las armas consigo. No estaba seguro de dónde se encontraban, ni ella tampoco, pero tenía una ligera idea. Intentaba situar el hogar de un cazador a quien conocía y donde se había alojado varios días durante su viaje hacia el oeste. Era francés, se habían conocido en Canadá y llevaban años de relación. Jean no quería poner a su amigo en peligro, pero cuando llegaran a su casa estarían a muchísima distancia de los crow.

Entonces Jean notó cierta expresión en los ojos de Wachiwi, como si la chica quisiera explicarle algo. Apenas abandonaron el lago, ella quería llevar al joven hacia el poblado de su padre, pero enseguida se dio cuenta de que, si lo hacía, ambos correrían peligro e incluso cabía la posibilidad de que los crow declararan la guerra a su comunidad. Cuando encontraran el cadáver de Napayshni y no el suyo, y al ver que ella tampoco había regresado, imaginarían que había matado al jefe y se había dado a la fuga. Si además regresaba a su poblado no les cabría la menor duda al respecto, y la venganza sería terrible. Tenía que mantenerse alejada del poblado de su padre. Tal vez los crow imaginaran que miembros de una tercera tribu la habían raptado en el lago tras matar a Napayshni. Claro que eso era muy poco probable, ya que nadie más habitaba en los alrededores. Pensarían que había sido ella. Su única opción, de momento, era viajar junto al hombre blanco; no tenía ni idea de lo que le ocurriría después. No tenía ni idea de lo que él le haría. Esa noche apenas dijo nada, y ella tampoco. Intercambiaron unas cuantas miradas pero no palabras, y ninguno se esforzó en comunicarse mediante gestos. Los dos sabían qué había ocurrido y cuáles serían las consecuencias si los capturaban.

Apenas durmieron, partieron antes del amanecer y pasaron el día galopando a mayor velocidad aún. Tenían que cruzar un trecho de campo abierto, y Jean sabía que se encontraban en territorio de los sioux teton, donde jamás se estaba a salvo. Los sioux teton eran tremendamente hostiles incluso con otros sioux y todo el mundo los temía. Sin embargo, por pura casualidad, no se tropezaron con un alma durante el tramo más expuesto. Cabalgaron a la velocidad del viento y luego volvieron a ocultarse en el bosque. Eso les obligó a aminorar la marcha, pero no se cruzaron con nadie durante el camino. Esa noche no encontraron ninguna cueva en la que guarecerse, así que permanecieron despiertos escuchando los sonidos del bosque. No apareció ningún ser humano. Tras haber cabalgado durante dos días, dedujeron que, por el momento, nadie los andaba siguiendo. Los dos se preguntaban si era posible que aún no hubieran hallado el cadáver de Napayshni. Jean esperaba que así fuera; tal vez la desaparición de Wachiwi y el jefe indio siguiera constituyendo un misterio para su gente.

Al tercer día, el caballo de Jean empezó a mostrarse cansado de forma ostensible ante la continua marcha forzada. Sin embargo, Jean sabía dónde se encontraban. Había trazado un mapa de esa zona y creía que estaban relativamente a salvo. Aún cabía la posibilidad de que los crow los persiguieran, pero la tribu no sabía en qué dirección habían partido, puesto que le llevaban mucha ventaja. Por otra parte, las tribus de la zona en la que se hallaban eran, en general, pacíficas y se dedicaban al comercio y la agricultura; no eran tan belicosas como los crow ni los sioux teton. No solían verse guerreros en las inmediaciones; Jean confiaba en que las cosas no hubieran cambiado en ese sentido.

Habían recorrido cientos de kilómetros a toda marcha, cabalgando a mayor velocidad de la que Jean lo había hecho jamás. Wachiwi era incansable, obligaba al caballo de Jean a galopar de una forma que él nunca habría sido capaz de igualar. La chica le daba muchas vueltas como amazona; daba la impresión de haber nacido sobre un caballo. Esa noche siguieron cabalgando hasta mucho después de que oscureciera. Habían empezado a ver granjas y unas cuantas casas de colonos, y por fin Jean reconoció la cabaña que andaba buscando. Detuvo al caballo en el patio de entrada, lo encaminó al establo y apremió a Wachiwi a que se dirigiera al porche y llamara a la puerta. Era la casa de Luc Ferrier. Llevaba años instalado en el Nuevo Mundo, cazando en Canadá y comerciando con los indios. Se había casado con una india que había muerto tiempo atrás. Jean lo tenía por un buen amigo y confiaba en él. Luc abrió la puerta y, al verlo, dio un grito de alegría antes de que se pusieran a hablar deprisa en francés.

—¿Cómo es que has vuelto tan pronto? No esperaba verte hasta dentro de un mes. ¿Te has metido en un lío o tienes miedo de algo?

Luc siempre se metía con Jean, sobre todo porque tenía un título nobiliario y él no. Era un tosco montañés de los Pirineos con buen corazón que, aunque no lo demostrara, sentía un profundo respeto por Jean, por mucho que se provocaran el uno al otro con ofensas sin importancia. Luc era testigo de que Jean había pasado por situaciones difíciles y siempre había salido airoso.

—Un pequeño incidente sin importancia —comentó Jean como quien no quiere la cosa.

Sin embargo, Luc notó que la chica y él estaban cansados y dedujo que habían recorrido un buen trecho a caballo. No sabía cuál era el motivo ni cuánto tiempo llevaban huyendo, pero veía que había ocurrido algo y no quería ser indiscreto. Fuera lo que fuese, con él estarían a salvo; precisamente por eso Jean había decidido dirigirse a su casa cuando abandonaron el lago.

—¿Quién es tu amiguita? —Luc no resistió la curiosidad. Era preciosa.

—Se llama Wachiwi, es todo lo que sé. Creo que es crow, o tal vez dakota. No lo sé. No conozco lo bastante a esas tribus. He intentado hablarle en iroqués y en hurón y no habla ninguna de esas dos lenguas. Vivía en un poblado crow, pero intentó explicarme que se la llevaron de algún otro sitio, seguramente del campamento de su padre.

Entonces Luc se dirigió a ella en dakota, lengua que ella dominaba, ya que a veces había comerciado con esa tribu. El hombre conocía muchos dialectos y tenía buen oído para los idiomas, y Wachiwi respondió con prontitud y estuvieron hablando un buen rato mientras le explicaba su historia. Hablaba con vehemencia, con gran expresividad. Jean se dedicó a escucharlos aunque no comprendía una palabra. Luc, en cambio, iba asintiendo y colando algún comentario de vez en cuando. Jean se preguntaba si la chica le estaría explicando que él había matado al jefe crow. Ojalá no lo hiciera. No quería que Luc se viera implicado de ningún modo, y eso es lo que ocurriría si conocía los hechos. Quien estaba en apuros era él, no su amigo; deseaba fervientemente que la cosa no le salpicara. Su plan era continuar el viaje hacia el este con Wachiwi hasta el fuerte Saint-Charles, y luego hasta el de Saint-Louis. Quería alejarse al máximo de los crow. De lo que harían después no tenía ni idea, y tampoco sabía lo que deseaba hacer Wachiwi. Esperaba que Luc lograra averiguarlo.

Pasó mucho tiempo antes de que Luc se dirigiera a Jean para explicarle la conversación. A esas alturas estaban sentados a la mesa de la cocina y Luc había servido dos enormes platos de estofado preparado por él. Era buen cocinero, y los dos viajeros llevaban tres días alimentándose tan solo con bayas. Jean estaba muerto de hambre y Wachiwi tenía la cara pálida. Observó la comida con curiosidad y la removió un poco con el dedo. Entonces Luc le tendió una cuchara y le enseñó a usarla. La chica aprendía rápido, y comió con pulcritud mientras Luc explicaba a Jean cuál era su situación.

—Es una sioux dakota. Su padre es Oso Blanco, un gran jefe indio. He oído hablar de él, aunque no lo conozco personalmente. No comercian con los franceses, sino que se reservan sus bienes. Dice que la primavera pasada los crow asaltaron su poblado. A ella la raptaron junto con varias mujeres más, y mataron a dos de sus hermanos y a bastantes jóvenes. Luego la llevaron ante el jefe crow para ofrecérsela como trofeo de guerra. Dice que él quería convertirla en su esposa y que ella se negó. Tengo que añadir, por cierto, que eso es algo muy poco común, ya que si te esclavizan y te niegas a casarte con el jefe que es tu amo, lo cual se considera un honor, la cosa no suele acabar muy bien. Podría haberla matado. Parece que decidió no hacerlo, y dice que la trataba con respeto. Intentó escaparse varias veces con un caballo robado, pero siempre le daban alcance y la llevaban de vuelta al poblado.

—Es una amazona increíble, doy fe de ello —añadió Jean—. Es capaz de montar cualquier animal, sean cuales sean las condiciones y el estado del terreno. Me asombra que mi caballo siga en pie. Ha conseguido que rinda más en tres días que yo en tres años. No me extrañaría que esta noche se nos quedara muerto en el establo.

Luc rió ante el comentario de su amigo.

—La chica debe de tener mucho valor para desafiar al jefe, y para intentar escaparse. Dice que tú la has salvado de los crow, lo cual es muy insensato por tu parte, por cierto. Si te hubieran pillado robándole al jefe su esclava y futura esposa y fugándote con ella te habrían arrancado la cabellera en cuestión de segundos. No sé cómo narices os las habéis apañado para salir airosos.

—Empezamos con buen pie —fue todo cuanto Jean explicó.

Por el comentario de Luc era evidente que Wachiwi no le había contado que Jean había matado a su raptor y había escondido el cuerpo entre los arbustos. No podía evitar preguntarse si ya lo habrían encontrado.

—No pensamos quedarnos aquí mucho tiempo —prosiguió Jean—. No nos hemos alejado lo suficiente para sentirnos a salvo. Tengo previsto ir al fuerte Saint-Charles y luego al de Saint-Louis. Allí estaremos bien. No me quedaré tranquilo hasta que lleguemos.

—No creo que entretanto tengáis problemas. Os daré uno de mis caballos. Necesitáis un animal en buenas condiciones, después de haber estado achuchando tanto al vuestro durante tres días. Wachiwi dice que quería volver con su familia, pero ahora no puede. Tampoco quiere que tengan problemas por su culpa, y cree que los crow estarán furiosísimos con ella por haber conseguido escapar por fin. No quiere poner en peligro a su padre ni sus hermanos.

Entonces miró a su amigo con expresión inquisitiva.

—¿Qué harás con ella, Jean?

—No tengo ni idea. No puede volver con su familia, y es lógico. —Sobre todo porque la acusarían de la muerte de Napayshni y los crow clamarían venganza en su poblado si regresaba allí—. No sé adónde llevarla.

—¿Estás enamorado de ella? —preguntó Luc sin rodeos.

—Ni siquiera la conozco —respondió Jean, lo cual no era del todo cierto. Llevaban varias semanas de encuentros, aunque no la conocía lo bastante como para amarla. No podían siquiera hablar—. La he sacado de allí para hacerle un favor.

—Dice que ahora es tu esclava —lo informó Luc.

—No necesito ninguna esclava —se apresuró a contestar Jean—. No tengo ni casa propia. Lo único que tengo es un caballo y un montón de mapas. Supongo que podría llevarla a Nueva Orleans, a casa de mis primos, y dejarla allí con ellos. O a lo mejor prefiere quedarse en el fuerte Saint-Charles.

—No es buen sitio para ella. No habla francés ni inglés, y nunca había salido de su poblado hasta que se la llevaron los crow. Jamás ha estado en una ciudad, ni grande ni pequeña. ¿Te la imaginas en Nueva Orleans? ¿Qué haría allí?

—No lo sé —dijo Jean pasándose la mano por el pelo—. Necesita ayuda. Aparte de eso, no me he planteado nada más.

De hecho, no tenían otra opción que escapar, y lo más rápido posible. No solo Wachiwi corría peligro, era la vida de ambos lo que estaba en riesgo. Claro que eso no se lo explicó a Luc.

—Creo que deberías quedarte con ella —opinó Luc sonriendo a Wachiwi. Ella le devolvió la sonrisa y le dijo que la comida estaba muy rica.

—Por el amor de Dios, no es ningún mueble, ni un objeto. No puedo «quedármela». Ella debe de tener su vida, un marido, hijos, algo. No puedo llevármela por ahí en el caballo.

—A lo mejor deberías buscar una casa y dejarla allí. Es una chica muy inteligente y tiene temple; se nota al hablar con ella.

Demuestra mucha valentía si, después de que la raptaran los crow, se enfrentó a su jefe y trató de escapar. Además, dice que no está nada preocupada porque está contigo.

—Dale las gracias por tenerme tanta confianza. De hecho, el mérito de que estemos aquí es más suyo que mío. Yo me habría perdido varias veces. Ella, en cambio, tiene un sentido de la orientación infalible. Conoce el bosque como si hubiera vivido en él toda la vida. No se ha asustado ni quejado una sola vez.

—Si le enseñas francés, podrás hablar con ella.

—¿Y luego qué? Creo que la llevaré a casa de mis sobrinos. Puedo comprarle ropa decente en Saint-Louis.

—Lo que lleva puesto es más que decente. Todo hace pensar que es la hija de un jefe indio: las cuentas, las púas, los adornos de los mocasines.

—No creo que mis primos de Nueva Orleans sepan apreciar eso. La llevaré allí, tengo que comprarle vestidos adecuados. La mujer de mi primo, Angélique, es muy distinguida.

Wachiwi exhibía una discreta elegancia y un porte que ganarían la atención y el respeto de cualquiera. Angélique había nacido en París y era prima lejana del rey, un detalle que no permitía que nadie olvidara. Llevaba cuarenta años en Nueva Orleans, aunque seguía notándose en extremo su procedencia francesa. Jean era consciente de que debería enseñar a Wachiwi cuatro palabras en francés antes de llevarla allí.

Jean se alojó varios meses con ellos cuando llegó a Norteamérica, y aún iba a visitarlos de vez en cuando, siempre que necesitaba respirar los aires de la civilización. Sin embargo, enseguida se hartaba y se marchaba otra vez. Disfrutaba tanto vagando por zonas inexploradas y descubriendo nuevos territorios que resultaba difícil que se estableciera en una población. Lo cierto es que tampoco imaginaba que Wachiwi pudiera ser feliz allí mucho tiempo. De todos modos, era un buen lugar para ella hasta que se acostumbrara a vivir alejada de su cultura y de sus gentes. Por algún motivo, Jean estaba convencido de que aprendería a hacerlo. Demostraba mucha curiosidad por todo. Como en ese mismo instante, escrutando la cocina de Luc mientras, sin pronunciar palabra, fregaba los platos en el barreño que él había destinado a tal fin. Había devorado la sencilla comida con tanta avidez como Jean. Estaba deliciosa, y Wachiwi dio las gracias a Luc en sioux.

El amigo de Jean solo disponía de un dormitorio, e insistió en que lo ocuparan ellos. Él dormiría en el viejo y cómodo sofá de la sala de estar. En cuanto los acompañó a la habitación, Wachiwi se tumbó en el suelo. Nunca había visto una cama normal, pero no hizo comentarios y dio por sentado que sería para Jean. Antes de eso, Luc le había mostrado el servicio de saneamiento de que disponía en el exterior de la casa; también para ella era una novedad y le dio las gracias por mostrárselo. Cuando Jean vio que se tumbaba en el suelo, la ayudó a ponerse en pie y le señaló la cama; sin embargo, Wachiwi se negó a ocuparla y volvió a tenderse en el suelo. Estuvieron discutiendo sobre eso unos minutos valiéndose de la mímica, y ella insistía. Era la esclava de Jean, pero él la consideraba una mujer y el viaje le había resultado igual de largo y de duro que a él. Al final, para convencerla, se tumbó a su lado y ella se echó a reír. Le estaba diciendo que si ella dormía en el suelo, él también lo haría. La chica no se movió un ápice y a Jean le sorprendió lo tozuda que era. No debería haberle extrañado con todo lo que sabía de ella. Seguía asombradísimo por la historia que Luc le había relatado, por su valentía y todo lo que le había sucedido en los últimos meses. Y ahora se dirigía hacia el este, a un destino desconocido; y con él, que era un extraño. Quedaba clarísimo que le tenía una confianza ciega. Habían sobrevivido a la ordalía del fuego. Wachiwi habría corrido una suerte muy distinta si Napayshni lo hubiera matado a él y no al revés. A esas horas estaría muerta por citarse con un hombre blanco en secreto. De hecho, Jean no solo la había rescatado, sino que le había salvado la vida, y ella lo sabía y sentía que le pertenecía. Jean no tenía ni idea de qué hacer con ella, pero no podía abandonarla. La chica no tenía adónde ir. Ante su insistencia, al final se rindió y ocupó él la cama. Consiguió descansar bien, y ella también. Jean le ofreció una manta con la que Wachiwi se arropó. Se quedó dormida en menos de cinco minutos mientras Jean, tumbado en la cama, pensaba en ella. Habían sido tres días increíbles, y, de pronto, reparó en que le habían cambiado la vida para siempre. No tenía ni idea de qué hacer con Wachiwi, pero ahora tenía la responsabilidad de cuidar a la muchacha dakota de belleza exquisita.

9

Luc les preparó el desayuno antes de que partieran y les dio comida y agua fresca para el viaje. Se quedó con el exhausto caballo de Jean y le ofreció uno de los suyos, un animal fuerte y joven de patas robustas que les llevaría a donde hiciera falta. Jean le agradeció su hospitalidad, y Wachiwi hizo lo mismo en sioux. A continuación, iniciaron el viaje de dos días hasta el fuerte Saint-Charles. El trayecto duró más de lo que Jean había previsto; llegaron al tercer día por la tarde. Había sido un recorrido largo y arduo, pero no peligroso. Jean conocía bien el fuerte, puesto que ya se había alojado allí con anterioridad. Lo ocupaban militares franceses, y nadie pareció sorprenderse de que llegara con Wachiwi. Muchos hombres recogían a mujeres indias durante sus viajes y las instalaban en las dependencias destinadas especialmente para ellas. No existía ni la más remota posibilidad de que Wachiwi permaneciera con Jean. La trataban como a una sirvienta o una esclava. Se la veía infeliz cuando él fue a visitarla tras haber cenado con el comandante. Habían celebrado un copioso festín a base de conejo a la brasa preparado por un chef francés, acompañado de excelentes vinos, un café delicioso y un postre de cuidada elaboración, y tras el cual el edecán del comandante había repartido cigarros puros. Era la mejor cena que Jean había probado en meses enteros.

Sin embargo, cuando llegó junto a Wachiwi se avergonzó al ver que a ella le habían servido un plato de bazofia, como si fuera un perro. Le dolió darse cuenta de que la estaban tratando mal. Nunca pensó que eso sucediera. Al parecer, a las otras indias las tenían incluso en menor consideración. Miró a Wachiwi y trató de expresarle lo mucho que lo sentía, y ella dio la impresión de comprenderlo porque asintió. Alguien abrió la puerta del dormitorio, y entonces Jean reparó en que dormían en mantas en el suelo. No las trataban como a seres humanos, más bien como a perros. Por eso decidió proseguir el viaje con ella por la mañana. Su objetivo ahora era llegar a Saint-Louis, donde podría buscar una habitación de hotel y comprarle ropa adecuada. Tardarían dos días más en llegar a su nuevo destino.

Al día siguiente, se presentó en el dormitorio y señaló el caballo que Luc les había regalado para que Wachiwi comprendiera que se marchaban, y le habló en francés. Ella se mostró encantada, por lo que Jean resolvió que Luc tenía razón. Necesitaba aprender una lengua aparte del sioux; daba igual si era inglés o francés, incluso mejor si eran ambas. Si iba a vivir en el mundo civilizado, tendría que aprender muchas cosas. La creía muy capaz, ya que parecía inteligentísima. Mientras viajaban, le enseñó cuatro palabras básicas en los dos idiomas.

Había muchas cosas de ella que lo tenían intrigado, y muchas más que deseaba conocer; cómo se había criado, qué ideas tenía, cuáles eran sus pensamientos. Al principio fue su belleza lo que lo deslumbró; no obstante, aun sin tener un idioma en común, percibía que se trataba de una mujer profunda, con espíritu y sensibilidad.

Cabalgaban a un paso no tan acelerado, ya que no iban huyendo de nadie. En teoría estaban fuera del alcance de los crow, y seguramente así era en efecto. Wachiwi jamás podría regresar a su hogar, pero ya no corría mayor peligro que el de los rigores propios del trayecto. Esa noche acamparon en el bosque. Por suerte, Jean se había hecho con provisiones en el fuerte y tenía sendas mantas. Se tumbaron boca arriba, mirando a las estrellas, y mientras Jean pensaba en todo lo ocurrido y la larga distancia que habían cubierto, ella, en silencio, le tomó la mano y se la llevó al corazón. Él comprendió que era su forma de darle las gracias, y se sintió conmovido. Se emocionaba ante la fe ciega que la chica había demostrado tener en él. Era fuerte a la vez que vulnerable, y de repente le pareció muy joven. Estaba preocupado por qué sería de ella, sobre todo tras el trato tan poco digno que había observado en Saint-Charles.

Tuvo un sueño irregular y, cuando se despertó, todavía era de noche. Había luna llena, gracias a lo cual pudo observar que Wachiwi también estaba despierta. Se planteó si estaría asustada o triste; sin embargo, no tenía forma de preguntárselo, así que le acarició la mejilla con suavidad y le pasó la mano por el pelo. Quería tranquilizarla diciéndole que todo iría bien. Ocurriera lo que ocurriese, tenía intención de llevarla a un destino seguro. Habían pasado por muchas dificultades y pensaba ofrecerle un buen refugio en algún lugar, fuera donde fuese. No iba a abandonarla en esa situación. Se sentía responsable de ella, hasta el punto de asombrarse, puesto que nunca antes había albergado tales sentimientos. Era una jovencita, y pensaba encontrarle un buen hogar. Esperaba que sus primos de Nueva Orleans la trataran con amabilidad; a lo mejor incluso podía trabajar para ellos de algún modo. Tal vez pudiera ayudar a cuidar de los niños de la hija de Angélique, u ocuparse de las tareas de la casa. Tenía que haber algo en lo que Wachiwi encajara. En ese momento se volvió hacia ella y le sonrió de forma tranquilizadora. Ella se había tapado con la manta que le había ofrecido y le sonrió a su vez; y de repente se inclinó sobre él, le acarició la mejilla y lo besó en la boca. Jean no lo esperaba y no supo qué decir; lo había dejado paradísimo, así que no pronunció palabra y trató de reprimir los tiernos sentimientos que la chica le inspiraba, aunque acabó besándola también. No podía más que pensar en ella, pero no quería aprovecharse en ningún sentido. Estaban completamente solos en el bosque y en el mundo. Y, al besarse, él se sintió de súbito colmado de pasión y una corriente eléctrica pasó del uno al otro y viceversa. Les habían sucedido muchas cosas, habían pasado mucho miedo, y ahora se sentían como dos náufragos que hubieran llegado a una playa. Juntos habían logrado escaparse y sobrevivir, y ninguno de los dos tenía claro hacia dónde encaminar sus pasos si no era hacia los brazos del otro, el único lugar seguro que parecía ofrecérseles. Jean besó a Wachiwi con un frenesí que nunca había sentido por nadie, y ella lo acogió con todo cuanto había salvado y conservado a lo largo de la vida. En su poblado jamás se había atrevido a mirar a un hombre a los ojos, y ahora se perdía en los brazos de Jean, arrastrada por la pasión que ardía cual mecha a la que alguien hubiera arrimado una cerilla. Él se le acercó y se introdujo bajo su manta sin pensar mientras ella se había quitado el vestido. Vio y notó aquel cuerpo que había contemplado en el lago, solo que esa vez no era el de una extraña rodeada de misterio, sino el de un ser conocido y cálido que le pertenecía por completo. Cuando, al despuntar el día, cayeron dormidos en sus respectivos brazos no les quedaba la menor duda de que estaban hechos el uno para el otro; así era y así tenía que ser. Por lo que respectaba al lugar al que debían dirigirse y a cómo llegarían hasta él, seguía siendo un misterio todavía.

Al día siguiente se despertaron tarde, cuando el sol ya brillaba con fulgor. Jean miró a Wachiwi cuando esta abrió los ojos, escrutándola con todo detalle en busca de alguna señal de remordimiento que, sin embargo, no observó. Ella le sonrió y abrió los brazos de nuevo para acogerlo, y él se perdió en las maravillas de su cuerpo con toda la pasión, el alivio y la dicha que le inspiraba tras la noche anterior. No era eso lo que esperaba ni tenía planeado; sin embargo, parecía que ambos habían recibido un regalo del cielo. Los dos reían y tenían la expresión alegre cuando se levantaron. No podían hablar de ello, pero ambos comprendían lo que había ocurrido. En algún momento, fuera la noche anterior o tal vez días o semanas antes, sin darse cuenta se habían enamorado. Si Jean no hubiera matado a Napayshni, ni siquiera estarían el uno cerca del otro; no obstante, el destino había jugado su papel y ahora estaban juntos. Él no podía dejar de preguntarse si de su encuentro de la noche anterior nacería un niño. Se había dado cuenta de que la chica era virgen al hacerle el amor.

Ahora la mujer que se consideraba su esclava era aquella con quien quería vivir, a quien cuidaba y deseaba proteger. A sus veinticuatro años, jamás había estado enamorado hasta ese momento; sin embargo, no le cabía la menor duda de que ahora sí que lo estaba. Los apasionados efluvios de la juventud que ambos desprendían se habían convertido en un enamoramiento inesperado. Jean sentía un amor absoluto, febril y enajenante por Wachiwi, una muchacha de la tribu sioux dakota a la que había conocido en un lago. Sería una historia digna de contar a sus nietos, si llegaban a tenerlos. Él tenía muy claro lo que quería hacer; quería vivir a su lado. Pero antes debía posibilitar que se integrara en su mundo.

Redobló los esfuerzos de hablarle en inglés y en francés a medida que avanzaban en dirección a Saint-Louis, ahora con más calma. A menudo se detenían en mitad del bosque para hacer el amor, y las relaciones eran un puro gozo. Llegaron a Saint-Louis al cabo de dos días, y para entonces Wachiwi ya había aprendido varias frases en los dos idiomas y muchas palabras sueltas. No siempre las usaba de forma correcta, pero se esforzaba con toda el alma por complacer a Jean y estaba haciendo unos progresos sorprendentes. Aprendía deprisa y parecía fascinada y un poco amedrentada cuando llegaron al hotel. Jean llevó el caballo al establo y se dirigieron al mostrador de recepción. A Wachiwi aquel ambiente la tenía asombradísima. Jean pidió dos habitaciones porque le parecía más decente, y el recepcionista miró a Wachiwi con aire reprobatorio, aunque no pronunció palabra cuando entregó las dos llaves a Jean. Subieron la escalera y ella lo siguió hasta el interior de la habitación. Dormirían en la misma; la otra solo era para preservar la reputación de Wachiwi. Claro que tampoco la tenía; para los empleados del hotel no era más que una india que acompañaba al hombre en su viaje, y debían de considerar un derroche su alojamiento en una buena habitación. Jean, en cambio, fiel a sus orígenes, era noble hasta la médula, incluso con una joven india; y ella percibía ese respeto.

Esa noche cenaron en una taberna, y Wachiwi se dispuso a comer tal como Luc Ferrier le había enseñado: con cuchara. Imitó a Jean cuando este se colocó la servilleta en el regazo, y él le enseñó a utilizar el tenedor y el cuchillo. Consiguió pinchar la comida con el tenedor, pero al cuchillo no le encontraba utilidad y le resultó complicado comer así. Jean imaginaba lo raro que debía de hacérsele todo junto. Claro que eso no era nada comparado con la aventura que les esperaba al día siguiente, cuando la acompañó a una tienda de confecciones y a una modista para que la vistiera.

En la tienda de confecciones le compró varias prendas sencillas, y la modista disponía de tres vestidos que las clientas no habían ido a recoger y que a Wachiwi le sentaban como si se los hubieran hecho ex profeso. En total compraron dos vestidos de noche para las cenas en casa del primo de Jean y cuatro más discretos para usarlos de día; zapatos, que era evidente que a Wachiwi no le hacían la menor gracia, y cinco sombreros con los que estaba guapísima. También había ropa interior rarísima que no tenía ni idea de cómo ponerse hasta que la vendedora le enseñó. Llevaba puestas más prendas a la vez de las que había tenido en toda su vida. Disponía de guantes, varios chales, tres bolsos y un abanico. Pidieron que lo enviaran todo al hotel, y Jean se alegró de que hubieran previsto viajar hasta Nueva Orleans en barco. Habrían hecho falta varios caballos, si no un carro tirado por mulas, para llevar todo lo que le había comprado. Apilaron las cajas en los dormitorios hasta que Jean compró dos baúles donde meterlo todo e hizo gestiones para conseguir devolverle el caballo a Luc.

Al final del día ambos estaban agotados, y Wachiwi dirigió a Jean unas palabras en francés poco fluido, agradeciéndole todo lo que le había ofrecido. Se la veía bastante aturdida y, cuando regresaron al hotel, volvió a enfundarse el vestido de piel de wapiti y los mocasines con aire de gran alivio. Por lo menos había prendas que sí que sabía cómo llevar. Había insistido en conservarlas, y ahora tenía el aspecto de la muchacha india tal como Jean la conoció, con el vestido con el delantero adornado de púas de puercoespín de un azul intenso; y volvió a arrebatarle el corazón.

Ese día le había enseñado las palabras *jolie robe*, *chaussure* y *chapeau*, además de *gown*, *bonnet*, *undergarment*, *shoes* y *gloves*. Wachiwi se sabía los nombres de todas las cosas que Jean le había comprado. Poco a poco estaba acostumbrándose a hablarle sobre todo en francés, pero también en inglés. Cuando pidieron que les subieran la cena a la habitación, Wachiwi utilizó el tenedor y el cuchillo para complacer a Jean. Y cuando él se dispuso a encender un cigarrillo, ella quiso que lo compartieran. El joven se echó a reír y le permitió hacerlo, pero le explicó que solo podía pedírselo cuando estuvieran solos. El padre de Wachiwi le permitía fumar de su pipa a veces, cuando nadie los veía, así que sabía a qué se refería Jean, y se llevó el dedo a los labios para indicar que sería un secreto... Como lo del jefe muerto al que habían ocultado entre los arbustos. Ninguno de los dos tenía ganas de volver a pensar en ello; claro que gracias a esa muerte ahora estaban juntos.

Esa noche hicieron el amor en la cama de Jean con la misma pasión que las veces anteriores. El sentimiento que compartían era visceral, sensual y explosivo. Jean nunca lo había experimentado hasta entonces, y para Wachiwi resultaba un misterio. No tenía palabras para describirlo, aunque tampoco las necesitaban. Lo que compartían en sus relaciones amorosas era mágico.

Al día siguiente, Jean la ayudó a vestirse, cargaron con los baúles repletos de las prendas que él le había comprado y subieron al barco de quilla con rumbo a Nueva Orleans. Wachiwi se mostraba muy entusiasmada y sonreía feliz. Sabía de la existencia de ese río, pero no esperaba llegar a conocerlo. Había oído hablar de él en el poblado. Su gente lo llamaba el Gran Río. El viaje hasta Nueva Orleans duraría tres semanas si, con suerte, gozaban de viento a favor y buena corriente; y, mientras, el barco efectuaría varias paradas y no pararían de subir y bajar viajeros.

A lo largo del río, rebosante de actividad, se cruzaron con canoas, pateras, barcazas y otros barcos de quilla. Wachiwi estaba fascinada y miraba a Jean con una sonrisa de oreja a oreja. Él había reservado dos camarotes para preservar su imagen de nuevo, igual que en el hotel. Utilizaron uno para dejar toda la carga y durmieron en el otro. Cuando Wachiwi se mostró confundida, Jean le ayudó a ponerse la ropa interior y le abrochó el corsé, lo cual le arrancó una carcajada; nunca se había divertido tanto. A Wachiwi le horrorizó lo mucho que le apretaba el corsé y pidió a Jean que se lo aflojara. Él comprendía que la chica no consiguiera asimilar tantas cosas a la vez. Tan solo unos días antes estaba nadando desnuda en el lago donde se conocieron y vivía en un poblado crow, y ahora iba vestida como una dama, camino de Nueva Orleans para conocer a sus primos de linaje noble.

La perspectiva tenía a Jean un poco asustado, y se sentía algo incómodo por las miradas de la gente del barco cuando reparaban en que viajaba con una india. Era tan guapa que los hombres lo entendían, pero las mujeres no, y le daban la espalda a Wachiwi en el momento en que se cruzaban con ella. A Jean le sorprendió mucho ese comportamiento; esperaba que los habitantes de Nueva Orleans se mostraran más comprensivos y que quedaran cautivados por su belleza. Era tan inocente, tan delicada y tan fascinante que no podía imaginar que alguien pudiera resistirse a sus encantos. Era evidente que él no podía, y en las noches que pasó con ella durante las tres semanas de ruta por el Mississippi vivió una pasión más allá de lo imaginable. El viaje a Nueva Orleans les ofreció el tiempo que necesitaban para conocerse bien y para que Wachiwi mejorara en inglés y en francés. Era tan inteligente y se mostraba tan dispuesta que avanzaba a pasos agigantados en ambas lenguas.

Habían pasado el fuerte Prudhomme y el fuerte Saint-Pierre, y por fin llegaron a Nueva Orleans.

Ese día Wachiwi estaba especialmente guapa. Llevaba uno de los vestidos de día de color azul pálido que, en contraste con su piel, se asemejaba al cielo, un sombrero a juego que Jean le ató por debajo de la barbilla y unos guantes que también le ayudó a ponerse. Y, gracias a él, llevaba la ropa interior en perfectas condiciones. Era en parte una niña y en parte una mujer, y lo que Jean más adoraba de ella era el hecho de que le perteneciera por completo. No como su esclava, sino como su mujer. La hija del jefe indio. Wachiwi. La bailarina. Luc le había traducido su nombre. Cuando el barco tomó puerto en Nueva Orleans, Jean ayudó a Wachiwi a bajar y ella siguió sus pasos con discreta elegancia.

Montaron en un carruaje hasta una casa de huéspedes que Jean conocía en Chartres Street, con todas sus pertenencias. Él quería alojarse en una habitación confortable mientras enviaba un mensaje a sus primos a la plantación que poseían a las afueras de la población, explicándoles que había regresado acompañado de una amiga, una joven dama. No quería imponerles nada y dar por hecho que podían hospedarse en su casa. Al cabo de dos horas recibió la respuesta a su mensaje; le escribía la esposa de su primo, Angélique de Margerac, e insistía en que dejara la habitación que ocupaba y se presentara allí enseguida. No mencionaba a la joven dama, pero Jean dio por hecho que también tendrían una habitación para Wachiwi, ya que en el mensaje les había dejado claro que viajaba con él. Era algo poco frecuente, pero estaba seguro de que sus primos les ofrecerían alojamiento a ambos; de hecho, lo harían encantados. La nota de Angélique era cálida y cordial.

Angélique envió un carruaje para ellos, una elegante berlina de producción francesa tirada por cuatro caballos, y otro para los baúles. Jean sonrió a Wachiwi al iniciar el largo trayecto rumbo a la plantación mientras pensaba cuán lejos les había llevado ese viaje. Miró a la chica con orgullo y le tomó la mano. Ni por un instante dudó de que sus primos también quedarían cautivados por ella. Era la primera vez que viajaba junto a una mujer, pero los De Margerac de Nueva Orleans eran su familia, y siempre lo habían tratado con muchísima hospitalidad. Estaba seguro de que esa vez no dejarían de hacerlo.

10

Angélique de Margerac estaba casada con el primo del padre de Jean y pertenecía también a una familia de aristócratas, que en su caso procedía de Dordoña y guardaba parentesco directo con el rey. Se había casado con Armand de Margerac cuarenta años atrás, y él la había hecho trasladarse a Nueva Orleans a regañadientes. París le parecía un buen lugar para vivir, pero no así el Nuevo Mundo. A Armand le había costado mucho convencerla. Nueva Orleans había sido fundada por los franceses solo treinta y cinco años antes de que ellos se instalaran allí, así que su marido había tenido que hacer todo lo imaginable para que fuese feliz. Había adquirido una casa en Toulouse Street y una espléndida plantación con una gran mansión al estilo de las islas Antillas que Angélique tuvo carta blanca para decorar con antigüedades. La plantación de Armand estaba dedicada al cultivo del algodón y la caña de azúcar y prosperó hasta convertirse en una de las de mayor éxito de la región, así como la casa de Angélique se convirtió en la más elegante del distrito. Sus hijos habían nacido allí, y acabaron adquiriendo plantaciones propias, por lo que en el momento en que Jean llegó procedente de Francia la mujer ostentaba desde hacía décadas una reputación de ser la anfitriona más distinguida de Luisiana.

Para entonces la colonia había pasado a manos de los españoles. Sin embargo, Angélique y Armand eran amigos íntimos del gobernador español, quien con frecuencia cenaba en su plantación o en la casa de Toulouse Street. Angélique había cerrado definitivamente la casa de Nueva Orleans el año en que llegó Jean, después del gran incendio del Viernes Santo, que devastó casi un millar de edificios. Su casa había sobrevivido de forma milagrosa; sin embargo, Angélique aducía que estaba demasiado alterada para seguir viviendo allí. Temía que se produjera otro incendio y prefirió trasladarse a la plantación. La mansión era mucho más cómoda e infinitamente más majestuosa. Angélique adoraba tener huéspedes y había convencido a Jean para que se alojara con ellos durante varios meses antes de iniciar su viaje en dirección norte hacia Canadá y luego hacia las Grandes Llanuras del oeste. Se había mostrado hospitalaria en extremo y le había presentado a todas sus amistades y a varias damiselas muy atractivas. Él no aparentaba sentir interés por ninguna en particular, pero todo el mundo consideraba que el primito francés recién llegado era un verdadero encanto.

La zona que circundaba Nueva Orleans era muy cosmopolita. No solo alojaba a franceses e ingleses, sino también a una importante comunidad de alemanes, quienes, según Angélique, amenizaban mucho más las veladas y las cenas. En especial, se mostraba orgullosa de los bailes que celebraban y de la gran cantidad de personalidades que se habían hospedado allí. La plantación propiamente dicha estaba situada entre Baton Rouge y Nueva Orleans, por lo que Jean y Wachiwi viajaron durante dos horas en el magnífico coche de caballos que les había enviado Angélique y que había sido trasladado en barco desde Francia. Dos lacayos los seguían sobre sus respectivas monturas mientras el cochero obligaba a los caballos a avanzar con brío. Angélique deseaba que estuvieran presentes en la cena que Jean ya había previsto que sería una elegante celebración. Había preparado a Wachiwi para ello la noche anterior, y esperaba que estuviera a la altura. Le tranquilizaba pensar que los vestidos que le había comprado en Saint-Louis eran muy apropiados. No desprendían la elegancia de los de Angélique, por supuesto, ya que estos seguían siendo de confección parisina y le llegaban al Nuevo Mundo dos veces al año en partidas enviadas por barco. Además, en Nueva Orleans disponía de una eficiente modista de menor envergadura capaz de copiar cualquier diseño que veía, incluido alguno de los vestidos de París.

Se aproximaban a la plantación, que había recibido el nombre de Angélique cuando su marido la adquirió, por un aparentemente interminable camino bordeado de robles. Toda la grandeza de las islas Antillas apareció ante su vista tan solo diez minutos después. Jean sonrió a Wachiwi a la vez que le daba unas palmaditas en la mano. Ella aún no comprendía lo suficiente su idioma para tranquilizarla en la medida que le habría gustado hacerlo.

—Todo irá bien —dijo en voz baja, y con el tono le transmitió el mismo mensaje que contenían sus palabras.

Jean lucía un abrigo de lana azul marino con un corte elegante, que había llevado consigo desde Francia cuando se trasladó allí y que ahora apenas tenía oportunidad de ponerse. Lo conservaba bien guardado entre su equipaje. La visita a la plantación era la ocasión perfecta para lucirlo, igual que ocurría con la chaqueta y los pantalones a media pierna confeccionados con raso que se puso a la hora de cenar y que había dejado en casa de su primo para recuperarlos a su regreso. Se sentía agradecido de no verse obligado a llevar peluca o a empolvarse el pelo tal como habría sucedido en Europa. Por suerte, en casa de sus primos no se imponía un protocolo tan rígido y podía mostrar su pelo oscuro con naturalidad.

Wachiwi contemplaba la casa mientras se iban acercando a ella. Se le veían unos ojos enormes en medio del precioso rostro enmarcado por el sombrero que Jean le había regalado. Ella lo miró nerviosa, y él se sorprendió de que pareciera mucho menos asustada montando a caballo a galope tendido, cosa que habría aterrorizado a cualquiera, que en la actual situación en que él la había puesto. Se había comportado con gran valentía acompañándolo allí; y, cuando uno de los lacayos los ayudó a bajar del coche de caballos, Jean sintió la apremiante necesidad de protegerla y escudarla de cualquier peligro.

Seis criados con librea los aguardaban en la escalera de entrada, todos de raza negra y perfectamente ataviados con sus uniformes iguales. Eran esclavos; Jean lo sabía. Cientos de ellos trabajaban en las plantaciones de caña de azúcar y algodón que habían permitido que el padre de su primo reuniera una fortuna casi ilimitada. Antes de que Jean pudiera dirigir una palabra más a Wachiwi, Angélique de Margerac apareció con gran ceremonia entre las puertas batientes de la entrada para darles la bienvenida. Dirigió a Jean una cálida sonrisa, y tardó un instante en reparar en Wachiwi, situada justo detrás de él. Tras abrazar a Angélique, Jean se hizo a un lado y las presentó. La expresión de la mujer de su primo se demudó al instante en una mezcla de sorpresa y horror. Retiró la mano que había extendido, dio un paso atrás y miró a Jean sin dar crédito.

— Ah... Ya veo... —dijo con desdén, y regresó al interior de la casa sin dirigir una sola palabra a Wachiwi, quien, con expresión aterrada, dejó que Jean la guiara por el espléndido recibidor—. ¿Qué te parece si llevamos a la joven a su habitación enseguida para que pueda descansar del viaje? —propuso Angélique a la vez que señalaba a uno de los criados con librea y le susurraba algo. Este asintió y le hizo señas a la chica para que lo siguiera.

Wachiwi salió de la estancia sin apenas haberla pisado, y entonces Angélique volvió a abrazar a su primo con una cálida sonrisa, inmensamente aliviada por haberse deshecho de la india con tanta rapidez. Mientras tanto, Armand, su marido, salió de la biblioteca donde había estado fumándose un puro tranquilamente. Se mostró encantado al ver a Jean, y no pudo evitar provocarlo un poquito.

—Tengo entendido que has venido con una joven dama. ¿Es que pronto nos vas a dar alguna gran noticia? A lo mejor ahora sí que te convencemos para que te quedes en Nueva Orleans en vez de dedicarte a andar de aquí para allá por todas esas tierras sin civilizar que tanto te gustan. Bueno, ¿dónde está?

Miró alrededor, sorprendido de que Jean estuviera hablando a solas con Angélique. A los dos les había impresionado que nadie viajara con ellos de carabina: una tía, la madre de la chica, alguna hermana o prima. Esperaban que fuera la persona para él, alguien de cuna noble. Sabían que jamás se presentaría en su casa con una amante.

A Jean no le pasó por alto la cara de rotunda desaprobación que mostró Angélique después de haber visto a Wachiwi, y temía que, a pesar de su poca capacidad de comprensión del idioma, ella también hubiera captado el mensaje. La prima de Jean había dejado claro que no era bienvenida en esa casa. No podía negarse que era india, y eso era todo cuanto Angélique necesitaba saber. Para ella, la acompañante de Jean había dejado de existir desde ese mismo instante. No podía creer que la hubiera llevado a su casa. Le parecía el súmmum de la impertinencia; un insulto.

—La he enviado a su habitación para que descanse un poco del viaje antes de cenar —dijo la prima sin complicarse.

Jean tenía la esperanza de que no le pusiera las cosas difíciles durante la cena. Le ofrecieron una copa de champán, y también lo enviaron a su habitación para que se aseara. Mientras lo guiaban hacia las amplias dependencias de la segunda planta destinadas a los invitados, no lograba dilucidar cuál habrían asignado a Wachiwi y temía preguntar, aunque le habría gustado saber si estaba bien.

Conocía a fondo la casa, ya que se había alojado allí a menudo durante los últimos cinco años, pero todas las habitaciones de invitados tenían la puerta cerrada. Esperaba que Wachiwi no estuviera asustada ni molesta; y, justo antes de bajar a cenar, la chica empezó a preocuparle seriamente. Sabía que necesitaría que la ayudaran a ponerse el vestido, y era más que probable que no osara pedirlo. Poco después, empezó a llamar puerta a puerta con ánimo de encontrarla sin armar alboroto. Nadie le respondió, y a medida que se iba asomando veía que todas las habitaciones estaban a oscuras y vacías. No tenía la menor idea de dónde se encontraba Wachiwi. Por fin, sin saber qué más intentar, tocó el timbre para avisar a uno de los criados. Un hombre de edad llamado Tobias acudió a su llamada. Llevaba años siendo el ayuda de cámara de Armand y siempre se había mostrado amable con Jean. Lo había reconocido de inmediato y le había ofrecido un cordial saludo cuando llegó con Wachiwi.

—¿Sabes dónde se aloja la señorita, Tobias? No logro encontrarla. Me gustaría verla un momento antes de bajar a cenar. ¿Sabes qué habitación le han asignado?

—Sí, señor —respondió Tobias de forma respetuosa.

La plantación era una de las pocas en que los esclavos recibían un buen trato. Armand de Margerac tenía fama de ser amable con ellos, y casi siempre procuraba que las familias permanecieran juntas, cosa que apenas ocurría en otras casas, ya que en general maridos y mujeres eran adquiridos por amos distintos y también los niños solían venderse aparte. Esa práctica ponía enfermo a Jean. Era uno de los aspectos del Nuevo

Mundo que nunca le había gustado. En Francia era impensable que se comerciara con seres humanos como si fueran ganado.

—Así ¿cuál es su habitación?

—Está en la cabaña de al lado de la mía —confesó Tobias con un hilo de voz, bajando la cabeza. Tenía la impresión de que al primo de Francia no iba a sentarle muy bien la noticia.

—¿Cómo dices? —Jean pensó que debía de haber entendido mal lo que acababa de oír. En las cabañas no había invitados, solo esclavos; eran las dependencias en las que estos se alojaban. En total, había catorce cabañas detrás de la casa.

—Su tía cree que es donde se sentirá más a gusto.

Tobias la había acompañado allí a su llegada. Lo sentía mucho por la chica, pues parecía muy asustada y desorientada. La había dejado en compañía de su mujer, que iba a encargarse de mostrarle el lugar.

—Llévame allí enseguida —exigió Jean con los dientes apretados, y siguió a Tobias escalera abajo.

Salieron por una puerta lateral que daba al jardín trasero y cruzaron una verja que el criado abrió con llave. Tan solo unos pocos miembros del servicio disponían de esa entrada, los otros esclavos no podían acceder a la casa de los señores. Y Wachiwi tampoco podía hacerlo, puesto que se alojaba más allá de la verja.

Tobias guió a Jean por unos cuantos caminos enrevesados y pasaron frente a algunas casas que eran en sí las cabañas. Cada una albergaba a dos docenas de esclavos. Había unas pocas más pequeñas y más pulcras en las que vivían los esclavos de mayor confianza, como Tobias, y sus hijos mientras eran pequeños. El criado se detuvo ante una de las mejores e hizo pasar a Jean. Había un estrecho pasillo, un enjambre de pequeñas habitaciones, y, en cada una de ellas, Jean vio a varias personas. Por fin encontró a Wachiwi, en una de las últimas, junto con cuatro mujeres más. Sus baúles ocupaban todo el espacio, y la chica se encontraba sentada en uno de ellos, con cara de desesperación.

—Ven conmigo —la invitó Jean en un tono tranquilo, pero echando chispas con la mirada. Con gestos, le indicó que lo siguiera.

Wachiwi parecía aterrada de que se hubiera enfadado con ella, estaba segura de que había hecho algo malo y no tenía ni idea de quiénes eran esas personas ni por qué la habían alojado en esa casa. No había visto a Jean en toda la tarde. Él la imaginaba descansando tranquilamente en una habitación de invitados y resulta que la habían quitado de en medio mandándola con los esclavos. Entonces Jean se volvió hacia Tobias y le pidió que trasladaran el equipaje de Wachiwi a su propia habitación.

Allí fue adonde la llevó, le quitó el sombrero, le acarició el pelo y le dijo cuánto lo sentía. Ella no comprendía sus palabras, pero captó el mensaje. Cuando llegaron dos criados con los baúles, la chica volvía a sonreír. Jean abrió un baúl y sacó uno de los vestidos de noche.

Él mismo se ocupó de vestirla; la ayudó a ponerse la ropa interior y le abrochó el corsé. Sacó el abanico que le había comprado y, cuando diez minutos más tarde estuvo lista, se la veía deslumbrante. Había sufrido una transformación. Jean le cepilló el pelo hasta sacarle brillo, y ella lo miró agradecida cuando se contempló en el espejo. Tenía un aspecto exótico al tiempo que elegante, fresco, juvenil y completamente respetable cuando Jean le entrelazó el brazo con el suyo y la guió escalera abajo hasta el salón.

Angélique y Armand lo aguardaban allí. Habían invitado a unas cuantas amistades, pero aún no había llegado nadie. Tenían pensado compartir un tranquilo aperitivo con Jean antes de la cena, y pensaban incluir a su amiguita hasta que supieron quién era. Angélique había expuesto la situación a su marido, y a él le alivió muchísimo que hubiera resuelto el problema con tanta rapidez. Convenían en que, sin duda, su primo había perdido el juicio tras haber pasado tanto tiempo con la población indígena. No les cabía en la cabeza que se hubiera planteado alojar en la casa a una india.

Los dos parecían igual de horrorizados cuando él entró en el salón con paso decidido, llevando a Wachiwi del brazo. Ella llevaba un vestido apropiado, aunque el pelo oscuro, largo y suelto no lo era, y Angélique se sentó con aire de estar mareada en cuanto la vio allí.

—Jean, ¿en qué estás pensando? —le preguntó mientras su marido observaba a Wachiwi.

Armand reconocía que era guapa y comprendía por qué su joven primo deseaba su compañía, pero desde luego no tenía sentido personarse con ella en casa de nadie. A ambos les escandalizaba por completo que se hubiera atrevido a presentarse allí con ella.

—¿Cómo que en qué estoy pensando, primo? —cuestionó Jean con los ojos llameándole de modo peligroso.

Wachiwi nunca lo había visto de esa forma, ni sus primos tampoco, pero era una clara estampa del punto al que podía llegar su temperamento. Por lo general le costaba mucho enfadarse; sin embargo, en ese momento echaba chispas por el trato que estaba recibiendo su amiga.

—Estoy pensando en que habéis sido de lo más grosero con mi acompañante. Hace media hora la he encontrado en las dependencias de los esclavos, compartía una habitación con otras cuatro mujeres. Me parece que ha habido algún error, así que la he ayudado a trasladarse a mi habitación —anunció sin inmutarse—. Seguro que lo comprendéis.

—¡No! ¡Yo no! —exclamó Angélique poniéndose en pie de un salto, con la mirada exactamente igual de amenazadora que la de Jean—. No pienso acoger a una salvaje en mi casa. ¿Cómo te atreves a traerla aquí? Es con los esclavos con quienes tiene que estar, donde la llevó Tobias. No toleraré que una negra cene en mi mesa. ¡Sácala de aquí ahora mismo!

Quería que Wachiwi desapareciera de inmediato, antes de que llegaran los demás invitados, y su marido estaba por completo de acuerdo con ella, a diferencia de Jean.

—No es ninguna negra. Es una sioux dakota, y su padre es un jefe indio.

—¿Cómo? ¿Uno de esos salvajes que andan por ahí desnudos, matando gente? ¿A cuántas personas se ha cargado antes de llegar aquí? ¿Qué bebé blanco ha muerto en sus manos? ¿Te has vuelto loco?

—Lo que estás diciendo es muy desagradable. Si quieres, volveremos a Nueva Orleans de inmediato. Mándanos el coche de caballos —resolvió con firmeza, y Angélique, tan furiosa como él, empezó a rugir.

—Me parece fantástico. ¿Y dónde crees que os darán habitación? Ninguna casa de huéspedes que se precie permitirá que os alojéis allí. No puedes presentarte en ningún establecimiento decente con una india, es lo mismo que ir con un esclavo.

—Esta chica no es una esclava —repuso Jean con obstinación—. Es la mujer a la que amo.

—Te has vuelto loco —aseguró Angélique—. Gracias a Dios que tus padres no viven para oírte decir una cosa así de esa india.

Wachiwi observaba su tira y afloja sin saber bien por qué discutían, y se le ocurrió que el único motivo posible era ella. No quería causar problemas a la familia. Sin embargo, Jean permaneció a su lado con actitud protectora. Era obvio que todos estaban muy enfadados, lo denotaba su forma de escupir las palabras. En el poco tiempo que había pasado desde que lo conociera, nunca lo había visto actuar de esa forma ni hablar con tanta violencia. Siempre había demostrado tacto y amabilidad, tanto con ella como con todo el mundo. No obstante, era evidente que estaba furioso con sus primos, y ellos también lo estaban con él.

—En la ciudad encontraremos algún sitio donde alojarnos —respondió con tranquilidad.

—¡Lo dudo! —soltó Angélique a grito pelado, y en ese momento oyeron las ruedas de un coche de caballos enfilando el camino de entrada de la casa y a los señores De Margerac les invadió el pánico—. Saca a esa mujer de mi salón enseguida —dijo Angélique en un tono lacónico.

Sin pronunciar media palabra más, Jean tomó el brazo de Wachiwi y la guió escalera arriba. Acababan de alcanzar la planta superior cuando el primer invitado entró en la casa. En cuanto Jean estuvo en su habitación con Wachiwi, le explicó de la forma más sencilla posible que iban a regresar a la ciudad.

—Se han enfadado por mi culpa —dijo sin rodeos, y parecía triste por él.

En ese momento Tobias entró en la habitación, y Jean le pidió amablemente que preparara el equipaje. Los baúles de Wachiwi ocupaban gran parte del espacio, pero casi todas las prendas seguían dentro.

—No, soy yo quien se ha enfadado con ellos.

Jean no quería herir los sentimientos de la chica y trató de explicarle lo ocurrido. Sin embargo, la reacción de sus primos había supuesto toda una revelación. ¿Era eso lo que les aguardaba, de quedarse en Nueva Orleans? Ingenuo de él, esperaba un recibimiento más caluroso, propio de la sociedad civilizada. ¿Adónde irían ahora? ¿Dónde vivirían, si permanecían juntos, que era lo que él deseaba con toda el alma? ¿En una choza al límite del territorio indio, como Luc Ferrier, escondiéndose del mundo con su concubina hasta que ella muriera, desterrado para siempre de la buena sociedad? ¿De verdad la gente tenía unas miras tan estrechas? ¿De verdad era tan mezquina? ¿Tan absurda? ¿Adónde iba a llevar a Wachiwi ahora? Los únicos parientes que tenía en América eran los primos de Nueva Orleans. No conocía a nadie más, a excepción de viajeros, exploradores, supervivientes y militares con los que se había cruzado en el camino. Sin embargo, una cosa era llevar una vida nómada estando solo y otra muy distinta andar por ahí con Wachiwi. Se había hecho a la idea de que iban a quedarse en casa de sus primos varios meses, como él en ocasiones anteriores, hasta que elaboraran un plan. No obstante, ellos habían reducido bastante el tiempo de su estancia allí.

El coche de caballos de los De Margerac los devolvió a la ciudad media hora más tarde, y era casi medianoche cuando llegaron a la casa de huéspedes de la ciudad, donde ese mismo día habían parado a descansar unas horas. Jean había pedido al cochero que los acompañara de vuelta allí. La vez anterior no tuvo problemas; claro que había especificado que no se quedarían mucho tiempo. En esa ocasión, en cambio, el recepcionista lo miró con cara rara y fue a preguntar al director, a pesar de la hora intempestiva; por fin les asignó una habitación pequeña en la parte trasera, que solían reservar para los huéspedes poco presentables. Por la tarde, cuando le dieron la otra habitación, no habían visto a Wachiwi. La parte buena era que disponían de alojamiento.

—¿Se quedarán mucho tiempo, señor? —preguntó el recepcionista, incómodo.

—No lo sé —respondió Jean con sinceridad. No tenía ni idea de adónde dirigirse. De momento, prefería evitar volver a ver a sus primos, y también someter a Wachiwi a su trato—. Puede que tardemos varias semanas en irnos —dijo muy serio mientras se preguntaba si debía llevar a la chica hacia el norte. Aún no sabía qué hacer.

Cuando pudieron instalarse en la habitación, Jean se despojó del abrigo y lo dejó sobre una silla. Ayudó a Wachiwi a quitarse el vestido y lo guardó en el baúl; luego le quitó con gusto el corsé y la compleja ropa interior. Le había comprado varios camisones, pero ella prefirió ponerse el vestido de piel de wapiti. Le parecía más cómodo que ninguna de las otras prendas, y era lo que estaba acostumbrada a llevar. Era el equivalente a los pantalones de montar de gamuza que él usaba para viajar, que era con lo que se sentía más a gusto.

Allí, sentados en la pequeña habitación, él empezó a hablarle de su tierra natal. No sabía qué otra cosa explicarle para que se distrajera. A la chica debía de resultarle obvio que las cosas habían salido muy mal. Y, mientras hablaba con ella, se le ocurrió una idea. No estaba seguro de que las cosas les fueran mejor allí, pero tampoco podían irles mucho peor que hasta el momento; y empezaba a temer que en el Nuevo Mundo Wachiwi recibiera un trato injusto fuera a donde fuese, norte, sur o este. Quería llevársela a su país.

Le contó que había un lago enorme llamado océano Atlántico, y que él procedía del otro lado. Tardarían dos lunas enteras en llegar, lo cual era mucho, mucho tiempo. Le habló de lo bella que le parecería Francia, del paisaje de Bretaña, de las personas a las que conocería, de su hermano, que vivía en el palacete familiar. Le explicó que su tienda era mucho más grande que la que había visto esa noche, y entonces ella rió y dijo que se llamaba casa, no tienda, y él también se echó a reír. A su lado era capaz de afrontar cualquier cosa, de subir cualquier montaña, de superar cualquier obstáculo, y deseaba protegerla de la tremenda afrenta y humillación que había sufrido en la plantación de los De Margerac. Sospechaba que en Norteamérica todo el mundo se comportaría con igual grosería que sus primos y estaba convencido de que en Francia las cosas les irían mejor. Tenía la esperanza de que allí la consideraran una belleza exótica en lugar de alguien que merecía ser castigado y maltratado, desterrado del mundo. Sabía bien lo que debía hacer. Regresaría a Bretaña con Wachiwi.

Pensó escribirle a su hermano a la mañana siguiente, explicándole que regresarían en el próximo barco. La carta llegaría tan solo unos días o, como máximo, pocas semanas antes que ellos, pero al menos serviría de aviso a Tristan y le daría una idea de la fecha. Jean pensaba sacar dos pasajes para el primer barco disponible con destino a Francia. Nada los ataba a esas tierras. El viaje representaría otra aventura juntos, una un poco larga; aunque, después de todo lo que habían vivido, no parecía tan duro pasarse dos meses dando tumbos por el océano Atlántico. Y, por primera vez en los cinco años que llevaba en el Nuevo Mundo, sentía que era el momento de regresar a casa. En todo ese tiempo no había visto a su hermano ni a su país. Allí ya había hecho todo lo que tenía que hacer; había descubierto nuevos territorios, había vivido aventuras asombrosas y acababa de conocer al amor de su vida, una bella sioux con quien deseaba casarse y tener hijos. No tenía ni idea de lo que opinaría su hermano al respecto, aunque Tristan era un hombre sabio y comprensivo. Además, al margen de lo que opinara la gente, Jean estaba seguro de que Wachiwi era la mujer que estaba esperando. Iban a regresar a casa para construir un futuro juntos. Le sonrió, convencido de que su vida de soltero había terminado. En compañía de su novia, el esplendor de los días venideros se desplegaba ante él.

11

Tal como Jean había planeado la noche anterior, después de la desastrosa visita a sus primos, y tal como había prometido a Wachiwi, por la mañana escribió a su hermano Tristan. Redactó una carta larga y esmerada en la que le comunicaba lo más importante y obviaba algunos detalles. No le explicó que había asesinado a un jefe crow para fugarse con la mujer con quien tenía intención de casarse y que antes era la esclava del jefe indio. Se limitó a decir que por fin había conocido a la mujer de su vida y que estaba dispuesto a regresar a casa y ayudar a su hermano a dirigir la vasta finca familiar. Sus correrías habían acabado. Era hora de asentarse, cosa que jamás había sentido la necesidad de hacer hasta ese momento.

Tenía diez años menos que su hermano. Tristan era viudo y padre de dos hijos pequeños, a uno de los cuales Jean ni siquiera conocía. Cuando él partió de Bretaña, su hermano gozaba de la compañía de una esposa joven y bella y de un niñito de doce meses. Un año después, la esposa de Tristan murió al dar a luz a una niña. Por lo que Jean sabía, desde entonces su hermano estaba solo. No había vuelto a casarse, aunque lo cierto es que no sabía si tenía algún tipo de amante; claro que Tristan era un hombre tan responsable que Jean dudaba que fuera capaz de implicarse en una relación al margen del matrimonio y la vida respetable.

Poseían el palacete más grande de toda la región y una vasta extensión de terreno. Tristan siempre se había tomado muy en serio su cometido, y Jean se figuraba que le aliviaría saber que su hermano pequeño regresaba a casa para instalarse allí con él. Ya había tardado lo suyo, puesto que tenía veinticuatro años. En la carta hablaba con gran entusiasmo de Wachiwi, pero ofrecía pocos detalles a Tristan, solo decía que la amaba y que regresaba con ella a Bretaña para contraer matrimonio en la iglesia que formaba parte de la propiedad familiar. Tristan había heredado el título y todo lo que este implicaba cuando apenas era un muchacho, después de que sus padres murieran a causa de una terrible epidemia. Por entonces, Tristan tenía dieciocho años y Jean era un niño de ocho años. Desde ese momento Tristan había pasado a ser el cabeza de familia, y Jean lo consideraba un padre además de un hermano. Tenían un gran vínculo afectivo antes de que Jean abandonara Francia; con todo, Jean anhelaba satisfacer unas ansias de viajar que Tristan jamás se había permitido sentir. Sobre él pesaba la carga de todas las propiedades, las tierras y la gran finca. Poseían participaciones en el comercio marítimo y una enorme casa en París heredada de sus padres que frecuentaban poquísimo, por lo que Tristan asistía a la corte con regularidad. Mantenía una estrecha relación con el monarca, y ahora Jean deseaba ocupar un lugar parecido al suyo.

Jean había madurado, y la preciosa india con quien regresaba a casa tenía mucho que ver en ello. En la carta explicaba todo lo que consideraba importante de la chica, a excepción de un detalle. Tras el chasco sufrido con sus primos, no quería que Tristan juzgara a Wachiwi antes de conocerla, así que obvió explicarle que era sioux y decirle cuál era su nombre. Quería que su hermano mayor la quisiera y la aceptara del mismo modo que él; es más, estaba seguro de que lo haría. Le habló de que era una persona encantadora, muy valiente, amable y delicada. Era una mujer noble con una calidad humana de lo más digno, fueran cuales fuesen sus orígenes y su raza, y merecía todo el respeto. Jean estaba convencido de que su hermano repararía en ello de inmediato, tal como era propio de él. Jean le tenía una gran admiración tanto por su forma de ser como por todo lo que había acarreado sin queja durante tantos años. No había persona en la región que no lo adorara, y Jean lo veneraba también. Apenas veía el momento de presentarle a Wachiwi. Durante el largo viaje, estaba decidido a enseñarle un francés impecable para que ella pudiera conversar con su hermano y todos sus amigos en Bretaña. Ya no tenía que enseñarle inglés; ahora su vida y su hogar se encontraban en Francia.

Wachiwi se esmeró a la hora de vestirse, y Jean le sonrió en señal de aprobación cuando salían de la casa de huéspedes y bajaban la calle en dirección al muelle. Era una ciudad muy concurrida cuyo puerto bullía de actividad. Jean reparó contrariado en las miradas reprobatorias que recaían en ellos a medida que avanzaban. No lo habrían juzgado peor aunque se hubiera dedicado a pasearse por allí con una esclava desnuda. Los hombres observaban a la chica con lascivia debido a su belleza, y las mujeres le arrojaban miradas de indignación y volvían la cabeza. Todas ellas, sobre todo las casadas, eran conscientes de lo que los hombres hacían a escondidas de la gente respetable; aun así, exhibirse con una muchacha india, por muy guapa que fuera, sobrepasaba todos los límites. Precisamente, casi era peor porque Wachiwi era adorable; al verla junto a él, las mujeres parecían detestarla más todavía. Ni siquiera a ella, con su inocencia y su ignorancia sobre las costumbres de su gente, le pasaban desapercibidos los gestos hostiles. Una vez pidió explicaciones a Jean, cuando una mujerona de lo más escandalizada atrajo a sus hijos contra sí y, tras dirigir un comentario desagradable a su marido, obligó a toda la familia a cruzar la calle para no permanecer en la misma acera que Jean y Wachiwi. Todo el mundo mostraba a las claras su indignación porque Jean actuaba como si Wachiwi fuera una mujer merecedora de respeto, porque le había proporcionado ropa elegante y la trataba con deferencia. Estaban más molestos que si le hubiera plantado el vestido y el sombrero a su caballo. Lo peor era que no solo las mujeres la marginaban a ella, sino que los hombres, que a todas luces lo envidiaban a él, también manifestaban su indignación. Si a ellos no se les permitía hacerlo, ¿por qué a Jean sí? Obviamente, Nueva Orleans no era el lugar apropiado para ellos, y Jean no veía el momento de marcharse de allí. Deseaba apartar a Wachiwi de las miradas horrendas, los comentarios en voz alta y el mensaje de que no merecía mejor trato que los esclavos de las plantaciones. Anhelaba regresar a Francia, donde esperaba que ofrecieran a la chica un trato humano y se dirigieran a ella con educación.

Esa mañana habló con los capitanes de dos embarcaciones mientras Wachiwi permanecía a su lado. Consideró mejor contarles que estaban casados y les explicó que deseaban reservar un pasaje en el primer barco que partiera hacia Francia. El primero miró de arriba abajo a Wachiwi, reparó en que era india y pocos minutos después anunciaba que todos los camarotes estaban ocupados. Explicó que en el barco no quedaba un solo rincón para ellos, pero Jean no le creyó. Tenía la certeza de que el capitán no quería afrontar las quejas de los demás pasajeros, sobre todo de las mujeres que se sentirían amenazadas al tener que viajar en compañía de la bella y joven india. Más aún puesto que él la reconocía como esposa. Al capitán le resultaría incómodo tener que aguantar el mal humor de los viajeros durante las siete u ocho semanas que durara la travesía hasta Francia. No quería dolores de cabeza.

El segundo capitán tenía más tacto y parecía más pacífico. Tampoco le costó reconocer la raza de Wachiwi; sin embargo, no dio la impresión de importarle. Jean notó el olor a whisky que desprendía, pero el hombre les permitió sacar sus pasajes, aceptó el dinero de Jean sin cuestionar nada y anunció que el barco tenía previsto partir hacia Saint-Malo, en Bretaña, al cabo de dos semanas. Echó un vistazo a los documentos de Jean y no puso pegas porque Wachiwi no disponía de ellos. No tenía que rendir cuentas de los pasajeros del barco, ni siquiera necesitaba anotar sus nombres, y consideraba más que suficiente el dinero que Jean le ofrecía. La chica no era española ni francesa, por lo que no precisaba documentación para entrar en Francia. El joven conde de origen francés la había presentado como su esposa, y podía ser cierto aunque al capitán le parecía poco probable.

El hombre estimaba que el viaje duraría entre seis y ocho semanas. Para cuando partieran, septiembre estaría tocando a su fin, la estación de los huracanes casi habría terminado y, si tenían suerte y hacía buen tiempo, alcanzarían la costa de Francia en noviembre. Los mares del Atlántico estarían embravecidos; sin embargo, no podían hacer nada al respecto. Jean no deseaba retrasar el viaje ni un segundo más de lo necesario. Solo esperaba que en la casa de huéspedes los acogieran hasta el momento de su partida. Si los otros clientes se quejaban de la presencia de Wachiwi, tal vez los invitaran a marcharse. Claro que por fin tenían reservado su pasaje, en el mejor camarote, así que antes de abandonar el puerto Jean entregó la carta para su hermano a otro capitán que se disponía a partir rumbo a Francia en un barquito diminuto de aspecto desvencijado. Si este no se hundía, su hermano recibiría la carta que anunciaba el regreso de Jean poco antes de su llegada.

Estaba más decidido que nunca a casarse con Wachiwi en cuanto desembarcaran en Francia. Con gusto lo habría hecho antes, pero seguro que no había vicario ni pastor en toda Nueva Orleans dispuesto a oficiar la ceremonia. Tendrían que esperar a llegar a su país.

Pasaron las siguientes dos semanas prácticamente encerrados en la habitación. Por la noche daban largos paseos durante los cuales recorrían la ciudad habitualmente concurrida a las horas en que se respiraba el aire fresco y sosegado de la noche. Les resultaba más fácil salir a esas horas que afrontar durante el día las miradas reprobatorias de quienes se hacían llamar «personas respetables». Además, durante el tiempo diurno que pasaban confinados en el hotel, Jean se dedicaba a enseñar francés a Wachiwi. La chica progresaba a un ritmo sorprendente y ya sabía nombrar muchas cosas. Le costaba más expresar los conceptos abstractos y los sentimientos; sin embargo, también lo conseguía aunque el resultado a veces fuera un poco raro. La cuestión es que podían conversar, compartir pensamientos y reír mucho. Wachiwi parecía por completo feliz a su lado y, cuando no tenían otra cosa que hacer, pasaban mucho tiempo en la cama. Ese era un lenguaje universal; la pasión y los fuertes sentimientos que se profesaban no conocían fronteras.

El primo de Jean, Armand de Margerac, fue a verlo varios días después de la fatídica visita a la plantación. Trató de disuadir a Jean de que regresara a Francia acompañado por Wachiwi. Le advirtió que también allí causaría estupor, que él mismo se estaba marginando y que infligiría a su hermano y al resto de la familia una humillación y una vergüenza profundas.

—Gracias por preocuparte por mí, primo —dijo Jean con amabilidad.

La opinión de su primo mayor lo tenía indignado, pero era

obvio que no era el único que pensaba así. En Nueva Orleans se habrían visto relegados en menos que canta un gallo si no lo estaban ya, obligados a vagar por la calle o encerrarse en el hotel. Jean no se había puesto en contacto con ninguna de las personas a quienes conocía en la ciudad; no se atrevía. Ya había tenido bastante con la visita a sus primos y con lo que observaba siempre que salía acompañado de Wachiwi.

—De todos modos, no tengo claro que opine igual que tú. De nuestro monarca se conoce desde hace años la admiración que profesa a las tribus indias del oeste. Ha recibido a varios jefes en la corte no en calidad de bichos raros, sino de invitados en toda regla. Mi hermano me lo ha explicado un par de veces en sus cartas y me parece asombroso. Dice que los vio lucir el penacho y los mocasines con prendas apropiadas para asistir a la corte que el mismo rey les había enviado, para que no se sintieran fuera de lugar. Algunos incluso llevaban su propia indumentaria al completo. No sé de ninguna muchacha india que haya asistido a la corte del rey Luis, pero desde luego hay hombres de su tribu que lo han hecho.

Se refería al monarca que reinaba en Francia en esa época, Luis XVI, famoso por la fascinación que sentía por los indígenas del Nuevo Mundo. Lo que Jean explicaba a su primo era cierto, se lo había relatado su hermano varios años antes. No había motivos para pensar que las cosas habían cambiado.

—¿Piensas presentarte con ella en la corte?

Armand se horrorizó ante la idea. A sus ojos era lo mismo que presentarse allí con uno de sus esclavos. Le parecía un escándalo inimaginable. En la plantación tenía a varias esclavas con quienes había mantenido relaciones durante años y dos generaciones de hijos biológicos, lo cual no era poco, pero ni por un instante se había planteado presentarlas en público, dejarse ver con ellas en la buena sociedad y, desde luego, prefería morir antes que llevarlas a la corte. Eran buenas para acostarse con ellas y tener hijos suyos, pero en eso consistía todo. Lo que Jean pretendía iba más allá de lo concebible y a Armand solo se le ocurría atribuirlo a la locura de la juventud. Su primo todavía era muy joven, y resultaba obvio que llevaba demasiado tiempo viviendo lejos del mundo civilizado.

—Es posible que lo haga —respondió Jean con despreocupación; empezaba a pasárselo bien ante la evidente incomodidad que mostraba su primo. Disfrutaba escandalizándolo en la misma medida en que a él lo horrorizaban sus ideales hipócritas—. Tampoco voy por allí muy a menudo, mi hermano lo hace muchas más veces que yo. Claro que él goza de mayor categoría y tiene una relación bastante estrecha con el rey y algunos de los ministros. A lo mejor algún día lo acompaño y llevo a Wachiwi. Estoy seguro de que nuestro venerado rey se mostrará fascinado ante ella. Tal vez incluso se encuentre con algún pariente suyo; tengo entendido que hay varios que, en lugar de regresar a su tierra, se han establecido en Bretaña y se han integrado en la sociedad francesa. Allí es donde desembarcan, y allí es donde muchos deciden quedarse.

—Qué espanto —exclamó Armand con expresión afligida, como si estuvieran refiriéndose a algún tipo de plaga; de ratas, por ejemplo.

La idea de que los indios se mezclaran con la sociedad francesa lo ponía enfermo. Solo servía para confirmarle la decadencia de sus compatriotas. Por lo menos en el Nuevo Mundo sabían dónde debían mantener a los esclavos; fuera de la vista de la gente, y, por supuesto, fuera de los salones a menos que estuvieran sirviendo a los amos y a sus invitados.

—Creo que cometes un grave error llevándotela a Francia. Deberías dejarla aquí, donde tiene que estar. No es educada ni civilizada y no habla nuestro idioma. Piensa en los apuros que pasará tu hermano. Una cosa distinta es ser el rey y acoger a criaturas salvajes como curiosidad, pero ¿y cuando te canses? ¿Qué harás con ella? —Armand no concebía nada peor que lo que su joven primo se disponía a hacer.

—Pienso casarme con ella, primo —respondió Jean con tranquilidad—. La salvaje sin civilizar de quien hablas pronto se convertirá en mi mujer. Será condesa De Margerac, igual que lo es tu esposa.

Jean lo dejó caer con una elegante sonrisa, y sabía que a su primo iba a dolerle. Poner a Wachiwi a la altura de Angélique era más de lo que el hombre podía soportar. Al cabo de unos minutos se marchó todavía echando chispas, ofendidísimo. Los dos hombres se despidieron con una reverencia formal, y Jean pensó que lo más probable era que no volvieran a verse antes de su partida. Tampoco lo deseaba. Regresó a la habitación que compartía con Wachiwi y prosiguieron con las lecciones. Confiaba en que, para cuando tomaran tierra en Bretaña, la chica hablara francés de modo aceptable.

Se encontraban en el muelle con los baúles de Wachiwi y las maletas de Jean varias horas antes de la hora prevista para la partida del barco. Llevaban varios días con tormentas, pero al parecer la estación de los huracanes había tocado a su fin. Los demás pasajeros iban apiñándose en el embarcadero.

Iban a embarcarse en *La Maribelle*, un pequeño mercante que no daba la impresión de atravesar su momento de mayor esplendor. Y el capitán parecía haber llevado una vida muy dura.

Jean esperaba que a Wachiwi no le resultara demasiado pesado el viaje. Por su parte, tenía la sensación de que tampoco regresaría jamás al Nuevo Mundo. Los cinco años que había pasado allí le habían hecho un gran servicio, pero se sentía por completo preparado para regresar a casa cuando se instalaron en el camarote a la vez que los demás pasajeros ocupaban sus lugares en el barco. Había cuatro parejas más y dos hombres que viajaban solos. Todos los pasajeros a excepción de dos eran franceses, igual que el capitán y la tripulación al completo. Wachiwi dispondría de multitud de oportunidades para practicar el idioma. Las otras mujeres la miraban con aire burlón, pero Jean no percibió ni pizca de la hostilidad de que habían sido objeto en las calles de Nueva Orleans y en el hotel. Al resto de los pasajeros parecía despertarles curiosidad la chica y la relación que mantenían; se preguntaban cómo la habría conocido. Sin embargo, ninguno hizo el menor comentario desagradable cuando él la presentó como su esposa. El propio capitán, con toda amabilidad, se refería a ella como «la señora condesa». Los documentos de identificación de Jean estaban en orden, aunque eso al capitán lo traía sin cuidado, y, por si era necesario, había declarado personalmente su responsabilidad sobre Wachiwi mediante una carta que había entregado al capitán sellada con su emblema de conde De Margerac. En la carta llamaba a la chica Wachiwi de Margerac. Su destino era Saint-Malo, en Bretaña. Desde allí, algunos de los pasajeros viajarían a París o a otras provincias, pero Jean y Wachiwi se dirigirían a casa de su familia, a la mansión que se encontraba en la campiña bretona, a poca distancia del puerto.

Cuando por fin se hicieron a la mar, la pareja permaneció en cubierta junto con los demás pasajeros y contempló cómo poco a poco Nueva Orleans iba desapareciendo tras ellos. Jean se sentía aliviado al abandonar la ciudad. Esa última visita le había dejado tan mal sabor de boca que no le importaba en absoluto pensar que no iba a volver a ver la ciudad. Sin embargo, había otras cosas del Nuevo Mundo que sí echaría de menos; los preciosos paisajes, los bosques, las tierras que había recorrido en Canadá y el Lejano Oeste, las majestuosas montañas, las increíbles e infinitas llanuras salpicadas de búfalos que pacían y los animales que corrían libres por el territorio del que procedía Wachiwi. Sospechaba que también la chica lo echaría de menos. La rodeó con el brazo mientras América desaparecía en el horizonte y se adentraban en el ondulante mar. Algunas mujeres se habían retirado ya a sus camarotes con sensación de mareo, y también un par de hombres, pero Wachiwi indicó a Jean en su lenguaje de signos, puesto que aún no conocía las palabras apropiadas, que le gustaba el movimiento del barco. Él le enseñó cómo expresarlo en francés. La chica sonreía de oreja a oreja, con el negro cabello agitado por el viento, un grueso chal alrededor de los hombros y cierto aire de libertad en la mirada. El viaje en barco le recordaba un poco a la sensación de galopar por las llanuras. En medio del océano tenía la maravillosa sensación de ser libre, y adoraba estar con Jean. Confiaba por completo en él y en el destino al que había elegido llevarla, fuera cual fuese. Aguardaba con ilusión los días venideros, igual que él, sobre todo a partir del momento en que llegaran a Francia. Jean había previsto comprarle caballos que guardarían en las caballerizas de la mansión familiar. Wachiwi era una amazona tan extraordinaria que deseaba proporcionarle los mejores caballos que encontrara. También su hermano montaba de maravilla, y Jean sabía que la destreza de la chica lo dejaría impresionado.

Al caer la noche, el barco cabeceaba de forma exagerada, pero Wachiwi no se mareó. Estaba demostrando ser una navegante muy resistente, lo cual aliviaba a Jean. De otro modo, los dos meses se habrían hecho muy largos. Tras tomar una cena ligera en el estrecho comedor, se fueron a la cama. Según Wachiwi, el movimiento del barco recordaba al de una cuna, y los meció hasta que se quedaron dormidos.

Al día siguiente dieron un paseo por la pequeña cubierta. La mitad de los pasajeros del barco se habían quedado en el camarote porque estaban mareados. Wachiwi pasó todo el día a la intemperie, y Jean se sentó a hacerle compañía en un rincón protegido. Él se dedicó a leer mientras ella bordaba con material que habían comprado en Nueva Orleans. Estaba bordando una camisa para él con lo que parecían cuentas diminutas de estilo indio. Le explicó que sería para el día de su boda, y él pareció encantado. Disfrutaron de otra tranquila noche, al igual que los días subsiguientes.

Llevaban tres semanas navegando cuando Jean empezó a encontrarse mal; dijo que le dolía la garganta. Wachiwi estaba bien y fue a la cocina a por un poco de té caliente. Le habría gustado disponer de las hierbas medicinales apropiadas, pero en el barco no tenían de nada. Le echó su manta por encima de los hombros. Pasaban tanto tiempo al aire libre que Jean creyó que había cogido un resfriado. Sin embargo, por la noche se encontraba peor.

Al día siguiente tenía muchísima fiebre y durante una semana estuvo tan enfermo que daba miedo, casi todo el tiempo desvariaba. Wachiwi permanecía sentada a su lado en silencio, sin moverse para nada. El capitán acudió al camarote a ver a Jean y opinó que necesitaba que le practicaran una sangría, pero por desgracia no había ningún médico a bordo. Al capitán le parecía haber visto algo similar en otra ocasión y dijo a Jean que creía que padecía un absceso faríngeo, una infección grave de la garganta. Al cabo de una semana Jean tenía el cuello tan inflamado y sufría tanto dolor que le resultaba imposible tragar. Wachiwi intentó durante horas que bebiera agua o té a pequeños sorbos, pero tenía el orificio prácticamente cerrado y apenas podía respirar.

Cada día estaba peor, y al cabo de dos semanas Wachiwi optó por sentarse a su lado y cantar en voz baja una oración a los Grandes Espíritus, que eran a quienes había rezado toda la vida. Les pedía que acudieran a él y lo sanaran. Sabía que una cabaña de sudación habría servido para que le bajara la fiebre, pero en ese barco, lleno de humedades y corrientes de aire, no había nada de ese estilo. La chica cubrió su figura temblorosa con todo lo que tenían para templarlo y, cuando él se quejó de que el frío le calaba hasta los huesos, se tumbó encima para transmitirle su calor corporal. Sin embargo, nada surtió efecto. Wachiwi estuvo abrazada a él toda la noche.

Llevaban casi seis semanas navegando y el capitán calculaba que todavía les quedaban dos más para llegar a puerto mientras Jean seguía poniéndose cada vez peor. Fuera cual fuese la enfermedad que sufría, estaba acabando con él. Una noche, abrazada a él, Wachiwi soñó con un búfalo blanco y pensó que era algún tipo de señal. Sin embargo, no tenía a nadie a quien contarle lo que eso significaba, ni disponía de ninguna de las hierbas medicinales, las pociones y las bayas que podría haber utilizado para ayudar a Jean o que el hechicero de su tribu le habría administrado. Estaban en medio del océano, y él empeoraba más y más. Diecisiete días después de que enfermara, Wachiwi yacía a su lado, abrazándolo y llorando; y cuando se quedó dormida, Jean murió en silencio entre sus brazos. La chica se despertó y lo encontró allí, con los ojos abiertos clavados en ella, como si hubiera estado mirándola cuando murió, con la boca abierta, abrazado a su cuerpo. Ya estaba frío y rígido. Ella lo arropó bien con la manta y lo sostuvo entre sus brazos con suavidad. Lo sucedido la había dejado atónita. Nunca se le había ocurrido pensar que Jean podía morir y dejarla sola. Era muy joven y fuerte. Confiaba en que se recuperaría a pesar de que estaba muy, muy enfermo. Cerró la puerta del camarote sin hacer ruido y fue a comunicárselo al capitán, quien se mostró disgustado al instante. Le preocupaba que pudiera declararse una epidemia en el barco. No sabía hasta qué punto la enfermedad era contagiosa, aunque de momento no la había contraído nadie más, así que seguro que no lo sería tanto como otras que habían arrasado barcos enteros extendiéndose cual reguero de pólvora. Con todo, no dudaba que debían arrojar el cuerpo de Jean al fondo del mar; no estaba dispuesto a mantenerlo a bordo.

Así lo explicó a Wachiwi cuando ambos salieron del camarote donde Jean permanecía arropado con la manta, con aspecto de estar dormido. Le dijo que no podían mantener sus restos en el barco, que tenían que arrojarlo al mar. Ella asintió mientras todavía trataba de asimilar lo sucedido. Se la veía en estado de shock. Lo que el capitán describía no formaba parte de sus costumbres, pero estaba dispuesta a hacer lo que a él le pareciera mejor, así que convinieron en celebrar el funeral esa misma tarde. El hombre quería concederle tiempo a solas con él hasta que llegara el momento, y Wachiwi se dedicó a permanecer a su lado en el camarote, besándole el frío rostro y acariciándole el sedoso pelo. Transmitía una paz absoluta. Entonces la chica cayó en la cuenta de que ese era el significado del búfalo blanco con el que había soñado. Había acudido para llevarse a Jean, y Wachiwi, sentada junto a él, entonó un ligero cántico para rogar a los Grandes Espíritus que lo acogieran y lo mantuvieran a salvo.

Wachiwi parecía devastada cuando cuatro marineros llegaron para colocar el cuerpo de Joan en una camilla y ella tuvo que seguirlos a cubierta. Los demás pasajeros estaban presentes, a excepción de las dos mujeres que apenas habían salido de sus camarotes, puesto que llevaban mareadas casi toda la travesía. Todo el mundo tenía la expresión solemne, y uno de los viajeros se prestó voluntario para leer un pasaje de la Biblia y rezar una oración. El capitán había ofrecido amortajar a Jean con una bandera de Francia, pero Wachiwi prefirió mantenerlo envuelto con la manta. Quería que Jean la conservara para que lo mantuviera caliente. Miró el oscuro y profundo oleaje y le entró miedo al pensar en dejarlo allí, pero comprendía que no había otra opción. Se tapó la boca para ahogar un sollozo cuando dos de los marineros inclinaron la camilla y el cuerpo de Jean, envuelto con la manta, resbaló y cayó silenciosamente al mar. Desapareció casi al instante, y Wachiwi emitió un grito de pesar que era lo que en su tribu indicaba la tristeza por la pérdida de un ser querido.

Permaneció largo rato en la popa del barco, contemplando el océano mientras las lágrimas le resbalaban en silencio por las mejillas. Todos la dejaron sola y, cuando oscureció, regresó al camarote en que Jean había muerto, se tumbó en el lugar que él ocupaba en la cama y lloró toda la noche. No tenía ni idea de lo que iba a ser de ella ahora, aunque le daba igual. Sabía con toda certeza que jamás amaría a otro hombre. Lo que le ocurriera a partir de entonces ya no le importaba. Bien podría haberse arrojado a las aguas con él para seguir su suerte, pero no se atrevió. Era la primera vez en la vida que le había faltado valor.

Por la mañana, regresó a cubierta cargada con las pertenencias de Jean y explicó en su incipiente francés que, en el lugar de donde ella procedía, uno siempre debía regalar las pertenencias del difunto, puesto que él ya no podía utilizarlas. A pesar de que no había cumplido ningún otro ritual sioux en relación con la muerte de Jean, deseaba honrarlo con ese. Entregó sus camisas a los marineros porque tenían aproximadamente su misma talla. Uno de los pasajeros aceptó agradecido los pantalones de gamuza. El capitán se quedó con el elegante abrigo azul marino, aunque le resultaba un poco pequeño. También había un mosquete del que podían hacer uso a bordo. Otro pasajero aprovechó las botas de Jean, y la esposa del hombre agradeció sus libros. Todos y cada uno recibieron algo, lo único que Wachiwi reservó para sí fue la camisa que le estaba bordando a Jean para su boda. Le habría gustado poder darle sepultura con ella, pero no hubo tiempo. De todos modos, la terminaría y la guardaría como recuerdo. Sin embargo, los recuerdos que mejor conservaba de él eran mucho más vívidos; de cuando lo conoció cerca de la cascada; de sus encuentros cotidianos en el lago, sorprendidos, ilusionados, fascinados el uno por el otro; de la terrible lucha con Napayshni y los días que habían tenido que galopar juntos para escapar... De lo amable que había sido con ella... De su delicadeza... De la pasión que los unía y la forma en que hacían el amor... De las palabras que le había enseñado... De los bellos vestidos que le había comprado en Saint-Louis... De cómo la miraba con ternura, amor y respeto... De sus promesas acerca de la vida que les esperaba en Francia... Todo eso había desaparecido con él cuando cayó en el mar, pero Wachiwi sabía que, mientras tuviera un aliento de vida, lo amaría y no lo olvidaría jamás.

12

Impulsado por un inesperado viento de popa, *La Maribelle* arribó a puerto unos cuantos días antes de lo previsto. La travesía había durado poco menos de ocho semanas, y Wachiwi permaneció en cubierta preguntándose qué le ocurriría cuando llegara el momento de desembarcar. Conocía el nombre de la mansión familiar que, tal como Jean había mencionado a menudo, era el mismo que el de su prometido; sin embargo, no tenía ni idea de cómo llegar hasta allí ni dónde encontrar a su hermano, o lo que este haría cuando descubriera que Jean había muerto. Tal vez no quisiera saber nada de ella, y entonces no tendría adónde ir. Había entregado al capitán el dinero de Jean para que lo guardara en un lugar seguro; sin embargo, no sabía de qué cantidad se trataba ni para qué le alcanzaría. No conocía nada del dinero de los blancos, ella solo sabía comerciar con pieles y caballos. Por desgracia, en las circunstancias actuales eso no le servía de nada.

El capitán estaba pensando eso mismo cuando tomaron puerto en Saint-Malo. Se preguntaba si acudiría alguien a buscar a la chica, y si la aceptarían sin su marido. Incluso se había planteado hacerle una proposición. Él había perdido a su esposa diez años atrás y nunca había vuelto a casarse. La chica le gustaba, era guapa y ahora estaba sola. Había entregado todo lo que Jean poseía excepto a sí misma. Por eso decidió esperar con discreción para ver qué ocurría.

En el embarcadero, todo el mundo observaba la llegada de *La Maribelle*, y el mercante tardó un rato en quedar bien amarrado. A ambos lados del puerto se extendían playas de arena y salientes rocosos. Wachiwi observó el paisaje bello y escarpado mientras aguardaba a que descargaran el equipaje que habían llevado consigo. Los pasajeros bajaron del barco emocionados, ansiosos por pisar tierra firme con sus pasos inestables tras el largo confinamiento en alta mar. Descargaron sus baúles y se establecieron los acuerdos necesarios para trasladarlos a sus respectivos destinos. Después de buscar entre los documentos de Jean, el capitán envió a uno de sus hombres a la mansión de la familia, el Château de Margerac, situado a una distancia que podía cubrirse a caballo, para que comunicara al marqués que el barco había llegado a puerto. El marinero regresó al cabo de dos horas sin noticias. Dijo que había informado a uno de los sirvientes y, después de que le dieran las gracias, se marchó y volvió al puerto. No había visto al marqués y no tenía ni idea de si pensaba acudir. El hombre no les había comunicado la muerte del hermano del marqués, puesto que el capitán consideraba que era mejor no hacerlo.

Todos los demás pasajeros habían abandonado ya el barco, y el capitán, con gran amabilidad, le dijo a Wachiwi que podía quedarse tranquilamente a bordo durante las dos semanas que permanecerían allí si no acudía nadie a buscarla. Los dos empezaban a pensar que tal vez el marqués no apareciera. Quizá entre los dos hermanos existieran rencillas que Wachiwi desconocía. Lo que el capitán le ofrecía era una proposición previa a la que a lo mejor llegaría a formular antes de partir de allí. No quería adelantarse a los acontecimientos.

La chica guardaba silencio sentada en la cubierta del barco mientras miraba con tristeza al mar, a un punto cercano a la zona por la que habían arrojado el cuerpo de Jean al océano, cuando el capitán vio un enorme carruaje de color negro tirado por cuatro caballos blancos que se dirigía hacia ellos, escoltado por delante y por detrás de lacayos vestidos con librea y con el escudo de armas de la familia estampado en la puerta. El vehículo resultaba impresionante, y el hombre que descendió de él al cabo de unos minutos, aún más. Era la viva estampa de su hermano solo que más ancho de espaldas, más alto y obviamente una década mayor; con todo, seguía teniendo un aire muy gallardo y por cada poro le rezumaba la nobleza a pesar de su sencilla y discreta indumentaria. Llevaba un abrigo azul marino muy parecido a aquel que ahora el capitán atesoraba con orgullo. De inmediato, el hombre bajó del barco, se dirigió al muelle y ofreció una gran reverencia al marqués.

—Vuestra presencia me honra, señor —dijo con humildad el capitán, y rápidamente escondió su sombrero bajo el brazo mientras el marqués observaba la embarcación, atónito ante la desproporción entre su pequeño tamaño y la travesía tan larga que había efectuado. Sabía que para los viajeros no debía de haber resultado agradable.

—He venido a recoger a mi hermano, el conde De Margerac —explicó, aunque el capitán ya lo sabía.

—Lo sé, excelentísimo señor. —Al decir eso, volvió a ofrecerle una gran reverencia. No solía tener ante sí a nobles semejantes, de tan evidente distinción—. Temo que debo darle una funesta noticia. Su hermano cayó enfermo en mitad de la travesía. A mi parecer fue un absceso faríngeo, una terrible infección de la garganta. Falleció hace poco más de dos semanas y no tuvimos más remedio que arrojar su cuerpo al mar.

El marqués se quedó pasmado en el sitio y miró al capitán como si acabaran de pegarle un tiro. El hijo pródigo, o más bien el hermano pródigo en ese caso, había estado a punto de regresar a casa, pero ya jamás podría hacerlo porque se había marchado para siempre. Era algo del todo imprevisible, y las lágrimas nublaron al instante la mirada del hermano mayor, quien se las enjugó sin pudor alguno. Aunque no había visto a Jean desde hacía cinco años, se sentía muy unido a él y lo quería con toda el alma.

—Dios mío, qué desgracia. Hace tan solo unos días recibí la carta con la noticia de su regreso, y esta mañana vuestro mensajero nos ha anunciado que habían llegado a puerto. Qué horror. ¿Ha enfermado alguien más?

—No, nadie más, señor.

No dijo nada, pero él también padecía dolor de garganta desde hacía unos pocos días, aunque no tenía fiebre y por lo demás se encontraba bien, así que no se había quejado. Tal vez se tratara de un simple catarro, o un enfriamiento. No quería que cundiera el pánico entre los pasajeros durante el viaje, o sea, que prefirió guardar silencio.

—Lo siento mucho, parecía un buen hombre.

—Lo era.

A pesar de los años que su hermano llevaba ausente, Tristan lo quería tanto como antes. Consideraba a Jean más bien un hijo que un hermano, si no ambas cosas, y había muerto. A Tristan se le partía el corazón al pensarlo. Era una noticia desoladora.

—Su esposa sigue aquí, señor —comentó el capitán en voz baja, como si estuviera mencionando el equipaje olvidado de algún viajero, y observó la expresión de desconcierto del marqués, que, al parecer, no sabía nada.

Jean le había anunciado que pensaba casarse con la chica con quien regresaba a casa, no que ya se había casado con ella. Conociendo como conocía a su hermano, dudó de si el capitán decía la verdad o no. Sabía que Jean era capaz de afirmar que estaba casado con la chica con tal de preservar su reputación hasta que la ceremonia tuviera lugar en Francia.

—¿Dónde está? —preguntó el marqués, todavía abrumado por la noticia, y el capitán señaló la cubierta, donde una solitaria figura permanecía sentada de espaldas a ellos, mirando al mar y ajena a la presencia del hermano de Jean.

El marqués asintió, subió al barco y ascendió por una escalerilla hasta donde se encontraba la chica. No tenía muy claro qué decirle excepto que lo lamentaba; sabía que era un sentimiento compartido. El pelo oscuro y lacio le cubría la espalda, y el marqués emitió un ruido para advertirla de que estaba allí. Ella volvió la cabeza despacio y, al verlo, lo reconoció sin lugar a dudas. Era prácticamente igual que Jean, solo que un poco más alto y más serio e imponente, aunque sus ojos desprendían calidez. A punto estuvo de arrojarle los brazos al cuello, pero no se atrevió. En vez de eso, se puso en pie y, tras mirarlo, le ofreció una pequeña reverencia, tal como Jean le había enseñado, mientras Tristan la observaba sin dar crédito. Jean no le había explicado que se trataba de una muchacha sioux. De pronto, reparó en la realidad de lo ocurrido, cosa que lo impactó muchísimo. Jean pretendía instalarse en Francia con una india, solo que él no había conseguido llegar y ella sí. Se quedó mudo durante unos instantes mientras la observaba, tan impresionado por sus orígenes como por su belleza, y le ofreció una reverencia en respuesta a su gesto de cortesía.

—Condesa —saludó, y le tomó la mano para besársela, pero ella no se lo permitió.

—No nos casamos —respondió ella en voz baja—. Íbamos a hacerlo aquí.

No quería mentirle, y prefería contarle la verdad de inmediato.

—Lo sé, por eso me escribió... Pero el capitán me dijo... Wachiwi movió la cabeza con una tímida sonrisa. No quería aparentar lo que no era ante el hermano de Jean. Ella no era condesa, ya no lo sería jamás. Lo que echaba de menos era a él, no su título.

—Lo siento mucho. Tanto por vos como por mí —añadió él con amabilidad—. ¿Qué haréis ahora? —No tenía nada que ofrecerle, él mismo se sentía perdido. ¿Qué podía hacer con una muchacha india que no tenía adónde ir en toda Francia y que seguro que no disponía de dinero?

—No lo sé. No puedo regresar con mi gente.

Había provocado la muerte de un jefe. Los crow la culparían a ella y a la tribu entera y todos serían castigados con severidad si regresaba. No había ninguna posibilidad de retorno. Jean era consciente de ello, pero su hermano no sabía nada.

—Tal vez podáis quedaros aquí un tiempo hasta que decidáis qué hacer —propuso con dulzura. Veía cuán destrozada la había dejado la muerte de su hermano, igual que a él. Se había preparado para una celebración y ahora tenía que enfrentarse a la pérdida del hermano a quien no había visto desde hacía cinco largos años—. ¿Vendréis conmigo? —preguntó en un tono amable.

Wachiwi movió la cabeza en señal afirmativa y lo siguió. No tenía ningún otro lugar adonde dirigirse.

La chica abandonó el barco acompañada del hermano de Jean. Dio las gracias al capitán en un francés que había mejorado mucho con lo que había aprendido durante el viaje. Y el marqués la ayudó a subir al coche de caballos y explicó al capitán que en breve enviaría otro para recoger su equipaje. Luego la imponente carroza arrancó a gran velocidad y se alejó del puerto dando un brusco viraje en dirección a las montañas. Wachiwi se fijó en los preciosos caballos y sintió ganas de montarlos. Notó que el hermano de Jean la miraba de hito en hito, como si estuviera escrutando su rostro para tratar de descubrir quién era y por qué su hermano se había enamorado de ella. Toda la historia constituía un completo misterio para él. Y, de repente, reparó en una cosa.

—Jean no me dijo vuestro nombre.

Tenía unas facciones agradables, pensó Wachiwi, igual que su hermano menor. Su expresión era más delicada y no desprendía tanto ardor y pasión como la de Jean, aunque su mirada denotaba amabilidad.

—Me llamo Wachiwi —se limitó a responder en francés.

—Sois india, según creo.

No emitía ningún juicio de valor, solo lo afirmaba, a diferencia de las personas con quienes se había topado en Nueva Orleans, que hacían que la palabra «india» sonara como un insulto.

—Sioux —apostilló ella.

—En la corte de nuestro rey conocí a dos de vuestros grandes jefes —explicó mientras se dirigían a la mansión en que se habían criado los dos hermanos—. A lo mejor son parientes vuestros —añadió con la intención de ser educado mientras seguía intentando asimilar que su querido hermano había muerto y que se había embarcado rumbo a Francia con una india. Eran muchas cosas para digerirlas a la vez.

¿Qué haría con la chica ahora? No podía quedarse en su casa para siempre. Tendría que ayudarla a trazar un plan. De momento, residiría en la mansión junto a él y sus hijos. Tristan sonrió para sí mientras miraba por la ventanilla de la carroza. Era muy propio de Jean hacer una cosa así, enamorarse locamente de una india, lo cual por fuerza provocaba reacciones en todo el mundo, y luego morir y dejar que Tristan se las arreglara con la muchacha. Al pensarlo, le entraron ganas de reír y se volvió hacia Wachiwi con expresión alegre. En todo ello había un componente de absoluta absurdidad, y de completo escándalo. Por otra parte, en cierto sentido era maravilloso. Estaba seguro de que la muchacha debía de ser excepcional si Jean la había amado tanto como para querer casarse con ella. Todavía tenía que descubrir qué era lo que Jean había visto en ella, aunque no cabía duda de que era muy guapa. Tristan la miró con expresión paternal y sonrió.

—Bienvenida a Francia, Wachiwi.

—Gracias, mi señor —respondió ella muy educada, tal como Jean le había enseñado a hacer. Y a partir de ese momento guardaron silencio y prosiguieron el viaje hasta la mansión.

A Tristan no le costaba imaginar a Jean sonriendo al verlos juntos desde donde fuera que estuviese, o incluso soltando alguna carcajada. Wachiwi, perdida en sus pensamientos, sentía con fuerza la presencia de su amado, tal como le ocurría desde su muerte. De hecho, ahora que estaba allí lo sentía incluso más cerca.

13

El recorrido hasta el Château de Margerac fue más largo de lo que Wachiwi esperaba, ya que Jean le había explicado que estaba en la costa, no lejos del puerto; sin embargo, incluso con los veloces caballos que tiraban de la carroza, el trayecto por el estrecho y tortuoso camino duró casi una hora.

La mansión era enorme y se asentaba en un acantilado con unas espectaculares vistas sobre el mar. El terreno parecía muy accidentado y la mansión, imponente, había sido construida en el siglo XII, aunque gozaba de una apariencia acogedora gracias a los kilómetros y kilómetros de jardín repletos de flores de vivos colores y viejos árboles que descollaban sobre ellos.

Cuando se aproximaban, Tristan le contó cuatro cosas de la historia de la familia y de la casa. Explicó que en la antigüedad todos eran guerreros, y que por eso el castillo tenía la apariencia de una fortaleza y resultaba tan inaccesible, para protegerlo de los enemigos. Durante siglos les resultó muy ventajoso. Ella sonrió y explicó que sus antepasados también eran guerreros; de hecho, los hombres de su tribu lo seguían siendo. Al decirlo se acordó de sus hermanos, y eso hizo que por unos instantes su semblante se tornara triste. Tristan no podía evitar preguntarse cómo había conocido a su hermano, y cómo él había conseguido apartarla de los sioux. Se preguntaba si la chica se había escapado con él, lo cual le parecía lo más probable.

—En algún momento tendréis que explicarme cómo conocisteis a mi hermano —comentó él en un tono curioso, y ella asintió, aunque no dijo nada. No quería revelarle tan pronto que su hermano había matado a un hombre por su culpa.

Uno de los lacayos la ayudó a bajar de la carroza, y el marqués la guió hasta el interior de la mansión. En todas las direcciones partían largos pasillos llenos de lúgubres retratos de antepasados. Algunos guardaban un gran parecido con Jean y su hermano. En el centro había un gran vestíbulo donde lucían multitud de trofeos de caza y estandartes con blasones, un enorme salón de baile que Tristan no había utilizado desde que su esposa murió y varias salas de recepción más pequeñas. En conjunto se respiraba frialdad en el ambiente, y a Wachiwi le resultaba sobrecogedor. Se preguntaba qué habría sentido de haber descubierto el lugar acompañada por Jean en lugar de su hermano mayor, más serio. El joven le iba hablando de sus antepasados a medida que avanzaban. A ella, en general, la información la confundía y la abrumaba, aunque trató de parecer atenta. Tristan hablaba muy deprisa y no se daba cuenta del poco tiempo que hacía que ella había aprendido el francés.

A continuación, subieron a la planta superior y entraron en una enorme habitación con grandes sillones y muchos sofás, que a Wachiwi le pareció una especie de pabellón de juntas. Imaginaba a los guerreros de la familia noble allí reunidos para planificar los asaltos a otras tribus, igual que en su poblado los hombres se reunían en torno a la hoguera o acudían al tipi de su padre para tratar cuestiones parecidas. En cierta forma, sus respectivas historias y tradiciones no eran tan distintas. Se dedicaban a la guerra y la caza. Captó con interés que ningún búfalo adornaba las paredes; casi todo eran ciervos, antílopes y alces. Pensó que tal vez en Francia no había búfalos, pero estaba demasiado cohibida para preguntarlo.

Una mujer ataviada con un sencillo vestido negro y un delantal con puntillas se acercó y ofreció servirles té. Más tarde regresó acompañada de dos mujeres más y de un hombre, con una enorme bandeja de plata que, de tan pesada, parecía imposible de sostener, llena de teteras de plata, tazas de porcelana y platos con galletas y pequeños bocadillos. A Wachiwi todo aquello le parecía de lo más curioso; además, se moría de hambre. Se sentó en el sillón que Tristan le indicaba y comió con la máxima delicadeza de que fue capaz. Todo seguía resultándole muy nuevo, aunque Jean la había instruido bien. No quería que se avergonzara ni se sintiera extraña cuando llegara a Francia, y, gracias a sus útiles enseñanzas, lo había logrado. La chica encontró la comida deliciosa.

Notó que Tristan la observaba con minuciosidad mientras intentaba decidir qué hacer con ella. De vez en cuando, Wachiwi contemplaba el mar por la ventana y pensaba en el espíritu de Jean, que ahora yacía allí. Eso precisamente estaba haciendo cuando entraron dos niños acompañados por una joven alta de aspecto serio y tez pálida. Llevaba un vestido gris y ni siquiera a Wachiwi le pasó por alto que parecía amargada. Tenía el pelo de un castaño anodino y los ojos grises, y en general no mostraba gracia alguna. Daba la impresión de que los niños no veían el momento de escapar de ella, y la llamaban «mademoiselle». En cuanto vieron a Wachiwi, frenaron en seco. La niña aparentaba unos cuatro años de edad y el niño, unos seis. Los dos iban muy bien vestidos y eran muy diferentes a los pequeños indios que Wachiwi había observado en su tierra; aun así, le recordaban a ellos. Entraron en la sala brincando como pequeños cachorros, saltaron a los brazos de su padre y se les hizo la boca agua al ver las galletas de la bandeja mientras mademoiselle intentaba sin éxito disuadirlos de comportarse así y obligarlos a tomar asiento. Lo logró un minuto, pero enseguida se levantaron de un salto para seguir riendo y jugando con su padre, que parecía encantado de verlos.

A Wachiwi no le cayó bien la mujer alta de aspecto severo, y resultaba evidente que a los niños tampoco les gustaba. Se le antojó fría y distante, y mademoiselle, por su parte, ignoró a Wachiwi de forma deliberada, como si no estuviera en la sala. Era la misma actitud desdeñosa a la que había tenido que hacer frente con Jean en Nueva Orleans.

—Son mis hijos —anunció Tristan con una amplia sonrisa—. Matthieu y Agathe. Jean conoció a Matthieu cuando era un bebé, pero Agathe nació después de su partida.

Ambos observaron a Wachiwi con interés. Aunque vestía ropas convencionales, no les costó notar que era diferente en cierto modo, aunque solo fuera por el color avellana intenso de su piel.

—Esta es una amiga de vuestro tío Jean —les explicó Tristan intentando calmarlos a la vez que les daba permiso para comer galletas, y ellos se lanzaron a devorarlas mientras Wachiwi contemplaba la escena con una risita.

También ella parecía una niña. Agathe le sonrió de inmediato. Pensó que era guapa y parecía simpática.

—¿Es la novia del tío Jean? —preguntó Agathe a la vez que se dejaba caer en el sofá, al lado de su padre, y mademoiselle hizo una mueca reprobatoria.

En su opinión los niños debían permanecer de pie, bien firmes, cuando acudían al salón a ver a su padre. Él, en cambio, tenía con ellos un trato mucho menos rígido que la institutriz desaprobaba por completo.

—Sí, lo es —respondió su padre, sorprendido de que su hija recordara ese detalle. Claro que hacía pocos días que le había hablado de la boda, nada más recibir la carta de Jean, y la niña estaba emocionada ante la perspectiva y había preguntado si se le permitiría asistir.

—¿Dónde está el tío Jean? —terció Matthieu, y en la sala se hizo un breve silencio hasta que por fin, con la mirada apesadumbrada y los hombros caídos, su padre respondió. No costaba adivinar el dolor que sentía.

—Está con mamá, en el cielo. Están juntos. Su amiga ha venido sola.

—¿Sola? —Agathe se volvió hacia Wachiwi con los ojos como platos—. ¿En barco?

Wachiwi asintió, sonriendo a la niña. La pequeña tenía unos suaves rizos rubios y una cara redonda y angelical que resultaban irresistibles.

Matthieu guardaba una fuerte semejanza con Tristan y Jean, y era alto para su edad. Agathe se parecía más a su madre, cuya figura había sido la luz que alumbraba a Tristan, y todavía lo era. El hombre llevaba cuatro años llorando su muerte.

—Sí, he venido en barco —respondió Wachiwi—. He llegado hoy mismo.

—¿Se pasa miedo? —preguntó la pequeña, que la miraba con los ojos muy abiertos.

—No, para nada, solo que ha sido un viaje muy largo. Hemos tardado casi dos lunas —dijo, y se interrumpió al instante—. Casi dos meses —rectificó recordando las palabras de Jean.

—A mí no me gusta ir en barco —afirmó Agathe con decisión—. Me mareo.

—Yo también —terció Matthieu mientras escrutaba a Wachiwi. No sabía de dónde procedía, pero notaba que era distinta e interesante, y parecía amable con los niños. Los dos pequeños lo habían pensado, cada cual por su cuenta.

Los hijos de Tristan conversaron animadamente con ellos unos minutos, y luego mademoiselle anunció que había llegado el momento de marcharse. Tanto Agathe como Matthieu protestaron sin conseguir nada. La institutriz les indicó que dieran las buenas noches a su padre y se los llevó de la sala sin contemplaciones.

—¡Qué maravilla de pequeños! —exclamó Wachiwi con sinceridad—. Vuestro hijo es igualito a vos y a Jean.

Le había resultado muy tierno comprobar eso, y, a pesar de la elegante indumentaria, seguían recordándole a los niños de su tribu.

Tristan sonrió ante el comentario.

—Sí, sí que se parece a nosotros, el pobre. Agathe es como su madre. Mi mujer murió al dar a luz a la niña. Por suerte, la institutriz es muy buena, ha cuidado de ellos desde que nació Matthieu. Necesitan a alguien que los mantenga a raya, sobre todo al haberse quedado sin madre. Y yo no siempre estoy en casa.

Se sentía extraño contándole esas cosas a Wachiwi, pero sentía curiosidad por la mujer con quien su hermano pensaba regresar a casa y contraer matrimonio, y deseaba conocerla bien. No le había chocado tanto el hecho de que fuera india como Wachiwi se temía. En realidad, no parecía nada sorprendido. Era una persona con una amplitud de miras y una generosidad sorprendentes, y gracias a eso la chica se sentía muy acogida en la mansión.

—Parece muy seria —opinó Wachiwi con sinceridad en relación con la institutriz, puesto que se sentía muy cómoda hablando con Tristan.

La mujer le había desagradado desde el momento mismo en que la conoció, pero sabía que no debía expresarlo. No deseaba ofender a su anfitrión. En la cultura india, el lugar de mademoiselle lo habría ocupado alguna familiar, pero Jean ya le había enseñado que en Europa las personas que trabajaban para los blancos se llamaban «sirvientes», y en Nueva Orleans eran «esclavos». Los esclavos se le antojaban más amables que mademoiselle, quien parecía severa en grado sumo y más fría que un témpano. No daba la impresión de que le gustaran los niños.

—Le pediré al ama de llaves que os muestre vuestra habitación —dijo entonces Tristan—. Debéis de estar cansada del viaje. Qué suerte habéis tenido al no contraer la enfermedad de mi hermano, porque os encontráis bien, ¿verdad?

Tristan parecía preocupado. No quería que la chica se pusiera enferma ni que contagiara a la familia, aunque tenía buen aspecto y ella afirmó que se sentía bien. Saltaba a la vista que era joven y fuerte.

Hizo sonar una campanilla situada junto a la chimenea, y apareció una mujer con aspecto de ser una anciana parienta de mademoiselle; Tristan le solicitó que acompañara a Wachiwi a sus dependencias. Luego le explicó a esta que había pedido que esa noche le sirvieran la cena en la habitación y que volverían a verse por la mañana. No deseaba sentarse a la mesa solo con una extraña, no le parecía correcto y no tenía ni idea de cómo acabaría resolviendo esa situación. Tal vez le pediría que compartiera las comidas con los niños. No era apropiado que cenara con él todas las noches. Al no estar Jean presente, la situación resultaba bastante embarazosa. Lo de comer con los niños le parecía la única solución posible.

La suite que Tristan le había asignado cuando supo que su hermano no la acompañaba no tenía nada que ver con las dependencias de los esclavos donde la había instalado la prima Angélique cuando se alojaron en Nueva Orleans. Aquí disponía de una gran sala de estar con vistas al mar, un dormitorio equipado con una cama con dosel digna de una princesa, un gran cuarto de baño, un vestidor y una pequeña estancia con un buró. Wachiwi se sentía extrañísima con tanto espacio propio. Además, estaba muy triste por haber perdido a Jean. Ella no lo sabía, pero si él la hubiera acompañado habrían compartido la suite gigantesca de que disponía en la misma planta que la de Tristan. Sin embargo, dadas las circunstancias, el marqués había optado por instalarla en otra ala de la mansión. La zona ocupada por los niños se encontraba justo encima de sus dependencias, las separaba un simple tramo de escaleras. Wachiwi los oía, aunque no se atrevía a subir por no enfrentarse a la mirada glacial y el severo gesto reprobatorio de mademoiselle.

Se dedicó a pasearse por la suite, abriendo cajones y armarios, sorprendida ante todo lo que veía, hasta que apareció alguien con una enorme bandeja de plata donde se le ofrecían distintos tipos de viandas, verduras y fruta. También disponía de una selección de aderezos, un plato con queso acompañado de pan y un postre de magnífica presentación. Al verlo se echó a llorar; todos eran muy amables con ella, pero a quien verdaderamente deseaba tener a su lado era a Jean.

Se acostó en el maravilloso colchón de plumas de la enorme cama con dosel adornada de drapeados de seda rosa y repleta de borlas, y tuvo un sueño irregular. Soñó de nuevo con el búfalo blanco, y no sabía lo que eso significaba. La última vez que le ocurrió fue antes de la muerte de Jean, por lo que se preguntaba si iba a volver a su lado en forma de espíritu. Deseaba que le dijera lo que debía hacer a continuación, puesto que se sentía perdida en Francia sin él; y Tristan, por su parte, también se sentía perdido al no saber qué hacer con ella. Se la imaginaba viviendo en la torre de la mansión hasta la ancianidad, tal era el legado de su hermano. ¿Qué otra cosa podía hacer con ella? No era lícito enviarla de vuelta a América, puesto que la chica le había explicado que no podía regresar con su gente. Tampoco lo era darle la espalda, ni negarle el alojamiento y el cuidado. Aunque lo cierto era que no podía tenerla allí por siempre, a menos que ideara alguna ocupación para ella, y no tenía ni idea de cuáles eran sus capacidades. Lo más probable era que no supiera hacer gran cosa. Ninguna de las mujeres que conocía era capaz de sobrevivir por cuenta propia, sin la protección de su familia o de un hombre. Wachiwi, además, procedía de un mundo por completo distinto y no sabía nada de aquel en el que se encontraba. Estaba totalmente sola.

Por la mañana, la chica se esmeró en ataviarse con uno de los vestidos que Jean le había regalado. Le habría gustado salir al jardín, pero no tenía ni idea de cómo llegar, así que, en vez de eso, subió la escalera hasta donde creía que estaban las dependencias de los niños. Sus vocecitas sonaban más cercanas a medida que se aproximaba a la habitación situada justo encima de la suya, y oyó que la institutriz les reñía. Llamó a la puerta antes de abrirla, tal como Jean le había enseñado, y vio que allí estaban. Agathe se encontraba sentada en el suelo, jugando con una muñeca que sostenía en brazos mientras Matthieu lo hacía con un aro que la institutriz acababa de indicarle que dejara de una vez por todas.

Wachiwi les sonrió y, en cuanto la vieron, los niños dejaron de tener ojos para nada más. Parecían encantados, y estuvieron hablando unos minutos. Les explicó que le gustaría salir al jardín, pero que no sabía por dónde se accedía, y al instante Matthieu rogó a la institutriz que le permitiera mostrárselo. Ella accedió, con aire de estar apenada por la visita de Wachiwi y todo lo que suponía su presencia allí; y al cabo de unos minutos, con los abrigos puestos, todos bajaron la escalera seguidos por Wachiwi. Fuera hacía frío, a pesar de que el día era soleado, y corría un fuerte viento propio del mes de noviembre. Sin embargo, los niños no pasaron frío, puesto que no paraban de entrar y salir del laberinto, corriendo sobre el césped y por entre los macizos de flores; y Wachiwi, que les seguía el juego, tampoco. Lo pasaba de maravilla en su compañía; también ella se sentía como una niña. Nadie se dio cuenta de la presencia del padre, que en un momento dado se asomó al jardín y permaneció a un lado, observándolos. Jamás había visto a sus hijos divertirse tanto.

Wachiwi solo reparó en que estaba allí cuando se dio de bruces con él mientras huía de Matthieu, que la andaba persiguiendo. Al verlo se llevó una gran sorpresa y se quedó sin respiración. Se deshizo en disculpas con aire de estar muy avergonzada.

—¡No permitáis que os agoten! —exclamó él.

—Me encanta jugar con ellos —respondió Wachiwi sin aliento a causa de la carrera, y el hombre se dio cuenta de que hablaba en serio.

La mademoiselle aprovechó el momento para anunciar que era hora de asearse antes de la comida, y de esa forma obligó a los niños a abandonar el jardín.

—¡Tenéis unos hijos maravillosos! —alabó Wachiwi con expresión admirada—. Hemos pasado una mañana estupenda.

Al decirlo, aún conservaba la expresión risueña, y sentía que se hubiera agotado el tiempo.

—¿Qué tal habéis dormido? —preguntó Tristan con aire serio.

—Muy bien, gracias.

Era una de esas respuestas mecánicas, una de las primeras que Jean le había enseñado. Sin embargo, la realidad era muy distinta, ya que apenas había pegado ojo en toda la noche.

—La cama es muy cómoda.

Era cierto, pero las pesadillas y la preocupación por el futuro impedían que apreciara lo mullido que era el colchón. Y lo que de ningún modo deseaba era parecerle desagradecida. Tenía muy presente que él no era responsable de lo que fuera de ella, y él se estaba comportando con gran amabilidad a causa del amor y el respeto que sentía por su hermano y por la mujer a quien Jean deseaba convertir en su esposa.

—Me alegra oír eso. Espero que hayáis tenido suficiente ropa. La casa es un poco fría.

Wachiwi se echó a reír ante el comentario.

—Los tipis también lo son.

Tristan la miró sin saber qué responder, y también se echó a reír. Wachiwi era muy espontánea en cualquier situación y no le asustaba mostrarse tal como era ni decir lo que pensaba sin llegar a ser inoportuna ni maleducada.

—Vuestro hermano me explicó que tenéis unas caballerizas espectaculares.

Se moría de ganas de ver a los animales, pero no quería insistir.

—Yo no diría tanto. Tenía previsto comprar unos cuantos caballos nuevos en primavera, aunque disponemos de algunos muy buenos. Los utilizo sobre todo para salir a cazar.

Wachiwi asintió.

—¿Os gustaría verlas?

No sabía qué otra cosa ofrecerle. Había previsto comer con ella por amabilidad, pero la visita a las caballerizas les serviría de distracción mientras tanto. Daba por sentado que tenían muy pocas cosas en común y una conversación no daría mucho de sí. Seguro que con su hermano tenían temas sobre los que hablar, o tal vez su relación estuviera basada en la simple atracción física y la pasión. Con todo, tenía que reconocer que Jean había conseguido que adquiriera un nivel de francés excelente. Cometía algunos errores que solía corregir ella misma al momento. Su hermano la había instruido bien; además, en el barco había podido practicar el idioma dos meses enteros. Jean había mostrado mucho tacto al prepararla para la llegada a Francia y la inmersión en su mundo.

Wachiwi siguió a Tristan hasta las caballerizas, y el hombre vio cómo su expresión cobraba vida nada más llegar. Iba de compartimento en compartimento, fijándose en todos y cada uno de los caballos. A veces entraba y les acariciaba la grupa y las patas. Les hablaba bajito en una lengua que Tristan supuso que era sioux, e identificó a los mejores animales con su ojo experto.

—Seguro que os gusta montar —aventuró él con simpatía, impresionado por lo a gusto que demostraba sentirse entre los animales y todo lo que parecía saber de ellos.

La chica se echó a reír ante el comentario.

—Sí, mucho. Tengo cinco hermanos, y solía salir a montar con ellos. A veces incluso me retaban a hacer carreras con sus amigos.

—¿Carreras de caballos?

Tristan parecía atónito. Nunca había conocido a una mujer que hiciera carreras de caballos. Claro que Wachiwi era consciente de que jamás había conocido a una sioux, aunque también en su tribu era algo inusual. Ninguna joven competía en una carrera a caballo contra un hombre, ni contra nadie, a excepción de Wachiwi. Entonces Tristan supuso que los caballos que acostumbraba a montar eran animales mansos.

—¿Os gustaría salir a montar esta tarde? —propuso.

Por lo menos así tendría algo que hacer. La trataba como a una huésped de honor, y lo cierto es que lo era. Había recorrido un largo camino desde Nueva Orleans para casarse con su hermano, y ahora no tenía nada que hacer ni motivo alguno para permanecer allí. Tristan, por su parte, tenía incluso menos motivos para dedicarle su atención. Si montar a caballo servía para pasar el tiempo y que estuviera entretenida, le parecía una opción estupenda. La mirada de Wachiwi se iluminó en el instante mismo en que él hizo la propuesta.

—Imagino que montáis a asentadillas, ¿verdad? —preguntó, y Wachiwi negó con la cabeza.

—No, nunca.

En Nueva Orleans había visto a otras mujeres que lo hacían, pero le parecía raro e incómodo, además de muy poco seguro y ridículo. De ese modo lo había expresado a Jean en su momento, y él se echó a reír y le dijo que tendría que aprender de todos modos. Era lo único de lo que le había pedido a lo que ella se había negado. Para ella montar a caballo era algo sagrado.

—¿Pues cómo queréis hacerlo? —preguntó Tristan con aire divertido. No la imaginaba montando a horcajadas como un hombre, aunque tal vez entre los sioux era tradición que las mujeres también cabalgaran de ese modo.

—No utilizo silla, solo necesito el correaje y las riendas. —Jean le había enseñado los nombres de esos objetos—. Toda la vida he montado así. —No mencionó el truco que a veces utilizaba para esconderse en el lateral del caballo.

Tristan pareció muy sorprendido ante lo que Wachiwi le pedía; no obstante, sentía una repentina curiosidad por ver qué tipo de amazona era.

—¿Nos verá alguien?

—Solo los mozos de cuadra y sus ayudantes.

—¿Puedo vestirme como quiera?

Tristan se asustó un poco ante la pregunta, pero, como quería mostrarse amable con quien había sido la prometida de su hermano, asintió.

—Me gustaría ponerme uno de mis vestidos originales para montar. No puedo cabalgar bien con todo esto.

Wachiwi echó un vistazo a la voluminosa falda, los guantes, el sombrero y los zapatos. Todo junto era demasiado farragoso y le hacía imposible montar a caballo.

—Vestíos como os plazca, querida —respondió él con

amabilidad—. Después de comer, daremos un agradable paseo por las montañas. ¿Hay algún caballo en particular que os haya llamado la atención? —preguntó mientras regresaban a la mansión.

Las caballerizas estaban un poco apartadas y eran de construcción más reciente. Wachiwi le había echado el ojo a un caballo, y se lo describió a Tristan, quien pareció sorprenderse.

—Es muy peligroso. Aún no hemos terminado de domarlo. No quiero que os lastiméis.

Su hermano jamás se lo habría perdonado. Era su deber responsabilizarse de la chica, aunque no lo hiciera según la costumbre de la tribu india, donde el hermano superviviente debía casarse con la esposa del difunto, tal como había hecho Napayshni. Wachiwi no había llegado a casarse con Jean, y además en Francia no se observaba esa costumbre. Sin embargo, en cierto modo Tristan se sentía responsable de ella y todavía estaba tratando de descubrir lo que eso significaba, hasta qué punto llegaba su obligación y qué debía hacer. De momento, buscaría una forma civilizada de entretenerla y proporcionarle un hogar hasta que encontrara algún lugar al que dirigirse. Entonces cayó en la cuenta de que las circunstancias presentes podían prolongarse durante meses, o sea, que debían tratar de sacarles el máximo provecho. El presente intento consistía precisamente en eso, lo cual no significaba que fuera a permitirle que se matara a lomos de un caballo impredecible.

Tomaron el almuerzo en el enorme comedor, sentados cada cual a un extremo de una mesa infinita. La cocinera les había preparado una deliciosa sopa de pescado. Wachiwi apuró el plato y también terminó con el copioso postre a base de queso y fruta que sirvieron después. A continuación, subió a su habitación con la intención de vestirse para el paseo a caballo. Cuando regresó, Tristan mostró una gran sorpresa al verla envuelta con una manta. La llevaba puesta para cubrir el vestido de piel de wapiti adornado con púas de puercoespín y las mallas de napa que completaban la indumentaria india. Además, iba calzada con los mocasines bordados con cuentas que ella misma había confeccionado. Sentía una gran comodidad y una absoluta soltura que le permitían moverse con una gracilidad sorprendente. Al verla, Tristan sintió un ligero bochorno y rezó por que no se toparan con nadie a excepción de los mozos de cuadra. Sin embargo, mientras la seguía en dirección a las caballerizas, reparó en que caminaba con la agilidad de una bailarina, haciendo honor a su nombre. Decidió no comentar nada más de su indumentaria tras preguntarle tan solo si estaba segura de poder montar así. Ya había tratado de convencerla para que cambiara de caballo, aunque no obtuvo resultado. Notó que, cuando le insistían en algo, la chica era obstinada. Intentó hacer caso omiso de la cara de los mozos de cuadra cuando la vieron montar sin silla y con el vestido de piel de wapiti. Los ojos se les salían de las órbitas de puro asombro; sin embargo, no dijeron ni una palabra al respecto. A Wachiwi, el pelo negro azabache le caía suelto sobre la espalda. El caballo empezó a hacer cabriolas en cuanto lo montó, y Tristan observó al instante cómo la invadía un aire distinto. En cuestión de segundos, el caballo y ella formaron un todo indivisible, y el agitado animal empezó a tranquilizarse. Wachiwi lo sacó de las caballerizas con serenidad gracias a su mano experta, y Tristan la siguió montado sobre su propio caballo, al que conocía bien: un animal brioso y robusto, aunque no tan bravo, veloz ni vigoroso como el que montaba Wachiwi. La chica parecía tranquila y feliz mientras Tristan la observaba, fascinado por el control que ejercía sobre el animal. Lo había dominado sin esfuerzo.

Guardaron silencio unos minutos durante los que siguieron una senda que Tristan conocía bien y, cuando el caballo de Wachiwi volvió a empezar con las cabriolas, ella sorprendió al marqués al conceder total libertad al animal, que emprendió la marcha como un rayo. El animal era tan veloz y ella estaba tan adherida a él que al hombre le resultaba imposible seguirlos; hasta que, de pronto, mientras la observaba, se percató de lo que tenía delante: una amazona de increíble talento y más avezada que cualquiera de los hombres a quienes había visto cabalgar en toda su vida. Volaba, galopaba, saltaba los setos, pegaba el cuerpo entero al caballo y lo controlaba por completo mientras él no sabía quién lo pasaba mejor, si Wachiwi o su montura. Era la amazona más increíble que había visto jamás. Verla resultaba una gozada. Cuando por fin le dio alcance, no pudo por menos que echarse a reír. Estaba sin aliento. Y a ella se la veía radiante y plenamente a sus anchas.

—Recordadme que nunca me empeñe en enseñaros nada relacionado con la equitación. Sois una amazona impresionante. Ahora comprendo por qué vuestros hermanos apostaban por vos en las carreras. Seguro que no perdían nunca. Es una lástima que aquí no podamos hacer lo mismo.

Daba la impresión de hablar en serio. Contemplar a Wachiwi montando a caballo era poesía en movimiento. Tristan jamás había contado con semejante compañía para sus paseos a caballo, fuera hombre o mujer.

—¿Por qué no?

A Wachiwi le interesaba lo que el marqués acababa de comentar mientras regresaban poco a poco a la mansión tras cabalgar por las montañas durante dos horas. Detestaba tener que volver; y, en esa ocasión, él también.

—Porque las mujeres no participan en las carreras de caballos —se limitó a responder, y ella asintió.

—Entre mi gente tampoco. —A continuación, añadió—: Vuestro hermano era un buen jinete.

Recordaba el largo trayecto desde el poblado crow hasta Saint-Louis. De no haber sido tan rápidos, los habrían matado. Su talento y su experiencia les habían salvado la vida.

—Sí, sí que lo era —convino Tristan.

—Y vos también lo sois —alabó ella sonriéndole—. Hoy lo he pasado muy bien montando en vuestra compañía.

El hombre era mucho más circunspecto que ella, y su caballo, más lento; aun así, Wachiwi observó que también era un jinete excelente, solo que no tan atrevido como ella. Lo cierto es que pocos la igualaban en ese aspecto.

—Sí, también —admitió él sin problemas. Disfrutaba en compañía de la chica, que conversaba con naturalidad y con un discurso ingenioso—. Es muy divertido salir a montar contigo, Wachiwi —le dijo tratándola ahora con más confianza—. A lo mejor es cosa del vestido; debe de ser mágico.

—Es el que llevaba puesto cuando tu hermano y yo escapamos del poblado donde los crow me tenían esclavizada —acabó ella hablándole tambié de tú.

A Tristan le chocó oír eso porque se daba cuenta de lo poco que sabía de la vida de Wachiwi y de las costumbres de su gente. Lo de haber sido esclavizada parecía horripilante.

—Tu hermano me salvó. Tuvimos que cabalgar duro muchos días para poder escapar.

No le habló de la muerte de Napayshni. No era necesario.

—Debisteis de pasar mucho miedo —dijo él en un tono de sobrecogimiento, consciente de la poca información de que disponía sobre la relación de la chica con su hermano.

—Sí, mucho —respondió ella con tranquilidad—. Intenté escaparme varias veces, pero siempre me atrapaban y me devolvían al poblado.

Mostró a Tristan el lugar donde le habían atravesado el vestido con la flecha. Lo había remendado, pero seguía notándose la marca, igual que se le notaba en el hombro. Tenía una fea cicatriz en el punto en que la había alcanzado la flecha, aunque eso no se lo enseñó. Jean la conocía bien.

—Qué horror. Eres una muchacha muy valiente.

Sentía curiosidad por ella. La joven tenía muchas más virtudes de las que se captaban a primera vista. No solo era guapa, de discurso agradable y excelente a lomos de un caballo; escondía un pasado y unas capacidades de las que él no conocía nada en absoluto, aunque sospechaba que resultaban fascinantes. Parecía una niña, aunque no lo era. Quizá su hermano supiera muy bien lo que hacía, a fin de cuentas. Al ver a Wachiwi por primera vez Tristan había tenido sus dudas, ya que la consideraba tan solo una belleza exótica. Claro que le faltaba información.

—¿Tu padre era un jefe indio?

Wachiwi asintió. Tristan lo había adivinado a causa de la seguridad en sí misma, la actitud digna y la elegancia.

—Un gran jefe, Oso Blanco. Mis hermanos también serán jefes algún día. Ya son guerreros muy valientes.

Entonces se volvió hacia él con tristeza. Los echaba mucho de menos y pensaba en ellos a menudo. Se encontraban a muchísima distancia, y ahora se daba cuenta de que, en realidad, no los veía nunca más. Al planteárselo, los ojos se le arrasaron en lágrimas.

—A dos los mataron cuando me secuestraron los crow. Al resto no he vuelto a verlos. No volveré a verlos nunca. Si regreso con la tribu de mi padre, los crow les declararán la guerra porque me escapé. Me entregaron a su jefe.

—Impresionante —comentó Tristan en voz baja, mientras se preguntaba qué más se escondía en la historia de la chica aparte de ese asombroso relato y su increíble habilidad con los caballos.

Guiaron los animales al establo y, cuando desmontaron, Wachiwi siguió a Tristan de regreso a la mansión. Ya era tarde.

El paseo había durado más de lo planeado, pero los dos lo habían disfrutado. El marqués estaba cansado y Wachiwi, en cambio, parecía más animada que nunca. La ruta por las montañas a galope tendido le había levantado el espíritu.

—Mañana me marcho unos días a París —anunció Tristan antes de dejarla.

—¿Irás a la corte del rey? —preguntó la muchacha con interés y en un tono parecido al que habrían empleado Matthieu o Agathe.

—Es probable. También tengo otros asuntos que atender. Cuando regrese, iremos a montar de nuevo. Tal vez puedas enseñarme alguno de tus trucos.

Wachiwi rió abiertamente ante sus palabras y se volvió hacia él para ofrecerle una sonrisa.

—Te enseñaré a montar como los sioux.

—Después de lo que he visto hoy, me parece que me gustará. Gracias, Wachiwi.

El hombre le devolvió la sonrisa y subió la escalinata hasta sus dependencias.

Mientras Wachiwi se esforzaba por recordar el camino hasta la suite donde se alojaba, oyó a los niños riendo en su habitación y, antes de regresar a la suya, se detuvo para saludarlos. Se le había olvidado que llevaba puesto el vestido de india, cosa que maravilló a los niños. Como era de esperar, la institutriz se mostró escandalizada y volvió la cabeza ante una imagen tan repugnante.

—Te he visto dando un paseo a caballo con papá —reveló Matthieu—. Os he visto por la ventana. Ibas muy deprisa.

—Sí, iba deprisa. A veces me gusta la velocidad.

—A mí no me gusta montar a caballo —interrumpió Agathe, y Wachiwi no la presionó para que cambiara de opinión. Dado su estilo de vida, no tenía nada de malo y era perfectamente comprensible.

—¿Me enseñarás a montar igual que tú? —le pidió Matthieu con aire nostálgico.

—Si tu padre te deja, sí.

No le explicó que su padre también quería aprender a montar como ella y que ya se lo había pedido. A lo mejor podía enseñarles su arte a los dos en agradecimiento por su amabilidad y su hospitalidad. No veía de qué otro modo corresponderles, y no había viajado hasta allí para no hacer nada. Había ido para convertirse en la esposa de Jean, así que, dadas las circunstancias, tenía que encontrar otra ocupación. Le resultaría divertido enseñar al marqués y a su hijo a cabalgar como los guerreros sioux, y era posible que ellos también se divirtieran.

—Pregúntaselo a tu padre. Yo estaré de acuerdo con lo que él te diga —respondió Wachiwi con prudencia, mientras la institutriz arrugaba la nariz y la fulminaba con la mirada.

En toda su vida jamás se había topado con algo tan espantoso como el vestido de Wachiwi, y tal cual se lo expresó a Agathe cuando la india se marchó.

—¡Pues a mí me gusta! —protestó la niña en un tono desafiante—. Y esas cosas azules que lleva puestas son muy bonitas. Dice que las ha teñido ella, con bayas.

Agathe estaba muy orgullosa de su nueva amiga. Resultaba muy agradable tener cerca a una persona joven, a alguien que los trataba bien en lugar de una amargada como mademoiselle.

—Qué vergüenza —exclamó la institutriz. Dio media vuelta y se dispuso a guardar los juguetes.

Una vez en su habitación, se puso a pensar en ellos mientras contemplaba el mar por la ventana. Tenía la certeza de que no se casaría nunca. Había rechazado a los pretendientes de su poblado y a Napayshni. El único hombre al que había amado y con quien había deseado casarse era Jean, y ya no estaba en el mundo. Una lágrima resbaló por su mejilla ante el pensamiento. Con todo, por lo menos tenía la oportunidad de hacer algo por su hermano y sus sobrinos durante el tiempo que permaneciera allí. No sabía qué sería de ella en el futuro, pero era consciente de que tarde o temprano tendría que marcharse. No podía quedarse a vivir allí sin Jean, eso lo tenía claro.

Wachiwi vio a Tristan partir hacia París a primera hora del día siguiente, antes del amanecer. Se había despertado temprano y estaba mirando por la ventana cuando él salió de las caballerizas a lomos de un caballo, acompañado por su ayuda de cámara y un lacayo. No se molestó en emplear la carroza al viajar solo. Matthieu le había explicado que esa noche los tres hombres se alojarían en una posada. Cabalgarían quince horas diarias durante dos días y luego se alojarían en la casa que el marqués poseía en París. El propio Tristan había explicado a Wachiwi que no le gustaba ir a París. Prefería la vida tranquila en Bretaña y tenía muchos quehaceres en la finca como para perder tiempo en visitas a la corte. Dijo que desde que su esposa había muerto iba lo menos posible, pero tampoco quería mostrarse descortés con el rey, así que se dejaba caer por allí de vez en cuando.

Wachiwi se preguntó cómo sería la corte, le costaba formarse una idea. Jean le había explicado cómo era el lugar, pero todo cuanto cabía en su imaginación eran mujeres vestidas al estilo de la prima Angélique, y solo de pensarlo se le caía el alma a los pies. Tristan lo había descrito con millones de candelabros y espejos, largas mesas en las que se celebraban festines copiosísimos, música, baile y complejas intrigas que para ella no tenían sentido. Jean le había contado que muchas personas deseaban ganarse el favor del rey y de la reina, y hacían cualquier cosa por obtenerlo.

No imaginaba a Tristan formando parte de todo aquello,

y menos bailando. Le parecía un hombre muy austero, muy reservado, y tenía la impresión de que era más feliz montando a caballo o en compañía de sus hijos. No lograba imaginárselo con pantalones de raso y una peluca empolvada, y se alegraba de no tener que verlo así. Le gustaba el hombre al que había conocido en su tierra, en Bretaña.

Lo observó alejarse de la mansión con sus dos sirvientes a la zaga. Una fina lluvia empezó a caer en el momento en que desaparecían de su vista, y Wachiwi pensó en el largo viaje que les esperaba hasta París. Confiaba en que no se resfriaran ni contrajeran enfermedad alguna. La muerte de Jean la había obligado a tomar conciencia de que incluso los hombres más fuertes podían resultar frágiles. En el tiempo que llevaba allí, Tristan había empezado a inspirarle simpatía y respeto. Era el hermano mayor que ella ya no tenía y al que seguía echando de menos, y del que Jean le había hablado con gran amor y admiración. Tristan le transmitía la certeza de que podía contar con él. Sentía un gran apuro al saberse tan dependiente de su persona al faltar Jean. Por el momento, Tristan y sus hijos eran todo cuanto tenía. Rezó para que regresara sano y salvo de París, tanto por el bien de su familia como por el suyo propio.

14

Brigitte

El avión despegó del aeropuerto Kennedy con destino a París el viernes a última hora, antes de medianoche, mientras Brigitte miraba por la ventanilla y pensaba en lo que se disponía a hacer. Quería viajar a Bretaña, pero antes tenía pensado dirigirse a la Biblioteca Nacional de Francia, en París. La cosa parecía bastante sencilla, una vez que descubriera qué archivos debía consultar; todo cuanto tenía que hacer era buscar información sobre el marqués De Margerac. Tenía claro que había estado casado con Wachiwi, pero deseaba averiguar qué más se sabía. Luego se desplazaría hasta Bretaña en tren.

La última semana se había dedicado a desempolvar sus conocimientos de francés. El idioma se le daba bastante bien cuando estudiaba, y había entregado algunas redacciones excelentes, pero llevaba dieciséis años sin hablarlo. Durante esos últimos días había estado escuchando las cintas del método Berlitz. Sin embargo, cuando la azafata de Air France se dirigió a ella en francés, se quedó paralizada; comprendía lo que le había dicho, pero se sentía incapaz de responder. Con suerte, los empleados de los archivos nacionales hablarían inglés. Tenía previsto llegar allí el lunes siguiente.

Había efectuado una reserva en un pequeño hotel de la Rive Gauche que algún compañero de trabajo le recomendó años atrás. Ted y ella siempre habían soñado con viajar a París, aunque nunca lo hicieron. En vez de eso optaron por visitar el Gran Cañón y una feria de arte en Miami. Fue todo lo lejos que llegaron. Sin embargo, allí estaba ahora ella sola, mientras él se estrenaba con su excavación en Egipto. Sus caminos se habían alejado para siempre. Con todo, Brigitte prefería el que había emprendido por su cuenta, se sentía bien al respecto.

Hacía un tiempo precioso cuando a la mañana siguiente llegó a París. Aún se notaba frío y el clima era más bien invernal, pero brillaba un sol radiante, y tomó un taxi desde el aeropuerto al hotel. Logró explicarle en francés al taxista la dirección a la que se dirigía, y él la entendió, lo cual suponía todo un éxito. Viajaba con un pasaporte nuevo porque el antiguo le había caducado durante el tiempo transcurrido desde la última vez que salió del país. Sin embargo, allí estaba. La cabeza le daba vueltas de puro emocionada cuando se adentraron en la ciudad. El taxista no podía haber planificado mejor la ruta. Bajó por los Campos Elíseos, donde se erigía el Arco de Triunfo; cruzó la place de la Concordie, plagada de novias japonesas que posaban para que las fotografiaran con sus vestidos, y luego cruzaron el Sena en dirección a la Rive Gauche hasta dejarla en el hotel. De camino, logró divisar la torre Eiffel.

El pequeño hotel denotaba pulcritud, y Brigitte se alojó en una habitación diminuta. Por suerte, había un bistró al otro lado de la calle y, en la misma manzana, un supermercado y una tintorería; tenía a mano todo lo necesario. Tras subir la maleta a la habitación después de registrarse en francés, cosa que le supuso otra pequeña victoria, cruzó la calle y se instaló en la terraza de un café, donde pidió que le sirvieran la comida. De momento, se estaba desenvolviendo muy bien, y mientras observaba a los transeúntes la invadió la sensación de ser dueña de su destino. Vio a muchas parejas que se besaban, a hombres en motocicleta con su chica abrazada a la cintura o al revés. Daba la impresión de que París era la ciudad ideal para las parejas, pero por algún motivo no se sentía sola allí. Estaba contenta y emocionada ante lo que se disponía a hacer, y no veía el momento de que llegara el lunes para rastrear los archivos. Tan solo rezaba por encontrar a alguien que hablara lo bastante bien el inglés para ayudarla. Si no, se apañaría con su francés oxidado. Para su propia sorpresa, la perspectiva no la asustaba. Todo lo que hacía le devolvía la sensación de estar en el camino correcto.

Después de comer, paseó por las estrechas callejuelas de la Rive Gauche, y al final consiguió regresar al hotel sin precisar instrucciones de nadie. Por la noche, se tumbó en la cama de su habitación y releyó los apuntes sobre Wachiwi. Lo que ahora deseaba hallar era un documento que los mencionara a ella y al marqués, con suerte en la corte francesa; tal vez así descubriría cómo se habían conocido, si es que eso tenía alguna relevancia. Se había casado con él y era la madre de sus hijos, lo cual ya era bastante. Pero si además lograba situarla en la corte, conseguiría poner a la historia la guinda del pastel, o sea, *la cerise sur le gâteau*, tal como decían los franceses.

El domingo Brigitte se dedicó a explorar Saint-Germain-des-Prés y entró en la iglesia. Llegó caminando hasta el Louvre y paseó por la orilla del Sena. Se sentía una auténtica turista cuando se plantó ante la torre Eiffel con la esperanza de poder contemplar cómo se iluminaba durante diez minutos al dar la hora en punto, tal como sucedía de noche. Durante el día no se observaba nada parecido. Se le había olvidado lo mucho que le gustaba la ciudad; era bella y formaba parte de su patrimonio personal. Lo mismo le ocurría con Irlanda por parte de su padre. Sin embargo, ese país nunca le había suscitado un interés particular ni tenía afinidad alguna con él. Francia era un lugar mucho más romántico y resultaba más atractivo a la hora de documentarse. Siempre había sentido inclinación por la historia francesa, tal vez porque su madre le había hablado mucho de ella. Además, desde que perdió a su padre a los once años el vínculo con su pasado irlandés se había desvanecido.

El día pasó más rápido de lo que esperaba, y esa vez cenó en el bistró frente al hotel. La comida no era un regalo para el paladar, pero no estaba mal, y antes de acostarse regresó junto al Sena y observó los Bateaux Mouches impulsados por la corriente, totalmente iluminados. Divisó Notre Dame en la distancia. Y, por fin, la torre Eiffel le ofreció su brillante espectáculo. Estaba emocionadísima y lo contempló con la ilusión de una niña. El taxista le había explicado durante el trayecto hacia el hotel que desde el año 2000 tenía lugar ese acto: la torre se iluminaba durante diez minutos una vez cada hora. Incluso los parisinos lo adoraban.

Esa noche se acostó entusiasmada, y se despertó temprano. En el vestíbulo del hotel dispusieron cruasanes y café, y Brigitte se sirvió un poco de cada antes de tomar un taxi en dirección a la Biblioteca Nacional. Se encontraba en el muelle François Mauriac y, cuando llegó, ya estaba abierta. Fue directa al mostrador de información y explicó los datos que andaba buscando y las fechas aproximadas. La enviaron a la planta superior, donde se topó con una bibliotecaria que a todas luces tenía muy pocas ganas de ayudarla. Simplemente parecía molesta, y no hablaba una sola palabra de inglés. Su actitud no tenía nada que ver con la de los mormones de Salt Lake, tan dispuestos a colaborar.

Brigitte anotó cuidadosamente en una hoja lo que necesitaba, qué tipo de libros buscaba, de qué año a qué año y el objeto de la consulta, y la mujer se la devolvió con una sarta de palabras hostiles en francés. Brigitte no tenía ni idea de qué hacer; la invadió un impulso irrefrenable de echarse a llorar, pero logró contenerse, respiró hondo y lo intentó de nuevo. Al final, la mujer optó por encogerse de hombros, le devolvió el papel de mala manera y se alejó. Ella se quedó plantada mirando cómo se iba y le entraron ganas de pegarle, aunque en vez de eso decidió retirarse con la sensación de haber fracasado. Sabía que así no llegaría a ninguna parte. Necesitaba reflexionar y plantearse qué hacer a continuación. Tal vez tuviera que olvidarse de París como posible centro de consulta e ir directamente a Bretaña. Dio media vuelta con la intención de alejarse del mostrador, y al hacerlo se topó de bruces con el hombre que tenía detrás. Esperaba que también se pusiera a ladrarle; en cambio, le sonrió.

—¿Puedo ayudarla? Por aquí no son muy amables con los extranjeros. Tiene que tener claro lo que busca y ser muy, muy concreta —dijo en un inglés excelente.

Había estado escuchando la conversación. Quiso ver el papel que Brigitte tenía en las manos y ella se lo entregó sin pronunciar palabra. Aparentaba poco más de cuarenta años. Era francés, pero hablaba inglés con acento británico, como ocurría con algunos franceses que tenían un nivel educativo más alto. Saltaba a la vista que en su caso conocía bien el idioma. Llevaba unos tejanos, una parka y unos mocasines, y su pelo era casi tan oscuro como el de Brigitte. La miraba con unos cálidos ojos castaños y una agradable sonrisa, y tras coger la nota se dirigió al mostrador. En seguida apareció la misma mujer para atenderlo, y él le explicó con fluidez en francés lo que creía que buscaba Brigitte. La mujer asintió, desapareció y regresó para ofrecerle la ubicación exacta dentro de la sección en la que Brigitte estaba interesada. El hombre no había solicitado nada distinto de lo que había pedido ella. La única diferencia era que lo había hecho en un francés más correcto.

—Siento la poca amabilidad que gastan por aquí. Vengo muy a menudo. Puedo mostrarle dónde está su sección. El año pasado escribí un libro sobre Luis XVI y sé dónde se encuentra la información.

—¿Es escritor? —preguntó ella mientras se dejaba guiar hasta el lugar apropiado. Había mesas, sillas y bancos, además de pilas interminables de libros.

—Soy un historiador transformado en novelista porque nadie compra libros de historia a menos que mientas y la presentes de un modo más atractivo. Lo cierto es que las historias reales suelen ser incluso más fascinantes, solo que no están tan bien escritas. ¿Usted también es escritora? —Le devolvió el pedazo de papel con una sonrisa.

Era de mediana estatura y llevaba el pelo un poco alborotado, lo cual le confería un aspecto juvenil. No cabía la menor duda de que era francés. No era atractivo, pero sí simpático. Brigitte sonrió para sí mientras pensaba que Amy lo habría definido como «un chico mono».

—Soy antropóloga. Estoy investigando la genealogía familiar para mi madre. Bueno, así empezó la cosa. La verdad es que me he acabado enganchando y creo que ahora lo hago porque me apetece. Me gustaría encontrar anales de la corte francesa. No sabe si los hay, ¿verdad?

El hombre parecía constituir su única esperanza para poder hallar información en ese lugar.

—Hay muchísimos. Tendrá que leer y leer. ¿Busca algo en particular?

—Busco información sobre unos indios sioux a los que Luis XVI recibió en la corte en calidad de invitados, y también de un antepasado mío que era marqués.

—Parece interesante. Tendría que plantearse escribir una novela sobre eso —bromeó el hombre.

—Yo solo escribo obras académicas, que no dan dinero y a todo el mundo le parecen soporíferas.

—Igual que hacía yo, hasta que me decidí por las novelas históricas, y la verdad es que es muy divertido. Aprendes a ir cogiendo datos de aquí y de allá y añades una parte de ficción, y acaba dando buen resultado. Por lo menos casi siempre.

El hombre parecía interesado en lo que estaba haciendo Brigitte, y le había resultado de gran ayuda.

Se alejó para ir en busca de su propia información. Brigitte cogió una pila de diarios de la sección que él le había indicado, pero no halló mención alguna a Wachiwi ni a la familia De Margerac, así que acabó invirtiendo todo el día en la biblioteca para nada. Cuando a última hora se disponía a abandonar los archivos, volvió a toparse con el hombre. Había pasado allí un día entero sin siquiera parar para comer; llevaba una manzana en el bolso y la fue mordisqueando mientras seguía leyendo.

—¿Ha encontrado algo? —preguntó el hombre.

Ella negó con la cabeza con aire decepcionado.

—Qué lástima. No deje correr el tema. Seguro que la información está en alguna parte. Aquí se encuentra todo —respondió con tranquilidad. Claro que él sabía moverse por la biblioteca, mientras que Brigitte no tenía ni idea.

—Y usted ¿a qué se dedica ahora? —preguntó ella en un tono amable cuando salían juntos del edificio.

—Estoy escribiendo un libro sobre Napoleón y Josefina. Es un tema poco habitual, pero resulta divertido. Por lo demás, soy profesor de literatura en la Sorbona; me sirve para pagar las facturas. Aunque los libros también me ayudan un poco.

Se mostraba muy franco y agradable con ella. Cuando se

detuvieron en la escalinata exterior, se presentó. Dijo que su nombre era Marc Henri. A Brigitte no le sonó desconocido; claro que era un nombre francés bastante corriente.

Al día siguiente volvieron a verse mientras Brigitte rebuscaba entre las pilas de información. Seguía sin haber encontrado nada interesante cuando a última hora de la tarde él se le acercó. Estaba agotada de tanto leer en francés. Se veía constantemente obligada a consultar el diccionario, lo cual hacía el trabajo muy farragoso.

—¿Cómo se llama su antepasado, el marqués? A lo mejor lo encuentro yo —dijo amablemente, y ella le anotó el nombre—. Podemos comprobar qué aparece con ese nombre en las listas de la biblioteca.

Unos cinco minutos después, Marc había dado con él. Brigitte se avergonzaba de lo fácil que le había resultado a diferencia de la dificultad que ofrecía para ella. Aunque lo cierto era que los archivos resultaban muy confusos y no era su lengua materna.

Buscaron juntos la información relativa a Tristan de Margerac y encontraron su dirección en París en 1785. Correspondía a la Rive Gauche, y Brigitte tuvo la corazonada de que no se encontraba lejos del hotel donde se alojaba; se preguntaba qué aspecto tendría ahora el edificio. De la esposa, en cambio, no aparecía nada.

—A lo mejor mañana encontramos información sobre él en los anales —comentó Marc en un tono esperanzado—. Sería lo normal, si frecuentaba la corte. ¿Vivía en París de forma permanente?

—No, la residencia familiar estaba en Bretaña. La semana que viene tengo previsto viajar allí para hacer una visita a la mansión.

—Qué antepasados tan interesantes —comentó él en un tono burlón, y los dos se echaron a reír—. Los míos eran todos indigentes, curas o presidiarios. ¿Y qué sabe de los sioux que anda buscando? ¿También son antepasados suyos?

El hombre lo decía en broma y no esperaba que Brigitte asintiera.

—El marqués se casó con una india. Era una sioux, la hija de un jefe de Dakota del Sur. Intento averiguar cómo se conocieron. Creo que debió de suceder en la corte, pero no sé qué hacía la chica allí, ni cómo llegó a Francia. Era una joven asombrosa.

—Tenía que serlo para que un noble francés se casara con ella. Sería interesante saber qué ocurrió, ¿verdad?

Brigitte le habló de la investigación en la Biblioteca Mormona de Historia Familiar y en la Universidad de Dakota del Sur, y él se mostró interesado.

—Me parece fascinante. Ahora comprendo por qué está investigando el tema. A mí me pasa igual cuando leo sobre Josefina Bonaparte. También ella era una mujer cautivadora. Y María Antonieta. Podría prestarle libros sobre ellas, pero están en francés.

De forma muy relajada, él le propuso ir a tomar algo, y ella accedió, arrastrada en cierto modo por su mutuo interés por la historia y la investigación. No solía aceptar invitaciones de extraños. Sin embargo, allí cerca había un café y Marc parecía agradable.

—Dime —la abordó él tratándola de tú—, ¿a qué te dedicas cuando no vas por toda Francia en busca de tus antepasados? ¿Eres profesora de antropología o solo escribes libros? —preguntó mientras tomaban asiento.

—He trabajado diez años en la oficina de admisiones de la Universidad de Boston. —Estaba a punto de decirle que lo había dejado, pero decidió contarle la verdad—. Acaban de prescindir de mis servicios. Que me han echado, vaya, y me han sustituido por un ordenador.

—Lo siento. ¿Qué piensas hacer?

—De momento, dedicarme a esto. Luego es posible que busque trabajo en la oficina de admisiones de otra universidad. En la zona de Boston hay muchas. Vivo allí.

Él sonrió al oírle decir eso.

—He cursado dos másters de literatura, uno en Harvard y otro en Oxford. En Harvard lo pasé mejor; me gusta Boston. ¿Dónde vives exactamente?

Brigitte se lo explicó, y él le confesó que tenía un piso a cuatro manzanas del suyo. La coincidencia resultaba graciosa, y entonces Brigitte cayó en la cuenta de por qué le sonaba su nombre.

—Has escrito un libro sobre un niño que busca a sus padres después de la guerra, ¿verdad? Ahora me acuerdo de tu nombre. Leí la traducción al inglés de la novela, y me pareció muy conmovedora. Los padres luchaban en la Resistencia y los habían matado. Una familia adopta al niño; y al final, acaba casándose con la hija de la pareja. Es el libro más romántico que he leído en la vida, aunque también es muy triste.

Él parecía complacido.

—El niño era mi padre. De hecho, los dos protagonistas son mis padres. Mi madre es la hija de la familia que lo adopta. A mis abuelos los mataron en la Resistencia. Esa fue mi primera novela, y está dedicada a ellos.

—Ya me acuerdo. Lloré a lágrima viva mientras lo leía.

—Yo también mientras lo escribía.

A Brigitte la impresionaba que hubiera escrito un libro semejante. La prosa era muy bella incluso traducida, y muy conmovedora. Estuvo obsesionada con la novela durante varias semanas después de leerla.

—¿Sabes? Tú también tienes aspecto de india —observó mirándola.

—La mujer de la Biblioteca Mormona de Historia Familiar también me lo dijo. Quizá es porque tengo el pelo oscuro.

—Me encanta la idea de que lleves sangre sioux. Me parece muy exótico y muy interesante. La mayoría tenemos un pasado aburridísimo; en cambio, mira el tuyo. En algún momento de la historia de tu madre hubo una india que vino de América y se casó con un marqués.

—Aún hay más. La raptó otra tribu y ella se escapó. Puede que matara a su raptor y luego huyera con un francés, o por lo menos con un blanco, y acabara llegando aquí. No está nada mal para una mujer en 1784.

—Qué fuerza llevas en los genes —exclamó él con admiración.

Claro que en su caso ocurría igual; Brigitte lo pensó al acordarse de la novela que había escrito. Sus abuelos eran héroes de guerra y habían sido condecorados de forma póstuma por De Gaulle. Habían salvado a innumerables personas antes de perder la vida.

—¿Qué más me cuentas de tu vida? Escribes obras académicas, trabajabas en la universidad hasta hace poco... ¿Estás casada?

Parecía interesado en conocerla mejor. A Brigitte también le apetecía saber más cosas de él, aunque al mismo tiempo era un poco reticente. Por muy atractivo que fuera, ella solo estaría en Francia unos días mientras que él vivía allí. Podían caerse de maravilla, pero como mucho llegarían a hacerse amigos; no tenía sentido ir más allá. No concebía el sexo por el sexo ni acostarse con un hombre al que no volvería a ver jamás. Y aún estaba resentida por lo de Ted, así que, como máximo, podrían ser amigos. La cosa no pasaría de ahí.

—No, tengo treinta y ocho años. No he llegado a casarme, y mi novio y yo rompimos hace unas semanas. Él también trabajaba en la universidad —respondió con sencillez y sin tapujos.

—Ah —exclamó Marc, interesado—. Dos académicos. ¿Por qué lo dejasteis?

Marc sabía que era una pregunta un poco brusca, pero sentía curiosidad.

—Él se ha marchado a Egipto para dirigir una excavación. Es arqueólogo y piensa pasar allí bastantes años, así que le ha parecido la mejor opción que cada cual siga su camino. Por eso lo dejamos.

Marc se mostró sorprendido.

—¿Y tú qué? ¿Te has quedado hecha polvo? —Intentaba que lo mirara a los ojos mientras formulaba la pregunta, y Brigitte se encogió de hombros.

—En realidad no. Más bien estoy decepcionada. Creía que lo nuestro era para siempre y me equivoqué.

Intentaba aparentar más naturalidad y tranquilidad de la que sentía. Aún era todo muy reciente, y no lo había superado.

—Yo también viví una relación así —se sinceró Marc de forma voluntaria—. Estuve saliendo diez años con una mujer y lo dejamos el año pasado. Ella dijo que se había dado cuenta de que no deseaba casarse ni tener hijos, y yo creía que sí que quería. Estudiaba medicina, y yo estaba esperando a que acabara la carrera, pero resulta que después no quiso seguir conmigo. Parece muy tonto descubrir una cosa así al cabo de diez años. Pero luego me di cuenta de que hacía mucho tiempo que ya no estábamos enamorados. Al principio sí que lo estábamos, la cosa duró unos años. Después seguimos juntos porque nos habíamos acostumbrado y era lo más fácil. Por algún motivo uno se deja llevar, y un día descubre que está en un sitio donde no quiere estar con alguien a quien no conoce. Yo tampoco he llegado a casarme, y la verdad es que después de lo que me ha pasado no sé si algún día me apetecerá hacerlo. He invertido diez años de mi vida en esa relación. Ahora disfruto de mi libertad, hago lo que me da la gana. No me arrepiento de haber estado con mi novia, pero sí de que aguantáramos juntos tanto tiempo. Siempre había pensado que iríamos más allá, pero la cosa no resultó como esperaba.

Era exactamente lo mismo que le había pasado a ella con Ted. La relación se había estancado.

—Tardé un tiempo en superarlo, pero ya estoy bien. Ahora somos amigos, y de vez en cuando quedamos para salir a cenar. Ella no ha tenido ninguna otra relación y creo que le gustaría volver conmigo, pero yo no quiero. Me gusta la vida que llevo ahora.

—No creo que Ted y yo lleguemos a ser amigos, aunque solo sea por la distancia geográfica. Además, estoy bastante enfadada; sobre todo conmigo misma. Había dado por supuestas un montón de cosas que al final no se han cumplido. No hice caso de ninguna señal.

—A todos nos pasa eso alguna vez. Es lo mismo que me pasó a mí. Tengo cuarenta y dos años y estoy soltero, y no era lo que esperaba, pero me va bien.

Parecía haberlo aceptado, igual que ella había aceptado lo de Ted.

—A mí también —respondió ella con un hilo de voz—. Me siento como en uno de esos chistes en que la protagonista dice: «Vaya, se me ha olvidado tener hijos». Pero es cierto: estaba demasiado ocupada para permitirme madurar. Me parece que la universidad lo potencia, se te olvida la edad que tienes porque te sientes como uno de tus alumnos.

—Estoy de acuerdo. Me gusta dar clases, pero no quiero dedicarme solo a eso porque es un mundillo muy cerrado. —Marc apuró la copa de vino y le sonrió—. ¿Damos un paseo para ver dónde vivía tu antepasado?

Brigitte había tomado nota de la dirección en la biblioteca.

—Estaría bien.

Le gustaba lo abierto y sincero que se mostraba, y resultaba interesante conversar con él. Lo encontraba encantador. Lástima que no viviera en Boston porque podrían haber llegado a ser muy buenos amigos.

Brigitte sacó del bolso la nota con la dirección, aunque Marc la recordaba de memoria. Se hallaba a pocas manzanas del hotel, en la rue du Bac. No les costó encontrar el número, y al llegar observaron el edificio. Era una construcción que en sus orígenes debía de haber sido bella, pero ahora se veía un tanto deteriorada. Las puertas que daban al vestíbulo estaban abiertas, así que entraron. Marc le explicó que por las placas se deducía que se trataba de oficinas del gobierno, como ocurría con muchos de los bellos edificios antiguos de la Rive Gauche. Aun así, no costaba imaginarse la casa en su esplendor, con sus cocheras ahora reconvertidas en garaje y sus grandes ventanales; entonces Marc le explicó que seguramente en la parte trasera había un amplio jardín. Era un lugar muy hermoso, y, contemplándolo, a Brigitte la invadió una sensación mágica al saber que esa era la casa en París de Tristan de Margerac, y seguramente también de Wachiwi cuando lo acompañaba. No le cabía duda de que allí era donde vivían cuando se alojaban en la ciudad y acudían de visita a la corte.

Salieron tranquilamente y Marc la acompañó al hotel. Le preguntó si al día siguiente volvería a consultar los archivos, y ella respondió que lo haría. Entonces él le propuso que comieran juntos y Brigitte aceptó. Resultaba agradable tener a alguien con quien conversar de sus respectivos proyectos de investigación; ella sobre Wachiwi y él sobre el tema de su nueva novela.

Cuando llegó a la biblioteca al día siguiente, Marc la estaba aguardando en el vestíbulo. Había estado buscando algunas referencias, y esa vez, al consultarlas, Brigitte dio con un filón. Estuvo a punto de soltar un grito de placer al descubrirlo, y corrió a avisar a Marc. Había encontrado un diario en el que una dama de honor de la corte mencionaba al marqués De Margerac y a su bella y joven esposa de origen indio. Decía que había asistido a la boda celebrada en una pequeña iglesia cercana a la casa de la rue du Bac. Explicaba que después se había ofrecido una pequeña recepción en la casa, y que al día siguiente la nueva marquesa había acudido a la corte para ser presentada ante el rey y la reina, e incluso citaba a Wachiwi por su nombre.

Brigitte se emocionó al pensar que la recepción de la boda había tenido lugar en el edificio que Marc y ella habían visitado la noche anterior. Parecía increíble, y al mismo tiempo todo resultaba muy real. Aún no había encontrado nada sobre cómo llegó la chica a Francia. Sin embargo, a última hora de la tarde, Brigitte se topó de forma milagrosa con otro diario de la misma mujer en que describía la vida en la corte. Mencionaba el nacimiento del primer hijo de Tristan y Wachiwi, y su bautizo. Decía que lo habían llamado igual que el difunto hermano menor del marqués, que era quien había guiado a Wachiwi a Francia desde América. La mujer decía que el hombre le había salvado la vida a la india y que tenía previsto casarse con ella, pero había muerto durante la travesía. Al final Wachiwi había acabado casándose con su hermano mayor, el marqués. Por fin; así era como había llegado al país. El hermano menor, el conde Jean, la había rescatado, y juntos habían viajado de Nueva Orleans a Bretaña en barco, tal como explicaba el diario. Seguramente, el francés que aparecía en los relatos de transmisión oral de Dakota del Sur era él. Brigitte no podía evitar preguntarse si el jefe crow a quien se suponía que Wachiwi había asesinado para escapar había muerto en realidad a manos de Jean, que era quien la había rescatado de sus raptores. Lo que nadie sabía ni sabría jamás era cómo se habían conocido. Con todo, Brigitte ya había descubierto cómo Wachiwi había llegado a Francia. Además, en el diario también se mencionaba a los jefes sioux que de vez en cuando visitaban la corte, aunque al parecer Wachiwi no guardaba parentesco con ninguno de ellos. A la dama que había escrito la entrada del diario le parecía extraño que su rey se mostrara tan obsesionado con los indios. Ella los consideraba unos indisciplinados. Sin embargo, de Wachiwi solo contaba maravillas; decía que era encantadora y que hacía una excelente pareja con el marqués.

Brigitte estudió con minuciosidad algunos diarios más de la cortesana, pero no encontró mención alguna del marqués ni de su nueva esposa. No importaba; ya tenía lo que buscaba.

Se la veía rebosante de emoción cuando, al final de la jornada, se lo contó todo a Marc mientras salían de nuevo a tomar algo para que la chica pudiera informarle de lo que había encontrado. Él le confesó que el día también le había resultado provechoso, que había encontrado información muy interesante acerca de Josefina en los diarios de sus damas de honor y en el de una de sus mejores amigas.

—¿Y qué harás con todo eso? —preguntó Marc mostrándose interesado.

—No lo sé. Supongo que tomar notas para la investigación genealógica de mi madre. Ese era el objetivo primero de todo esto.

—Me parecería bien si tus antepasados fueran gente normal, pero no lo son —comentó él con cara de estar hablando en serio—. Esa muchacha era alguien excepcional. Tienes que escribir un libro sobre ella. Si incluyes un poco de ficción en la historia, resultará una novela extraordinaria. Bueno, la historia ya es extraordinaria de por sí. Como la de mis padres y mis abuelos. A veces la realidad supera a la ficción.

Brigitte no lo veía muy claro, pero resultaba obvio que el

tema era más interesante que el sufragio femenino; no cabía duda. Con todo, le asustaba abordar la historia de Wachiwi y no ser capaz de hacerle justicia.

—A mí el tema me fascina porque es una antepasada de la familia, pero ¿crees que a los lectores les interesará? —preguntó Brigitte, vacilante. Eso se salía del campo en el que solía moverse.

—Pues claro. Tú has leído la novela sobre mi padre cuando era niño. Esa muchacha atravesó continentes y océanos, fue raptada por los indios y se casó con un noble. ¿Qué más te hace falta para considerarla interesante? ¿Sabes lo que les ocurrió durante la Revolución? ¿Los mataron?

—No lo creo. Sus fechas de defunción son posteriores.

—Muchos nobles bretones opusieron resistencia y escaparon a la guillotina. Consiguieron aguantar; además, también ayudó el hecho de que estuvieran lejos de París. En realidad, muchos nobles y partidarios de la monarquía sobrevivieron a la Revolución en Bretaña. Algunos incluso lograron conservar sus mansiones. En Francia a los insurgentes contrarrevolucionarios se les llama «chuanes».

—Aprenderé cosas de ellos cuando vaya a Bretaña. Tengo previsto pasar unos cuantos días allí.

Entonces pensó una locura. Apenas conocía a Marc, pero se había mostrado muy servicial y estaban empezando a hacerse amigos.

—¿Quieres venir conmigo?

Él no dudó ni un instante.

—Me encantaría.

Su respuesta puso nerviosa a Brigitte. No quería que la interpretara mal; no se trataba de ninguna proposición, simplemente se lo pedía como compañero investigador y como amigo. Él lo había comprendido. Tampoco deseaba estropear su incipiente amistad y era igual de consciente de que ella regresaría a Estados Unidos al cabo de poco tiempo, en cuanto hubiera obtenido la información que buscaba.

—El viaje no incluye ninguna historia de amor en vivo, por cierto —aclaró Brigitte, no obstante, y él se echó a reír.

Las norteamericanas no se andaban con rodeos; era algo que a Marc le había sorprendido cuando estuvo estudiando en Boston. Una francesa jamás habría dicho algo así.

—Ya lo había entendido, tranquila. Te ayudaré con la investigación.

—Ha sido fantástico conocerte —dijo Brigitte, y hablaba en serio.

Su colaboración había resultado inestimable; se había topado con él por obra de la Providencia. Si Marc no se hubiera cruzado en su camino, ella sola jamás habría conseguido encontrar nada en la Biblioteca Nacional. Le estaría eternamente agradecida. Sin embargo, no quería dejarse llevar por sentimientos románticos con respecto a él; daba igual lo mucho que le atrajera. No tenía sentido, solo serviría para que los dos se hicieran daño. Era mucho mejor que conservaran la amistad, y al parecer él estaba de acuerdo.

—Conozco un bonito hotel en la zona, por cierto. Haré la reserva. Sí, sí, ya lo sé: habitaciones separadas; y un cinturón de castidad para la dama.

—Lo siento. —Brigitte se sonrojó un poco—. ¿He sido maleducada?

—No, has sido sincera, y me gusta. Los dos sabemos qué terreno pisamos.

—Es que me parece una tontería embarcarme en algo que tenga que dejar a medias y que nos siente mal a los dos.

—¿Siempre eres tan sensata?

Le interesaba el lado humano de Brigitte; de momento, todo lo que sabía de ella le gustaba.

La chica lo pensó un poco antes de asentir.

—Sí, seguramente lo soy demasiado.

—No tienes por qué volver a Estados Unidos, ¿sabes? Has dicho que no tenías trabajo. Podrías trabajar en la AUP, la Universidad Americana de París; también tienen oficina de admisiones. Además, podrías escribir tu libro aquí.

Marc lo tenía todo pensado, para sorpresa de Brigitte. Le gustaba organizar la vida de la gente y ayudarles a encontrar lo que buscaban. No obstante, ella no deseaba escribir ninguna novela sobre sus antepasados ni quedarse a vivir en París. Pensaba regresar a casa.

—Yo no he dicho que vaya a escribir ninguna novela.

Sonrió a Marc, que hablaba y actuaba muy a la francesa. Quería que Brigitte se quedara a vivir allí. Le parecía una mujer muy interesante, mucho más que ninguna de las que había conocido de un tiempo a esa parte.

—¿Por qué no pides trabajo en la AUP? Podrías pasar aquí un año y ver si te gusta.

Brigitte se echó a reír ante la idea. Marc estaba como una cabra; su sitio estaba en Boston y tenía que acabar una obra sobre el derecho al voto de las mujeres. Claro que Wachiwi se le antojaba mucho más interesante que el tema del sufragio femenino. La muchacha india encarnaba todo lo relativo a los derechos de las mujeres; se había adelantado doscientos años a su tiempo.

Él no insistió. Decidieron quedarse a cenar en el bistró, y al regresar al hotel Brigitte experimentó una sensación extraña. Tristan y Wachiwi habían vivido en una casa muy cercana. Se habían casado, habían celebrado allí la recepción de la boda y habían tenido un hijo. Su vida había transcurrido muy próxima al lugar en que ella se alojaba. Habían pasado varios siglos y, sin embargo, todo le parecía muy vivo. Era como si estuvieran tendiendo la mano. No lograba apartarlos de sus pensamientos.

Se preguntaba si Marc tendría razón, si debería escribir una novela sobre ellos en homenaje al amor que se habían profesado. Empezaba a atraerle la idea. Incluso la propuesta de buscar trabajo en la Universidad Americana de París le gustaba. Sin embargo, su vida estaba en Boston y allí debía regresar; o eso creía. París resultaba una ciudad muy atractiva, con la iluminada torre Eiffel, sus bistrós y sus cafés; y con Marc, a quien apenas conocía pero con quien ya simpatizaba. No obstante, no podría dejarse seducir por nada de todo eso. Estaba decidida a resistirse a los encantos de París y a los de él. Viajarían a Bretaña, trataría de encontrar información sobre sus antepasados y luego regresaría a casa. Lo que tenía entre manos era real; no se trataba de ninguna novela. Y en la vida real, cuando conocías a alguien acababa por no pasar nada y terminabas volviendo a casa. Bueno, también había quien, después de seis años, te decía que no era dado a los compromisos y se marchaba a Egipto. Eso era lo real. No lo de Marc. Ni lo del marqués.

15

Wachiwi
1784-1785

El marqués regresó de la corte una semana después de partir, y se alegró de ver a Wachiwi. Cuando llegó la encontró dando una lección de equitación a Matthieu en el cercado. Una lección muy tranquila. Prefería pedir permiso a Tristan antes de seguir instruyendo a su hijo. Se lo preguntó enseguida, nada más volver a verse, y él se mostró de acuerdo al instante. No imaginaba a alguien más competente que Wachiwi en ese arte, por lo que había observado hasta entonces. La muchacha prometió no enseñarle ninguna de las habilidades más peligrosas que ella practicaba. Sin embargo, sí que deseaba enseñarle a montar sin silla y a sentirse cómodo con los caballos. Ella poseía un talento natural para montar del que también Tristan quería empaparse, aunque sospechaba que era algo que la chica llevaba en la sangre, y él nunca conseguiría adquirir la soltura que ella demostraba. Cuando la institutriz anunció dónde se encontraba Matthieu y su padre se dirigió a las caballerizas para observar montar a su hijo, vio que se le daba bien; y entonces Wachiwi pidió permiso a Tristan para proseguir con las lecciones.

La india llevaba puestos el vestido de piel de wapiti y los mocasines, y estaba enseñándole al niño varias cosas sobre su caballo: cómo palpar los músculos del animal, cómo formar un todo con él. Retiró la silla y lo guió a lomos del caballo por todo el recinto. El niño parecía entusiasmado, y al ver a su padre gritó con regocijo. Wachiwi lo ayudó a bajar del caballo para que pudiera correr a saludarlo, y sonrió cuando, nada más desmontar, Matthieu se arrojó directamente en los brazos de Tristan.

Wachiwi se estaba planteando acompañar a Agathe a dar un breve paseo en poni por la tarde para intentar que superara su aversión. En ausencia del padre, se estaba convirtiendo en la nueva maestra de equitación de los niños. No utilizaba métodos ortodoxos según las normas que allí imperaban, pero tenía una habilidad suprema. Además, Tristan sabía que si Matthieu aprendía de su arte, se convertiría en un jinete excepcional, y la idea le encantaba.

Mientras permanecía abrazado a su hijo, levantó la cabeza para mirar a Wachiwi y le sonrió. A continuación, le agradeció el tiempo que estaba empleando en instruir a su hijo.

—Lo estoy pasando mejor que él incluso.

Pasaba todo el día en las caballerizas y, de vez en cuando, salía a cabalgar sola por las montañas. Ninguna otra mujer de la provincia hacía nada parecido, pero ella se sentía como pez en el agua. Allí no había peligro. Ningún grupo de guerreros la atacaría ni la raptaría. En esas tierras se encontraba a salvo. Tristan le sugirió que salieran a montar juntos por la tarde.

—¿Qué tal te ha ido en la corte? —preguntó ella con amabilidad.

—Como siempre. Demasiado trabajo, demasiada gente y miles de intrigas. Es muy pesado, pero no me queda más remedio que ir. Da mala impresión mantenerse apartado mucho tiempo.

Desde Bretaña le suponía un largo trayecto.

—Por lo menos dispones de una casa en París donde alojarte —comentó ella, y el hombre asintió.

—Desde que murió mi esposa apenas la uso. A ella le gustaba más que a mí ir de visita a la corte, así que solíamos pasar más tiempo en París.

Matthieu corría por delante de ellos mientras los tres regresaban a la casa. Al niño le encantaba que Wachiwi le enseñara a montar. Y Tristan se sentía ilusionado ante la perspectiva de que siguiera avanzando.

—¿La casa está en el centro de París?

—Sí, a poca distancia del palacio del Louvre, aunque últimamente el rey y la reina suelen alojarse en Versalles, a las afueras de la ciudad. A lo mejor podrías acompañarme algún día —dijo sin concretar.

Tristan había hablado a Wachiwi de uno de sus amigos de la corte, quien le había comentado que resultaría divertido que algún día se presentara allí con ella. Sin embargo, Tristan iba con pies de plomo en cuanto a la relación con la chica. Era la prometida de su difunto hermano y, por mucho que le gustara la forma de ser que tenía, su presencia en la casa seguía resultándoles incómoda a ambos. Ella se mantenía ocupada enseñando a montar a los niños, y Tristan se lo agradecía. Le agradaba la forma en que trataba a sus hijos. Era prudente y cariñosa. Además, notaba que a ellos les caía muy bien. Cuando subieron a la habitación de Agathe para que su padre pudiera saludarla tras regresar del viaje a la corte, la niña se arrojó primero en brazos de Wachiwi y luego en los de su padre. Echaba de menos a la madre que había perdido nada más nacer, y mademoiselle no era una buena sustituta. Wachiwi solo pretendía ser su amiga, aunque según el plan original le correspondería ser su tía.

Las lecciones de equitación duraron varios meses más.

Poco a poco, Matthieu fue adquiriendo habilidad, y Wachiwi enseñó a su padre algunos de sus trucos, tal como él los llamaba. Un día casi lo dejó sin respiración al enseñarle cómo se ocultaba en el lateral del caballo mientras galopaba a toda velocidad. Él no se veía con ánimos de imitarla. La muchacha, sin embargo, parecía formar un todo indivisible con el animal, y quedaba suspendida en el aire mientras, aferrada a la bestia salvaje, ambos volaban. No tenía ningún miedo. Era capaz de mantenerse encima del animal cabalgando a galope tendido, y de saltar sobre su lomo desde el suelo. Tenía mucho arte con los caballos, que se comportaban con ella como no lo hacían con nadie.

Los hijos de Tristan adoraban a Wachiwi, e incluso Agathe había empezado a disfrutar de los paseos en poni. Nunca sería una buena amazona, como tampoco lo había sido su madre, pero ya no tenía miedo y le encantaba darle una manzana a su poni para que se la comiera tras descabalgar.

Otro aspecto que todos habían notado era lo silenciosa que resultaba Wachiwi. Sobre todo cuando llevaba mocasines, pero incluso con otro calzado a Wachiwi no se la oía en absoluto cuando caminaba. Daba la impresión de andar por el aire. Era algo que también su padre solía decirle. Tenía la gracilidad de una mariposa y era igual de queda. «La bailarina» era el nombre perfecto para ella.

También era capaz de reírse de sí misma, un rasgo de su personalidad que Tristan admiraba. Cuando se equivocaba o hacía alguna tontería, lo convertía en un chiste y todos se reían. Tenía muchísimas virtudes, y a Tristan todas le despertaban aprecio y admiración. Jamás se había sentido tan cómodo con ninguna otra mujer.

—Quiero un vestido como el de Wachiwi —comentó Agathe un día cuando regresaban todos juntos a casa, lo cual le valió al instante una mirada furiosa de la institutriz. Lo consideraba indecoroso, puesto que destacaba su figura y terminaba justo por debajo de la rodilla. Por mucho que debajo llevara unas mallas, la mujer opinaba que la indumentaria indígena era espantosa. El vestido ya estaba muy raído, y el comentario de la niña hizo que a Wachiwi se le ocurriera una idea. Coser se le daba casi tan bien como montar; de hecho, por Navidad había confeccionado una muñeca para Agathe y un osito para Matthieu, y ambos los adoraban.

Estaban en primavera y hacía un calor que en Bretaña resultaba anormal para la época. Un día organizaron un picnic en el jardín, situado sobre un acantilado con vistas al mar. El rey había caído enfermo durante el invierno, y tan solo unas semanas atrás la reina había dado a luz al duque de Normandía. Por eso el marqués solo había acudido a la corte en una ocasión, pero planeaba hacer otra visita pronto. Detestaba el largo trayecto, pero sabía que debía ir. Además, quería llevar un obsequio al pequeño infante. Sin embargo, lo pasaba mucho mejor en el campo, con sus hijos, en su propia hacienda. Allí siempre había mucho que hacer. Durante la primavera habían estado ocupados talando los árboles dañados por las tormentas de invierno. Le encantaba explicarle a Wachiwi todo el trabajo que hacía en la finca, ya que ella siempre se interesaba y le proporcionaba unas ideas excelentes que a veces Tristan no concebía que pudieran proceder de alguien tan joven.

Una tarde la sorprendió tras un largo paseo a caballo al pedirle que cenara con él en el comedor. Era la primera vez que sucedía. Wachiwi solía comer y cenar con los niños, y ellos disfrutaban mucho en su compañía, al contrario que la institutriz, que seguía en sus trece.

Wachiwi aceptó la invitación encantada. Siempre lo pasaba bien conversando con él. Charlaban sobre temas diversos, puesto que el hombre era muy culto y Wachiwi ya hablaba con fluidez el francés. Lo único que aún no sabía era leer, y tenía muchas ganas de aprender a hacerlo. Tristan le había prometido que le enseñaría, pero durante el invierno no había tenido tiempo. La muchacha deseaba leer los libros que él guardaba en su biblioteca; le parecían fascinantes.

Durante la cena, Tristan le contó algunos de los enredos que tenían lugar en la corte y por qué le provocaban tanto hastío. La gente llevaba muchos años quejándose de la reina y sus extravagancias. Tristan siempre había considerado a María Antonieta una mujer agradable, aunque de joven era un tanto bobalicona. Desde que tenía hijos, en cambio, le parecía más seria y más madura. No mostraba paciencia alguna con respecto a los politiqueos y las manipulaciones de los ministros, los cortesanos y todos los oportunistas que se movían en torno a la corte por interés. Explicó a Wachiwi que la soberana era austríaca, no francesa, aunque casi todo el mundo tendía a olvidarlo, y que había accedido a la corona cuando aún era una niña. Concertaron sus nupcias a los catorce años. Entonces Wachiwi dijo que en la cultura india eso también ocurría; las muchachas se casaban muy jóvenes y casi siempre se celebraban matrimonios de conveniencia, aunque agradecía mucho que a ella su padre no la hubiera obligado a hacer lo mismo. En cuanto a la reina, resultaba innegable que había permitido que en la corte se cometieran excesos increíbles, y los súbditos trabajaban a porfía por conseguir su favor y su atención. Era demasiado poder para alguien tan joven. A Tristan ese ambiente le resultaba abrumador. Era un hombre tranquilo que gozaba dirigiendo sus extensas propiedades y realizando actividades al aire libre. Cuando terminaron de cenar aún seguían hablando de la corte, y Wachiwi encontró muy interesante lo que Tristan le contaba a pesar de que, a todas luces, para él no lo era. Jean le había explicado que a él tampoco le entusiasmaba la corte, por lo que se alegraba mucho de haber podido escapar al Nuevo Mundo en lugar de quedar atrapado en el círculo de intrigas. El marqués, en cambio, como era el cabeza de familia y poseía vastas extensiones de tierra, no podía eludir sus responsabilidades para con el rey ni evitar las visitas a la corte. Y desde que no tenía a su esposa para acompañarlo, aún le pesaban más. Antes por lo menos podía lucirla y bailar con ella; ahora, sin embargo, se pasaba la noche entera hablando de política con los demás hombres.

Cuando salieron del comedor, Tristan se volvió hacia Wachiwi con una cálida sonrisa. Siempre disfrutaban de sus veladas juntos, y esa noche habían permanecido mucho tiempo a la mesa. A veces el hombre se sentía solo, le ocurría desde la muerte de su esposa, y envidiaba a Wachiwi porque podía cenar con los niños. A él también le habría gustado hacerlo, pero resultaría extraño. Durante la cena se le había ocurrido proponerle una cosa a Wachiwi, y lo hizo con cautela.

—¿Te gustaría acompañarme la próxima vez que visite la corte? Debo volver a ir dentro de unas semanas, y tal vez te resulte interesante ver cómo es. Además, estoy seguro de que al rey y a la reina les encantará conocerte.

La chica se sintió halagada ante la propuesta. Le preocupaba no tener ropa apropiada, pero Tristan le dijo que se ocuparía de que la modista de la ciudad le confeccionara algo adecuado, y ella le agradeció su amable invitación. Al día siguiente, Wachiwi se lo contó a los niños, y ellos se mostraron muy emocionados. Agathe le aconsejó que llevara el bonito vestido con las púas de puercoespín, y entonces la chica sonrió con aire misterioso. Faltaban pocos días para el cumpleaños de la niña, y Wachiwi llevaba meses confeccionándole un regalo que casi había terminado.

Le había costado muchísimo encontrar todos los materiales necesarios para el obsequio. En su poblado todo habría resultado más fácil, pero allí era un auténtico reto dar con cada uno de los artículos que precisaba. No consiguió comprar piel de wapiti, pero la había sustituido por piel de ciervo, que le recordaba a la gamuza de los pantalones que había regalado a la muerte de Jean. Las púas de puercoespín se las había proporcionado el guardabosques de Tristan, y le llevó meses obtenerlas. En cuanto a las bayas, por suerte encontró justo las que necesitaba para elaborar la pasta del tinte. Las cuentas, las había arrancado de la camisa originalmente confeccionada para Jean. Prefería regalárselas a su sobrina. Las cosió con cuidado en el diminuto vestido de piel de ciervo. Incluso le sobró material para confeccionar un par de mocasines. El día del cumpleaños de Agathe, envolvió con esmero todos los obsequios en un suave tejido rojo y le puso un lazo. Luego, de buena mañana, se dirigió a las dependencias de los niños para hacerle entrega del regalo. La pequeña dio un grito de júbilo cuando lo vio. Insistió en ponérselo de inmediato, para gran horror de la mademoiselle, y Wachiwi observó con entusiasmo que le encajaba a la perfección. Era una réplica exacta de su propio vestido, solo que ese era nuevo y proporcional al tamaño de la niña. Y los mocasines también tenían el tamaño perfecto para sus pies. Agathe estaba tan ilusionada que se dirigió corriendo a la planta baja para enseñárselo a su padre sin siquiera pedir permiso a la institutriz. Y en cuanto el hombre la vio, estalló en carcajadas.

—¡Pareces una pequeña sioux!

Agathe estaba radiante y se paseó orgullosa para lucir el vestido ante su padre. En cuanto Wachiwi bajó siguiendo los pasos de la niña, el hombre le dio las gracias.

—Ahora solo falta que me enseñes a montar como lo hacéis en tu tribu y me sentiré la mar de feliz.

Desde que la chica lo instruía, ya había adquirido mucha más habilidad, y Matthieu también. Wachiwi había compartido con ellos gran parte de sus conocimientos y costumbres, y el tiempo pasaba tan deprisa que a todos les costaba creer que ya llevaba allí cinco meses. La única forma de compensarlos por su amabilidad era con pequeños detalles. Aún no tenía ni idea de adónde se dirigiría ni qué haría cuando se marchara de esa casa, aunque era consciente de que tarde o temprano debería seguir adelante con su vida, le gustara o no. No podía aprovecharse de la amabilidad y la hospitalidad de Tristan por siempre. Mientras tanto, sin embargo, el vestido y los zapatos que había confeccionado para Agathe resultaron todo un éxito.

También lo fue el vestido que Tristan encargó para la visita de Wachiwi a la corte. Llegó justo el día anterior de su partida hacia París. Le quedaba perfecto, y con él estaba espectacular. Era de un raso divino de color rosa pálido y tenía un gran escote y una falda muy voluminosa con enormes caídas a ambos lados, unas mangas muy bellas adornadas con encaje y un chal de blonda a juego. El color le resultaba muy favorecedor; y cuando Wachiwi se atavió con la prenda, Agathe ahogó un grito y le aseguró que parecía una auténtica reina. Se lo mostró a Tristan y también él dio su aprobación. El vestido disponía de su propio baúl para el transporte, y Wachiwi incluyó en él algunos de los vestidos con que Jean la había obsequiado el año anterior. Cuando partieron hacia París, colocaron todas las pertenencias de la chica en un coche aparte mientras que ellos viajaron en el elegante carruaje de Tristan.

Los niños les dijeron adiós con la mano, y Wachiwi parecía nerviosa y entusiasmada. Tristan y ella mantuvieron una relajada conversación durante el largo trayecto de dos días. Habían partido de la mansión prácticamente al despuntar el día, estuvieron viajando hasta el anochecer y se detuvieron en una posada del camino. Las instalaciones no pasaban de ser decentes, y llegaron a París pasada la medianoche del segundo día. Tenían la casa de París a punto. En todas partes lucían velas encendidas, habían pulido los muebles hasta sacarles brillo y uno de los dormitorios estaba ventilado y preparado. Cuando entraron en la casa de la rue du Bac, Wachiwi se caía de sueño, pero quedó deslumbrada por el vestíbulo principal, la bella escalera de mármol y las dependencias. Además, había resultado muy emocionante cruzar la ciudad en plena noche. Tristan se retiró a su dormitorio en cuanto dejó a Wachiwi en manos del ama de llaves tras despedirse hasta la mañana siguiente.

La chica apenas consiguió pegar ojo de lo emocionada que estaba, y se levantó de buena mañana. Le sorprendió comprobar que Tristan ya había bajado y estaba terminando de desayunar. Poco después la dejó, explicándole que tenía cuestiones que atender. Aconsejó a Wachiwi que aprovechara todo el día para descansar, ya que por la tarde irían a visitar la corte. Había contratado a una peluquera para que la peinara, y si quería podía empolvarle el pelo, pero a ella no le gustaba nada la idea y prefería lucir su color natural. Además, puesto que el rey estaba al corriente de su visita y sabía que era sioux, le decepcionaría verla con el pelo blanco, igual que el resto de los visitantes de la corte. Era un estilo instaurado por la joven reina, que tenía debilidad por todo lo blanco.

Por la tarde, Wachiwi salió a dar un paseo tras pedir a uno de los mozos que la acompañara, como indicaba la costumbre. Caminó durante mucho tiempo y llegó al Sena, donde se detuvo a contemplar las aguas, los puentes, los barcos que navegaban y los edificios de la orilla opuesta. Nunca había visto nada tan encantador como París, y no se sentía nada cohibida.

Se sentía llena de energía cuando volvió a la casa. La peluquera ya la estaba esperando. Cuando Tristan regresó, Wachiwi estaba casi a punto, y dos de las doncellas y el ama de llaves la ayudaron a vestirse. El corsé y las prendas interiores eran bastante más complejos de colocar que aquello con lo que Jean la había ataviado en Saint-Louis y en Nueva Orleans. Wachiwi tenía un aspecto maravilloso cuando se presentó ante Tristan, que la estaba aguardando al pie de la espléndida escalinata. Él llevaba unos pantalones a media pierna de raso azul pálido y una casaca de brocado rojo con una chorrera de blonda en el cuello, y el pelo empolvado. Apenas lo reconocía. Él, al verla, sonrió de oreja a oreja. Nunca había visto a una mujer de aspecto tan encantador como Wachiwi.

La alabó cuando entraron en el carruaje, y Wachiwi tuvo la sensación de que apenas unos instantes después estaban en palacio, ya que habían pasado todo el trayecto charlando. Tristan notó que la chica estaba nerviosa y ella lo reconoció con timidez. Él le dio unas palmaditas en el hombro para tranquilizarla y afirmó que sería una experiencia maravillosa; estaba seguro.

La familia real había pasado el invierno en el palacio del Louvre, pero ya se había trasladado a la residencia de verano en Versalles. Wachiwi nunca había imaginado un lugar tan opulento como el vestíbulo en el que acaban de entrar. El terreno, los jardines y la huerta ya la habían impresionado a su llegada. Fueron guiados hasta el pequeño salón privado donde el rey y la reina aguardaban para recibirlos antes de unirse a los demás invitados. Justo antes de entrar, Tristan le recordó en un tono susurrante que ofreciera una gran reverencia a ambos. Wachiwi cumplió a la perfección, y el rey la encontró encantadora. María Antonieta, en cambio, la ignoró, como solía hacer con todos sus invitados. Estaba cuchicheando con dos de sus damas de honor, formando un corrillo. Por suerte, el rey compensaba con creces la actitud de su distraída esposa, y al fin María Antonieta atendió su presencia, y Wachiwi y ella acabaron riendo como dos chiquillas. Tristan estaba encantado; la audiencia que les habían concedido el rey y la reina había ido excepcionalmente bien.

El rey había preguntado a Wachiwi por su tribu con interés. Ella le habló de su padre y sus cinco hermanos, y Tristan añadió que la chica tenía la habilidad de un guerrero montando a caballo. Luego abandonaron el salón para unirse a los centenares de súbditos que aguardaban la presencia del rey y la reina. En cuanto llegaron, sirvieron la cena, y hubo música y baile. Los invitados formaban grupitos aquí y allá, charlaban unos con otros a la vez que intentaban cerrar tratos e intercambiar información y habladurías sobre los últimos acuerdos comerciales. Tristan le presentó algunos de sus amigos a Wachiwi, quienes mostraron abiertamente su curiosidad; sin embargo, ninguno se escandalizó ni la rechazó como había ocurrido en Nueva Orleans. Las personas que frecuentaban la corte eran mucho más cultas, y el hecho de que Wachiwi fuera india despertaba su interés con mayor motivo. Le habían peinado el brillante pelo negro formando unos enormes tirabuzones en la coronilla, y al no llevarlo empolvado aún destacaba más. Wachiwi tuvo muchísimo éxito, y Tristan era la envidia de todos los hombres que la contemplaban. La chica no podía evitar pensar en lo distinta que era esa situación de la que había vivido en las dependencias de los esclavos a las que la habían confinado en Nueva Orleans. Y desprendía tanta elegancia como cualquiera de las otras mujeres gracias al vestido que el marqués había encargado para ella.

Lo estaba pasando tan bien que no deseaba marcharse. Le encantaba observar a los invitados bailando, aunque ella no tenía ni idea de cómo hacerlo; además, la música le parecía preciosa. Eso hizo pensar a Tristan que merecía mucho la pena enseñar a bailar a Wachiwi, sobre todo si pensaba volver con ella a la corte, lo cual cada vez se le antojaba más probable. Supondría un duro golpe para ella no hacerlo, y se la veía disfrutar tanto que no quería privarla de eso. A él también le hacía la visita más placentera; por primera vez en años no se aburría como una ostra durante la velada en la corte. Le divertía observar cómo se deshacían en atenciones con ella, cómo charlaba y trababa amistad con los invitados.

—Me alegro de que lo hayas pasado bien —dijo a Wachiwi en un tono relajado durante el regreso en el carruaje, aliviado de que la velada hubiera tocado a su fin.

Aunque lo había pasado mucho mejor gracias a la compañía de la chica, las visitas a la corte no dejaban de resultarle pesadas y tensas, y el pelo empolvado le hacía estornudar. Wachiwi bromeó acerca de eso durante el trayecto. Se sentía muy importante y especial, y se volvió a mirarlo con agradecimiento.

—Gracias por ser tan amable conmigo, Tristan. Lo he pasado de maravilla.

Ojalá Jean hubiera estado allí. Ambos pensaban lo mismo. Wachiwi seguía echándolo de menos, igual que su hermano.

—Ha sido la mejor noche de mi vida.

La elegancia con que había expresado su opinión hizo sonreír a Tristan. Esa noche se sentía muy orgulloso de ella. Se le habían acercado muchas personas que luego la habían alabado ante él, y eso le sorprendió. Más bien esperaba que al menos ciertas mujeres la criticaran, cosa que no había sucedido. Todo el mundo parecía encantado con su presencia, y ella se mostraba tan inocente y franca que la recibieron de muy buen grado. El rey se aseguró de comunicarle a Tristan que deseaba volver a verla allí.

Cuando llegaron a casa, estuvieron charlando unos minutos y luego se dieron las buenas noches y se retiraron a sus respectivos dormitorios. El ama de llaves ayudó a Wachiwi a despojarse de sus galas y la chica permaneció despierta casi toda la noche, rememorando todos y cada uno de los momentos de la velada, aún incapaz de concebir que había estado en la corte real. La visita había resultado mejor de lo que esperaba y mucho más impresionante de lo que jamás habría imaginado. Además, se sentía muy orgullosa de haber asistido en compañía de Tristan, que siempre se comportaba con suprema amabilidad. Al final se quedó dormida un rato, pero a la mañana siguiente se levantó temprano y volvieron a encontrarse para desayunar.

Tristan se ofreció a darle una vuelta por la ciudad, y Wachiwi se mostró impaciente. Visitaron los jardines del Palacio Real cercano al Louvre, y pasearon por el jardín de las Tullerías. A continuación se dirigieron a Notre Dame y a la place des Vosges, en el barrio de Le Marais. La chica volvía a estar entusiasmadísima cuando regresaron a casa, y esa noche cenaron tranquilamente en casa porque al día siguiente regresaban a Bretaña. Wachiwi estaba impaciente por explicarles a los niños lo que había supuesto conocer al rey y a la reina. En particular, se había comprometido con Agathe a contarle la visita con todo detalle. Pensaba dejarle claro lo apuesto que resultaba su padre vestido con la casaca de brocado rojo, los pantalones de raso azul y los elegantes zapatos con hebilla.

Tenía un aspecto por completo distinto cuando entró en el carruaje dispuesto a emprender el regreso. Llevaba ropa cómoda para el viaje y un largo abrigo negro destinado a proteger las prendas del polvo del camino. Antes de partir, tapó a Wachiwi con una manta a causa del frío ambiente matutino.

Esa vez hablaron largo y tendido durante el trayecto, se detuvieron en varias posadas para comer y cenar, y de nuevo pasaron la noche en un establecimiento del camino. El regreso se les hizo más corto; aun así, llegaron al Château de Margerac a última hora del segundo día, cuando todo el mundo estaba ya durmiendo. Wachiwi volvió a dar las gracias a Tristan, y él le explicó que tendría que esperar hasta la mañana siguiente para que subieran el equipaje a su habitación, ya que los hombres estaban cansados del largo viaje.

Wachiwi ni siquiera había desayunado cuando subió la

escalera para contarles a los niños todos los detalles del viaje a París y la velada en la corte. Agathe dijo que a ella también le gustaría ir algún día, y la chica respondió que estaba segura de que lo conseguiría; iría con su padre, y él estaría orgulloso de lucirla con un bonito vestido, confeccionado expresamente para la ocasión, que le daría el aspecto de una princesa.

—¿Tú también vendrás? —preguntó la niña con los ojos haciéndole chiribitas, y Wachiwi vaciló antes de contestar.

Ella no lo sabía, pero Tristan también estaba aguardando su respuesta. Acababa de entrar en la habitación cuando Agathe formuló la pregunta, pero la chica no lo había visto.

—No lo sé —respondió con honestidad. Jamás mentía a los niños ni a nadie. Su sinceridad era indefectible. Era algo que le había enseñado su padre siendo una niña. A él, la sabiduría y la franqueza lo habían convertido en un gran jefe respetado por todos—. Falta mucho para eso, ya sabes, y entonces ya seré muy mayor y no sé dónde estaré.

—Quiero que te quedes aquí con nosotros —suplicó Agathe con aire preocupado.

—Pues así será —dijo su padre entrando en la habitación; y Wachiwi se sorprendió y le dio los buenos días.

—Para entonces ya sabréis todo lo que hay que saber sobre la equitación —dijo Wachiwi a los tres con una sonrisa. Era un instante tenso para todos—. Y yo ya seré demasiado mayor para seguir dándoos lecciones. Agathe tendrá que dejarme su poni para que pueda montar.

Los niños se echaron a reír ante el comentario, que había servido para volver a aligerar el ambiente. Entonces los pequeños reclamaron la atención de su padre, y Wachiwi aprovechó el momento para escabullirse con discreción y regresar a su habitación.

Tristan se reunió allí con ella al cabo de unos minutos, tras abandonar las dependencias de Agathe y Matthieu.

—Los niños quieren que te quedes a vivir aquí, Wachiwi, y yo también.

Abordó el tema sin rodeos. No le había gustado la respuesta de la chica, y a sus hijos tampoco; habían hablado de ello después de que se marchara.

—No puedo ser siempre una carga —respondió con tanta elegancia que a Tristan le costó hacerse a la idea de que había aprendido a hablar francés tan solo un año antes, gracias a la previsión de su hermano.

—No eres ninguna carga. Nos gusta tenerte aquí. Haces felices a mis hijos. —Entonces prosiguió en un tono más quedo y la voz teñida de emoción—. A mí también me haces feliz, aunque no te lo haya dicho.

La miró a los ojos y no le costó comprender por qué su hermano se había enamorado de ella. Era a la vez delicada y fuerte, y siempre se mostraba muy amable con todos ellos. En cierto modo, también era vehemente, y en otras ocasiones resultaba tan suave como una pluma. Tristan había llegado a la conclusión de que era la mujer perfecta. Lo era para él y también para sus hijos. Además, no había nadie a quien tuviera que pedir permiso para pretenderla.

—¿Te quedarás con nosotros? —preguntó, solemne.

—Mientras tú lo desees —lo tranquilizó ella.

Él asintió en señal de gratitud y se marchó con expresión turbada. No volvieron a verse hasta última hora de la tarde, cuando Tristan la encontró en el jardín. Pasearon juntos un rato y se sentaron en un banco a contemplar el mar.

—Me parece que llevas aquí toda la vida —dijo él.

—A veces yo también tengo esa sensación. Otras, en cambio, me acuerdo de mi padre, mis hermanos y el poblado.

—¿Los echas mucho de menos?

Wachiwi asintió mientras una lágrima le resbalaba por la mejilla, y él se la enjugó, acariciándole la cara de un modo que jamás antes había hecho. A continuación, sin previo aviso, se inclinó sobre ella y la besó. Sin embargo, no quería que pensara que se estaba aprovechando de la situación, así que se apartó al instante. Ella levantó la cabeza para mirarlo, aún sorprendida. Nunca le había mostrado ningún interés en ese aspecto y no sabía cómo interpretar el hecho de que la hubiera besado.

En realidad, él tenía pensado aguardar un par de meses hasta encontrar el momento oportuno, aunque ya había tomado la decisión en París. Entonces le comunicó sus intenciones para que comprendiera que eran castas. No buscaba una amante, deseaba una esposa.

—Quiero que te quedes aquí, Wachiwi, durante toda tu vida; durante toda nuestra vida.

La miró de forma muy expresiva, aunque la chica seguía aparentando desconcierto.

—Eres muy amable, Tristan, pero, si algún día vuelves a casarte, a tu esposa no le gustará. No le hará ninguna gracia tener en casa a una india.

Le sonrió con timidez al decir eso. Wachiwi creía que ese beso era producto de un arrebato, algo que jamás se repetiría. Cuando Jean la había besado, enseguida comprendió que estaba enamorado; sin embargo, con Tristan era diferente. Se mostraba más contenido y siempre era cortés, pero eso se debía a que no exteriorizaba sus emociones. Había aprendido a hacerlo de jovencito y todavía actuaba igual.

—No creo que debamos preocuparnos por lo que mi futura esposa piense de ti —anunció en un tono enigmático.

—¿Por qué no? —preguntó Wachiwi con los ojos muy abiertos y una expresión inocente que hizo que Tristan se derritiera.

Hacía tiempo que se había dado cuenta de que la amaba desde el momento en que la vio por primera vez, pero, debido a la reciente muerte de Jean y el motivo por el que la chica había llegado hasta allí, le resultaba incómodo planteárselo o revelárselo a ella. En ese momento, en cambio, sentía que debía decírselo. No podía mantener por más tiempo sus sentimientos en secreto, ni deseaba hacerlo.

—Porque tú eres la única persona a quien deseo convertir en mi esposa, Wachiwi.

Entonces el hombre se arrodilló junto al banco en que estaban sentados y le tomó la mano.

—¿Quieres casarte conmigo? —Y añadió lo que llevaba meses deseando expresar y no se había atrevido siquiera a decirse a sí mismo—. Te amo.

—Yo también —respondió ella con un hilo de voz, y bajó la mirada.

Desde hacía meses ella sabía que lo amaba, y disfrutaba de todos los momentos que compartía con él y con sus hijos. Sin embargo, jamás se había permitido pensar que él podía corresponder a sus sentimientos.

Entonces él la tomó en brazos y le dio un intenso beso. Permanecieron un rato charlando en el banco, haciendo planes. Para cuando regresaron a la mansión, habían decidido que contraerían matrimonio en París en el mes de junio. Los niños asistirían a la boda; y al día siguiente Tristan presentaría a Wachiwi en la corte como la marquesa De Margerac.

Así lo comunicaron a los pequeños en cuanto regresaron a la casa, y Agathe y Matthieu empezaron a dar saltos por la habitación, riendo y gritando, y ambos prodigaron besos a Wachiwi. La institutriz aprovechó el momento para salir sin hacer ruido, y a la mañana siguiente anunció que dejaba el trabajo. Los niños también se alegraron con respecto a eso. Pero, por encima de todo, estaban encantados de que Wachiwi fuera a convertirse en su nueva madre, y ella compartía el mismo sentimiento. Ya no necesitarían más institutrices porque la tenían a ella. La tendrían siempre. Y Tristan también.

16

Durante los siguientes dos meses, Tristan y Wachiwi salieron juntos a cabalgar y a pasear por los jardines, hicieron planes, cenaron todas las noches en el comedor y hablaron largo y tendido de todas las cosas que esperaban conseguir en el futuro. Tristan deseaba tener hijos con ella, pero le aterraba la idea de perderla igual que había perdido a la madre de Agathe y Matthieu.

—Eso no ocurrirá —lo tranquilizó—. Soy muy fuerte.

—Ella también lo era —apostilló él con tristeza—. A veces lo malo sucede cuando menos lo esperas.

Wachiwi era consciente de ello, había sufrido la experiencia con Jean y con todo lo que le había ocurrido de antemano. Nunca había imaginado que los crow la raptarían, y siempre se preguntaba qué habría sido de su padre después. No lo sabía; no lo sabría jamás.

—A nosotros no nos ocurrirá nada malo —aseguró con voz queda. Estaba segura.

Deseaba tener hijos con Tristan, y se sorprendía de no haber concebido ninguno durante los meses que había pasado con Jean. Tenía la esperanza de no ser como esas mujeres del poblado que no conseguían concebir hijos, a quienes se consideraba criaturas defectuosas, engendros de la naturaleza.

Deseaba tener un bebé pronto. Quería a Agathe y a Matthieu, pero ansiaba llevar dentro de sí a los hijos de Tristan, a tantos como fuera posible.

—A lo mejor el año que viene a estas alturas puedo darte un hijo —dijo con aire orgulloso al imaginarlo; y, de pronto, su mirada se nubló un instante—. ¿Te importa que le llamemos Jean en honor a tu hermano?

—De hecho, me gustaría mucho —respondió él con voz queda.

Sabía que Wachiwi había amado a Jean, pero eso no lo incomodaba. Tenía la sensación de que su hermano la había guiado a casa para él, que eran los deseos del destino. Y, aunque Wachiwi lo había amado, también confesó a Tristan que a él lo amaba más aún. No sabía lo que era el amor, según decía, hasta que lo conoció a él. Era todavía muy joven cuando encontró a Jean en el lago, inocente e insensata al arriesgarse tantísimo. Ahora se sentía toda una mujer, prudente, fuerte y segura de lo que sentía por Tristan. Era suya.

Los siguientes dos meses transcurrieron muy deprisa, y en junio Wachiwi, Tristan y los niños partieron hacia París. Agathe pasó casi todo el largo viaje dormida sobre el regazo de Wachiwi; para entretener a Matthieu, le permitieron sentarse junto al cochero. Por fin, bien entrada la calurosa noche de verano, llegaron a la casa en París. El servicio al completo les estaba esperando; habían adornado todos los espacios con flores y cada detalle estaba a punto para la boda que tendría lugar al día siguiente. Los mejores amigos de Tristan en París habían recibido varias semanas antes las invitaciones, escritas a mano. Como eran sus segundas nupcias y su hermano había fallecido ese mismo año, preferían que la ceremonia fuera en *petit comité*.

Los niños se retiraron a su dormitorio y quedaron al cuidado del ama de llaves. Wachiwi no conseguía dormir, estaba demasiado nerviosa. No paraba de pensar en la forma en que había llegado hasta allí, y en la bendición que suponía sentirse unida a Tristan. No veía el momento de ser toda suya, ante los ojos de Dios y en sus brazos, como hombre. Ya no era ninguna chiquilla inocente. Era una mujer tierna y cariñosa que deseaba abrirle su corazón, su cuerpo y su vida entera. Era una mujer apasionada; y Tristan, tras su fría apariencia, llevaba meses sintiendo un ardiente deseo por ella. Tan solo el respeto por su difunto hermano y por Wachiwi misma lo habían mantenido en silencio durante tanto tiempo. Esa noche permaneció un buen rato de pie ante la ventana de su dormitorio, pensando que por la mañana la joven más bella de todo el planeta sería suya.

Partió hacia la iglesia antes que Wachiwi, y unos minutos más tarde llegó ella en el carruaje, acompañada por los niños. Tristan había pedido a dos de sus mejores amigos que hicieran de testigos, ya que Wachiwi no conocía a nadie en Francia a excepción de él y sus hijos. Se celebró una ceremonia católica en una capilla diminuta de la rue du Bac, cerca de la casa. Wachiwi había pedido convertirse al catolicismo, y durante los últimos dos meses había tomado lecciones con un sacerdote en Bretaña. La bautizaron antes de la boda. Deseaba hacer todo lo posible por complacer a Tristan.

Los amigos del novio los acompañaron durante la boda, y los niños se apostaron a su lado. Wachiwi y Agathe se daban la mano mientras Tristan miraba a la joven a los ojos de una forma en que ningún hombre lo había hecho jamás. Matthieu permaneció con aire solemne junto a su padre, y Agathe sostenía el pequeño ramo de muguete cuando Tristan tomó la mano de Wachiwi.

Pronunciaron los votos y él deslizó un fino aro de diamantes en el dedo de la novia. También le había regalado otro anillo con una gran esmeralda, pero Wachiwi sabía que no se quitaría jamás la sortija de diamantes. Llevaba un vestido de raso blanco que la propia reina le había regalado cuando tuvo noticia de la boda. Decía que tenía muchos vestidos parecidos y que no le importaba cederle ese a Wachiwi. Además, la soberana aún no había perdido todo el peso que debía a causa del bebé al que había dado a luz tres meses antes. Al salir juntos de la iglesia como marido y mujer, Wachiwi tenía verdaderamente un aspecto tan espléndido como cualquier reina. La marquesa De Margerac, la hija de un jefe sioux, había encontrado su hogar.

Celebraron una comida todos juntos en casa de Tristan y Wachiwi, y por la noche acudieron muchísimos amigos y conocidos que querían hacerles llegar sus mejores deseos, con los que bailaron y tomaron champán. La fiesta duró hasta altas horas de la madrugada y, cuando por fin Wachiwi y Tristan subieron a su dormitorio, a ella la invadió la sensación de que toda la vida le había pertenecido. Había nacido para ser suya, en un poblado sioux muy lejano, y había cruzado un continente y un océano para estar allí en esos momentos, junto a ese hombre. Lo miró en cuanto cerró la puerta del dormitorio, y dejó que el vestido de raso blanco se deslizara por sus hombros. Le costó un poco, pero por fin la prenda cayó al suelo, y unos instantes después él la vio tal como la había visto Jean, cuando la encontró en el lago y contempló su bella desnudez. Su piel brillaba a la luz de la luna cuando extendió los brazos y él la tendió con suavidad sobre la cama.

Era el momento que ambos habían estado esperando y que tanto anhelaban, el momento en que se unirían en cuerpo y alma, en que ella se entregaría a él por completo. Cuando Tristan se vertió en su interior parecía que jamás hubiera existido otro tiempo ni otro lugar. Yacieron juntos, aferrándose el uno al otro, y al amanecer tuvieron la certeza de que esa noche se habían fundido para siempre. El sino de Wachiwi era encontrarse con él, y por fin se había cumplido.

Se quedaron en París tres días más. Wachiwi fue presentada en la corte como la marquesa De Margerac el día después de la boda, y todo el mundo la vitoreó y la aclamó cuando el sirviente anunció su nombre. Corrieron ríos de champán, y Wachiwi bailó con Tristan toda la noche a excepción de una vez en que lo hizo con el rey. Tristan le había dado clases de baile en Bretaña para prepararla.

El día de la boda había sido el más dichoso en la vida de Wachiwi, y su presentación en la corte como esposa de Tristan remataba su felicidad. María Antonieta exhibió también una gran alegría y le ofreció un cálido abrazo a la vez que admiraba el nuevo vestido que Tristan había encargado para ella. Era de un brocado rojo muy vistoso y contrastaba de forma imponente con su tez y su pelo. Lo lucía acompañado con un collar de rubíes que había pertenecido a su madre. Regresaron juntos a casa bien entrada la noche y volvieron a descubrir respectivamente las maravillas carnales.

Mostraron todos los rincones de París a los niños antes de regresar a Bretaña. Casi no habían vuelto a pisar la corte durante ese tiempo, pero Wachiwi creía que debían hacerlo y convenció a Tristan. Él se sentía tan feliz después de la boda que no le importó. Quería cumplir todos los deseos de su esposa; además, sabía que tenía razón y que debían presentar sus últimos respetos al rey y la reina antes de dejar la ciudad. Luego se dieron cuenta de que se trataba de una corazonada y que de nuevo los había guiado el destino. Cuando llegaron, un jefe sioux dakota honraba la corte con su presencia.

Era un hombre alto e imponente, más joven que el padre de Wachiwi, de mirada intensa, pero al ver a la chica sonrió, igual que hizo ella. Dijo que la había conocido de niña, junto a su padre, aunque ella no lo recordaba. El hombre conocía bien al padre de Wachiwi, y entonces la chica recordó su nombre de forma vaga. Era el jefe Wambleeska, Águila Blanca, y había viajado a Francia con dos de sus hijos. Los tres hombres constituían una imagen imponente, ataviados con una combinación de los trajes propios de la corte y la indumentaria indígena, y el jefe Águila Blanca se dirigió a Wachiwi en dakota en cuanto los presentaron. A Wachiwi la invadió la nostalgia al oírlo, y añoró más que nunca a su padre y sus hermanos. Tuvo que esforzarse por contener las lágrimas mientras hablaban.

Al cabo de unos minutos ella le preguntó si tenía noticias de su padre. El jefe Águila Blanca se había referido a su secuestro por parte de los crow y le explicó que la muerte del jefe de la tribu se había convertido en una leyenda entre el pueblo sioux dakota. Consideraban que, tras su desaparición, Wachiwi se había transformado en un espíritu, y el hombre se había quedado anonadado al verla allí.

—¿Cómo está mi padre? —preguntó ella en voz baja mientras Tristan observaba su expresión e interpretaba sus palabras a partir de la mirada de sufrimiento y esperanza.

Temía la respuesta que obtendría, igual que Wachiwi. La chica siempre decía que su padre era muy anciano y frágil, que cuando ella había nacido ya era mayor.

El jefe Águila Blanca habló varios minutos con semblante adusto. Wachiwi asintió, y unos minutos más tarde se llevaron al jefe indio para que conociera a otros palaciegos. Él ofreció a Wachiwi y al marqués la señal de la paz, y Tristan miró a su esposa con gesto interrogativo. Resultaba muy sorprendente oírla hablar dakota en ese lugar.

—¿Qué te ha dicho? —preguntó Tristan en un tono quedo. Cuando ella levantó la cabeza para responderle, las lágrimas le anegaban los ojos.

—El Gran Espíritu arrebató el alma a mi padre antes del invierno, ni siquiera habían montado el campamento.

En el fondo, Wachiwi hacía meses que lo sabía. Hacía un año que la habían raptado los crow, y su padre había sobrevivido por poco tiempo. Jamás volvería a verlo, pero por lo menos ya sabía que descansaba en paz, y eso también le daba paz a ella. Sus respectivos destinos los habían guiado por sendas diferentes, como tenía que ser. A él la ausencia de su hija le había partido literalmente el corazón, tal como Wachiwi temía. Al pensarlo, volvió a sentir un odio tan tremendo por Napayshni que no lamentó lo que le había ocurrido en el bosque. Era el castigo que merecía por lo que les había hecho a sus hermanos y a su padre.

—Lo siento —susurró Tristan cuando abandonaron la corte, y ella asintió y se asió a su brazo.

Sentía un profundo dolor al pensar que su padre había muerto de pena, pero por lo menos ya sabía la verdad. Los dos estaban libres. Él había gozado de una vida confortable, y a ella la esperaba todo un futuro con Tristan, sus hijos y los que concebiría en adelante. Sabía que su padre, igual que Jean, se alojaría para siempre en un remanso de paz en su corazón. Estaba triste, pero se sentía tranquila.

Le había pedido al jefe Águila Blanca que diera noticia de ella a sus hermanos y que les dijera que estaba bien y era feliz, que se había casado con un buen hombre. Él prometió hacerlo, aunque especificó que no sabía cuándo abandonaría Francia.

Wachiwi apoyó la cabeza en el hombro de Tristan una vez que estuvieron en el carruaje, de regreso a casa. Esa noche volvieron a hacer el amor. Ella se entregó a sus brazos, pensando en la nueva vida que ambos acababan de estrenar. Y cuando se quedaron dormidos, Wachiwi volvió a soñar con el búfalo blanco y con una paloma también blanca que lo acompañaba de cerca. En el sueño vio a su padre y, cuando despertó por la mañana, observó que Tristan le sonreía y supo que su vida era perfecta.

Ese mismo día regresaron a Bretaña y, una vez que llegaron a la mansión familiar, Wachiwi se trasladó al dormitorio de Tristan. Todos los días salían a dar largos paseos juntos, caminando a orillas del mar. Wachiwi pensaba en su padre y se sentía tranquila por él. Durante las primeras semanas salían a cabalgar, hasta que una mañana de agosto él le propuso dar un paseo por el bosque y ella negó con la cabeza con una sonrisita sin dejar de mirarlo a los ojos.

—No puedo —anunció en voz baja.

—¿Por qué no? ¿Estás enferma?

El hombre parecía preocupado, aunque Wachiwi ya sabía lo que le ocurría; y, de repente, al mirarla, él también lo comprendió.

—Dios mío. ¿Estás segura?

La joven asintió con gravedad. Estaba convencida de que todo había sucedido en la noche de bodas, como tenía que ser. Nacería un bebé por primavera, y los dos deseaban que fuera un niño al que llamarían Jean en reconocimiento al hombre que los había unido. Jean había guiado a Wachiwi hasta Tristan, le había salvado la vida y la había conducido hasta el hogar que le correspondía, para pasar toda la vida junto a Tristan y su familia. Entonces supo que el búfalo blanco de sus sueños la había llevado hasta él.

17

Brigitte

Marc y Brigitte salieron de París una soleada mañana de abril en dirección a Bretaña. Viajaban en el coche de Marc, un vehículo ridículamente diminuto que arrancó carcajadas a Brigitte. Nunca había visto ninguno tan pequeño, aunque resultaba normal al vivir en París. No le hizo tanta gracia tener que viajar en él por autopista, pero Marc afirmó que era seguro. A ella le parecía un coche de juguete; su pequeña bolsa de viaje ocupaba casi todo el asiento de atrás. La de Marc, más pequeña todavía, llenaba el maletero.

Avanzaron a una velocidad razonable durante varias horas, y Marc aprovechó el trayecto para hablar de su nueva novela. Estaba muy enfrascado en los entresijos de la relación entre Napoleón y Josefina y los sutiles efectos que había tenido en la política de Francia, lo cual fascinó a Brigitte. Ella sonrió mientras lo escuchaba. Tenía una forma muy francesa de explicarse y de analizar las cosas. Le apasionaba la política, pero la relación amorosa de dos personajes históricos también le parecía de crucial importancia. A Brigitte le gustó mucho la combinación de los aspectos emocional y analítico, de la trama histórica y la política. Estaba segura de que resultaría un buen libro. Marc era brillante, un erudito.

—Tu novela sobre la joven india también será muy buena, cuando te decidas a escribirla —dijo él con una sonrisa de complicidad.

Tenía una expresión inteligente y amable, y se le iluminaban los ojos cuando hablaba con Brigitte. Había muchas cosas de él que le gustaban. Lástima que la distancia geográfica convirtiera en desaconsejable cualquier relación más allá de la amistad; sobre todo para ella.

—¿Qué te hace pensar que acabaré escribiéndola? —preguntó Brigitte. Le parecía curioso que estuviera tan seguro.

—Es imposible que no lo hagas. Con todo lo que sabes, lo que has descubierto y lo que puedes leer entre líneas, ¿cómo podrías resistir la tentación de explicar una historia semejante? Contiene acción, aventura, misterio, datos históricos y trama amorosa. Además, piensa en qué época vivieron, en los tiempos de la esclavitud en Norteamérica, en los últimos años antes de la Revolución en Francia. ¿Y qué les ocurrió después? ¿Perdió Tristan la mansión? ¿Fue un insurgente contrarrevolucionario? ¿Qué les pasó a sus hijos? Y el componente indio aún hace que todo resulte más fascinante. Desde el punto de vista de la trama romántica, Wachiwi llegó a Francia para casarse con un hermano y acabó haciéndolo con el otro. Por otra parte, ¿cómo escapó de los crow? ¿Fue ella quien mató a su raptor? ¿Era una mujer peligrosa o una chiquilla inocente? Tienes material suficiente para diez libros, no solo para uno.

Lo dijo casi con envidia y una mirada nostálgica.

—A lo mejor deberías escribirlo tú —propuso Brigitte en serio.

Él se apresuró a negar con la cabeza.

—Es tu historia, no la mía. Los escritores no somos muy respetuosos, pero en este caso lo seré. Hasta los ladrones tienen sus reglas —soltó, y se echó a reír al mirarla, aunque luego se puso serio de nuevo—. De verdad espero que escribas ese libro, Brigitte.

Siempre pronunciaba su nombre con acento francés, y a ella le gustaba.

—Creo que deberías plantearte volver a Francia para investigar más y quedarte un par de años para escribir la novela. —Entonces, con gesto elocuente, añadió—: Me gustaría mucho. Si quieres, podría ayudarte.

—Ya me has ayudado —respondió ella con sinceridad—. Nunca habría encontrado los anales de la corte sin tu ayuda. Y sin ellos no sabría todo lo que sé. Nunca habría descubierto que fue el hermano menor del marqués quien trajo a Wachiwi hasta aquí y que murió a medio camino. Creía que el hecho de conocer al marqués y casarse con él había sido un golpe de suerte, pero la historia real es mucho más interesante y compleja.

En ese sentido, Brigitte tenía que darle la razón; resultaría un relato muy interesante. Contenía algo más que la mera historia de su familia, era un documento que reflejaba hechos de la época de ambos países, Estados Unidos y Francia.

—Por eso tienes que escribir esa novela. No pararé hasta que me hagas caso. Además, me interesa especialmente por una cosa.

—¿Y qué cosa es esa?

Brigitte lo estaba provocando, y disfrutaba haciéndolo. Apenas se conocían; aun así, sentía una completa confianza con él. Se preguntó si Wachiwi se habría sentido del mismo modo con el marqués, o si la relación la abrumaba. Marc no tenía nada de abrumador. Al contrario, en su compañía se sentía relajada y actuaba con naturalidad. Además, mantenían conversaciones muy agradables sobre temas variados.

—Lo que más me interesa es que vuelvas a París y te quedes un tiempo —confesó—. Cuesta mucho mantener una relación a distancia, no me gusta. Al final, siempre acabas dejándolo. A mí Boston me gusta, pero ya he vivido allí, y soy demasiado mayor para estudiar o incluso para dedicarme a la carrera académica; y más aún para estar viajando de acá para allá cada pocas semanas. Cansa mucho, y tengo que escribir, igual que tú, así que tampoco podrás estar viajando a París cada dos por tres.

Hablaba como si ambos estuvieran de acuerdo en mantener una relación seria, pero a Brigitte le parecía un poco pronto.

—Creía que éramos solo amigos —repuso con toda tranquilidad.

—¿Eso es todo lo que quieres? —preguntó Marc de forma abierta, y apartó la vista de la carretera para mirarla porque, por suerte, había poco tráfico.

—No sé lo que quiero —respondió ella con sinceridad—. Puede que de momento sí. Tienes razón, las relaciones a distancia no funcionan, por eso mi novio y yo lo hemos dejado.

—¿Lo echas de menos? —preguntó Marc, que tenía curiosidad por conocer los sentimientos de Brigitte. Ya le había formulado antes esa pregunta, y esta vez ella lo pensó antes de contestar.

—A veces. Echo de menos tener cerca a alguien de confianza. No sé muy bien hasta qué punto siento su ausencia, seguramente lo averiguaré cuando vuelva a Boston.

—Entonces no es a él a quien echas de menos. Lo que notas es la ausencia de un novio. Si lo echaras en falta a él, a su persona, también te pasaría aquí.

Brigitte reflexionó unos instantes y se dio cuenta de que Marc tenía razón. Lo raro era que, después de seis años compartiendo veladas, fines de semana, cenas y conversaciones telefónicas diarias, no añorara más a Ted. Echaba en falta poder explicarle cosas, como lo que había descubierto sobre Wachiwi, pero no sentía la nostalgia de una mujer que ha perdido al amor de su vida, porque Ted no era eso. La relación le resultaba cómoda y Brigitte sentía demasiada pereza para esforzarse en buscar algo más. Le pareció una revelación tremenda sobre su propia persona, y la compartió con Marc, quien resultó más benévolo al respecto que ella misma.

Brigitte había dado muchas vueltas a la relación con Ted desde que rompieron. No era lo bastante sólida para justificar los seis años que habían pasado juntos, puesto que no habían proyectado un futuro en común. Ella había dado por supuesto que lo habría. Se había comportado de forma muy estúpida; y qué fácil le había resultado. Mucho más fácil que afrontar las carencias. La cuestión es que tenía treinta y ocho años y se encontraba sin novio, sin planes de futuro y sin hijos. Ni siquiera tenía trabajo; también eso había supuesto que sería para siempre. Con todo, lo peor era que ninguna de las dos cosas, ni su novio ni el trabajo, la hacían vibrar. Se había instalado en la ley del mínimo esfuerzo, la mediocridad y la falta de pasión. Aún peor, se daba cuenta de que llevaba una década entera sin sincerarse consigo misma y sin exigirse absolutamente nada. Se había acomodado, cosa que no deseaba que volviera a ocurrir. Aunque tampoco quería precipitarse a emprender algo para lo que no estaba preparada o a lo que no le veía sentido. Como una relación a distancia entre París y Boston, por ejemplo. Lo bueno era que, al parecer, Marc tampoco lo deseaba, así que tendrían que contentarse con ser amigos.

—¿Y tú? —le preguntó a su vez—. ¿Echas de menos a tu chica?

—Ya no —respondió él de nuevo con sinceridad—. Al principio sí que sentía nostalgia. La relación no nos iba mal, pero no bastaba. Nunca volveré a cometer el mismo error.

Prefiero estar solo que conformarme con tan poca cosa. —Entonces sonrió, y a Brigitte le recordó al típico francés—. O estar contigo.

Parecía un hombre encantador y le había hecho un favor tremendo. Sin embargo, todavía era pronto para saber si hablaba con sinceridad. Tal vez solo actuara de ese modo por su actitud desenvuelta. Aun así, resultaba agradable oírlo, por lo que Brigitte decidió tomárselo como un mero coqueteo y nada más.

Prosiguieron el camino en silencio un rato. Luego pararon para comer en un local pintoresco que Marc conocía en Fougères. Le explicó a Brigitte detalles de la región que visitaban y de su historia. Tenía conocimientos sobre muchos temas: literatura, historia y política. Era un hombre inteligente, y se alegraba de haberlo conocido. Su ayuda resultaba inestimable para el tema que Brigitte estaba investigando; su madre se pondría a dar saltos de alegría cuando le explicara todo lo que había descubierto. Tenía la impresión de que el tema daba para mucho más de lo que al principio se habían propuesto; lo que sabía superaba en mucho a una mera lista de antepasados, con sus fechas de nacimiento y defunción. Wachiwi se había convertido en una especie de hermana para ella, un símbolo de valentía y libertad, una fuente de inspiración, una amiga del alma.

—Háblame de los chuanes —le pidió Brigitte mientras terminaban de comer.

Marc se había referido a ellos varias veces, y ella sabía que el término designaba a los insurgentes monárquicos durante el período que siguió a la Revolución francesa. Sin embargo, no sabía mucho más, mientras que él sí.

—Tienes que leer la obra que escribió Balzac sobre el tema —propuso con intención de resultar útil—. Los chuanes fueron nobles y partidarios de la monarquía que no cedieron ante los revolucionarios. En París es raro que alguno se salvara de la guillotina. Perdieron todo lo que poseían, casas, mansiones, tierras, dinero y joyas, además de la vida, a excepción de aquellos que lograron escapar; pero pocos lo hicieron. Los revolucionarios clamaban venganza tras los años de opresión y desigualdad; querían ver muertos a los soberanos, los nobles y los aristócratas, e hicieron realidad su sueño. El centro neurálgico era París. En los puntos más alejados, sobre todo en la región llamada Vandea y en Bretaña, donde vivieron tus antepasados, la batalla no fue tan cruenta, y los insurgentes tenían más fuerza. La mayoría se negaron a entregar sus mansiones y midieron sus armas. Todos aquellos que resistieron son los llamados «chuanes», y también los «vandeanos», aunque el centro de la resistencia fue Bretaña. Muchos consiguieron conservar sus mansiones, aunque algunas quedaron muy dañadas al incendiarlas los revolucionarios. Con todo, en Bretaña no fueron tantos los aristócratas masacrados. Los revolucionarios no contaban con las mismas fuerzas que en París, así que los monárquicos los mantuvieron a raya. A muchos los mataron y algunas mansiones fueron destrozadas, pero también hubo muchos que sobrevivieron. Sería interesante saber qué tal le fue a tu marqués cuando el conflicto alcanzó Bretaña. Tal vez lo obligaran a abandonar la mansión. Lo que está claro es que no la destrozaron por completo, puesto que todavía existe y se ofrecen visitas turísticas, a menos que solo quedaran en pie las paredes. Muchas de las mansiones que fueron incendiadas no han vuelto a reconstruirse. Es una verdadera lástima.

A continuación, sin que nadie se lo pidiera, añadió información sobre el tema.

—Muchos culparon a María Antonieta por los excesos cometidos en la época y el camino por el que guió al rey. No puede considerársela la única responsable, claro, pero los nobles y los partidarios de la monarquía crearon sin duda una situación muy trágica para los pobres, y no parecía importarles. La cuestión es que lo pagaron con creces. Los chuanes fueron los únicos que consiguieron resistirse, además de sus vecinos de Vandea. La simple diferencia con los parisinos fue que a ellos los revolucionarios no los superaron en número. Les fue de perlas la distancia con la capital. En Bretaña estaban a salvo; bueno, todo lo que podían estar durante la Revolución.

Brigitte se sorprendió al pensar que apenas habían transcurrido doscientos años desde entonces; no parecía tantísimo tiempo. Napoleón llegó justo después. La monarquía quedó sustituida por el imperialismo, cosa que no resultó mucho mejor. Napoleón cometió también excesos a su manera.

—Me parece fascinante el papel que jugaron las mujeres en todo aquello. María Antonieta antes de la Revolución y Josefina después. Es perfecto para mis estudios sobre la mujer y las cuestiones de género. Algún día tendría que escribir un artículo sobre eso —comentó Brigitte con aire pensativo. Le gustaba la idea.

—Y no subestimes a las cortesanas. También eran muy poderosas. Es tremendo cuántos intríngulis y manipulaciones tenían lugar en la corte, y en algunos casos todo el poder y la clave de las cuestiones estaba en manos de las mujeres. Los hombres siempre están a punto para saltar al campo de batalla, pero las mujeres son mucho más listas y pueden resultar de lo más peligrosas.

—Qué bonito libro vas a escribir —comentó Brigitte sonriendo—. Y pensar que llevo siete años investigando sobre el derecho al voto de la mujer creyendo que era un tema interesante... No lo es en absoluto, comparado con todo eso.

Claro que los franceses tenían un arte particular para las tramas intrincadas, y cuando se lo dijo a Marc él no lo negó.

—Por eso nuestra historia es tan interesante. Las cosas nunca son lo que parecen. Todos los componentes importantes están ocultos, y tienes que investigar para descubrir lo que ocurrió en realidad. —Claro que eso también sucedía con la historia de Wachiwi que Brigitte había desenterrado—. ¿Qué sientes al pensar que hay una india entre tus antepasados? —preguntó Marc. Tenía curiosidad por saberlo.

—Me gusta —se limitó a responder ella—. Al principio pensaba que a mi madre le molestaría, ya que se da mucho tono con lo de nuestros antepasados aristócratas y es muy elitista. No tenía claro que el hecho de llevar sangre sioux, aunque solo sean unas gotas, le hiciera mucha gracia. Pero parece que a ella también le gusta. A mí me encanta la idea de llevar algo más de exotismo en los genes que el que pueda proporcionar un puñado de aristócratas franceses con todos sus títulos nobiliarios, sin ofender a nadie —apostilló mirándolo con aire de disculpa por el comentario.

Marc se echó a reír ante eso.

—No te preocupes, yo no soy de abolengo ilustre. Todos mis antepasados eran campesinos.

—Fueran lo que fuesen, tuvieron mucho valor, a juzgar por la novela sobre tus padres y tus abuelos.

—Creo que nuestra naturaleza nos dicta que naveguemos a contracorriente; es también algo muy típico de los franceses, nunca hacemos lo que se supone que debemos hacer. Resulta mucho más divertido montar una revolución o formar parte de la resistencia. Tenemos espíritu de contradicción, y tampoco entre nosotros nos ponemos de acuerdo. Por eso nos encanta hablar de política, para poder mostrar nuestro desacuerdo con el primero que se nos pone delante.

En los cafés tenían lugar continuos y acalorados debates, igual que en las universidades, sobre temas importantes. Era una de las cosas que a Brigitte siempre le habían gustado de Francia.

Charlaron durante todo el camino hasta Saint-Malo. Cuando llegaron a la mansión era demasiado tarde para visitarla. Tras registrarse en el hotel en el que Marc había reservado las habitaciones, estuvieron paseando por el puerto. La población tenía un bello casco antiguo. Marc explicó a Brigitte que mucho tiempo atrás había sido un puerto ballenero, y la mantuvo distraída contándole más historias sobre la región.

Se detuvieron para comprarse sendos helados y se sentaron a comerlos en un banco con vistas al mar.

—¿Te imaginas el tamaño del barco en el que Wachiwi viajó hasta aquí?

Brigitte planteó la pregunta con aire soñador. Qué muchacha tan valiente debió de ser. Y encima el hombre al que amaba y con quien viajaba murió durante la travesía. Debió de resultarle una experiencia horripilante.

—No quiero ni pensarlo —respondió Marc—. Me pongo enfermo.

Terminó el helado y regresaron paseando al hotel. Tenían cada uno un dormitorio en el que apenas cabía la cama y compartían el cuarto de baño. Aunque era barato, cada cual pagaba su parte. Marc se había ofrecido a pagar por los dos, pero Brigitte no se lo permitió. Él se había desplazado hasta allí para ayudarla con la investigación y no había razón para que costeara el alojamiento. Además, no quería sentirse en deuda con él.

Cenaron en un restaurante especializado en pescados, puesto que en el hotel no servían comida. Lo encontraron todo delicioso, y Marc pidió una botella de un vino excelente y nada caro. La velada resultó animada e interesante. Brigitte siempre lo pasaba bien en su compañía. Era muy culto y sabía mucho sobre historia, arte y literatura. La tenía asombradísima su capacidad para recordar hechos históricos y fechas; era más conocedor de muchos aspectos de la historia de Estados Unidos que la propia Brigitte. Y también estaba bien informado sobre la política de allí. Era muy brillante sin rayar en la pedantería, cosa poco habitual. Muchos de los profesores de universidad que Brigitte había conocido en su trayectoria académica estaban desconectados del mundo real a pesar de creer que lo sabían todo. Marc sabía muchas cosas, pero conseguía conservar la modestia y reírse de sí mismo. Era algo que ella admiraba mucho; y además tenía un gran sentido del humor. Le relató algunas anécdotas divertidas sobre sus días de estudiante en Boston. Cuando regresaron al hotel los dos reían a carcajadas. Se dieron las buenas noches y se dirigieron a sus respectivos dormitorios.

Brigitte llevaba un viejo camisón de franela y se estaba cepillando los dientes cuando él entró en el cuarto de baño. Marc llevaba puestos unos bóxers y una camiseta y tenía el aspecto de un hombre corriente. No poseía ningún atractivo especial de buen francés, sino que era de carne y hueso, y a Brigitte le gustó eso de él. Se deshizo en disculpas por haberla interrumpido, aunque el camisón la cubría hasta los pies.

—Qué camisón tan sensual —se burló—. Mi hermana solía llevar uno parecido cuando éramos colegiales.

Marc había mencionado a su hermana en otras ocasiones. Vivía en el sur de Francia, estaba casada y tenía tres hijos, y él se sentía muy unido a ella. Su hermana lo llamaba «la oveja negra» porque había convivido con una mujer sin llegar a casarse ni tener hijos. Era abogada, y su marido era juez en una pequeña ciudad de provincias.

—Claro que no creo que se ligara a su marido con él —añadió prosiguiendo con la broma.

—Yo esta noche no ando buscando marido —soltó ella con igual ironía—. Los picardías me los he dejado en casa.

La verdad era que no poseía ninguna prenda de ese estilo. Hacía años que no llevaba camisones ni ropa interior sensuales, no lo necesitaba porque estaba con Ted.

—Qué lástima, estaba a punto de proponerte matrimonio.

Marc puso pasta de dientes en el cepillo mientras charlaban, y al momento estaban los dos limpiándose los dientes ante el lavamanos. Resultaba una situación un tanto ridícula con un hombre al que apenas conocía, aunque por algún motivo no la incomodaba. Se estaban haciendo amigos de veras, por mucho que él la provocara con sus comentarios sobre noviazgos y propuestas de matrimonio. Brigitte no corría peligro en ninguno de los dos aspectos; estaba decidida a cultivar la amistad y punto.

Cuando terminaron de cepillarse los dientes, Marc le dio las buenas noches y cada cual se encerró a cal y canto en su habitación. Por lo menos ella lo hizo; él no llegó a echar la llave por si acaso. Se habría sentido el hombre más feliz del mundo si a ella la hubiera acometido un deseo irrefrenable durante la noche. En vez de eso, Brigitte durmió como un tronco y por la mañana se levantó fresca como una rosa. Durante el desayuno, Marc expresó su decepción al respecto con aire burlesco. De hecho, le habría extrañado muchísimo verla aparecer en su dormitorio; había dejado muy claro dónde estaban los límites, y él, a pesar de los comentarios, los respetaba igual que la respetaba a ella. Le parecía una mujer digna de admiración, y Ted, un estúpido por dejarla escapar. En opinión de Marc, no había real momia ni tumba de faraón que pudiera encontrar en Egipto que lo compensara. Brigitte era una buena chica y más sobresaliente que ninguna de las que había conocido en mucho tiempo.

Después del desayuno fueron en coche hasta el centro de la ciudad y Marc se detuvo frente al ayuntamiento. Había explicado a Brigitte que allí estaban registrados los matrimonios, los nacimientos, las defunciones y todos los datos sobre los habitantes de la región. Eso confirmaría aquello de lo que ya estaba segura y tal vez sacara a la luz detalles que desconocía. De nuevo, Marc tenía razón. Tras satisfacer una módica suma, pasaron horas y horas enfrascados en los archivos. Encontraron las entradas relativas al nacimiento de Tristan y de su hermano menor, y las del nacimiento y la defunción de sus padres. Los dos habían muerto bastante jóvenes y con una diferencia de días. Marc dedujo que la causa debía de haber sido una epidemia, y reparó en que por aquel entonces Tristan tenía solo dieciocho años y Jean, diez menos; o sea, que, cuando Tristan heredó el título y todo lo que acarreaba, era muy joven.

Encontraron las entradas relativas a los nacimientos de los hijos de Tristan y Wachiwi, el primero llamado igual que el hermano difunto. Brigitte ya había dado antes con esos nombres y fechas gracias al registro fotográfico de los mormones. Sin embargo, ahí los tenía otra vez, en el mismo lugar de origen. Brigitte se emocionó al ver los datos en el registro. Anotó todos los detalles para su madre y, cuando terminaron y salieron al patio, vieron a muchas parejas con cara expectante aguardando a que las casaran. Marc le explicó que en Francia siempre tenías que casarte por lo civil antes de celebrar la boda religiosa, así que todas esas jóvenes parejas se casarían ese día en el ayuntamiento y luego, un par de semanas más tarde, por la iglesia. Los novios se veían felices y emocionados cuando Brigitte y Marc pasaron por su lado. Los padres respectivos charlaban entre ellos. Brigitte se abrió paso con una sonrisa hasta que Marc y ella alcanzaron el coche y emprendieron el rumbo hacia el Château de Margerac. Habían calculado el tiempo a la perfección; la visita guiada comenzaba en menos de una hora. La chica tenía muchas ganas de oír lo que tuvieran que explicar y contemplar por fin el lugar que siglos atrás fue la mansión de su familia.

Enfilaron la misma carretera por la que Wachiwi había llegado hasta allí, hasta el punto en que la mansión se erigía sobre el acantilado que daba al mar. El Château de Margerac constituía un monumento histórico-artístico, así que compraron dos entradas junto al acceso a los jardines y los recorrieron juntos. A Brigitte la llenó de asombro comprobar su gran dimensión. La casa parecía una fortaleza, y había cambiado muy poco a lo largo de los años. En el jardín seguía habiendo parterres con vivas flores, un laberinto y bancos donde sentarse y contemplar el panorama. No tenían forma de saber que aquel en el que reposaron unos minutos era el mismo en el que Tristan había propuesto matrimonio a Wachiwi. Aun así, el simple hecho de estar allí sentada produjo a Brigitte la sensación de estar inmersa en su propia historia.

Las caballerizas llevaban mucho tiempo desocupadas. En la casa se conservaban algunos retratos de familia, pero no muchos, e incluso el Centro de Monumentos Históricos había solicitado que estos pasaran a subasta. Brigitte reparó en algunos trofeos de caza cubiertos de polvo mientras los turistas se apiñaban al pie de la escalinata para iniciar la visita, guiada por una joven que estaba explicando quiénes fueron los señores De Margerac.

Comentó que la mansión se había construido en el siglo XII, y recitó de un tirón los nombres de las generaciones que habitaron el lugar y qué papel habían desempeñado en la comunidad y en la región. Dijo que se trataba de una de las mayores mansiones de toda Bretaña y que sus propietarios habían conseguido ahuyentar con éxito a sus enemigos en la Edad Media, tras lo cual añadió que eso mismo había sucedido también después de la Revolución. La visita era en francés, y Marc tradujo las palabras de la guía para Brigitte, ya que la joven hablaba muy rápido mientras los conducía a través del dormitorio principal, situado en la segunda planta, y de otras habitaciones magníficas, ahora vacías. Explicó que las plantas superiores correspondían a más dormitorios y la zona infantil, pero que estaban vacías y se habían cerrado al público.

Cuando por fin regresaron al espléndido vestíbulo, la joven anunció casi con orgullo que el marqués Tristan de Margerac se había unido a las fuerzas de la resistencia tras la Revolución, o sea, a los chuanes, y que había conseguido evitar que invadieran la mansión y se la arrebataran. Comentó que la historia local demostraba que había mantenido a la familia recluida allí a pesar del incendio provocado en un ala por los revolucionarios. El marqués se había impuesto y existían relatos sobre el papel de su esposa, que luchó con valor a su lado. Al oírlo, los ojos de Brigitte se empañaron en lágrimas. No le costaba imaginar a Wachiwi luchando para salvar su hogar, para defender a su familia y a su marido; a fin de cuentas, era una sioux. La guía prosiguió explicando que la mansión había pertenecido a la familia hasta mediados del siglo XIX, momento en que sus miembros habían emigrado a Norteamérica. A principios del siglo XX, después de que los nuevos propietarios la vendieran y cambiara de manos varias veces, la Fundación de Patrimonio Nacional la había adquirido y restaurado. Explicó que todo lo que habían visto estaba allí de origen, aunque en la época en que las últimas generaciones de marqueses habitaron el lugar este era mucho más esplendoroso. Había antigüedades que en su mayoría desaparecieron, muchos sirvientes y grandes extensiones de terreno que se vendieron en el proceso de compra y venta de la mansión. Dijo que las caballerizas estaban repletas de caballos purasangre y mencionó que la esposa del marqués Tristan de Margerac era una amazona excepcional cuya habilidad la había convertido en una leyenda de la región. Comentó de pasada su peculiaridad en cuanto a la procedencia indoamericana, sioux, según se creía, y el hecho de que había viajado hasta

Francia para casarse con el marqués, aunque no conocía los detalles de la historia. Explicó que su nombre era Wachiwi, y tanto ella como su marido estaban enterrados en el cementerio familiar, detrás de la capilla del siglo XIII de la propia finca, donde durante cientos de años se había dado sepultura a sus predecesores. Añadió que no quedaba en Francia ningún descendiente directo de la familia De Margerac. Todos habían emigrado a Estados Unidos durante el siglo XIX y probablemente se habían extinguido.

Marc estrechó la mano a Brigitte ante el comentario de la guía, y a ella le entraron ganas de agitar los brazos y gritar: «¡Estoy aquí! ¡Yo soy una de ellos!». Aún se la veía profundamente conmovida, resplandeciente y emocionada cuando la visita tocó a su fin y salieron al exterior. Había comprado varios trípticos y postales para su madre, y miró alrededor sintiendo un fuerte vínculo con sus antepasados y la mansión; sobre todo con Wachiwi, que le servía de inspiración.

Le despertó una gran curiosidad saber que Marc estaba en lo cierto. Tristan de Margerac luchó junto a los chuanes y consiguió conservar la mansión a pesar de los intentos de los revolucionarios de invadirla y prenderle fuego. Había preservado su territorio igual que otros nobles de la región, y Wachiwi le había ayudado gracias a la valentía y el denuedo propio de los sioux. Debió de ser una época aterradora.

Al oír la historia, a Brigitte le entraron ganas de relatarla, solo que aún no sabía con exactitud por qué decantarse. ¿Realidad o ficción? ¿Una novela de época? ¿Una obra antropológica? ¿Una crónica? ¿Un libro romántico? No sabía qué dirección tomar ni si acabaría por decidirse. Tal vez fuera mejor conformarse con conocer los hechos y tomar conciencia de que, en cierto modo, formaba parte de ellos.

Marc y ella bajaron hasta el pequeño cementerio situado detrás de la capilla, aunque fueron los únicos. Los demás visitantes no tenían ningún interés en contemplar las lápidas y los panteones donde los difuntos De Margérac reposaban desde hacía siglos. La capilla estaba desierta cuando entraron. Daba la impresión de que una parte había quedado dañada por un incendio ocurrido muchos años atrás, pero seguía en pie. Brigitte no pudo evitar preguntarse si tenía algo que ver con el ataque de los revolucionarios o si bien se habría producido más tarde.

Salieron a pasear por el cementerio. Había varios mausoleos de aspecto lúgubre y muchas lápidas, algunas tan desgastadas por el tiempo que las inscripciones se habían borrado. Brigitte tenía claro lo que andaba buscando y esperaba encontrar. Marc entró tras ella en los dos primeros mausoleos y luego en el tercero, donde estaban grabados los nombres de las últimas generaciones de señores De Margerac, en ese caso bien conservados. Casi todos correspondían a los siglos XVI y XVII, y había algunos de principios y mediados del XVIII. Los padres de Tristan y Jean estaban allí, aunque Brigitte se desilusionó al comprobar que los nombres de Tristan y Wachiwi no aparecían.

Regresaron al exterior. En la parte posterior del cementerio, bajo un árbol, había dos bellos sepulcros coronados por lápidas más pequeñas. A esas alturas Brigitte había perdido la esperanza de dar con Tristan y Wachiwi; sin embargo, la invadió cierta paz al leer los nombres de quienes fueron sus antepasados y formaban parte de la historia familiar que su madre llevaba años investigando y recopilando.

Marc los vio antes que ella. Había llegado hasta el final del cementerio para leer los nombres de los dos últimos sepulcros y, emocionado, hizo una señal a Brigitte, que tuvo que trepar por entre los crecidos matorrales para acceder al lugar. El camino que bordeaba el cementerio costaba de recorrer, puesto que estaba cubierto de maleza.

Encontró a Marc sentado con aire reverente y lágrimas en los ojos. Tendió la mano a Brigitte en silencio. Los nombres aparecían grabados con claridad. Ambos habían muerto en 1817, con una diferencia inferior a tres meses, veintiocho años después de la Revolución, tres antes de que Napoleón abdicara y dos después de la batalla de Waterloo. Wachiwi había muerto a los treinta y tres años de llegar a Francia y a los treinta y dos de convertirse en marquesa. Cuando buscaron entre los altos hierbajos, encontraron muchas otras: las de sus hijos, sus esposas y dos de los nietos que habían muerto en Francia. Aún había más que habían emigrado a Estados Unidos. Muchos de los nombres que había descubierto en los viejos registros aparecían allí, alrededor de Tristan y Wachiwi. Los sepulcros yacían con majestuosidad en el tranquilo cementerio, el uno al lado del otro, tal como habían vivido. Tristan había muerto a los sesenta y siete años, una edad considerable para la época. La de Wachiwi resultaba más difícil de deducir. Si cuando abandonó su poblado tenía diecisiete años y, por tanto, dieciocho cuando se casó con Tristan, debió de morir alrededor de los cincuenta, tal vez de pena por haberlo perdido a él, aunque entonces no era raro morir a esa edad. Lo extraño era que él la hubiera superado de tan largo. Las fechas de nacimiento y defunción de Tristan aparecían inscritas en su lápida. En el caso de Wachiwi, solo aparecía la de defunción. Seguramente nadie sabía su edad exacta, ni siquiera ella misma, puesto que no la conocía en el momento en que abandonó su tribu y después huyó con Jean.

Resultaba muy conmovedor encontrarse allí. Había varias generaciones de antepasados de Brigitte que vivieron con posterioridad a Tristan y Wachiwi; sin embargo, era ella, la muchacha sioux, quien le tenía robado el corazón; era su historia la que adoraba. La audaz joven de la tribu sioux dakota sobrevivió a un secuestro, cruzó un continente, un océano y llegó a Francia, donde permaneció tras encontrar al amor de su vida, conoció al rey y a la reina en el palacio y se convirtió en un crucial eslabón de la cadena de generaciones que acababan en Brigitte, quien, a su vez, sentía un fuerte vínculo con la chica. Tomar conciencia de que se encontraba junto a la última morada de Wachiwi y su esposo provocó en Brigitte la sensación de haber cerrado el círculo en cierto modo, de haber encontrado sus raíces por fin. Notaba que formaba parte de ese lugar, de esa gente, casi como si los conociera en persona; y en muchos aspectos así era, gracias a la información que había recopilado. De repente, le estaba muy agradecida a su madre por haberla guiado por ese camino, aunque al principio ella se mostrara reacia.

Marc y ella permanecieron en el cementerio cogidos de la mano y luego, poco a poco y sin ganas, se alejaron de la capilla y de la mansión. Él la rodeó por los hombros y regresaron a donde habían aparcado el coche. Había sido una tarde inolvidable, y al alejarse Brigitte sintió pena de abandonar el lugar y a la familia.

—Gracias por permitir que te acompañe —dijo Marc en voz baja, camino de la pequeña localidad.

También para él había sido una experiencia conmovedora. La historia comenzó siendo intrincada, misteriosa, como un rompecabezas que tenían que ordenar, y ahora aparecía ante ellos como una vidriera de colores, con las piezas encajadas y la luz filtrando su claridad. Marc se sentía orgulloso de haber tomado parte en el proceso, y agradecido por que Brigitte le hubiera permitido compartirlo con ella.

—Jamás habría averiguado todo lo que sé de ella de no ser por ti —reconoció Brigitte. Los anales de la corte que había hallado supusieron una enorme diferencia en su concepto de quién fue Wachiwi y qué le ocurrió.

—Creo que el destino nos ha unido —dijo él con un suspiro. De veras lo creía. Habían ocurrido cosas muy curiosas.

—A lo mejor —accedió ella, pero no creía haber hecho gran cosa por él, y deseaba ayudarlo.

—Tal vez tu destino sea también vivir en Francia, como Wachiwi —comentó él con aire misterioso, y Brigitte se echó a reír.

Lo había impresionado de veras, disfrutaba con su compañía y no quería que se marchara. Sin embargo, el cometido de Brigette allí había terminado; y cuando regresaran a París, debía volver a casa.

—Tengo que buscar trabajo —dijo con sinceridad—. En Boston.

—Puedes encontrar un empleo aquí.

Marc volvió a mencionar la Universidad Americana de París; por casualidad tenía un amigo que trabajaba en la oficina de admisiones y se ofreció a telefonearlo de su parte.

—¿Y qué haría? Aquí no tengo casa ni amigos. En Boston llevo acumulado un pasado de doce años. —Un pasado de aburrimiento, pensó para sí, pero no lo dijo.

—Me tienes a mí —aventuró él con cautela, aunque los dos eran conscientes de que apenas se conocían.

No había ocurrido nada entre ellos, y tal vez nunca llegara a ocurrir. Brigitte no podía trasladarse a París por un hombre con quien disfrutaba conversando; eso no bastaba y ambos lo sabían. Además, no era una persona impulsiva. Era sensata, siempre lo había sido.

—Creo que deberías escribir aquí el libro sobre tu antepasada sioux —insistió Marc, pero ella no estaba convencida.

La historia era maravillosa, sobre todo porque tenía mucho que ver con ella, pero no veía claro que diera para un libro, ni que ella estuviera capacitada para escribirlo. No era novelista ni historiadora, era antropóloga. Sin embargo, esa historia exigía algo distinto, estaba teñida de una emotividad que ella no tenía experiencia en trasladar a palabras.

—A lo mejor te iría bien pasar un año en París —prosiguió él, que aún no había tirado la toalla—. Hay momentos de la vida en que uno debe optar por cometer una locura que en apariencia no tiene sentido pero reconforta. —Sabía que esa había sido la opción de Wachiwi.

—No me gusta arriesgarme —repuso Brigitte con un hilo de voz, y él se volvió a mirarla.

—Lo sé, ya me he dado cuenta. Tal vez deberías probarlo.

Con todo, no le correspondía a él tomar la decisión, sino a ella. Y ella prefería regresar a Boston; le parecía lo más correcto.

Cenaron en otro restaurante especializado en pescados y pasaron la noche en el pequeño hotel. El domingo por la mañana, emprendieron la ruta hacia París. Charlaron a ratos durante el camino, y Brigitte echó una cabezada. Marc la observó con una sonrisa. Le gustaba tenerla a su lado, dormitando con placidez mientras él conducía. Se alegraba de haberla acompañado en su viaje a Bretaña, y le entristecía pensar que en cuestión de días se habría marchado. Le gustaría que los días en su compañía la hubieran convencido para que se quedara.

18

Wachiwi
1793

Todos habían pasado mucho miedo durante los meses y los años posteriores al comienzo de la Revolución. Por suerte, la familia se encontraba en Bretaña cuando los primeros estallidos de violencia habían tenido lugar en las calles de París. No daban crédito a las noticias que traían aquellos que habían conseguido huir. Versalles había sido invadido por villanos y revolucionarios armados, la familia real al completo había sido detenida y apresada, el palacio del Louvre bullía con las multitudes que destrozaban las bellísimas estancias. Niños de noble cuna eran asesinados, adultos de la realeza acababan en la guillotina, rodaban cabezas en plena calle y por todas las alcantarillas corría la sangre. Muchos amigos y parientes de Tristan habían muerto.

Durante muchos meses no supieron qué había ocurrido con su casa en París, hasta que al final se enteraron de que la habían saqueado. Algunos combatientes revolucionarios se habían instalado en ella y luego la habían abandonado llevándose muchos objetos de valor. Wachiwi agradecía estar en Bretaña con los niños.

Al principio pasó miedo porque recordaba la experiencia del secuestro de los crow. Tristan lo comprendió de inmediato y le aseguró que jamás volverían a raptarla.

—Antes los mataré —prometió con una mirada asesina nada propia de él—. Te protegeré.

Wachiwi estaba segura de que lo haría. Con él se sentía a salvo. Había convertido la mansión en una fortaleza, había alzado el puente levadizo y transformó su hogar en un campamento armado que daba refugio a otros nobles como ellos. Formaron un grupo con más de cincuenta miembros de la resistencia allí alojados. Tristan enseñó a Wachiwi a disparar un mosquete y a cargar un cañón, y muchas noches combatía a su lado. Nunca tenía miedo cuando estaba con él.

Fue ella la primera en divisar las llamas la noche que los revolucionarios incendiaron el ala norte de la mansión. Sus hijos recién nacidos estaban allí, junto con Agathe y Matthieu, además del hombre al que amaba; las flechas encendidas sobrevolaban los muros y prendían fuego a los árboles, un fuego que, avivado por el fuerte viento, se propagó al instante por la mansión. En un arrebato, la sioux que llevaba dentro despertó y se hizo con el control de la situación. Tomó la potente arma de uno de los arqueros de Tristan y empezó a disparar flechas al enemigo. Muchos quedaron heridos y bastantes hallaron la muerte. Se había convertido al catolicismo para casarse, pero lo que estaba haciendo no le causaba el menor cargo de conciencia. Luchaba para defender su hogar. Mientras Tristan la observaba, lo invadió un gran orgullo y pensó que jamás la había amado tantísimo. Era la única mujer que luchaba al lado de los hombres, y disparaba mosquetones y arrojaba flechas a sus atacantes con un brío inagotable.

Una vez la hirieron en el mismo hombro que cuando trató de escapar de los crow; por suerte, en esta ocasión la cosa tampoco pasó de un rasguño. Después de eso Tristan insistió en que se quedara con los niños, pero en cuestión de horas Wachiwi estaba de nuevo en mitad del combate, junto a él y los demás hombres.

En Francia transcurrió una época infame en que los compatriotas se enfrentaban y se mataban los unos a los otros. Los desperfectos del ala norte fueron considerables, pero en su debido momento los ataques disminuyeron y los revolucionarios se retiraron. Los otros chuanes regresaron a sus hogares, en la campiña volvió a reinar la paz y Tristan volcó sus esfuerzos en reconstruir la mansión, agradecido por que la familia no hubiera perdido la cabeza ni el hogar. No había estado en París y, por tanto, no había visto los daños sufridos allí. La casa estaba cerrada y no sentía deseos de dejar a Wachiwi con sus tres hijos pequeños y los dos mayores. Se preguntaba si alguna vez volverían a sentirse seguros. Amaba a Wachiwi más que nunca. Mientras luchaba a su lado, había descubierto en ella un denuedo por el que volvió a tomar conciencia de hasta qué punto era una mujer extraordinaria y lo mucho que significaba para él; le importaba mucho más que su país e incluso su casa. Tristan había combatido para protegerlos a ella y a sus hijos por encima de todo. Y ella sentía lo mismo con respecto a él. Vivía por y para Tristan, sus tres hijos y sus dos hijastros, y habría matado a cualquiera que los hubiera puesto en peligro.

—Bueno, señora marquesa —dijo Tristan mientras paseaban al sol por los jardines, en los que todavía se observaban los efectos del incendio parcial.

Las caballerizas también habían quedado dañadas y varios caballos habían perecido. Por suerte, los revolucionarios se habían retirado al no conseguir ocupar la mansión. Los chuanes allí recluidos mostraban un gran denuedo, así que decidieron trasladarse a otros destinos peor defendidos. Tristan y Wachiwi habían salvado su hogar. Él irradiaba orgullo cuando sonrió al tomar asiento en el banco donde le propuso matrimonio, que también mostraba las huellas del incendio. El laberinto había quedado destrozado.

—Podemos volver a construirlo —propuso él con calma, y Wachiwi sabía que lo haría. Amaba su hogar; por el contrario, odiaba a los revolucionarios y sus actos.

Wachiwi jamás supuso cuán bravo era como combatiente hasta ese momento. Era pacífico, pero no consentía que nadie lo echara de su hogar ni hiciera daño a su familia. Le recordó a sus hermanos, tan lejanos. Aún los echaba de menos. Sin embargo, su vida estaba allí, al lado de Tristan y de sus hijos. Ahora se sentía tan francesa como sioux, aunque durante la batalla sus orígenes habían salido a la luz para defender su hogar.

—¿Cómo tienes el hombro? —preguntó Tristan con delicadeza, y ella le sonrió.

—Bien. Serías un buen guerrero sioux —comentó, y él la rodeó con el brazo y se echó a reír.

—No sé montar tan bien como tú.

—Mis hermanos tampoco —alardeó ella.

—Pues tú no tendrías precio como arquera del rey, si todavía hubiera rey —apostilló él con tristeza.

Todo había cambiado. Era el mundo al revés. Muchos conocidos habían muerto. Tristan no quería volver a abandonar Bretaña jamás. Estaban mejor en la distancia, en paz, lejos de París. Temía que tuvieran que pasar años antes de que el país se estabilizara.

—¿Sientes haber acabado aquí? —le preguntó a Wachiwi. Se refería a su llegada a Francia, y su semblante mostró preocupación. Era una época terrible.

—Claro que no —respondió ella en voz baja mientras lo miraba fijamente a los ojos. Él observó su fortaleza y su amor, y se sintió reconfortado. Detestaba la situación que habían tenido que arrostrar—. Esta es mi vida. Tú eres mi vida —afirmó con decisión—. Tú y nuestros hijos. He nacido para estar a tu lado.

Estaba segura de ello. Ahora su tribu se encontraba allí; esa era la única familia que necesitaba y deseaba. Ya no pertenecía al pueblo sioux, le pertenecía a él. Así había sido desde que llegó a Francia.

—Quiero morir contigo cuando llegue el momento —aseguró con solemnidad—. Dentro de mucho tiempo. Cuando dejes este mundo, yo lo dejaré contigo.

Él la miró y no le cupo duda de que hablaba en serio. Entonces se inclinó y la besó con el tierno gesto del hombre cariñoso que la amaba con la misma pasión con que ella lo amaba a él.

—Quiero vivir muchos años a tu lado, Wachiwi —respondió él en voz baja, y miró al mar.

Ella se apoyó en él y le sonrió, sintiéndose en paz. La batalla para salvar su hogar había tocado a su fin y tenían mucho que hacer y un gran futuro por delante.

—Lo haremos —respondió ella en voz baja mientras contemplaban juntos el mar.

Luego, cogidos de la mano, regresaron paseando a la mansión que repararían durante los meses siguientes. Subieron juntos a la planta superior para ver a los niños. Agathe y Matthieu jugaban con sus hermanos menores. Aún se estremecían al pensar en las luchas que habían sostenido y todo lo que habían presenciado. Tristan estiró el cuello para ver a Wachiwi por encima de las cabezas de los niños y le sonrió, feliz. Ella le devolvió la sonrisa. No tenía nada que temer mientras estuviera con él.

Cuando salieron del cuarto de los niños, bajaron a su dormitorio y cerraron la puerta sin hacer ruido. Ella lo rodeó con los brazos, y esa vez él la besó con toda la pasión que sentía por ella desde el principio.

Wachiwi lo siguió hasta la cama donde había concebido y dado a luz a los bebés, y mientras él la abrazaba y ella lo besaba, Tristan supo que era el hombre más afortunado del mundo porque la hija de un jefe indio, llamada Wachiwi, le pertenecía, y así sería hasta el fin de sus días. Era la bailarina de su corazón, su alma y sus sueños.

19

Brigitte

El lunes Brigitte pasó el día haciendo varios recados y algunas compras. Quería encontrar un regalo para su madre y algo para Amy y los niños. Después volvió a dar un paseo por el Sena y se dirigió a una exposición que le llamaba la atención desde su llegada pero que aún no había tenido tiempo de ver. Imaginó que pasaría un par de días más visitando museos y monumentos en los que estaba interesada, y luego ya no habría excusas que valieran: tendría que marcharse. Era necesario que reanudara su vida. Y su vida real estaba en Boston, no allí. Con todo, le encantaba estar en París.

Cuando el domingo Marc la dejó en el hotel, le dijo que la llamaría pronto. Sabía que Brigitte se marcharía esa misma semana. Él comentó que al día siguiente tenía una reunión con su editor, y que la llamaría a última hora de la tarde para invitarla a cenar. Le propuso ir a un restaurante del que ella no había oído hablar jamás, situado en el distrito XVII, donde le aseguró que servían una comida excelente.

La recogió a las ocho en punto y pasaron juntos una magnífica velada, como siempre, hasta que al final de la cena, mientras tomaban *café filtre* y compartían un helado con macarons, Marc la miró con timidez y le dijo que tenía que confesarle una cosa. Ella no lograba imaginar de qué se trataba, y se quedó de piedra cuando él se lo explicó. Había telefoneado al amigo que trabajaba en la oficina de admisiones de la AUP y le había preguntado si recibirían a Brigitte para una entrevista de trabajo. Al instante reconoció que era un atrevimiento por su parte, pero insistió en que no perdía nada con probarlo. Si no tenían nada que ofrecerle, ahí quedaría todo, y si lo tenían, siempre podría rechazarlo en caso de que no le interesara. Ella dijo que no iría, y se mostró escandalizada y enfadada ante lo que Marc había hecho, aunque sabía que era con buena intención. Con todo, no le gustaba nada su osadía.

—Si tantas ganas tienes de que estemos juntos, ¿por qué no te trasladas tú a Boston? —le espetó.

Sin embargo, la gran diferencia consistía en que él tenía trabajo y ella no, por lo que le costaba mucho menos trasladarse. En Boston tenía muy pocas ocupaciones, a diferencia de las que Marc tenía en París. Aún daba clases en la Sorbona y se debía a más obligaciones que Brigitte.

—¿Estás muy enfadada conmigo?

Hablaba en un tono de disculpa y comprendía que lo que había hecho era arriesgado, pero Brigitte le gustaba mucho, no parecía tener ataduras y a Marc le habría encantado que se trasladara a vivir a París, aunque fuera solo por un año. Como mínimo, podían hacerse buenos amigos. No albergaba duda alguna a ese respecto, y Brigitte tampoco. Pero, ella no estaba dispuesta a trasladarse a París por un amigo, ni por un trabajo en la AUP. Regresaría a Boston para encontrar trabajo en el mundo académico que tan familiar le resultaba.

—No estoy enfadada —aclaró—. Solo sorprendida... halagada... Es agradable saber que alguien se interesa lo bastante por mí para esforzarse tanto por que me quede. No estoy acostumbrada a que la gente concierte entrevistas en mi nombre ni tome decisiones por mí.

Ted nunca lo había hecho, y Brigitte lo prefería así. Era una mujer independiente, por mucho que se hubiera quedado sin empleo; era más que capaz de encontrar uno por sí misma. Marc la había ofendido un poco al concertar la entrevista en su nombre; sin embargo, Brigitte sabía que su intención era buena, y por eso lo perdonaba.

—La decisión tienes que tomarla tú, Brigitte —concluyó él con firmeza—. Solo quería abrirte una puerta por si te apetecía probar.

A ella no le apetecía, pero no quería ser descortés.

—¿Qué has dicho en la AUP?

El asunto le había despertado curiosidad, aunque no pensaba acudir a la entrevista de trabajo.

—Que eres una mujer brillante y encantadora con un fondo increíble, y que estoy seguro de que se te da muy bien lo que haces; aparte de que has trabajado diez años en la Universidad de Boston y que necesitas un cambio.

—Bueno, me parece todo bastante correcto —admitió ella—, sobre todo lo de que soy una mujer brillante y encantadora con un fondo increíble.

Estaba preparada para un cambio, aunque no sabía hacia dónde tirar y trabajar en la oficina de admisiones de otra universidad se le antojaba demasiado parecido a lo que siempre había hecho. No era un trabajo muy emocionante, y ahora se daba cuenta de que la mayor parte del tiempo se aburría.

Había llevado a cabo tareas muy pesadas, lo cual era la consecuencia directa de no haber optado por asumir más responsabilidades. Por eso se encargaba de cosas sin importancia. Una cosa iba por la otra.

—Es un centro muy pequeño, y te divertirás más que en uno grande. Seguramente tendrás más contacto con los alumnos y también influirás más en ellos. Creo que son menos de mil.

En la Universidad de Boston había treinta y dos mil alumnos entre los de licenciatura y los de posgrado. Era un centro enorme, por lo que la observación de Marc era pertinente.

—No me cuesta nada ir a hablar con ellos, y al menos no te dejo en mal lugar. Luego me marcharé y buscaré trabajo. Si no surge ninguna oportunidad que merezca la pena, siempre me puedo plantear volver aquí en última instancia.

Menuda ocurrencia la de guardarse un trabajo en París como colchón. Brigitte sabía que para otras personas ocuparía el primer puesto en la lista de prioridades, pero ella deseaba regresar a su país. Se dijo que su vida estaba en Boston. Claro que ¿qué vida, sin trabajo y sin novio? Sin embargo, en París tampoco tenía lo uno ni lo otro, y Marc era su único amigo allí. No estaba mal para empezar, pero no bastaba, y hacía muy poco tiempo que lo conocía, por muy bien que se hubiera portado con ella. Brigitte tenía una vida construida, con amigos, en otro lugar. Aun así, no era del todo reacia a acudir a la entrevista de la AUP, puesto que ya estaba concertada. Marc se mostró complacido. Por la noche, antes de dejarla en el hotel, le pasó todos los datos y le dijo que al día siguiente la llamaría para preguntarle cómo le había ido.

Para gran sorpresa de Brigitte, la entrevista fue genial. El hombre que la recibió en la oficina de admisiones era afable y de trato fácil, y estaba muy volcado en el centro. Era el mejor relaciones públicas que la institución podría tener y, cuando terminó de hablar, Brigitte se moría de ganas de formar parte de la plantilla. De todos modos, por muy bien que le hubiera hablado de la oficina no disponían de ningún puesto vacante, y a ella le apetecía volver a trabajar en Boston. Por el resto, todo fue estupendo. Así se lo explicó a Marc cuando la telefoneó. Él ya había recibido una llamada de su amigo, que le había dicho entusiasmado que Brigitte les vendría de maravilla en la oficina y que, tal como le había comunicado a ella, la avisarían si surgía alguna oportunidad. No consiguieron atar nada, pero a ella le había servido de práctica. Hacía mucho tiempo que no se presentaba a una entrevista, y la experiencia le había servido para calentar motores de cara a buscar trabajo en Boston.

—Bueno, por lo menos lo he intentado —dijo Marc, y por un momento pareció haberse puesto triste—. Supongo que todo habría sido demasiado perfecto si te hubieran ofrecido trabajo.

—No lo esperaba —respondió ella con amabilidad—. Has sido muy amable al concertar la entrevista. Un poquito prepotente, tal vez —añadió para provocarlo—, pero amable a fin de cuentas.

Había decidido actuar como lo había hecho él, de buena fe.

—Bueno, ¿y cuándo te marchas? —preguntó Marc con preocupación.

—Pasado mañana —respondió ella sin inmutarse.

Había hecho prácticamente todo lo que tenía previsto y estaba preparada para marcharse. Era hora de reanudar su vida. La entrevista en la AUP había resultado interesante, pero no cambiaba el curso de las cosas. No le habían hecho ninguna oferta y estaba a punto para alzar velas rumbo a su hogar.

—Esta noche tengo una cena con mi editor. Voy tarde con el libro y tengo que hacerle un poco la pelota; si no, la cancelaría. Y mañana me toca dar clase. ¿Cenarás conmigo mañana?

Era la última noche que Brigitte pasaría en París.

—Me encantará.

Marc se había mostrado amable y generoso con ella, y Brigitte no podía pensar en una forma más agradable de pasar su última noche en la ciudad que cenar con su nuevo amigo. Además, con suerte en algún momento iría a visitarla a Boston, o ella regresaría a París de vacaciones. Resultaba un placer tener amigos repartidos por el mundo. Y Marc era alguien muy especial. Era un hombre de veras adorable.

Él le dijo que la recogería a las ocho de la tarde siguiente, y Brigitte fue todo el día a la carrera para no dejar ningún cabo suelto. Cuando llegó Marc, tenía las maletas hechas y todo estaba a punto para su partida a la mañana siguiente, así que podía relajarse y pasar una tranquila velada con él. Llevaba un vestido rojo que había comprado esa misma tarde, y él alabó su aspecto en cuanto bajó la escalera.

—¡Estás preciosa!

—Lo he visto esta tarde en un escaparate y no he podido resistirme. He pensado que debía llevarme algún recuerdo de París.

También había comprado un bonito fular para su madre, juguetes para los hijos de Amy y un bello jersey para su amiga. El vestido rojo había sido un último capricho.

Marc la llevó a otro restaurante acogedor, y, como siempre, conversaron de forma muy animada durante la cena. Los dos expresaban mil opiniones, se explicaban experiencias y reían a carcajadas. Y por primera vez ninguno de los dos mencionó a Tristan y Wachiwi; esa noche era para ellos solos. Brigitte lo pasó muy bien, y Marc parecía verdaderamente triste cuando salieron del restaurante y dieron un paseo por la zona de Notre Dame, que estaba muy iluminada.

—¿Cómo puedes abandonar una ciudad como esta? —preguntó a la vez que extendía las manos, de nuevo con un típico gesto francés.

Tenía una de esas caras expresivas al máximo que mostraban mil estados de ánimo distintos. Siempre había tenido un aire muy francés, y a Brigitte le gustaba su aspecto. Ted, en cambio, era muy anglosajón. Era guapo, pero no seductor. Por algún motivo los labios de Marc resultaban sensuales, aunque ella siempre fingía que no lo notaba.

—Tengo que reconocer que no es fácil dejar esta ciudad.

Brigitte también parecía triste; lo había pasado muy bien con él. Claro que no podía permanecer allí por siempre, sobre todo porque ya había acabado lo que había ido a hacer. No quería que su antepasada india se convirtiera en una obsesión. Pensaba entregarle toda la documentación a su madre para que hiciera con ella lo que gustara. A fin de cuentas, el proyecto lo había iniciado ella, no Brigitte, por mucho que Wachiwi hubiera acabado cautivándola.

Charlaron un buen rato mientras contemplaban el Sena, y luego, ya de regreso, él se desvió de la ruta para llevarla al Trocadero. Era la estampa perfecta de París. La torre Eiffel se erguía ante ella con todo su esplendor; y en ese momento, mientras él aparcaba el coche, la torre se iluminó como si saliera a escena, arrojando su fulgor en todas direcciones. Era el punto final perfecto para su última noche en la ciudad. Y tanto Marc como Brigitte se apearon del coche, incapaces de resistirse a tanta belleza. Ella se embelesó observando la torre, como una chiquilla cautivada por los focos resplandecientes y la exquisita vista de París que se extendía hasta el Sagrado Corazón. Y mientras contemplaba el panorama en silencio, Marc la rodeó con los brazos y la besó. Ella se quedó demasiado sorprendida para moverse o apartarse, y luego se dio cuenta de que no deseaba hacerlo. En vez de eso, se abrazó a él y también lo besó. No era un momento para perdérselo, y Brigitte sabía que jamás olvidaría esa noche. Acabara como acabase su relación, si es que llegaban a tener alguna relación, Marc le gustaba mucho y se habría mostrado dispuesta a ir más allá si tuviera previsto quedarse en París. Sin embargo, no era así, de modo que todo quedaría reducido a una gloriosa noche romántica frente a la torre Eiffel, besando a alguien que de verdad le gustaba. No había más, a menos que sintiera una pasión desenfrenada. Pero, no era lo que ella necesitaba ni deseaba, pues habría complicado las cosas entre ellos. Así era fácil, limpio y despreocupado. Cuando se separaron, ella le sonrió, y él volvió a besarla a la vez que un jovencito se aproximaba e intentaba venderles una reproducción de la torre Eiffel. Marc sacó el monedero y compró una para Brigitte. Se la entregó diciéndole que era en recuerdo de una de las mejores noches de su vida, y ella se mostró de acuerdo y le dio las gracias.

Hablaron poco en el trayecto de regreso al hotel. No quedaba nada más que decir. Los dos sabían que Brigitte no pensaba acostarse con Marc antes de partir, y él no se lo pidió. Se marcharía a su país y tal vez jamás volvieran a verse, o por lo menos no ocurriría hasta dentro de mucho tiempo. Los momentos que habían compartido eran perfectos. Disfrutaban de la compañía mutua, se respetaban el uno al otro y se gustaban extraordinariamente; lo habían pasado bien juntos y él la había ayudado en grado sumo con la investigación. Sabía que conservaría por siempre el recuerdo de Marc y de esa noche. Y cuando le dio las buenas noches, sostenía en la mano el pequeño souvenir de cristal.

—Gracias por todo —dijo ella con cariño—. He pasado una noche fantástica. Otra vez.

Había disfrutado del viaje a Bretaña en su compañía, y también de la Biblioteca Nacional, los restaurantes a los que la había llevado, las conversaciones serias, las risas, lo que le había enseñado sobre la historia de Francia y los paseos por el Sena. Habían hecho muchas cosas en poco tiempo.

—Espero que regreses pronto —repuso Marc con expresión nostálgica, y a continuación sonrió—. Si no, a lo mejor voy a visitarte a Boston. No está tan lejos —añadió como tratando de convencerse a sí mismo. Pero sí que estaba lejos. Sus vidas pertenecían a esferas diferentes—. Espero que encuentres trabajo —le deseó, y ella le dirigió una sonrisa.

—Yo también lo espero. Tengo que ponerme en serio en cuanto llegue a mi país. Seguro que pronto me saldrá una oportunidad.

—Seguro —la tranquilizó, y sin decir nada más volvió a besarla.

El beso se prolongó durante largo rato, y en un instante de locura Brigitte deseó no estar a punto de abandonar París para poder quedarse allí con él.

—Cuídate, Marc —dijo con tristeza cuando se dispuso a marcharse—. Gracias por todo.

—À bientôt —se despidió él con un hilo de voz, rozándole los labios con los suyos, y luego ella regresó al hotel y él, al coche.

Cuando subió a la habitación, Brigitte dejó la pequeña torre Eiffel sobre el escritorio y se quedó mirándola mientras se preguntaba por qué no se había decidido a acostarse con él. ¿Qué podía ocurrir? Que se enamorara, se recordó a sí misma, lo cual no se le antojaba buena idea. Era mejor dejar las cosas como estaban. Permitió que una lágrima le resbalara por la mejilla y se la enjugó. Luego fue a limpiarse los dientes, se puso el viejo camisón de franela y se metió en la cama. Sin embargo, cuando esa última noche en París se quedó dormida, soñó con él.

20

Brigitte recibió una llamada de Marc en la BlackBerry cuando iba camino del aeropuerto. Él le dijo que solo quería despedirse otra vez. Intentaba llevarlo con buen ánimo, aunque Brigitte notaba que estaba triste, igual que ella. Ya era mala suerte, pensó: había conocido a un hombre que de verdad le gustaba y tenía que vivir a cinco mil kilómetros. A veces ocurrían esas cosas, aunque habría deseado que vivieran en la misma ciudad. La parte buena era que lo había pasado muy bien con él, y se llevaba un souvenir de la torre Eiffel. Tal vez con eso bastara. Volvió a darle las gracias por todo, incluida la cena de la noche anterior, y él le agradeció el tiempo que le había dedicado. No insistió en convencerla de que se quedara. Lo había entendido.

Brigitte se despidió de él y, como había llegado al aeropuerto, facturó las maletas. Primero volaría a Nueva York para visitar a su madre y entregarle toda la documentación que había recopilado en Francia. Prefería que Marguerite la tuviera en sus manos para que pudiera proseguir con el árbol genealógico; a Brigitte le bastaba con conservar una copia que guardaría con cariño como recuerdo de unos días extraordinarios y de su singular antepasada india.

Pasó el control de seguridad. Estaba previsto que el vuelo

saliera con puntualidad y, cuando despegó, Brigitte apoyó la cabeza en el respaldo y cerró los ojos. Marc había dicho que le enviaría algún que otro e-mail, y ella había prometido responderle. De momento, tenía que concentrarse en encontrar trabajo. Lo había pasado de maravilla en París, pero debía seguir adelante con su vida. No veía el momento de reunirse con su madre y explicarle cosas del viaje.

Brigitte vio dos películas, comió y durmió un par de horas en el avión. Se despertó justo cuando el comandante anunciaba el aterrizaje en Nueva York. El tiempo había pasado muy deprisa. Cuando ya estaba en el aeropuerto recogiendo las maletas, sintió el repentino efecto de haber salido despedida de un cañón. Todo el refinamiento de París se había esfumado. La gente se abría paso a empujones y no había ningún mozo a punto para ayudarla con el pesado equipaje. Una cola interminable de viajeros esperaban un taxi, llovía, los unos se gritaban a los otros, y a ella le entraron ganas de volver corriendo a la terminal y coger el primer avión que la devolviera a París. Bienvenida a Nueva York.

Por fin consiguió un taxi, le dio la dirección de Marguerite al conductor y la telefoneó para anunciarle que estaba de camino. Pensaban salir a cenar juntas y, cuando Brigitte llegó a casa de su madre, lo primero que hizo fue entregarle la carpeta llena de información sobre sus antepasados que había recopilado con esmero. Su madre le dio un abrazo, agradecida, y pensó que Brigitte tenía muy buen aspecto. La veía relajada, más feliz y más segura de lo que la había visto en años. La escrutó con los ojos entornados y le dijo que se la veía más cómoda en su propia piel. A Brigitte le hizo gracia que hubiera elegido precisamente esa expresión, pero se dio cuenta de que llevaba razón. Así era como se sentía. Toda la ansiedad que le generaba lo que pudiera ocurrirle parecía haberse desvanecido. Seguía sin hijos, ni marido ni trabajo, pero se sentía bien consigo misma. Los días en París le habían sentado bien, igual que conocer a Marc.

Pasaron una hora hablando de Wachiwi, de los anales de la corte, del marqués, de su hermano, de la mansión y de la Biblioteca Nacional. Su madre estaba impresionada, Brigitte había descubierto muchas cosas en un plazo cortísimo. Era el trabajo de investigación más eficiente y minucioso que había visto en la vida, y se asombró de que Brigitte hubiera conseguido consultar los archivos nacionales por sí sola.

—Bueno, debo admitir que he tenido un poco de ayuda —confesó—. En la biblioteca conocí a un escritor que me echó una mano. Es historiador y profesor de universidad, y conocía los archivos como la palma de su mano, así que me hizo de guía. Seguramente no habría conseguido gran cosa sin él.

—Qué interesante.

Marguerite sentía curiosidad, pero no quería inmiscuirse. Sin embargo, por iniciativa propia, Brigitte se lo contó todo. O casi todo. No le explicó que la última noche se habían besado; según qué cosas, era mejor obviarlas.

—Me acompañó a Bretaña y me contó muchas historias sobre los chuanes, que fueron los aristócratas que opusieron resistencia a los revolucionarios y lucharon por conservar sus mansiones. Es un tema muy interesante.

Eso parecía. Y también el hecho de que el escritor hubiera acompañado a Brigitte a Bretaña. Marguerite se preguntó si había ocurrido algo más entre ellos, pero no lo preguntó. A su hija se la veía muy bien, y volvían a brillarle los ojos. Se planteó si sería cosa del amor, o de la pasión incluso. Fuera como fuese, le sentaba de maravilla. Brigitte tenía un aspecto magnífico, y parecía llena de entusiasmo mientras relataba todo lo que había descubierto. Le aseguró a su madre que lo encontraría explicado en la carpeta que le había entregado.

—No veo el momento de leerlo.

—Marc cree que debería escribir un libro sobre el tema —explicó de buen grado cuando se disponían a salir. Iban a cenar en un restaurante del barrio, uno de los favoritos de su madre situado en Madison Avenue.

—¿Marc? —preguntó su madre en un tono burlón mientras el portero les pedía un taxi. La cosa se ponía interesante por momentos.

—Es el escritor del que te he hablado. Cree que podría convertirlo en una novela, o bien escribir una obra histórica. Los hechos lo merecen, y no creo que añadir ficción los mejore en nada.

Su madre quería saber más cosas del hombre del que Brigitte no paraba de hablar, y hacia el final de la cena ya no pudo contenerse más. Había mencionado a Marc muchas veces.

—¿Pasó algo con ese francés del que hablas?

Se preguntaba si Brigitte se había enamorado, aunque no daba esa impresión. Se la veía tranquila y feliz, y no con la angustia de quien ha dejado a su amor en París. Sin embargo, su madre captaba en ella algo distinto.

—No, no lo permití. No tenía sentido empezar a salir con él y marcharme, habría sido un desastre. Las relaciones a distancia no funcionan. Lo pasamos bien juntos, eso es todo. Claro que tengo que reconocer que es una pena que no viva en Boston; cuesta mucho conocer a hombres así. Intentó convencerme de que me quedara a vivir en París durante un año y escribiera ese libro, pero no pienso hacerlo, y dudo que lo haga jamás. Ya tengo un libro a medias. Además, debo buscar trabajo en Boston, que es donde vivo.

Su madre asintió y pensó que Brigitte hablaba con tanta lógica y sensatez que no sabía si lo que decía iba en serio. Empezó a preguntarse si se habría enamorado de ese hombre sin siquiera darse cuenta, pero no le dijo nada al respecto. Se limitó a mover la cabeza en señal de conformidad, escucharla y observarla mientras fingía creerla, ya que Brigitte parecía haberse convencido a sí misma de todo lo que afirmaba.

—¿Crees que irá a visitarte a Boston?

—Eso dice, aunque es probable que no volvamos a vernos. No tiene lógica.

—No todas las cosas tienen lógica, corazón. Por lo menos, no siempre —observó su madre con delicadeza—. Los sentimientos van más allá de la razón. A veces te enamoras de personas que no encajan con tu lógica. Y los que parecen encajar, acaban saliendo rana.

Como Ted y el noviazgo de seis años del que no había resultado nada en definitiva.

—¿Está enamorado de ti? —preguntó Marguerite, que sentía curiosidad por él.

—No me conoce lo suficiente —insistió Brigitte. Era lo que se había repetido a sí misma—. Le gusto, incluso puede que mucho.

Marguerite tenía la sensación de que había mucho más que eso por ambas partes, pero no presionó a su hija. Pasaron el resto de la velada hablando de Wachiwi, una materia inagotable. La madre de Brigitte estaba de acuerdo con Marc a pesar de que no lo conocía. Creía que Brigitte debería escribir ese libro sobre su antepasada, en la forma que fuese. Era obvio que el tema la atraía, mucho más que el libro sobre el sufragio femenino, que parecía haberse quedado estancado años atrás. Su madre sostenía la opinión de que debía dejarlo aparcado y lanzarse a por el otro, y tal cual se lo dijo a Brigitte cuando regresaron a casa. Su hija no parecía convencida; por lo menos, no más que cuando Marc se lo había propuesto. Tenía miedo.

Ambas se acostaron a una hora decente. Brigitte llevaba

un retraso de sueño de seis horas, pero se la veía en buenas condiciones y de un humor excelente. Las dos permanecieron tumbadas en la cama, dándole vueltas a la cabeza. Marguerite pensaba en el francés a quien había conocido su hija, tenía ganas de saber más cosas de él. Brigitte reflexionaba sobre el libro que todo el mundo creía que debía escribir y que a ella le imponía tanto respeto. El tema daba tanto de sí que tenía miedo de abordarlo y no hacerle justicia. No quería escribir un libro mediocre sobre una mujer tan extraordinaria, ni siquiera correr ese riesgo. Habría sido un sacrilegio meter la pata y convertir la historia de Wachiwi en una birria. Le parecía mucho menos arriesgado seguir trabajando en el libro sobre el derecho al voto de la mujer y que otro se encargara de escribir acerca de la vida de Wachiwi. Ella no se sentía capaz, daba igual lo que dijesen Marc y su madre. Pensaba proseguir con su investigación sobre el sufragio y escribir la mejor obra de todos los tiempos, tal como siempre se había propuesto hacer. La historia de Wachiwi era demasiado extensa, compleja y poco concreta. No tenía la impresión de ser capaz de dominarla, y la asustaba mucho más que el tema del sufragio.

Brigitte estuvo dos días en Nueva York con su madre y lo pasaron muy bien. En un momento dado Marguerite le preguntó si había tenido noticias de Ted, y ella le respondió que no. A ambas se les hacía raro que seis años de relación hubieran acabado en una sola noche, que todo hubiera quedado reducido a la nada y sumido en el silencio. Eso indicaba lo poco que merecía la pena, y las dos convinieron en que era una lástima.

Regresó a Boston el sábado por la noche, y tomó un taxi hasta su casa. Tampoco había tenido noticias de Marc desde que dejó París, y no lo esperaba. Se recordó que no tenía ninguna obligación de darlas, y ella no se había puesto en contacto con él ni pensaba hacerlo. Solo serviría para sembrar desconcierto. Se dijo que los momentos de romanticismo que habían vivido frente a la torre Eiffel la última noche habían supuesto un agradable interludio a la vez que una aberración, y se convenció de que para ninguno de los dos significaban nada. Resultaba agradable pensar que, a pesar de su edad, podía hacer alguna tontería y dejarse llevar por el romanticismo.

Cuando deshizo las maletas colocó el pequeño souvenir de la torre Eiffel sobre el tocador y se lo quedó mirando, sonriente, hasta que al cabo de unos minutos siguió colocando las cosas en su sitio. Tenía seis o siete mensajes en el ordenador, pero ninguno importante. La falda que creía haber perdido estaba en la tintorería. Desde la biblioteca de la Universidad de Boston le recordaban que debía dos libros y que iban a sancionarla por ello. Amy la había telefoneado para pedirle que la llamara en cuanto pusiera un pie en casa y para decirle que la quería. Otras dos llamadas eran de telemarketing. Y en la última le ofrecían renovar la garantía del horno. Ninguna era el tipo de llamada que uno se alegra de recibir cuando llega a casa, a excepción de la de Amy. Echando un vistazo al lugar reparó en que el piso estaba sucio y descuidado, y vio que necesitaba ordenar cuatro cosas y deshacerse de otras cuantas, incluso cambiar de sitio algunos muebles, para que el espacio no llegara a parecer del todo deprimente. Ahora, sin Ted, era un buen momento. Necesitaba un poco de chispa en su vida, y trató de no dejarse llevar por el pánico ante la falta de respuesta de todos los trabajos a los que había enviado el currículum. No había recibido ninguna llamada ni ningún e-mail. Seguramente aún estaban ocupados atendiendo a los alumnos de nuevo ingreso; no empezarían a ir más descargados hasta el mes de junio, y estaba terminando abril mientras que la fecha máxima de aceptación de alumnos era mediados de mayo. Se tranquilizó pensando que era demasiado pronto para tener noticias.

Llamó a Amy en cuanto acabó de deshacer las maletas. Su amiga estaba acostando a los niños, pero invitó a Brigitte a pasar con ella la tarde del día siguiente, y ella se mostró encantada. Le prometió que estaría allí al mediodía, y así fue. Cuando llegó a casa de Amy, oyó gritos en la cocina. Parecía que estuvieran matando a alguien. Antes de que pudiera llamar al timbre, Amy abrió la puerta de par en par, le arrojó a su amiga las llaves del coche y le pidió que la acompañara a urgencias. Su hijo de tres años se había golpeado la cabeza con el canto de una mesa y sangraba tanto que había empapado el paño húmedo con que ella trataba de ejercer presión en la herida. Amy tenía bajo el brazo al pequeño de un año, que también lloraba y tan solo llevaba puestos una camiseta, el pañal y unas zapatillas de deporte. Sentó a los dos niños en la parte trasera del coche y se instaló entre ellos, y Brigitte los llevó al hospital universitario. Los gritos eran tan fuertes que impedían cualquier conversación. Todo cuanto su amiga le dijo a voz en cuello desde el asiento trasero fue «¡Gracias!», seguido de «¡Bienvenida a casa!», y ambas se echaron a reír. Menos mal que Brigitte había llegado en el momento oportuno; si no, las cosas se habrían puesto más difíciles para Amy.

Estuvieron dos horas en la sala de espera de urgencias, mientras el niño herido se chupaba el pulgar sentado en el regazo de su madre, que estaba toda manchada de sangre. El hermano pequeño se había quedado dormido en el regazo de Brigitte y las dos amigas hablaban en susurros.

—Bueno, ¿qué tal por París? —le preguntó Amy.

—De maravilla. He recogido información que a mi madre

le viene de perlas —asintió Amy. Su amiga esperaba que hubiera hecho algo más que eso.

—¿Lo has pasado bien? —preguntó de manera enfática.

—Ya lo creo —aseguró Brigitte.

—¿Has conocido a hombres?

Amy siempre iba al grano, y Brigitte se quedó un instante sin saber qué contestar, lo cual a su amiga le pareció sospechoso.

—No en el sentido que dices. Conocí a un escritor en la biblioteca y me ayudó a recoger información.

—Qué aburrido.

Amy se llevó una desilusión al oír eso.

—No, no es nada aburrido. Es muy inteligente, muy interesante. Ha escrito un libro que leí en inglés hace unos años. Además de ser escritor, da clases de literatura en la Sorbona.

—Me sigue pareciendo aburrido.

Amy no tenía la impresión de que se hubieran dado el lote. Esperaba que Brigitte hubiera aprovechado el viaje a París para desmelenarse. No le parecía muy divertido que se hubiera pasado las vacaciones investigando en la biblioteca.

—Me acompañó a Bretaña un fin de semana. Lo pasamos muy bien.

Amy volvió a mirarla esperanzada.

—¿Os acostasteis juntos?

—Claro que no. No soy de las que se prestan a echar un polvo y si te he visto no me acuerdo. Qué deprimente.

—Más deprimente me parece ir a París y no acostarse con nadie —soltó Amy sin rodeos—. Claro que pasarse la tarde del domingo en la sala de espera de urgencias tampoco está entre las primeras opciones de mi lista de actividades preferidas.

Entonces Amy decidió ir a preguntar qué ocurría, cansada de esperar tanto, y media hora más tarde los hicieron pasar. A su hijo le dieron cuatro puntos; cuando se marcharon, el niño estaba agotado de tanto llorar. Había sido una tarde de mucha tensión. En cuanto llegaron a casa, Amy puso a sus dos hijos a hacer la siesta y fue a la cocina para tomarse una copa de vino con Brigitte. Amy dijo necesitarla, y Brigitte dio unos cuantos sorbos para hacerle compañía. No le gustaba beber alcohol durante el día, y en las cenas apenas lo probaba.

—Muy bien, vuelve a explicármelo —continuó diciendo Amy—. Nada de historias de amor apasionadas, ¿no? Solo un profesor con el que pasaste un fin de semana entero. ¡Qué pena de viaje a París! ¿No podías montártelo mejor?

A Brigitte la hizo reír la expresión.

—Es un chico agradable, y me gusta, solo que está geográficamente fuera de mi alcance. Él vive en París y yo, aquí.

—Pues trasládate. Boston no tiene nada de especial.

—Es donde vivo. Me gusta y estoy buscando trabajo en esta ciudad.

—Por cierto, ¿tienes alguna novedad sobre ese tema?

Brigitte decidió no explicarle lo de la entrevista en la AUP. No le habían ofrecido trabajo de todos modos y su amiga se habría aferrado a esa posibilidad. Estaba desesperada por que Brigitte se forjara una vida con pareja e hijos, y eso a ella le suponía demasiada presión.

—Mañana empezaré a llamar. En esta época del año hay demasiada actividad y seguramente no han tenido tiempo de ponerse en contacto conmigo.

Amy asintió para indicarle que estaba de acuerdo, aunque sabía que su amiga no había acumulado muchos méritos durante los diez años de trabajo en la oficina de admisiones de la Universidad de Boston. No causaba muy buena impresión que hubiera pasado tanto tiempo sin que la ascendieran. Sin embargo, ella lo había querido así, y ahora que estaba buscando trabajo lo lamentaría. Quien ofreciera trabajo vería en ella a alguien poco válido o poco ambicioso. La verdadera opción era la segunda, pero ¿cómo iban a saberlo?

Estuvieron hablando hasta que los niños se despertaron, y luego Brigitte regresó a su casa. Cuando llegó, no sabía qué hacer. Pensó en ir al cine, pero detestaba salir sola. Podría haber llamado a algún amigo, pero no tenía ganas de explicar lo que había pasado con Ted, que lo habían dejado. Se sentía una perdedora. «Ah, sí, pues mira, después de seis años me ha dejado y se ha ido a dirigir una excavación.» ¿No habría sido más lógico que, si la quería, la invitara a irse con él? La forma en que habían acabado las cosas daba a entender a todo el mundo que en realidad su relación no le importaba. ¿Y qué imagen daba eso de ella? Últimamente tenía más maltrecho el amor propio que el corazón. Fuera como fuese, no tenía ganas de llamar a nadie y tener que explicárselo.

Dio vueltas por el piso, sacó el aspirador e hizo la colada. Eso le recordó las cómodas noches de domingo que durante seis años había pasado junto a Ted. Aprovechaban las últimas horas del fin de semana para preparar juntos la cena. Tal como se temía, era al estar de vuelta en casa cuando empezaba a asaltarla la soledad. Eso le recordó las palabras de Marc: si amase a Ted, lo habría echado de menos en París, no solo en Boston. La sensación que experimentaba tenía más que ver con alguna carencia de su vida que con echar de menos a una persona en concreto. Pensar en eso la ayudó, y antes de irse a la cama hizo una limpieza a fondo del piso. El día había transcurrido sin pena ni gloria, a diferencia del fin de semana anterior, cuando estaba en Bretaña con Marc yendo a restaurantes, visitando el Château de Margerac, alojándose en el acogedor hotelito. Le entró risa cuando metió el camisón de franela en la secadora. Lo cierto era que en su vida había muy poca emoción. Se planteó llamar a Marc solo para saludarlo, pero no quiso hacerlo. Debía acostumbrarse a no pensar en él en lugar de obsesionarse. Además, para él ya eran las cuatro de la madrugada. Tampoco había intentado ponerse en contacto con ella, y hacía bien. Lo único que ocurría era que se sentía sola y aburrida un domingo por la noche.

Se acostó temprano, y a la mañana siguiente telefoneó a todas las universidades con las que había establecido contacto. Todo el mundo fue muy agradable y cortés. Sí, habían recibido su currículum, pero no disponían de ninguna vacante, aunque lo guardarían por si surgía alguna oferta. Unos le propusieron que volviera a llamar en junio; otros, en septiembre. Parecía increíble que en nueve universidades no hubiera una sola vacante. Claro que su currículum no mostraba nada destacable. Tenía diez años de experiencia en un trabajo corriente y no se había esforzado por salir de la mediocridad. No había escrito ningún artículo, no había impartido clases, no había hecho ninguna planificación curricular especial. Tampoco había trabajado de voluntaria. Se había limitado a ir a la oficina, pasar los fines de semana con Ted e investigar para su libro. Cuando pensaba en ello se avergonzaba. ¿Cómo podía haberse puesto tan pocas metas y haberse exigido tan poco?

Se sentó al escritorio, decidida a retomar el libro sobre el sufragio femenino. Reorganizó toda la investigación, hizo una criba y quitó la paja; y el martes se puso a escribir de nuevo. Cuando terminó la semana había escrito un capítulo entero, y se dedicó a leerlo. Tras acabar, estalló en llanto. Era lo más aburrido que había escrito jamás. Ni siquiera los académicos desearían leer la obra. No sabía qué hacer.

El viernes por la noche estaba sentada al escritorio con la frente apoyada en las manos cuando la llamó su madre, que parecía animada. Había leído toda la información que Brigitte le había entregado tras el viaje.

—El material sobre la joven india es increíble. Y el marqués también parece un hombre interesante. La historia de la chica es fascinante, y era casi una niña cuando se marchó a Francia.

—Sí. —La voz de Brigitte sonaba apagada, y su madre lo notó.

—¿Te pasa algo?

—Llevo toda la semana intentando avanzar con el libro del sufragio femenino y es un rollo. No sé qué me hizo pensar que a alguien le interesaría. Es como ponerse a leer los ingredientes de un paquete de cereales, un formulario de hacienda o la etiqueta de un zumo de ciruelas pasas. Lo odio, igual que lo odiaría cualquiera. He invertido siete años de mi vida en algo que debería arrojar al cubo de la basura.

A su madre nunca le había parecido un tema interesante, pero Brigitte siempre lo había defendido a capa y espada, como antropóloga y como mujer. En cambio Marguerite, desde su punto de vista de lectora y editora, siempre lo había considerado bastante aburrido, pero no quería ser grosera.

—¿Qué voy a hacer?

—A lo mejor tu amigo de París tiene razón, tendrías que escribir la historia de Wachiwi. Coincido contigo en que no es necesario que incluyas ficción. Es impresionante tal cual. ¿Qué te parece la idea? —Su madre trataba de ayudar.

—No estaría mal —accedió Brigitte con desánimo.

—¿Has tenido noticias de él, por cierto? —se interesó Marguerite.

—No.

—¿Y por qué no le escribes? Podrías mandarle un e-mail.

—No quiero revolver las aguas, mamá. En su momento ya dejamos las cosas claras. Somos amigos, y los amigos se llaman solo de vez en cuando. Si empiezo a escribirle, dará pie a confusiones por las dos partes.

—¿A qué viene tanta responsabilidad? ¿Por qué una relación de amigos no puede dar pie a cierta confusión de vez en cuando?

Las palabras de su madre hicieron que Brigitte recordara al instante la noche en que se habían besado frente a la torre Eiffel. Esa noche la confusión les había sentado bien. Claro que ese momento formaba parte del pasado. Había vuelto a casa y París era un sueño lejano. Como Marc.

—Creo que lo único que me pasa es que me compadezco a mí misma. Es el bajón tras el viaje a París. Lo que necesito es encontrar trabajo, pero parece que no hay ofertas.

Tenía suficiente dinero ahorrado para sobrevivir durante el verano, incluso más si actuaba con prudencia. El gran problema era que se aburría, y su madre se lo notaba en la voz.

—Bueno, puedes volver a Nueva York siempre que quieras. Podemos jugar al bridge. La semana que viene tengo un torneo, pero luego estaré libre.

Por lo menos su madre se distraía jugando al bridge, pero ella no tenía ese tipo de aficiones. No sabía con qué entretenerse mientras tanto y, cada vez que pensaba en el material sobre Wachiwi, se moría de miedo. No quería decirle a Amy cómo se sentía para no tener que oír que debería ir a ver a un terapeuta. Su amiga se lo había aconsejado cuando Ted la dejó, y Brigitte seguía sin querer hacer frente a eso. En realidad no sabía lo que quería, ni con quién quería estar.

Se quedó despierta hasta tarde, viendo películas que ya había visto otras veces, y luego, a falta de algo mejor que hacer, se sentó al ordenador y le escribió un e-mail a Marc. No sabía bien qué decirle. «Hola, estoy que me tiro de los pelos de aburrimiento... Sigo sin trabajo y mi vida social se ha ido al garete... Mi libro es lo más farragoso del planeta... Estoy pensando en prenderle fuego. ¿Y tú, qué tal?»

En vez de eso, le escribió un mensaje corto en que le decía

que pensaba en él, que lo había pasado de maravilla en París y en Bretaña, y que había colocado el pequeño souvenir de la torre Eiffel encima del tocador. También le explicaba que su madre estaba emocionadísima con el material que le había llevado, y volvió a darle las gracias por su ayuda. Le deseó que las cosas le fueran bien, y al final se detuvo, pensando cómo firmarlo. «Adiós» le parecía infantil. «Atentamente», demasiado formal. «Saludos cordiales» sonaba ridículo. «Con afecto» era patético. «Con cariño» daba lugar a confusión. Al final acabó poniendo «Guardo muy buenos recuerdos. Cuídate», que era sincero y cierto. Lo releyó unas seis veces para asegurarse de que no quedaba blandengue, sentimental ni quejumbroso. Por fin pulsó la tecla y envió el mensaje. Una vez hecho, tragó saliva y lo lamentó al instante. Otra vez la asaltaba la inseguridad. ¿Qué estaba haciendo? Ese hombre vivía a cinco mil kilómetros de distancia. ¿En qué estaba pensando? Acabó por convencerse de que lo único que había hecho era enviar un e-mail a un agradable conocido en París para saludarlo.

—Bueno, no es nada del otro mundo —dijo en voz alta tratando de no sentirse tonta ni nerviosa.

Volvió a leerlo, aunque era tarde para poner remedio. Al final se fue a la cama. Y de repente, en el momento de acostarse, pensó que había hecho bien en escribirle. Esperaba que le contestara.

21

Cuando Brigitte se levantó por la mañana, el corazón le dio un brinco al ver que tenía un e-mail de Marc. Como cuando era jovencita y un chico le pasaba una nota secreta en clase. Se sentía emocionada, culpable y asustada, aunque no sabía bien por qué. En París no había tenido esa sensación, pero ahora era distinto. Se le hacía raro escribirle desde Boston, estrechar más el lazo, expresar más cosas. Pero ella era quien había escrito en primer lugar, así que debía atenerse a las consecuencias. Abrió el mensaje, respiró hondo y suspiró aliviada cuando leyó la respuesta. Cordial y agradable.

Querida Brigitte:

Qué grata sorpresa tener noticias tuyas. ¿Qué tal por Boston? París está muy apagado sin ti, estos días he tenido muy poco que hacer. A mis alumnos les está afectando la primavera y faltan mucho a clase. ¡Yo también quiero faltar!

La novela va bien, mi editor me ha ayudado mucho y espero poder entregarla pronto. En la editorial se han calmado un poco y parece que mi vida ya no corre peligro.

Echo de menos a Wachiwi, y también te echo de menos a ti. Me alegro de que a tu madre le haya gustado el material que encontraste. Aún espero que algún día escribas el libro sobre tu antepasada india, y cuanto antes mejor. Deseo que te vaya todo bien. Seguiremos en contacto.

Terminaba con un *«Je t'embrasse»*, que Brigitte sabía que era el equivalente en francés de «Un beso», de los que suelen darse en las mejillas, no en los labios. Era una fórmula de despedida inofensiva, y al final firmaba «Marc» y añadía una posdata:

> Cada vez que veo la torre Eiffel me acuerdo de ti. Es como si en cierta forma te viera en ella, sobre todo cuando la iluminan, porque sé que te gustaba mucho. Yo también guardo muy buenos recuerdos. Espero que vuelvas pronto a París.

Era un e-mail muy tranquilo, agradable y cariñoso, y le pareció un bonito detalle que le dijera que él también guardaba muy buenos recuerdos. Había conseguido imprimir a su mensaje el tono perfecto. No resultaba atrevido, excesivamente íntimo ni incómodo. Era cordial, cariñoso y sincero, como él. Brigitte se alegró de haberle escrito. Su madre le había dado un buen consejo.

No tenía nada que hacer después, y las semanas siguientes se le antojaron las más aburridas e improductivas de toda su vida. Por fin llamó a unos amigos y salió a cenar con ellos. No le dieron excesiva importancia a lo de Ted, solo le dijeron que sentían que hubieran roto, pero que ahora veían que no era la persona adecuada para ella. Todos tenían pareja, la única persona sin novio a la que conocía era a Amy y siempre andaba ocupada con los niños. Durante las dos últimas semanas, cuando no estaba resfriado uno lo estaba el otro, así que su amiga no podía salir y a Brigitte no le apetecía pillar ningún microbio. Los niños de esas edades siempre caían enfermos.

Era primavera, y Boston estaba en plena floración. El día de los Caídos fue a Martha's Vineyard, donde lo pasó muy bien, pero cuando regresó a Boston su vida volvió a decaer. Le costaba mantenerse activa sin trabajo, y de momento tenía el libro aparcado.

Había recibido unos cuantos mensajes de Marc, y ella seguía manteniendo las distancias cuando le escribía. No le dijo que estaba muy asustada porque aún no tenía trabajo y sentía un gran vacío en su vida.

Una noche, tras la visita a Martha's Vineyard, decidió leer las anotaciones sobre Wachiwi, y su antepasada volvió a cautivarla por completo. Incluso más, puesto que veía las cosas con cierta distancia. Era una historia apasionante; ahora comprendía por qué su madre y Marc opinaban que debía escribir un libro sobre ella.

Estuvo varios días dando vueltas al tema, hasta que por fin, solo para probar qué tal se le daba, escribió un capítulo que narraba la historia de Wachiwi en el poblado indio. Buscó en internet información sobre los sioux, de modo que pudiera describirlos con rigor. Cuando empezó a escribir sobre la chica, tuvo la impresión de que las palabras brotaban de la nada. No le costaba ningún esfuerzo y, cuando lo terminó tras tres días de intenso trabajo, le pareció bello y místico. Esa era la historia que deseaba relatar; de pronto, ya no estaba asustada. Notaba cómo la llamaba, y se dedicó a ella en cuerpo y alma. A partir de ese momento, los días empezaron a fluir. Jamás había disfrutado tanto escribiendo. Pensó en enviar un e-mail a Marc para contarle que estaba empezando el libro, pero no quería gafar el proyecto. Decidió esperar un poco, hasta que hubiera escrito unos cuantos capítulos más. Todavía estaba en los inicios, aunque lo que tenía le gustaba muchísimo.

Llevaba diez días con su nuevo proyecto cuando, una noche que se había quedado escribiendo hasta tarde, el ordenador la avisó de que tenía un mensaje. Como no tenía ganas de interrumpir lo que estaba haciendo, siguió varias horas sin parar. Parecía que los dedos volaran, no quería dejarlo. La sorprendió descubrir que eran casi las cinco de la madrugada cuando por fin se recostó en el asiento con aire satisfecho. Guardó lo que había escrito. Entonces recordó que había recibido un mensaje. Abrió la bandeja de entrada y vio que le escribían de la Universidad Americana de París. Al leer el mensaje descubrió que era del hombre que la había entrevistado. No estaba especialmente interesada en el tema, pero lo leyó de todos modos y, en cuanto acabó, volvió a leerlo. Le ofrecían un trabajo a tiempo parcial, tres días a la semana, con un salario digno para poder mantenerse. También le decían que disponían de apartamentos para estudiantes y profesores a un precio simbólico. La vacante había surgido porque la mujer que ocupaba el segundo puesto de mayor responsabilidad en la oficina de admisiones había comunicado que estaba embarazada y solicitaba un permiso de maternidad de un año. El hombre explicaba que la mujer tenía cuarenta y dos años, era su primer embarazo y esperaba gemelos, así que le habían recomendado reposo absoluto desde el principio de la gestación. Por eso ofrecían a Brigitte cubrir su puesto durante un año. Y añadía que estaba previsto que el jefe de la oficina se jubilara al cabo de un año, así que era posible que surgieran nuevas oportunidades para ella en la AUP si el puesto que ahora le ofrecían no acababa por ser fijo, cosa que él no descartaba. En cualquier caso, le prometían trabajo por un año. Resultaba obvio que, si aceptaba, esta vez tendría que tomar las riendas y asumir más responsabilidades. Era un centro pequeño y necesitaban que todos los empleados arrimaran el hombro y se mostraran flexibles, y Brigitte estaba dispuesta a hacerlo. Había aprendido la lección. Por no haber querido asumir mayores responsabilidades en la Universidad de Boston, era la primera de quien habían prescindido. Esta vez quería que las cosas fueran distintas. Aunque ¿de verdad deseaba marcharse a trabajar a París? De eso no estaba segura.

Le ofrecían todo cuanto necesitaba: un empleo, un sueldo decente, un horario a tiempo parcial que le permitiría escribir el libro sobre Wachiwi si lo deseaba e incluso una vivienda por poco dinero. Si aceptaba, lo tenía todo solucionado. Sin embargo, no sabía qué hacer. Releyó el mensaje y se puso a andar de un lado a otro del piso.

Esa noche no llegó a acostarse y vio la salida del sol desde la ventana de la sala de estar. Quería pedir consejo a alguien, a Amy o a su madre, por ejemplo, pero temía que la animaran a aceptar. ¿Qué sabían ellas? Era muy fácil decirlo, pero ¿y si cometía un grave error? ¿Y si detestaba la experiencia? ¿Y si se sentía sola? ¿Y si se ponía enferma estando en París? ¿Y si por estar en París se perdía un empleo importante en Boston? Se le ocurrían un millar de circunstancias de lo más desfavorables. Claro que también sabía que en Boston no había trabajo; de momento no le habían ofrecido nada. No tenía precisamente un currículum espectacular y nadie le había respondido. ¿Y si todo seguía igual y no le ofrecían trabajo en Boston? ¿Y si...? ¿Y si...? ¿Y si...? A las diez de la mañana estaba completamente exhausta tan solo de darle vueltas al tema. La cuestión es que pedían que respondiera deprisa porque tenían que cubrir la vacante. Decían que la titular pensaba dejar el puesto de inmediato y querían que Brigitte se incorporara al cabo de dos semanas. Dos semanas para poner punto y final a su vida en Boston. Claro que ¿a qué vida?, se preguntó. En Boston no tenía vida. Poseía un piso que nunca había terminado de gustarle, no estaba saliendo con nadie y llevaba cuatro meses sin trabajo. Con suerte, podía decirse que había empezado a escribir un libro, y eso podía seguir haciéndolo en cualquier parte, incluso sería mejor hacerlo en París. Pero ¿y Amy? ¿Y su madre? A mediodía estaba llorando, y a media tarde tenía un ataque de pánico. A las seis sonó el teléfono. Tenía miedo de que fuera su madre, no quería que notara lo mal que estaba ni explicarle por qué. Se sentía como una niñita de cuatro años, y le entraron ganas de esconderse en el armario. El teléfono no paraba de sonar. Miró la pantalla de identificación de llamada, pero no reconoció el número, así que respondió; y aún la sorprendió más descubrir quién había al otro lado del hilo. Era Ted. No había vuelto a tener noticias de él desde que se marchó. Le extrañó mucho oír su voz por teléfono, no lograba imaginar qué quería de ella. A lo mejor se arrepentía por haberla dejado, y si era así, no tendría que marcharse a París. Le daba demasiado miedo.

—Hola —lo saludó intentando adoptar un aire despreocupado mientras pensaba que era tonta. Ted y ella se conocían demasiado bien para intentar engañarlo; al menos, así era antes de que se marchara.

—¿Qué tal estás, Brig? —Se le oía feliz y de buen humor. Brigitte no tenía ni idea de dónde estaba ni cuál era su huso horario.

—Estoy bien. ¿Ocurre algo?

Tal vez estaba en el hospital y la necesitaba. O había bebido demasiado y había marcado su número sin saber bien lo que hacía. Cabían muchas posibilidades tras cuatro meses de silencio.

—No, todo me va estupendamente. Solo me preguntaba qué tal estás. Siento que las cosas acabaran tan mal. Fue muy duro.

—Sí, sí que lo fue. Estoy bien —dijo, pero su voz revelaba que estaba en horas bajas. Él no pareció notarlo—. Estuve en París buscando información para mi madre.

Se dio cuenta de que Ted no sabía que la habían despedido, ella no había querido que se enterara.

—¿Has cogido vacaciones?

Parecía desconcertado.

—Bueno... La verdad es que... me he tomado un poco de tiempo libre para escribir.

Solo llevaba diez días con el libro, aunque eso no quiso decírselo. Por lo menos estaba ocupada en algo. Él estaba dirigiendo una excavación para una universidad importante y no quería que sintiera lástima por ella.

—Qué bien.

No le preguntó sobre qué estaba escribiendo.

—¿Qué tal te va con la excavación?

—Estupendamente. Cada día encontramos cosas. Al principio todo era muy lento, pero el último mes nos ha ido de maravilla. Bueno, ¿y qué otras novedades tienes?

—No muchas.

Brigitte detestaba dar la imagen de una perdedora; y entonces, sin tiempo de refrenarse y sin saber muy bien por qué motivo, si para impresionarlo o pedirle consejo, le soltó la noticia.

—Acaban de ofrecerme trabajo en París, Ted. No sé qué hacer. —Se echó a llorar otra vez, pero él no lo notó—. Lo supe anoche.

—¿Qué tipo de trabajo?

—En la oficina de admisiones de la Universidad Americana de París. Es un trabajo a tiempo parcial; el salario está muy bien y me dan un piso.

—¿Bromeas? Parece hecho a medida para ti. Acéptalo.

Era justo lo que temía que Ted le dijera.

—¿Por qué? ¿Y si no me gusta?

—¿Hasta qué punto pueden irte mal las cosas en París? Aquí ni siquiera tenemos agua corriente.

De repente, Brigitte se alegró de no haberse marchado a Egipto con Ted.

—Además, si tan mal te va, siempre puedes dejarlo y volver. Necesitas un cambio, Brig. Creo que la vida en Boston nos había quedado pequeña a los dos y no queríamos afrontarlo.

—Igual que la relación —añadió ella con sinceridad.

—Exacto, igual que la relación. Los cambios cuestan. Uno se acomoda a las situaciones y no quiere moverse. Tal vez te irá bien salir de tu zona de confort por un tiempo y hacer algo distinto. Además, podrás practicar el francés.

—Es una universidad norteamericana —le recordó.

—Pero está en Francia. No sé, Brig. La decisión es cosa tuya, pero parece cosa del destino. Llevas demasiados años en Boston, y tu trabajo se te da bien. Además, si el puesto es a tiempo parcial, tendrás tiempo de seguir con el libro que estás escribiendo. ¿A qué esperas? Lánzate. A veces me parece que la única posibilidad correcta es lanzarse. No tienes nada que perder, y no hay nada irreversible excepto la muerte. Además, nadie se muere por trasladarse a París por un tiempo. A lo mejor te encanta vivir allí.

Brigitte había estado tan ocupada pensando en todo lo que podía salir mal que no se le había ocurrido pensar que a lo mejor la experiencia le gustaba. Ted tenía razón. A lo mejor le encantaba vivir en París. Era la única posibilidad que no había contemplado.

—Sé que tienes miedo, Brig —prosiguió Ted—. Nos pasa a todos. Yo llegué aquí muerto de miedo, pero no me lo habría perdido por nada del mundo. Sé que lo de tu padre te marcó, pero a veces uno tiene que arriesgarse. Eres demasiado joven para no hacerlo y probablemente, si no aprovechas la oportunidad, lo lamentes toda la vida. Es lo que yo temía que me ocurriera con lo de Egipto. Si lo dejaba correr por la relación, me habría arrepentido siempre, y no quería que me ocurriera una cosa así.

Brigitte lo comprendía, aunque no por eso le resultaba menos doloroso.

—Podrías haberme pedido que te acompañara.

No se lo había dicho antes de que se marchara, y le sentó bien expresarlo en voz alta.

—No, no podía. Lo habrías pasado fatal aquí, créeme. Esto no es París. Hace calor y hay polvo y suciedad por todas partes. A mí me encanta, pero las condiciones de vida son muy pobres. Lo sabía de antemano por las excavaciones que había visitado. Habrías salido corriendo en menos que canta un gallo.

—Seguramente tienes razón. No suena muy bien lo que cuentas.

—Pero a mí es la vida que me gusta. Tú también tienes que hacer lo que te guste. Escribe tu libro, vete a París, cambia de trabajo y conoce a un hombre que te haga vibrar y que no te deje tirada al cabo de seis años para irse a Egipto. Te echo de menos, Brig, pero soy feliz. Espero que al final esto sea lo mejor para los dos. Por eso te llamo. Estaba preocupado por ti y me sentía culpable. Sé que es horrible que te haya dejado en la estacada después de seis años de relación, pero tenía que seguir mi camino. Y me gustaría que tú encontraras el tuyo. Tal vez esté en París; ojalá.

—Tal vez —respondió ella con aire pensativo.

Le gustaba que la hubiera llamado Ted, pero lo sentía como parte del pasado, y era probable que ni siquiera en el pasado acabaran de encajar. Habían compartido cosas, pero nunca habían tenido una conexión especial. Ahora se daba cuenta. Era posible que jamás hubieran sido felices juntos. Quizá no encontraría al hombre perfecto, pero lo que Ted le aconsejaba tenía sentido. No podía quedarse en Boston de brazos cruzados esperando que las cosas ocurrieran solas. Tenía que tomar las riendas, por mucho que la asustara, por muy arriesgado que pareciera. Además, ¿hasta qué punto era arriesgado marcharse a París? Ted también tenía razón en eso. A lo mejor el cambio de vida le encantaba. Y si no, volvería a su país. De pronto, se alegró mucho de que la hubiera telefoneado. Él le había infundido el valor que necesitaba. Su llamada había llegado como caída del cielo.

—Ya me contarás qué has decidido. Envíame un e-mail de vez en cuando.

—Lo haré —dijo ella en voz baja—. Gracias por llamar, Ted. Me has ayudado muchísimo.

—No, no es cierto —respondió él con sinceridad—. Tú sabes lo que más te conviene. Solo te falta atreverte a hacerlo. Arriésgate, Brig. No será tan difícil como crees. Nunca lo es.

Ella volvió a darle las gracias. Un poco más tarde colgaron, y Brigitte se quedó sentada mirando el teléfono mientras daba vueltas a la conversación. Le producía una sensación extraña haber estado hablando con él, pero en cierto modo le había sentado bien. Era una forma de acabar de poner las cosas en su sitio. Lo necesitaban, y no lo habrían conseguido de no haber sido por esa llamada. Ted no había tenido valor para llamarla antes, pero por fin lo había hecho.

Brigitte quería reflexionar un poco más sobre la oferta de la AUP. No deseaba tomar decisiones precipitadas. Necesitaba pensarlo unos días. Se preguntó si debía consultarlo con su madre, o con Amy. Regresó junto al ordenador y volvió a leer el mensaje. Era sencillo y preciso; una oferta atractiva y clara en una ciudad que adoraba. Además tenía un amigo allí, Marc. Bueno, sabía que era algo más que un amigo, pero tampoco en ese sentido había querido arriesgarse. De pronto, sin darse tiempo a cambiar de opinión, clicó en el botón de respuesta. Empezó agradeciéndoles su amable propuesta. Dijo que sabía que el centro era excelente y que había salido muy contenta de la entrevista. Entonces cayó en la cuenta de que todo eso parecía más bien el preámbulo de un rechazo. Respiró hondo y escribió la siguiente frase. Casi tuvo que gritar de puro nerviosismo mientras la escribía: «Acepto la oferta. Me gustaría ocupar uno de los apartamentos que proponen. Muchas gracias, y hasta dentro de dos semanas». Lo firmó y clicó sobre el botón de envío, y tuvo la sensación de que iba a desmayarse. ¡Lo había hecho! Y si al final no le gustaba, dejaría el trabajo y regresaría a Boston. Su nueva vida acababa de empezar.

22

Brigitte pensó en escribir un correo electrónico a Marc después de enviar la respuesta a la AUP, pero decidió no hacerlo. Le parecía una forma de imponer presión a ambas partes y de adelantarse a lo que pudiera ocurrir, o no ocurrir. Ya estaba lo bastante preocupada por el trabajo en sí, lo último que necesitaba durante las siguientes dos semanas era tener que estar pendiente de lo que Marc opinara al respecto, así que no le dijo nada. Sí que le envió un mensaje al cabo de unos días, pero lo hizo como si en Boston todo siguiera su curso habitual. Le explicó que había escrito algunas páginas, que hacía buen tiempo y le preguntó por su libro. Los correos que se enviaban eran cordiales y relajados, y eso era todo cuanto Brigitte deseaba de momento; por lo menos, hasta que estuviera en París.

Tardó dos días en reunir el valor suficiente para comunicarle la noticia a su madre, y otro más para decírselo a Amy. Marguerite se sorprendió, aunque no en exceso. Quiso saber si la decisión tenía algo que ver con el escritor que la había ayudado a recopilar información, y Brigitte le respondió que no, cosa que no era del todo cierta. Pero aún no estaba preparada para confesar lo contrario a su madre, ni siquiera a sí misma. Además, fuera cual fuese el motivo, su madre lo consideró una gran idea. Dijo que detestaba que se marchara tan lejos, pero pensaba que a Brigitte el cambio le vendría de maravilla, que era justo lo que necesitaba. Prometió ir a visitarla en otoño; y, después de leer todo el material que había recopilado para ella, también deseaba visitar el Château de Margerac.

Por algún motivo, a Brigitte le resultaba más difícil explicárselo a Amy. Se sentía culpable por abandonar Boston, era como si estuviera abandonando a su amiga, como si la dejara sola con sus dos hijos. No obstante, la decisión de tenerlos había sido de Amy, y jamás se quejaba.

—¿Qué dices? —le espetó Amy mirándola de hito en hito cuando Brigitte le contó su decisión mientras estaba sentada en la cocina de su casa.

Se lo había explicado a media voz, después de preguntarle si podía pasarse por su casa. En cuanto cruzó la puerta, Amy notó que a su amiga le ocurría algo. La notó incómoda y nerviosa, y por un momento tuvo miedo de que se le hubiera ocurrido ir a Egipto a ver a Ted. No estaba preparada para la noticia del viaje a París y la pilló totalmente por sorpresa.

—Que he aceptado un trabajo en la AUP y me traslado a París —repitió Brigitte con aire decaído. Decírselo le costó más de lo que creía, pero tenía que hacerlo. Solo faltaban diez días para su partida.

—¡Joder, tía! —estalló Amy con una sonrisa de oreja a oreja—. ¡Es fantástico! ¿Cómo ha sido? ¿Cuándo? No me contaste que les habías pedido trabajo.

—No lo hice... Bueno, sí, pero no fue una cosa premeditada. Marc habló con un amigo suyo mientras yo estaba allí. Me presenté a la entrevista para no dejarlo en mal lugar. Se pusieron en contacto conmigo hace tres días. Me daba mucho miedo decírtelo, creía que te enfadarías.

Sonrió aliviada ante su exultante amiga. Amy era la persona más generosa que conocía y siempre se alegraba de los triunfos y los éxitos de los demás en lugar de recrearse en los fracasos como hacían otros. Costaba poco darse cuenta de que se sentía encantada por Brigitte.

—Pues claro que estoy enfadada. Te voy a echar mucho de menos, pero este no es tu sitio. Ya has hecho todo lo que tenías que hacer aquí. Ha estado bien durante un tiempo, pero Ted se ha ido, te han despedido del trabajo y es lógico que te largues de aquí y pruebes algo nuevo. Además, París es la mejor ciudad del mundo. ¿Qué dice tu amigo, el tal Marc o como se llame?

—No se lo he explicado. Le he escrito al hombre que me ha ofrecido el trabajo para pedirle que no se lo diga. Me supone demasiada presión, no puedo cumplir con el nuevo trabajo y con sus expectativas a la vez.

Amy se mostró sorprendida. Creía que su amigo tenía bastante más que ver en el asunto de lo que parecía, y a Brigitte también se la veía nerviosa con respecto a él, no solo por el trabajo.

—¿Se lo dirás cuando estés allí?

Le habría extrañado que ni siquiera hiciera eso, aunque conocía muy bien a su amiga y sabía que detestaba los cambios y odiaba correr riesgos.

En esos momentos Brigitte se enfrentaba a ambas cosas, y tenía un miedo atroz. De todos modos, lo haría. Por una vez en la vida no optaría por el camino fácil, arrostraría los peligros de frente y mandaría la prudencia al cuerno. La investigación sobre Wachiwi la ayudaba. No paraba de recordarse lo valientes que eran algunas personas y cómo a veces los riesgos daban como resultado algo bueno. La historia de Wachiwi tenía un final feliz, y Brigitte empezaba a pensar que también la suya podía tenerlo. Además, no podía quedarse escondida en un rincón por miedo a tomar decisiones.

—Sí, se lo diré a Marc cuando llegue —dijo respondiendo a la pregunta de Amy—. De momento, prefiero no hacerlo. Tengo mucho miedo —reconoció a continuación—. ¿Qué haré si antes de marcharme me ofrecen un buen trabajo aquí? Llevaba días pensando en esa posibilidad. Si ocurriese, se vería en un gran dilema.

—Pues rechazarlo, qué tonta. ¿Entre París y Boston? La decisión es bien fácil.

Tal vez para Amy lo fuera, pero para Brigitte no. Jamás había tenido el valor de Amy para tomar decisiones, y no le habría gustado encontrarse en su piel. Deseaba tener hijos, pero no tal como los había tenido Amy, acudiendo a un banco de esperma. Suponía dejar demasiadas cosas en manos del azar, y consideraba que tener hijos implicaba demasiada responsabilidad para asumirla en solitario. Si no llegaba a casarse ni a conocer al hombre apropiado, su opción sería no tenerlos. Amy y ella eran dos personas distintas con necesidades distintas.

Las dos amigas estuvieron un rato más hablando, y a Amy la asaltó la idea de que Brigitte se marchaba al cabo de diez días. Faltaba muy poco, y Brigitte tenía mil cosas que hacer antes de su partida. Había decidido deshacerse de muchos objetos y guardar el resto en un trastero. El apartamento que le ofrecían en París estaba amueblado y no deseaba llevarse demasiadas cosas. Le preguntó a Amy si había algo que quisiera quedarse y su amiga respondió que acudiría a echar un vistazo durante la semana, antes de que vaciaran el piso.

—Bueno, ¿y cuándo exactamente piensas decírselo a tu amigo? —insistió Amy, que sentía curiosidad por la relación de Brigitte con Marc.

Ella no dejaba de repetir que solo eran amigos, pero Amy no la creía. Cada vez que lo nombraba le brillaban los ojos, y repetía demasiadas veces lo de que solo eran amigos.

—Cuando esté en París. Puede que primero me instale.

—No esperes mucho —le advirtió Amy—. Si vale la pena, te lo quitarán.

—Entonces es que no era para mí —repuso Brigitte con frialdad.

Pensaba en Wachiwi, que se embarcó rumbo a Francia porque se había enamorado de Jean y acabó casándose con su hermano. Nunca podía saberse lo que iba a ocurrir. En todas las cosas había una parte que determinaba el destino y contra la que no podía actuarse. Eso también era válido para la relación con Marc. Ocurriera lo que ocurriese al final, sería lo mejor. Estaba convencida de ello y no pensaba precipitarse.

Luego explicó a Amy que la había llamado Ted, y su amiga volvió a sorprenderse.

—¿Qué quería?

—Acabar de poner las cosas en su sitio, supongo. Estuvo bien. Al principio se me hizo raro hablar con él. Me llamó justo después de que recibiera el correo electrónico de la AUP, y estaba histérica. De hecho, él me ayudó a decidirme. Cree que debo probarlo.

—Pues claro. Es normal. Si te vas a París y rehaces tu vida, ya no tendrá que sentirse tan culpable por haberte dejado de sopetón, y encima el día de San Valentín.

Amy nunca había aprobado el modo tan despiadado en que la había dejado Ted. Se le había caído a los pies como persona, y lo había sentido mucho por Brigitte.

—Quizá al final sea lo mejor. Podría haberme pasado cinco o seis años más perdiendo el tiempo. Las cosas no iban bien desde el principio —confesó a su amiga—. Solo que no quería verlo.

—Pero él podría haber hecho las cosas de otra forma —repuso Amy con dureza.

—Sí, es cierto —reconoció Brigitte—. La verdad es que ya no estoy enamorada de él. Se me hizo raro hablar con él, era como estar hablando con un extraño. Claro que a lo mejor eso es lo que siempre ha sido.

Amy asintió sin hacer comentarios. Nunca había creído que ni Ted ni la relación que tenía con Brigitte merecieran mucho la pena. Le parecía alguien desprovisto completamente de pasión, excepto por su trabajo. Esperaba que el amigo de París le resultara mejor si al final Brigitte decidía intentar algo con él. Se preguntó si estaría dispuesta, aunque empezaba a parecerle probable. Ya no podía aferrarse a la excusa de la distancia geográfica. Tal vez fuera por eso por lo que se mostraba tan recelosa a la hora de comunicarle su decisión, quería dejar la puerta abierta a diferentes opciones, o por lo menos eso creía Amy. Todo cuanto deseaba a su amiga era que encontrara a un hombre que valiera la pena, y esperaba que ese fuera el caso con Marc.

Brigitte pasó el resto de la semana guardando en cajas todo lo que quería conservar y apartando aquello de lo que quería deshacerse. Regaló libros, recuerdos que ya no significaban nada, prendas de deporte que Ted se había dejado en su casa y que no le había pedido jamás. Se sorprendió de la cantidad de objetos que había acumulado. También formó una pila con todo lo que quería llevarse al apartamento de París: fotografías de su madre, algunos libros de consulta y artículos de investigación y unos cuantos objetos preciados que sabía que echaría mucho de menos si los guardaba en el trastero. Entre ellos había fotografías de sus padres con ella cuando era pequeña, y una muy bella de Amy con sus hijos. En cambio, se deshizo de todas las que tenía con Ted; ya no las necesitaba. De hecho, hacía meses que quería deshacerse de ellas. Era un buen momento para revisarlo todo y decidir qué era lo que ya no quería o no tenía sentido en su vida. Colocó todos los recuerdos de Ted en una caja destinada al trastero. No era capaz de tirarlos a la basura.

Por fin terminó. El piso había quedado vacío, las maletas estaban preparadas y los muebles se encontraban en el trastero. Amy se había quedado con unas cuantas cosas, entre ellas el sofá que Brigitte había comprado junto con Ted. Ya no lo necesitaba; y si algún día regresaba a Boston, prefería empezar de cero. Ahora iba a comenzar una nueva vida en París.

En los últimos momentos con Amy se mezclaron las risas y el llanto. Rememoraron tonterías que habían hecho juntas y bromas que se habían gastado la una a la otra o que habían gastado a otros amigos. Brigitte se acordaba del nacimiento de los hijos de Amy, puesto que había estado presente en ambos, y ahora iba a poner cinco mil kilómetros de por medio. Con todo, se sentía más tranquila que al principio.

—Sé que parece una tontería —confesó a Amy mientras estaban sentadas en la cocina de su casa—, pero tengo la sensación de que por fin he crecido. Supongo que me he pasado años y años vegetando sin saberlo. Creo que es la primera vez que tomo una decisión importante en vez de dejarme llevar por las circunstancias o resguardarme en lo conocido.

—Creo que acabas de dar justo en el blanco —alabó Amy. Aprobaba por completo la decisión de marcharse a París. Si al final el trabajo no cumplía sus expectativas, por lo menos habría valido la pena probar y tal vez eso le abriría otras puertas. Tal cual se lo expresó a Brigitte—. Confío en que con Marc también te vaya bien.

—No espero nada más allá de la amistad —se limitó a responder Brigitte, y hablaba bastante en serio, aunque no del todo.

—Una cosa es lo que esperas y otra lo que quieres, Brig. Si tuvieras una varita mágica, ¿qué deseo pedirías? ¿Querrías pasar la vida junto a él o junto a otra persona?

Era una pregunta importante, y Brigitte reflexionó antes de contestar. Cuando lo hizo, habló con un hilo de voz.

—No lo conozco lo suficiente para estar segura, pero diría que junto a él. Es una buena persona, y me gusta mucho. Congeniamos, y creo que nos respetamos el uno al otro. Además, tenemos muchas cosas en común. No está mal para empezar.

—Eso me parece a mí también —opinó Amy sonriendo a su amiga—. Entonces cruzaré los dedos para que la cosa funcione. Aunque si te quedas allí para siempre, te echaré muchísimo de menos.

—Boston no está tan lejos. Vendré de visita. Y, de todas formas, tendré que ir a Nueva York de vez en cuando para ver a mi madre.

—Y yo viajaré a Europa si algún día consigo civilizar a mis indios salvajes.

De todas formas, ambas sabían que pasaría mucho tiempo antes de que llegara ese momento, entre otras cosas porque Amy necesitaba hasta el último céntimo de que disponía para sustentar a sus hijos. No recibía ayuda de nadie, por lo cual su valiente decisión aún tenía más mérito.

—Te llamaré —prometió Brigitte en el momento de marcharse.

También podían enviarse mensajes; solían hacerlo incluso en Boston. Con todo, encontrarse a cinco mil kilómetros de distancia de su amiga supondría un gran vacío en la vida de Amy. Cuando trabajaban juntas solo las separaba un pasillo, y vivían a pocos minutos de distancia.

Ambas derramaron lágrimas cuando se abrazaron; luego Brigitte bajó corriendo la escalera mientras se despedía con la mano y regresó caminando a su casa. Había vendido el coche la semana anterior por una suma digna. En cuestión de diez días se había deshecho de toda una vida. Sus últimos doce años en Boston tocaban a su fin.

Ninguno de los centros a los que había enviado el currículum le había respondido con una oferta de última hora, así que la decisión de aceptar el empleo en París había sido la correcta. Brigitte no podía por más que preguntarse si sería el único trabajo que le ofrecerían. Unos días antes había escrito a Ted para decirle que se trasladaba a París y agradecerle su ayuda, que, la verdad, no había sido poca. Él le había infundido los ánimos que necesitaba para atreverse a dar el salto. Faltaba ver qué efecto le produciría su llegada a París. Aún tenía que descubrir qué ocurriría cuando se incorporara a la AUP y después, cuando se encontrara con Marc.

La mañana después de despedirse de Amy, Brigitte alquiló un coche y se dirigió a Nueva York. No quiso coger un vuelo interno con las dos pesadas maletas. Además, el trayecto hasta la ciudad era agradable. Hacía un bonito día de junio, con un sol radiante, y sin darse cuenta se puso a cantar mientras conducía. Se sentía a gusto con la decisión tomada.

Pasó tres días con su madre. Fueron al teatro y salieron a cenar. Su madre le enseñó cómo había organizado la información que le había dado y cómo encajaba con el resto. Todo estaba en orden, por lo que les resultó fácil retroceder en el árbol genealógico hasta 1750. Su madre aún quería retroceder más en el tiempo, hasta el momento en que se había construido la mansión en el siglo XII, pero por fin había dado con la manera de hacerlo y creía que podía proseguir sola.

—¿Qué tal te va con el libro? —preguntó a Brigitte durante la cena.

—No he tenido tiempo de escribir más, he estado demasiado ocupada con la mudanza. Seguiré en París.

—Es fascinante —opinó Marguerite con una sonrisa de

orgullo—. Otro trabajo, otra ciudad, otro libro, incluso puede que otro novio.

Lo deseaba por el bien de su hija. Daba igual que fuera Marc u otra persona siempre que la hiciera feliz. Claro que esos días a Brigitte se la veía muy contenta. Desde que había vuelto de Francia tenía otro humor. Cuando Marguerite la vio a su llegada de París aún estaba emocionada por el viaje y todo lo que había descubierto. Durante ese tiempo también había pasado por momentos desagradables, que habían acabado por impulsarla a tomar la decisión de abandonar Boston. No se arrepentía de nada, solo tenía algunos temores. Cada día que pasaba, la decisión le parecía más oportuna. El trabajo le merecía confianza. El gran interrogante era Marc.

Habían intercambiado varios correos electrónicos, todos muy cordiales. Las vacaciones de verano estaban a punto de interrumpir las clases, cosa que le apetecía mucho. Dijo que en agosto iba a marcharse unos días a la montaña para visitar a unos primos lejanos, y que en julio estaría en París. Le había preguntado qué haría ella, y Brigitte contestó que aún no tenía planes, lo cual era cierto. Quería acostumbrarse al trabajo y a la vida en la ciudad. Le había explicado que tenía un nuevo empleo, pero no dónde, y él no le había preguntado el nombre del centro, así que no tuvo que eludir la respuesta. No le mintió, simplemente no le dijo nada. No lo engañó, solo omitió información. Algún día le daría las gracias por haberle presentado a su amigo de la AUP, pero todavía no. Quería volver a verlo antes de decirle nada y observar qué sentían. Había algunos puntos sin resolver entre ellos; primero, ambos habían disfrutado de una amistad despreocupada; luego, la última noche, habían acabado besándose al pie de la torre Eiffel. Brigitte no sabía cuál de las dos relaciones retomar, ni cuál de ellas quería, si la amistad o el noviazgo. Ya no estaría en la ciudad de paso; viviría allí a tiempo completo, así que la relación que iniciaran debía ser algo importante para ambos, no solo el resultado del azar. No quería repetir los errores que había cometido con Ted, ni dejarse llevar por la comodidad sin cuestionarse las cosas adecuadas, de él y de sí misma. Esta vez buscaría las respuestas antes de seguir adelante. No quería actuar por pereza ni por miedo, quería actuar de forma inteligente y mantener los ojos bien abiertos, no solo abrir el corazón.

La última noche en Nueva York, su madre y ella cenaron temprano. Estuvieron charlando hasta que Brigitte salió hacia el aeropuerto; antes de que se marchara, su madre la abrazó muy fuerte.

—Cuídate, corazón. Pásalo muy bien. Espero que conozcas a mucha gente y que disfrutes.

Se prometieron que se llamarían por teléfono, Brigitte estaba segura de que así sería. Solían llamarse a menudo y estar pendientes la una de la otra. En los ojos de Marguerite brillaban las lágrimas cuando besó a su hija. Todo cuanto quería era que fuera feliz; y esa felicidad era la que Brigitte quería para sí misma, y la que esperaba encontrar en París.

Bajó en el ascensor con las maletas mientras pensaba lo emocionante que resultaba saber que nueve horas más tarde estaría allí. No veía el momento.

23

Había tomado el vuelo de medianoche de Air France. Aterrizaría en París a mediodía, hora local. En la oficina de recursos humanos le dijeron que las llaves del apartamento se las daría la portera del edificio, y le habían enviado la dirección por e-mail. Estaba en la rue du Bac, muy cerca de la casa donde habían vivido Tristan y Wachiwi, lo cual le pareció un buen augurio.

El vuelo duraba seis horas, con seis horas de diferencia con respecto al horario de Nueva York. El avión disponía de un servicio excelente, y no había demasiados pasajeros. Los dos asientos contiguos estaban vacíos, así que pudo tumbarse. Se cubrió con una manta y durmió. Cuando se despertó, se sentía más fresca. Tomó el desayuno antes de aterrizar: cruasanes, yogur, fruta y café. Antes de que se diera cuenta, habían tomado tierra.

Pasó el control de inmigración y la aduana sin problemas, y encontró un carrito para llevar las maletas, que luego cupieron bien en el maletero del taxi. Dio la dirección al taxista en francés. El hombre asintió y se incorporaron a la congestionada circulación desde Roissy hasta el centro de la ciudad. Tardaron casi una hora en llegar y, cuando lo hicieron, Brigitte empezó a mirarlo todo. Las calles de la Rive Gauche le resultaban familiares a causa de su reciente visita en abril, y se emocionó cuando pasaron junto a la casa de Tristan en la rue du Bac, camino de su nuevo hogar. Tristan y Wachiwi habían pasado a formar parte de su cotidianidad, y aún los tendría más presentes mientras escribiera el libro, cuando cobraran vida para ella. Sentía como si fueran viejos amigos o parientes muy queridos a los que volver a ver con entusiasmo. Y allí se verían: en las páginas del libro que estaba escribiendo.

Pagó al taxista, introdujo el código de la puerta exterior, la abrió, cruzó un estrecho pasaje hasta un patio y apretó el timbre que indicaba PORTERA. Era el del piso donde vivía la mujer que cuidaba del edificio. Se trataba de una construcción antigua y con encanto donde todo se veía limpio y bien atendido. La portera supo de inmediato quién era Brigitte, le tendió las llaves, señaló el cielo y dijo:

—*Troisième étage.*

Tercera planta. Brigitte se lo agradeció y vio un ascensor con una reja metálica que parecía casi tan pequeño como una caja de cerillas. Logró colocar las maletas una sobre la otra y ella subió por la escalera. En el ascensor no había suficiente espacio para todo. Ya sabía que la tercera planta de los edificios de Francia equivalía a la cuarta de los de Estados Unidos. Llegó arriba sin aliento y sacó las maletas del estrecho cubículo.

Utilizó las llaves para entrar en el apartamento. En la universidad le habían advertido de que era muy pequeño, pero lo esperaba peor. Disfrutaba de una vista despejada sobre los tejados, y a cierta distancia se divisaba el arbolado jardín de un convento. Pero cuando levantó la cabeza y miró al frente, tuvo que ahogar un grito. Gozaba de una vista estupenda de la torre Eiffel; y por la noche, cuando la iluminaran, parecería un espectáculo privado, solo para ella. Era la vivienda perfecta. A partir de ese momento, los rayos luminosos y las chispas de colores de la torre Eiffel tendrían lugar cada hora frente a su ventana. Apenas podía esperar. Se sentó con cara alegre mientras dedicaba unos instantes a mirar alrededor, y luego exploró el apartamento. Sonreía de oreja a oreja. Había una cocina del tamaño de una ratonera con un horno en miniatura, un microondas y un frigorífico con la capacidad justa para los ingredientes de una comida. Sin embargo, todo se veía limpio y pulido. El apartamento no disponía de dormitorio, tan solo de un único espacio lo bastante amplio para hacer vida de día y descansar de noche. Entonces reparó en que contemplaría la torre Eiffel desde la cama. Frente a la ventana había una mesa y cuatro sillas. Los muebles no eran nuevos, pero sí bonitos. La tapicería era de color beige, y las cortinas, de raso de color rosa palo. Había dos grandes sillones de piel frente a la chimenea y un pequeño sofá delante de la cama, al otro lado de la estancia. El espacio resultaba suficientemente amplio para habitarlo, pasar el tiempo libre y gozar de la vida; y lo mejor de todo era que tenía vistas. Fue a ver el cuarto de baño, que era de mármol y tenía una bañera de buen tamaño. Disponía de todo lo necesario, y se sentó en la cama con cara sonriente.

—Bienvenida a casa —dijo en voz alta, y era lo que sentía.

Aún le quedaba deshacer las maletas, pero no quería empezar. Antes tenía que hacer otra cosa que ya había retrasado durante bastante tiempo.

Marcó el número de teléfono de Marc en la BlackBerry, y él se extrañó. Solo lo había llamado una vez desde abril, solían tener contacto por e-mail. Parecía de veras sorprendido de oírla, pero también encantado.

—¿Llamo en mal momento? —preguntó ella con cautela. Oía ruido de fondo y daba la impresión de que estaba ocupado.

—No, en absoluto. Como no tenía ganas de hacer nada me he sentado en un café, aquel que estaba frente a tu hotel la primera vez que salimos a tomar algo juntos. Vengo muy a menudo.

Le encantaba estar allí porque le recordaba a Brigitte. Y ella sabía localizar el lugar sin problemas, así que, mientras hablaban, cogió un jersey, salió del piso y cerró la puerta con llave. Siguió dándole conversación mientras bajaba la escalera a toda prisa. Él se encontraba a poca distancia, lo cual a ella le ponía las cosas muy fáciles.

—Y tú ¿dónde estás? —preguntó para poder hacerse una idea.

A Marc le encantaba el sonido de su voz, y Brigitte sonreía mientras corría a la vez que trataba de no quedarse sin aliento. Había cruzado el patio del edificio y acababa de salir por la puerta exterior y de poner los pies en la rue du Bac.

—Estoy saliendo de casa. Voy por la calle —dijo para explicar el ruido de fondo—. He pensado en llamarte para saludar.

—Qué detalle.

Marc parecía contento. Quería decirle que la echaba de menos, pero no se atrevía. Brigitte le había dejado muy claro que solo quería que fueran amigos porque vivían muy lejos el uno del otro. Pero, aunque no lo dijera, la había echado de menos todo el tiempo desde que se marchó. Durante un breve espacio ella había ocupado sus días y sus noches, y desde entonces le parecía que su vida estaba desolada. Pensaba en hacer pronto un viaje a Boston para verla, pero aún no se lo había propuesto. Se lo expondría en cualquier momento, y ya descubriría qué tal reaccionaba.

—¿Qué tal va el libro?

—Llevo varias semanas sin poder dedicarle tiempo. He estado demasiado ocupada.

—¿Y qué tal en tu nuevo trabajo?

—Todavía no he empezado. Empezaré la semana que viene.

Marc todavía se sentía molesto por que no hubiera aceptado el empleo en París, pero eso tampoco se lo dijo. En esos momentos, ella se encontraba justo al otro lado de la calle y lo vio en el café. Estaba sentado a una pequeña mesa y tenía el mismo aspecto que la otra vez. Llevaba el pelo un poco más corto y lucía una de las chaquetas con que ella lo había visto y que le gustaba. El corazón de Brigitte omitió un latido mientras lo miraba sin que él se diera cuenta. Era algo más que un amigo; sabía que lo tendría claro en cuanto volviera a verlo, y así había sido. Lo sospechó la noche en que se besaron, y ahora lo sabía seguro. Guardó silencio mientras permanecía en el mismo lugar, sonriendo, muy feliz de haber regresado. Se preguntó si Wachiwi también se sintió de esa forma al ver a Jean por primera vez, y más tarde al que sería su marido. Algo dio un vuelco en el interior de Brigitte, y supo que era su corazón. Se olvidó de hablar con él durante varios minutos de tan absorta como estaba en lo que veía, y Marc le pareció preocupado.

—¿Estás ahí?

Pensaba que se había cortado la comunicación, y ella se echó a reír. Al hacerlo, lo vio sonreír. Era divertido observarlo sin que supiera que estaba allí.

—No, ahí no, aquí... —respondió para gastarle una broma.

—¿Dónde? ¿A qué te refieres?

Los dos estaban riéndose y, en ese momento, como si hubiera notado su presencia, Marc se volvió y la vio al otro lado de la calle, caminando despacio hacia él. Sin pararse a pensar, se puso en pie y se quedó mirándola, y luego también empezó a caminar hacia ella. Se encontraron en la acera, y él la contempló con el gesto de amor más delicado que Brigitte había visto jamás.

—¿Qué estás haciendo aquí? —le preguntó, confuso por completo. Era como una visión, como si Brigitte hubiera aparecido ante él por obra de un deseo concedido.

—Muchas cosas —respondió ella en un tono enigmático—. He aceptado un empleo... Aquel para el que me recomendaste, en la AUP. Pensaba darte las gracias, pero quería sorprenderte cuando llegara.

—¿Desde cuándo estás en París?

Marc quería saberlo todo, y sonreía mientras los transeúntes pasaban junto a ellos. Permanecieron de frente, cogidos de la mano. París era una ciudad de amantes, y nadie se quejó ni reparó en que estuvieran cortando el paso en la acera, ni siquiera ellos. Solo se veían el uno al otro.

—Desde hace más o menos tres horas —dijo ella en respuesta a su pregunta—. Me han dado un apartamento en la rue du Bac, y desde la ventana hay una vista preciosa de la torre Eiffel. El apartamento en sí es más pequeño que un sello de correos, pero me encanta.

Esperaba que a Marc también le gustara. Los viejos sillones de piel le vendrían de perlas cuando fuera a visitarla.

—¿O sea, que vas a trabajar aquí?

Se le veía extasiado. Era como si hubiera llegado la Navidad en pleno mes de junio. Esperaba que ella se sintiera igual. Quería que tomaran la decisión juntos, con toda la conciencia, no en solitario. Y ella también.

—Tres días a la semana. El resto, lo dedicaré al libro.

—¿Cuánto tiempo te quedarás?

Ya se le veía preocupado; no quería que Brigitte se marchara.

—Me han ofrecido un puesto durante un año. Después ya veremos.

Marc asintió. Tal vez para entonces ya estaría enfrascada en el libro y vivirían juntos. Por lo menos, eso esperaba. Ahora que ella estaba allí, tenía un montón de planes para los dos, si a ella le parecía bien. En ese momento, Brigitte lo miró con timidez. Quería que Marc supiera el resto. Había tenido mucha paciencia con ella la última vez, y pensaba que era justo explicárselo. No se lo había dicho a nadie más, antes prefería contárselo a él.

—No he venido solo por el trabajo —confesó en voz baja mientras él se le acercaba y le rozaba la mejilla con los largos y delicados dedos que Brigitte recordaba de cuando la besó. También en aquella ocasión la había acariciado de esa manera.

—Entonces ¿por qué otra cosa has venido? —preguntó.

Los dos se habían olvidado de guardar los móviles y los tenían en la mano, conectados, igual que ellos. Una conexión que no debía cortarse nunca, que, con suerte, duraría por siempre.

—He venido por ti... Por nosotros... Para ver qué ocurriría si viviéramos en la misma ciudad...

—Pues ha sido muy valiente por tu parte —dijo él mientras la besaba, y se apartó para volver a mirarla.

—Wachiwi me ha ayudado. He supuesto que si ella pudo ser todo lo valiente que fue, yo también podía. Quería darme esta oportunidad.

Era la primera vez en la vida que lo hacía.

—¿Y qué esperas que ocurra? —preguntó él a continuación.

—Lo que tenga que ocurrir. Quiero descubrir de qué va lo nuestro, y qué significamos el uno para el otro.

—Creo que eso ya lo sabemos.

Ella asintió. Marc fue hacia el café para dejar unas monedas sobre la mesa que había ocupado momentos antes, y luego regresó, la rodeó con el brazo y la acompañó a casa. Llevaba consigo el maletín, que se balanceaba mientras bajaban juntos por la rue du Bac. Los dos repararon en la casa de Tristan al pasar por delante y sonrieron. Instantes después llegaron a la dirección del nuevo hogar de Brigitte, y ella lo invitó a subir. Ascendieron por la escalera dando brincos como si fueran cachorros, gastándose bromas y riendo. Brigitte sacó las llaves, abrió la puerta y él la siguió al interior de la vivienda. Tal como le había sucedido a ella, a Marc también le gustó. Era un espacio cálido y acogedor; aunque disponía de una única habitación, no era pequeña. Resultaba una vivienda digna, incluso para dos personas. Marc se asomó a la ventana con Brigitte, y juntos contemplaron las vistas. Miraron abajo, al jardín del convento, y luego la torre Eiffel, situada justo enfrente de donde estaban. Era el mejor apartamento de París. Mientras la rodeaba por la cintura, Marc la besó con el vehemente deseo contenido de los dos meses que había estado sin ella. Se le habían hecho interminables; y, en realidad, había sido mucho tiempo. No quería que se separaran nunca más, deseaba que Brigitte permaneciera con él en París para descubrir juntos las maravillas de la ciudad, igual que hizo Tristan cuando viajó hasta allí con Wachiwi y la llevó a la corte.

—Te quiero, Brigitte —dijo contra su cuello, y volvió a besarla, preocupado de repente por la posibilidad de haberla asustado al querer ir demasiado lejos.

Sin embargo, ella no mostraba la mínima preocupación cuando lo miró a los ojos. Le sonreía, y parecía totalmente cómoda y en paz.

—Yo también te quiero.

Esta vez lo sabía seguro. No tenía miedos ni temores. Esta vez estaba haciendo lo correcto. La investigación sobre su antepasada sioux la había llevado hasta él, y él la había en-

contrado, tal como debía ser. Les había ocurrido un milagro.
Cosa del destino. El plan perfecto. Y los dos sabían que Brigitte había ido a París para quedarse, tal como le había sucedido a la joven india doscientos años antes.

Avance del próximo libro de

DANIELLE STEEL

Charles Street, nº 44

1

Francesca Thayer permaneció sentada en su mesa hasta que los números empezaron a desdibujarse ante sus ojos. Los había repasado un millón de veces durante los últimos dos meses y acababa de dedicar todo un fin de semana a recalcularlos de nuevo. El resultado siempre era el mismo. Se pasó la mano inconscientemente por la larga melena, rubia y ondulada, despeinada y hecha un desastre. Eran las tres de la madrugada y estaba intentando salvar su negocio y su casa. Por desgracia, de momento había sido incapaz de dar con la solución. Imaginó la posibilidad de perderlos y sintió que se le revolvía el estómago.

Cuatro años antes, Todd y ella habían decidido abrir su propio negocio, una galería de arte en el West Village de Nueva York especializada en la exposición y venta de obras de artistas emergentes a precios más que asequibles. Francesca sentía un fuerte compromiso hacia los artistas a los que representaba. Tenía una extensa experiencia en el mundo del arte; Todd, ninguna. Antes de aquella aventura en solitario, había dirigido dos galerías, una en la parte alta de la ciudad, justo después de licenciarse, y otra en Tribeca, pero la que había abierto con Todd era su sueño. Era licenciada en Bellas Artes, su padre era un artista muy conocido que se había hecho famoso en los últimos años y la galería que Todd y ella compartían había cosechado críticas excelentes. Todd era un ávido coleccionista de obras contemporáneas y pensó que ayudarla a abrir su propia galería podría ser divertido. Por aquel entonces, estaba cansado de su trabajo de abogado en Wall Street. Tenía una cantidad considerable de dinero ahorrado y suponía que con eso le bastaría para vivir unos cuantos años. Según el plan de negocio que él mismo había confeccionado, en tres años estarían ganando dinero. Con lo que no había contado era con la pasión de Francesca por las obras menos caras, normalmente de artistas completamente desconocidos, ni con su costumbre de echarles una mano siempre que podía. Como tampoco se había dado cuenta de que su principal objetivo era mostrar esas obras y no necesariamente enriquecerse gracias a ellas. Su motivación para lograr el éxito empresarial era bastante más limitada que la de él. Se consideraba tanto mecenas como galerista. A Todd, en cambio, solo le interesaba ganar dinero. Le había parecido emocionante y un cambio más que bienvenido después de los años que había dedicado a los impuestos y el papeleo de un importante bufete de abogados. Ahora, sin embargo, decía que estaba cansado de oír hablar de tanto artista sensiblero, de ver cómo su colchón se iba desintegrando lentamente, de ser pobre. En su opinión, aquello ya no era divertido. Tenía cuarenta años y quería ganar dinero otra vez, dinero de verdad. Cuando lo comentó con ella, ya tenía apalabrado un puesto de trabajo en un bufete de Wall Street. Le prometían un puesto de socio en cuestión de un año. Para Todd, vender arte ya era cosa del pasado.

Francesca quería seguir adelante y hacer de la galería un éxito, costase lo que costase. A diferencia de Todd, a ella no le importaba estar arruinada. Sin embargo, durante el último año, la relación entre los dos había empezado a resentirse, lo cual convertía la galería en algo aún menos atractivo para Todd. Discutían por todo, lo que hacían, a quién veían, qué deberían hacer con la galería. Ella encontraba a los artistas, trabajaba con ellos y organizaba las exposiciones. Todd se ocupaba de la parte financiera y de pagar las facturas.

Lo peor de todo era que la relación entre ambos se había agotado. Habían estado cinco años juntos. Cuando se conocieron, Francesca acababa de cumplir los treinta y Todd tenía treinta y cinco.

Le costaba creer que una relación que parecía tan sólida pudiera desintegrarse en apenas un año. Nunca habían querido casarse, pero ahora ni siquiera estaban de acuerdo en eso. Al cumplir los cuarenta, Todd había decidido que de pronto le apetecía tener una vida convencional. Le parecía buena idea casarse y no quería esperar mucho más antes de tener hijos. A sus treinta y cinco, Francesca aún quería lo que tenía cuando se habían conocido, cinco años antes. En una ocasión hablaron de tener hijos, pero ella antes quería triunfar con la galería. Desde el primer día había sido muy sincera con él acerca del matrimonio, le había explicado cuánto lo aborrecía. Se había pasado la vida presenciando en primera fila la obsesión de su madre por casarse, así como las cinco veces que todo se había ido al garete. Francesca llevaba toda la vida intentando no cometer los mismos errores. Siempre se había avergonzado de su madre y lo último que le apetecía a estas alturas era empezar a comportarse como ella.

Sus padres se habían divorciado cuando ella tenía seis años. También había visto a su padre, un hombre irresponsable, aunque encantador y extremadamente bien parecido, ir de una relación a otra, normalmente con chicas muy jóvenes que nunca le duraban más de seis meses. Eso, combinado con la obsesión enfermiza de su madre por el matrimonio, había alimentado la fobia de Francesca al compromiso, fobia que había durado hasta que conoció a Todd. Sus padres también se habían divorciado cuando él tenía catorce años, así que tampoco era muy partidario del matrimonio. Era algo que siempre habían tenido en común, pero ahora de pronto Todd empezaba a verle el sentido a casarse. Le dijo que estaba cansado del estilo de vida bohemio de la gente que vivía en pareja y creía que estaba bien tener hijos sin estar casados. En cuanto sopló las velas de su pastel de cuarenta cumpleaños, fue como si alguien hubiera accionado un interruptor y, sin previo aviso, se convirtió en un hombre tradicional. Francesca, por su parte, prefería dejar las cosas como estaban, como siempre habían estado.

Sin embargo, de pronto era como si todos los amigos de Todd vivieran en la zona alta de la ciudad. No paraba de quejarse del West Village, el barrio en el que vivían y del que Francesca estaba enamorada. Decía que el vecindario y su gente le parecían cutres. Para complicar aún más las cosas, poco tiempo después de inaugurar la galería se habían enamorado de una casa que necesitaba una buena inversión en reparaciones. La descubrieron una tarde de diciembre mientras nevaba y la consiguieron a muy buen precio precisamente porque estaba en muy mal estado. La arreglaron juntos e hicieron gran parte del trabajo ellos mismos. Cuando no estaban en la galería, estaban trabajando en la casa y en poco más de un año la dejaron reluciente. Compraron los muebles de segunda mano y poco a poco la fueron convirtiendo en un hogar que ambos adoraban. Ahora, de pronto, Todd se quejaba de que se había pasado los últimos cuatro años metido debajo de un fregadero roto o haciendo todo tipo de reparaciones. Quería vivir en un piso moderno y con portero para que fuera otro el que se ocupara de todo. Francesca estaba luchando desesperadamente para salvar el negocio y la casa que compartían. A pesar del fracaso de la relación, no quería perderlos, pero tampoco sabía qué hacer para evitarlo. Ya era suficientemente malo perder a Todd como para perder también la galería y la casa.

Lo habían intentado todo para salvar la relación, sin resultado. Habían hecho terapia de pareja e individual. Se habían separado durante dos meses. Habían hablado y hablado hasta quedarse sin saliva. Se habían comprometido a todo cuanto habían podido. Sin embargo, él quería cerrar la galería, lo cual le habría roto el corazón a ella. También quería casarse y tener hijos y ella no, o al menos no de momento o quizá nunca. La idea del matrimonio la horrorizaba, aunque significara unirse al hombre que amaba. Los nuevos amigos de Todd le parecían increíblemente aburridos. Él pensaba que los que habían tenido hasta entonces eran limitados y anodinos. Decía estar cansado de veganos, de artistas famélicos y de lo que él consideraba ideales de izquierdas. Francesca no tenía ni idea de cómo se habían distanciado tanto en apenas unos años, pero había pasado.

El último verano lo habían pasado separados, cada uno por su lado. En lugar de navegar en Maine como solían hacer, Francesca había pasado tres semanas en una colonia de artistas, mientras Todd viajaba por Europa con unos amigos y luego pasaba los fines de semana en los Hamptons. En septiembre, un año después de que empezaran las discusiones, los dos sabían que no tenía sentido seguir intentándolo y habían decidido dejarlo. En lo que no se habían puesto de acuerdo era en qué hacer con la galería y con la casa. Francesca había invertido todo lo que tenía en su mitad de la casa y si quería conservarla tenía que comprarle su parte a él o acceder a venderla. En la galería habían invertido menos y lo que Todd le pedía era lo justo. El problema era que tampoco lo tenía. Él le estaba dando tiempo para que se buscara la vida. Era noviembre y seguía tan lejos de encontrar una solución como dos meses antes. Él seguía esperando con el convencimiento de que acabaría entrando en razón y se daría por vencida.

Todd quería vender la casa antes de final de año o recuperar su parte. Y también quería estar fuera del negocio por esas mismas fechas. Seguía ayudándola los fines de semana cuando tenía tiempo, pero ya no ponía ni ilusión ni ganas y cada vez era más estresante para ambos vivir bajo el mismo techo cuando la relación hacía tiempo que estaba muerta. Llevaban meses sin dormir juntos y, siempre que podía, Todd pasaba los fines de semana con sus amigos. Era una situación triste para los dos. A Francesca le había afectado el fin de la relación, pero también estaba estresada por la galería y por la casa. Podía sentir el sabor amargo de la derrota y lo odiaba con todas sus fuerzas. Tenía más que suficiente con el fracaso de la relación. Cinco años eran demasiado tiempo para acabar otra vez en la zona cero de su vida. Cerrar la galería, o venderla, y perder la casa era más de lo que podía soportar. Pero mientras observaba fijamente los números, vestida con unos vaqueros y una vieja sudadera, no conseguía encontrar por ninguna parte la magia que necesitaba. Por mucho que sumara, restara o multiplicara, seguía sin tener el dinero necesario para comprar la parte de Todd. Repasó de nuevo las cifras mientras las lágrimas rodaban por sus mejillas.

Sabía exactamente qué le diría su madre. Se había opuesto con todas sus fuerzas a que Francesca se comprara una casa o montara un negocio con el hombre al que amaba pero con el que no tenía intención de casarse. Para ella, inversión y amor era la peor combinación imaginable. «¿Y qué pasará cuando rompáis?», le había preguntado, dando por sentado que era inevitable, ya que todas sus relaciones habían terminado en divorcio. «¿Cómo lo solucionarás, sin pensión y sin acuerdo de separación?» Su madre era de la opinión que toda relación debía iniciarse con un acuerdo prematrimonial y terminar con una pensión de manutención.

«Ya llegaremos a un acuerdo, mamá, como haces tú con tus divorcios», le había respondido Francesca, molesta por lo que insinuaba su madre, como solía ocurrirle con todo lo que esta decía. «Con buenos abogados y el amor que seamos capaces de conservar el uno por el otro llegados a ese punto, si es que algún día nos separamos. Y con respeto y buena educación.»

Todos los divorcios de su madre habían sido amistosos. Mantenía una buena relación con sus ex maridos y todos seguían adorándola. Thalia Hamish Anders Thayer Johnson di San Giovane era guapa, elegante, consentida, egocéntrica, glamurosa y, a ojos de la mayoría de la gente, estaba un poco loca. Francesca la definía como «colorida» cuando intentaba ser amable con ella, pero lo cierto era que durante toda su vida había sido una humillación insoportable. Se había casado con tres estadounidenses y dos europeos. Sus dos maridos europeos, uno británico y el otro italiano, ostentaban títulos nobiliarios. Se había divorciado cuatro veces y había enviudado una quinta, la última. Sus esposos habían sido un escritor de éxito, el padre de Francesca, que era artista, otro artista, el vástago de una famosa estirpe británica de banqueros y un constructor de Texas que le había dejado una buena cantidad de dinero y dos centros comerciales, lo cual a su vez le había permitido casarse con un conde italiano arruinado pero absolutamente encantador que se había matado ocho meses más tarde en Roma en un horrible accidente con su Ferrari.

Para Francesca era como si su madre fuera de otro planeta. No tenían nada en común. Y obviamente entonaría un «te lo dije» en cuanto le dijera que la relación había terminado, algo para lo que todavía no había reunido el valor suficiente.

No quería tener que oír lo que su madre tuviera que decir al respecto.

Al fin y al cabo, no se había ofrecido a ayudarla cuando compró la casa y abrió la galería, y Francesca sabía que tampoco lo haría ahora. Para ella, invertir en aquella casa había sido una insensatez. Ni siquiera le gustaba el barrio. Al igual que Todd, seguro que le aconsejaría que la vendiera. Si lo hacían, si la vendían, seguro que obtendrían beneficios, pero a Francesca no le interesaba el dinero; quería quedarse en la casa y estaba convencida de que había una forma de hacerlo, solo que aún no había dado con ella. Su madre tampoco le sería de ayuda esta vez. Nunca lo era. Era una mujer práctica. Había dependido de los hombres toda su vida y usado las pensiones y el dinero de los acuerdos de divorcio para mantener un tren de vida más propio de la jet set. Nunca había ganado ni un solo centavo por sí misma, solo a base de casarse o divorciarse, algo que para Francesca se parecía peligrosamente a la prostitución.

Ella era una mujer independiente y quería seguir siéndolo. Con la vida de su madre como ejemplo, había decidido no confiar nunca en nadie, y menos en un hombre. Era hija única. Su padre, Henry Thayer, no tenía muchas más luces que su madre. Había sido un artista sin un solo centavo en el bolsillo durante muchos años, un hombre excéntrico aunque encantador, un mujeriego, hasta que once años atrás, a los cincuenta y cuatro, había tenido la suerte inmensa de conocer a Avery Willis. Había contratado sus servicios como abogada para que le ayudara en una demanda, que finalmente ganó para él, contra un marchante de arte que le había estafado. Luego le aconsejó cómo invertir el dinero en lugar de permitir que se lo gastara en mujeres. Y un año más tarde, en un arranque de genialidad, el único que Francesca le había conocido en toda su vida, su padre se había casado con Avery.

Para ella, a sus cincuenta años, era la primera vez. En poco más de diez años, le ayudó a amasar una fortuna considerable invirtiendo en arte y en propiedades inmobiliarias. Le había convencido para que comprara un edificio en el SoHo, donde aún hoy seguían viviendo y en el que su padre todavía pintaba. También tenían una segunda residencia en Connecticut. Avery se había convertido en su agente y el precio de sus obras se había disparado al mismo ritmo que los números de su cuenta bancaria. Y por primera vez en su vida, estaba siendo lo suficientemente inteligente como para serle fiel. Para Henry, era como si su mujer caminara sobre las aguas. La adoraba. Aparte de la madre de Francesca, era la única mujer con la que se había comprometido lo suficiente como para casarse. Y eso que no existían dos mujeres más distintas que Avery y Thalia.

Avery tenía una carrera respetable como abogada y nunca había tenido que depender de un hombre. Su esposo era su único cliente. No podía considerarse glamurosa, aunque sí atractiva, y era una persona sólida, práctica, con un cerebro privilegiado. Nada más conocerse, Francesca y ella se habían vuelto locas la una por la otra. Tenía la edad suficiente para ser su madre, pero no quería serlo. No tenía hijos propios y, antes de casarse, sentía la misma desconfianza por el matrimonio que Francesca. También tenía, como ella misma los definía, unos padres locos. Francesca y su madrastra habían sido muy amigas durante los últimos diez años. A sus sesenta, Avery aún conservaba un aspecto natural y juvenil. Solo era dos años más joven que la madre de Francesca, pero era como si fuera de otra especie.

A Thalia lo único que le interesaba con sesenta y dos años era encontrar otro marido. Estaba convencida de que el sexto sería el definitivo y el mejor de todos. Francesca no estaba tan segura y esperaba que su madre no volviera a casarse. Estaba convencida de que la vehemencia con la que Thalia buscaba al número seis había ahuyentado a cualquier posible candidato. Parecía increíble que llevara dieciséis años viuda y sin pareja, sin contar un puñado de aventuras. Y seguía siendo una mujer hermosa. Con cuarenta y cinco años, su madre ya había tenido cinco maridos. Siempre decía que le gustaría volver a tener cincuenta, y es que creía que a esa edad le habría resultado mucho más fácil encontrar a otro posible candidato que ahora.

Avery era feliz tal y como estaba, casada con un hombre al que adoraba y cuyas extravagancias toleraba de buen grado. No le preocupaba lo mal que se hubiera podido comportar su esposo antes de estar con ella. Henry se había acostado con cientos de mujeres, de costa a costa de Estados Unidos y por toda Europa. Le gustaba decir que antes de conocer a Avery había sido un «chico malo» y Francesca sabía que no le faltaba razón. Había sido malo, al menos en términos de irresponsabilidad, además de un marido y un padre terribles, y seguiría siendo un «chico» hasta el día de su muerte, aunque viviera para cumplir los noventa. Su padre era un chiquillo, a pesar de su enorme talento artístico, y su madre no era mucho mejor que él, aunque en su caso sin oficio ni beneficio.

Avery era la única persona en la vida de Francesca con dos dedos de frente y ambos pies firmemente anclados en el suelo. Y además había sido una bendición para su padre y también para ella misma. Necesitaba de su consejo, pero aún no se había atrevido a llamarla. Se le hacía muy duro tener que admitir que había fracasado en todos los frentes, en la relación y en un negocio que siempre estaba en apuros, especialmente si tenía que cerrarlo o venderlo. Ni siquiera podría conservar su casa de Charles Street que tanto adoraba a menos que consiguiera el dinero para pagar a Todd. Y ¿de dónde demonios se suponía que lo iba a sacar? Sencillamente no lo tenía. Y ni siquiera Avery podría ayudarla.

Finalmente apagó la luz de su despacho, junto al dormitorio, y se dirigió a las escaleras para bajar a la cocina y prepararse un vaso de leche caliente que la ayudara a dormir. Mientras bajaba, escuchó un goteo insistente y vio que había una pequeña gotera en la claraboya. El agua caía directamente sobre el pasamanos y se deslizaba lentamente por él. No era la primera vez que tenían aquella gotera. Todd había intentado arreglarla muchas veces, pero había vuelto a aparecer con las fuertes lluvias de noviembre. No dejaba de repetirle que nunca sería capaz de ocuparse de la casa ella sola y puede que tuviera razón, pero al menos quería intentarlo. Le daba totalmente igual que el agua se colara por el tejado o que la casa se fuera derrumbando a su alrededor. No importaba en absoluto lo que tuviera que hacer, Francesca no estaba preparada para rendirse.

Se dirigió hacia la cocina con una expresión decidida en los ojos. Cuando volvió a subir por las escaleras, aprovechó para colocar un trapo sobre el pasamanos para que absorbiera el agua de la gotera. No podía hacer nada más hasta la mañana siguiente, cuando se lo dijera a Todd. Estaba pasando el fin de semana con unos amigos, pero se encargaría de ella a la vuelta. Por episodios como aquel era precisamente por lo que él quería vender la casa. Estaba cansado de tantos problemas y, si no iban a vivir allí los dos juntos, no quería saber nada de la casa. Quería marcharse. Y si Francesca encontraba la forma de pagarle, los problemas serían solo suyos y tendría que encargarse de ellos. Con un suspiro, subió a su dormitorio y se prometió a sí misma que por la mañana llamaría a su madrastra. Quizá se le ocurriría algo en lo que Francesca no hubiera reparado hasta entonces. Era su única esperanza. Quería conservar su casa con goteras y su galería de arte siempre en apuros con sus quince artistas emergentes. Había invertido cuatro años en ambas y le daba igual lo que Todd o su madre pensaran. Se negaba a renunciar a su sueño o a su hogar.

UNA BUENA MUJER

Desde las lujosas salas de baile de Manhattan hasta las batallas de la Primera Guerra Mundial, Danielle Steel nos transporta al mundo fascinante de una mujer de espíritu indómita que saca fuerzas de sus pérdidas y renace en medio de la adversidad. Annabelle Wirthington, de diecinueve años, nació rodeada de los privilegios y el glamour de la alta sociedad neoyorquina en una gran casa de la Quinta Avenida. Annabelle se entrega a obras caritativas y a cuidar a los pobres y aquí se despierta su pasión por la medicina. Cuando su primer amor y lo que promete ser un matrimonio idílico se convierten en cenizas, Annabelle se ve obligada a huir a Francia, un país en guerra donde tal vez podrá por no dedicarse a su verdadera vocación: estudiar medicina, ayudar a los heridos y salvar vidas en la primera línea de batalla.

Ficción

UNA GRAN CHICA

Las hermanas Dawson no podrían ser más distintas. Victoria es una chica rellenita y tímida que lucha por lograr la aprobación de sus padres. Gracie, en cambio, encaja con las exigencias de la familia. Pero el amor que siente la una por la otra siempre ha sido incondicional. Crecer en una ciudad como Los Ángeles, donde la belleza y el físico es casi un culto, tampoco facilita las cosas. Victoria siempre había soñado con el día en que pondría tierra de por medio, pero ni siquiera trasladándose a Chicago y cumpliendo sus sueños profesionales puede ahuyentar las críticas de su familia. Gracie es la única que jamás la ha juzgado por el físico. Con ella siempre había compartido un vínculo muy especial que parecía imposible de romper. . . o eso creía. . . . Las dos hermanas deberán superar una prueba de fuego.

Ficción

ASUNTOS DEL CORAZÓN

La historia inolvidable de un amor peligrosamente obsesivo. Tras un divorcio demoledor, Hope Dunne ha logrado encontrar la fuerza necesaria para sobrevivir centrándose en su profesión, la fotografía. Desde el refugio de su loft neoyorquino, Hope se ha acostumbrado a la soledad y a sentir emociones solo a través de su cámara. Pero todo su aparente equilibrio fluctuará cuando acepte un encargo inesperado y viaje a Londres para retratar a un famoso escritor. Hope quedará cautivada por la amabilidad del atractivo autor, que no dudará en cortejarla y la convencerá para que vaya a vivir con él a su mansión en Irlanda.

Ficción

LAZOS DE FAMILIA

Danielle Steel nos trae una historia sobre perdón, amor y traición, ambientada en el seno de una familia tradicional del sur de Estados Unidos. Una llamada cambió la vida de Annie Ferguson para siempre. De la noche a la mañana, tuvo que dejar las fiestas y los viajes para convertirse en una madre de familia improvisada y hacerse cargo de sus tres sobrinos. Dieciséis años después, Annie se ha convertido en una reputada arquitecta tremendamente orgullosa de sus "niños": Liz es editora de la revista Vogue, Ted estudia Derecho y Kate, Diseño. Ahora que ya llevan vidas independientes, Annie comienza a sentirse un poco sola en casa y a arrepentirse de haberse resignado a vivir sin el amor de un hombre durante tantos años. Sin embargo, un esguince de tobillo hará que se tope de frente con el amor en el lugar más inesperado: la sala de urgencias de un hospital. Allí conocerá a Tom Jefferson, un apuesto y exitoso presentador de televisión con el brazo fracturado que no está dispuesto a dejarla escapar.

Ficción

VINTAGE ESPAÑOL
Disponibles en su librería favorita.
www.vintageespanol.com